Stefan von der Lahr

Das Grab der Jungfrau

Stefan von der Lahr

Das Grab der Jungfrau

Kriminalroman

C.H.Beck

Auch wenn Teile dieses Romans auf historischen Fakten und Zusammenhängen fußen, so ist doch die Geschichte selbst frei erfunden. Insbesondere die Protagonisten sind fiktive Persönlichkeiten. Soweit also Ähnlichkeiten mit lebenden oder verstorbenen Personen oder mit realen Begebenheiten existieren, sind diese rein zufällig und völlig unbeabsichtigt.

Mit zwei Karten, © Peter Palm, Berlin
Ostia antica (Marie Luise Kaschnitz),
© MLK-Erbengemeinschaft c/o Bettina Hartmann

Dieser Kriminalroman erschien erstmals 2015
im VERLAG ANTIKE e. K., Heidelberg.

Chrismon-Bildelement an den Kapitelanfängen © Stefan von der Lahr,
Papyrustexte und -abbildungen in diesem Roman © Stefan von der Lahr

© Verlag C.H.Beck oHG, München 2020
www.chbeck.de
Umschlaggestaltung: geviert.com, Michaela Kneißl
Umschlagabbildung: Petersplatz in Rom,
im Hintergrund der Petersdom © Shutterstock
Satz: Fotosatz Amann, Memmingen
Druck und Bindung: Druckerei C.H.Beck, Nördlingen
Gedruckt auf säurefreiem und alterungsbeständigem Papier
Printed in Germany
ISBN 978 3 406 75658 0

myclimate
klimaneutral produziert
www.chbeck.de/nachhaltig

Für Angelika

Die meisten fremdsprachigen Formulierungen und Spezialbegriffe sind im Anhang übersetzt und erklärt. Ebenso finden sich dort Erläuterungen zu einigen historischen Akteuren und Ereignissen.

Prolog

*Die Weisheit hat ihr Haus gebaut, ihre sieben Säulen behauen.
Sie hat ihr Vieh geschlachtet, ihren Wein gemischt
und schon ihren Tisch gedeckt.
Sie hat ihre Mägde ausgesandt und lädt ein auf der Höhe der Stadtburg.*
SPRÜCHE 9,1–3

KONZIL schallte es von jeder Kanzel. KONZIL beherrschte die Schlagzeilen der Weltpresse. KONZIL lief über elektronische Laufbänder an Bahnhöfen und Flughäfen. Und in den Suchmaschinen des World Wide Web wurde KONZIL nur noch von SEX übertroffen. Doch niemand ging liebevoller mit dem Wort KONZIL um als die römischen Konditoren, die es in Zuckerguss auf ihre Torten schrieben – stets bekrönt von einem segnenden *papa nero*, dessen Schokoladenkopf und -hände sich kräftig von seinem Marzipangewand abhoben.
Unter dem Vorsitz von Papst Laurentius – dem ersten Nachfolger Petri aus Afrika seit fünfzehnhundert Jahren – sollten auf dem Dritten Vatikanischen Konzil jene Fragen beraten werden, die den Katholiken in aller Welt auf den Nägeln brannten: das Verhältnis des Klerus zu Armut und Reichtum, zur Stellung der Frauen in der Kirche, zu Homosexualität, Zölibat, Kindesmissbrauch durch Geistliche, Ökumene und nicht zuletzt zur Neuorganisation der höchsten Kirchenverwaltung, der römischen Kurie. Diese Agenda hatte für erhebliche Unruhe unter jenen Würdenträgern im Vatikan gesorgt, die um das theologische Erbe der Kirche und mehr

noch um die eigene Macht bangten. Doch all ihre Versuche, darauf Einfluss zu nehmen oder wenigstens den Beginn des Konzils hinauszuschieben, waren erfolglos geblieben.

So hatte der Heilige Vater in der Christmette des letzten Weihnachtsfestes den über tausend Jahre alten Hymnus *Ave praeclara maris stella* angestimmt und dann die Himmlische Gottesmutter als Schutzpatronin des bevorstehenden Konzils angerufen. Seine Predigt in der Heiligen Nacht aber hatte er mit der Ankündigung der Konzilseröffnung für das Hochfest der Aufnahme Mariens in den Himmel, den 15. August, geschlossen.

Noch vor dem Neujahrstag waren die ersten Abgesandten der Kardinäle, Erzbischöfe, Bischöfe, Weihbischöfe, Ordensvorsteher, Äbte und Priores in Rom eingetroffen, die an dem Konzil teilnehmen sollten. Gleichzeitig mit den Sekretären, Beratern und Quartiermachern der Geistlichkeit brach ein Heer von Sicherheitsbeamten aus ganz Italien, verstärkt durch Spezialisten internationaler Geheimdienste, in die Heilige Stadt auf, um einen ungestörten Ablauf des Konzils zu garantieren. Entsprechend groß war das Interesse der Medien, deren Vertreter mit ihrem Tross folgten und sich akkreditieren ließen. Dann kamen die Reiseveranstalter, um die Voraussetzungen für einen lukrativen Konzilstourismus zu schaffen. All dies entfaltete wiederum eine magische Anziehungskraft auf Geschäftemacher, Prostituierte und Kriminelle, die zu Tausenden in die Petrus-Stadt strömten. Und so fieberte Rom der größten Versammlung seiner Geschichte entgegen.

Kapitel 1 – Der Besucher

Das erste warme Frühlingswochenende hatte auch die hartgesottensten Wissenschaftler der Universität Berkeley nach San Francisco Downtown oder ans Meer gelockt. Auf dem sonst so lebendigen Campus war es still geworden. Das tagsüber in leuchtendem Weiß erstrahlende Gebäude der Bancroft Library lag im Dunkeln. Nur oben, im Center for the Tebtunis Papyri, brannte noch Licht. Dort genoss Professor Cyrill Knightley – mit seinen fünfundsiebzig Jahren der Nestor der amerikanischen Papyrologie – einen der seltenen Momente der Ruhe in seinem Institut. Er hatte es sich zur Gewohnheit gemacht, samstagabends, wenn alle Mitarbeiter längst das Haus verlassen hatten, noch einmal die Handschriftenfragmente durchzusehen, die im Laufe einer Woche aus dem Labor gekommen waren. So bemerkte er nicht, wie die Tür zu seinem Arbeitszimmer sacht geöffnet und, nachdem ein kleiner Leinensack hineingeschoben worden war, wieder geschlossen wurde. Es dauerte nicht lange, bis Bewegung in den Beutel kam. Im nächsten Augenblick schob sich der Kopf einer Texas-Klapperschlange aus der Öffnung, und gleich darauf folgte ihr graugelber Körper. Auf dem warmen Parkett rollte sich das Reptil behaglich zusammen, und nur ab und zu, wenn es seine Lage etwas veränderte, war das leise Scheuern seiner Schuppen zu vernehmen – viel zu leise, um die Konzentration des alten Gelehrten zu stören. Knightley setzte die Brille ab und massierte seine Nasenwurzel. Energisch schob er den Bürostuhl zurück, der ein kurzes Stück über den

Boden rollte. Im selben Moment ließ die Schlange die Hornrassel an ihrem Schwanzende klirren. Der Wissenschaftler fuhr herum, und mit einem Schrei sprang er auf. Die Schlange kroch auf ihn zu. Ohne sie aus den Augen zu lassen, wich der Mann vor ihr zurück. Aber es gelang ihm nicht, den Abstand zwischen sich und dem Reptil zu vergrößern. Mit zwei, drei hastigen Schritten versuchte er, die Tür zu erreichen – doch irgendjemand hatte sie abgeschlossen. Mit seinen Fäusten hämmerte er gegen das Holz. Der Körper der Schlange spannte sich wie eine Uhrfeder.

«NEIN! HILFE!»

In diesem Augenblick stieß sie zu – und Cyrill Knightley starb, noch bevor sein massiger Körper auf dem Boden aufschlug. Die Schlange aber hatte nicht einmal die Haut ihres Opfers geritzt. Man hatte ihr die Giftzähne herausgebrochen. Nach und nach verklang das Rasseln ihrer Hornklappern. Bald darauf öffnete sich wieder die Tür, bis sie an den Leichnam stieß und dann mit sanfter Gewalt aufgeschoben wurde. Eine schlanke Gestalt stieg über den Toten hinweg. Feingliedrige Hände in langen Handschuhen packten die Klapperschlange im Genick und schoben sie wieder in den Leinenbeutel.

Am Montag betrat Sarah Milling als Erste das Center, wo sie als Hilfskraft arbeitete und die Morgenstunden nutzte, um an ihrer Dissertation zu schreiben. Im Flur empfing sie ein muffiger Geruch. Wahrscheinlich hatte übers Wochenende wieder niemand gelüftet! Dann sah sie, dass durch einen Türspalt zum Büro des Direktors ein Lichtstreifen in den Gang fiel. Wie alle im Institut mochte sie Cyrill Knightley und freute sich darauf, für ein paar Minuten ganz allein mit ihm plaudern zu können.

«Guten Morgen, Professor! Schon fleißig?»

Schwungvoll öffnete sie die Tür. – Ihr Schrei war noch im Erdgeschoss zu hören. In der Wärme war die Leiche aufgedunsen, und aus dem entstellten Gesicht starrten die junge Frau zwei weit aufgerissene Augen an. Sarah stürzte zum Ausgang. Im letzten Moment bog sie ins Sekretariat ab, wo ein Telefon stand.

Zehn Minuten später standen zwei Streifenwagen vor der Bibliothek, und kurz darauf traf Detective Frank Cunningham ein. Nach und nach erschienen auch die Angestellten des Centers. Die heitere Gelassenheit, die üblicherweise den Alltag im Hause bestimmte, war bald Bestürzung und Trauer gewichen. Nachdem Cunningham sich am Fundort des Toten umgesehen hatte, trat er vor die Tür des Instituts. Dort lief ihm eine in Tränen aufgelöste ältere Dame in die Arme. Sie versuchte vergeblich, zum Büro von Cyrill Knightley vorgelassen zu werden, doch ein Polizist verweigerte ihr den Zutritt, solange die Spurensicherung ihre Arbeit noch nicht erledigt hatte.

«Das musste ja so kommen! Ich habe ihm hundertmal gesagt, er soll abends nicht allein im Institut arbeiten!»

«Verzeihen Sie, Ma'am – Detective Cunningham, Berkeley Police Department. Ich leite hier die Untersuchung. Sie kannten Professor Knightley?»

Auch durch den Schleier ihrer Tränen konnte der Polizist den Zorn in den Augen seines Gegenübers aufblitzen sehen.

«Natürlich kannte ich ihn! Ich bin Mathilda Brown und war siebenundzwanzig Jahre Cyrills Sekretärin.»

«Verstehe. Wie meinten Sie das eben? ‹Das musste ja so kommen!›»

«Der Professor war krank. Wenn ich ihm Vorhaltungen gemacht habe, dass er mit seinem schwachen Herzen nicht allein bleiben dürfe, hat er mich nur ausgelacht. Er hat gesagt, dass er sich bei der Arbeit am besten entspannen kann und ihm deshalb hier am wenigsten passieren wird. Und jetzt ...»

Der Rest ihrer Worte ging in Schluchzen unter. Cunningham wandte sich an den Polizeiarzt, der in diesem Moment den Leichenträgern die Tür öffnete.

«Was meinen Sie, Doktor?»

«Bin ziemlich sicher, dass der Mann an Herzversagen gestorben ist. Keine äußeren Verletzungen – zumindest keine, die ich hier feststellen kann. Ich kann schon jetzt sagen, dass er seit mehr als

vierundzwanzig Stunden tot ist. Würde mich wundern, wenn er mit seinem Übergewicht nicht bei irgendeinem Hausarzt eine Krankenakte hätte. Mit dem sollten Sie sich in Verbindung setzen.»
«Eine andere Ursache kommt nicht in Frage? Sein Gesicht ist entstellt, als ob er ... irgendetwas Schreckliches gesehen hätte.»
«Muss nicht sein. Der Vernichtungsschmerz bei einem Herzinfarkt würde den Gesichtsausdruck ohne weiteres erklären. Heute Abend bekommen Sie meinen Bericht, Detective.»
In diesem Moment stürmte ein elegant gekleideter Mittvierziger die Treppe hinauf.
«Ich habe unten gehört, was geschehen ist. Ist es wahr? Ist Cyrill wirklich ...?»
Cunningham reichte dem Arzt die Hand.
«Gut, ich warte. Vielen Dank, Doktor!»
Dann wandte er sich an den großgewachsenen Mann.
«Wer sind Sie?»
«Bill Oakbridge, Stellvertretender Direktor des Centers.»
«Detective Cunningham. Können wir uns hier irgendwo ungestört unterhalten, Mr Oakbridge?»
«Bitte, kommen Sie!»
Cunningham wandte sich an einen Streifenbeamten.
«Officer! Wenn Sie hier fertig sind, versiegeln Sie den Eingang! Bis die Spurensicherung durch ist und ich den Bericht des Doktors habe, darf niemand rein.»
Dann folgte Cunningham dem Stellvertretenden Direktor zu den Konferenzräumen einen Stock höher.
«Bitte nehmen Sie Platz, Detective!»
«Danke! Sind Sie auch Professor?»
«Ja, aber Titel haben in diesem Haus nie eine Rolle gespielt. ... Verzeihen Sie bitte, aber ich ... ich bin völlig fassungslos.»
«Wie lange kannten Sie Professor Knightley?»
«Über zwanzig Jahre. Ich habe bei ihm studiert. Nach einem Forschungsaufenthalt in Oxford und Rom bin ich in Berkeley Professor geworden und schließlich Stellvertretender Direktor und Cyrills rechte Hand.»

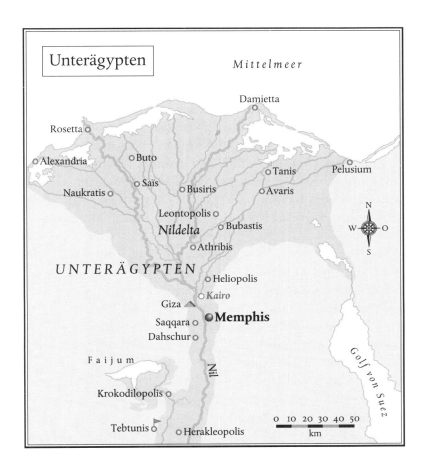

«Was forschen Sie hier?»
Bill Oakbridge schaute sein Gegenüber verdutzt an.
«Entschuldigen Sie, Detective! Wenn man so lange in diesem Institut arbeitet wie ich, kann man sich kaum noch vorstellen, dass jemand nicht weiß, was wir hier machen ... Die Bancroft Library beherbergt eine ganze Reihe von Forschungsbibliotheken. Unter anderem finden Sie hier über 30 000 antike Handschriften auf Papyrus. Sie kommen alle aus Ägypten, aus einer Stadt namens Tebtunis in der Landschaft Faijum.»
Oakbridge deutete mit einer Hand hinter sich, wo an der Wand

eine große Landkarte hing, die einen Teil des Alten Ägypten zeigte. Ein Fähnchen markierte den Ort.

«Diese Papyri sind über 2000 Jahre alt. Am Ende des zweiten und zu Beginn des ersten Jahrhunderts vor Christus hat man in Tebtunis solche Papyri zu einer Art Pappmaschee verarbeitet und damit Krokodilmumien hergestellt. Es muss damals in kurzer Zeit so viele tote Krokodile gegeben haben, dass man nicht genügend Leinwand hatte, aus der man üblicherweise die Mumien gefertigt hat. Dass man stattdessen Papyri genommen hat, erweist sich heute als wahrer Segen. Die auf diese Weise erhaltenen Texte sind zwar überwiegend Verwaltungsschreiben, private Dokumente, Vorschriften von Priesterbruderschaften – also ganz alltäglich, wenn Sie so wollen –, aber gerade deshalb bilden sie für uns eine besonders interessante Quelle zur ägyptischen Geschichte. Wir präparieren die Papyri, werten sie aus und gliedern sie in die Bestände der Bancroft Library ein. Dass das überhaupt möglich ist, verdanken wir den britischen Papyrologen Grenfell und Hunt, die im Winter des Jahres 1899/1900 in einer Nekropole, einem Friedhof südlich von Tebtunis, diese Krokodilmumien gefunden haben. Dort befand sich eines der wichtigsten Heiligtümer des ägyptischen Krokodilgottes Sobek, der Tempel des Soknebtynis – Sobeks, des Herrn von Tebtunis.»

«Klingt interessant, aber nicht so aufregend, dass man daran sterben müsste.»

«Sicher nicht – auch wenn für uns natürlich vieles sehr spannend ist, was wir aus diesen Papyri erfahren. Aber Cyrills Tod hat wohl andere Ursachen. Vor acht Jahren hatte er einen schweren Herzinfarkt. Er war nicht gerade schlank. Sie haben ihn ja gesehen. Er aß zu viel, trank gern und nicht zu knapp kalifornischen Rotwein und rauchte dazu seine geliebten Havannas, die der Arzt ihm strikt verboten hatte. Er bewegte sich eigentlich nur von seiner Wohnung zum Auto, vom Auto zum Lift und dann hierher in sein Büro und wieder zurück.»

«Hatte Professor Knightley Feinde?»

«Er war weltweit ein ebenso geschätzter wie beliebter Kollege.»

«Hatte er Familie?»
«Er war nicht verheiratet, wenn Sie das meinen. Aber er hatte eine Haushälterin. Und ich glaube, er erwähnte mal einen Neffen in Seattle. Aber Cyrills eigentliche Familie waren die Menschen in diesem Institut.»
«Wer wird jetzt hier sein Nachfolger?»
«Es ist zwar jetzt nicht der passende Moment. Aber ... ja, ich vermute, dass ich das sein werde.»
«Hm. Das genügt fürs Erste. Falls sich noch Fragen ergeben sollten, dann ...»
«Selbstverständlich, Detective. Ich stehe Ihnen jederzeit zur Verfügung. Wann können wir das Institut wieder betreten?»
«Vermutlich morgen Nachmittag. Ich rufe Sie dann an.»
Cunningham ließ sich noch von Mrs Brown die Adresse des Hausarztes von Cyrill Knightley geben, der ihm bei einem Besuch bestätigte, was der Polizeiarzt vermutet hatte: ein vorgeschädigtes Herz, Durchblutungsstörungen und eine massive Herzinsuffizienz. Die Obduktion ergab, dass der Tod als Folge eines schweren Infarkts am späten Samstagabend oder frühen Sonntagmorgen eingetreten war. Am Körper des Toten waren keine Verletzungen festzustellen. Auch die Spurensicherung entdeckte nichts Auffälliges, außer einigen sehr feinen Sandkörnern auf dem Boden des Büros, die jedoch auch nur deshalb auffielen, weil der Raum noch am Freitagabend vom Reinigungsdienst gewischt worden war. Zwar passten sie nicht recht ins Bild, boten aber keine ausreichende Grundlage für weitere Ermittlungen. So gab das Berkeley Police Department den Leichnam noch am Montagabend zur Bestattung frei, die der Neffe aus Seattle als nächster Angehöriger umgehend in die Wege leitete. Und als am Mittwochnachmittag zahlreiche Kollegen Cyrill Knightley das letzte Geleit gaben, hatte man seine schmale Untersuchungsakte mit dem Vermerk «Tod durch Herzversagen» bereits geschlossen.

Der Zugang zum Center war am Dienstagmorgen zwar wieder freigegeben worden, doch sollte das Institut in dieser Woche nicht zur Ruhe kommen: Als besonderer Frevel wurde empfunden, dass zur Zeit der Trauerfeier jemand die Tür zum Arbeitszimmer des Stellvertretenden Direktors aufgebrochen und dort 50 Dollar und einen goldenen Kugelschreiber gestohlen hatte. Detective Cunningham war durch den Bericht des diensthabenden Kollegen auf den Vorgang aufmerksam geworden und hatte mit ihm gesprochen. Zwar gab es genug Fingerabdrücke in Oakbridges Büro, doch da es bis auf die Nachtstunden nie abgeschlossen war und jedermann zu jeder Zeit Zugang zu den Direktoren und ihren Handbibliotheken hatte, waren diese Spuren wertlos. Bill Oakbridge hatte die Vermutung geäußert, dass es einer der Junkies gewesen sein könnte, die sich an der nahe gelegenen Bushaltestelle herumtrieben. Dort war es schon öfter zu Diebstählen, einmal sogar zu einem Raubüberfall gekommen. Jedenfalls fanden sich keinerlei Hinweise auf einen Zusammenhang zwischen dem Tod von Professor Knightley und dem Einbruch bei Professor Oakbridge.

Am Donnerstagvormittag fand eine Sitzung des obersten Verwaltungsgremiums der Universität statt, auf der man beschloss, Oakbridge zu bitten, bis auf weiteres die Leitung des Instituts zu übernehmen. Er erklärte sich dazu bereit, bat jedoch um Verständnis dafür, dass er noch in derselben Nacht für etwa vierzehn Tage nach Rom aufbrechen müsse – eine unaufschiebbare Reise, die er bereits mit dem Verstorbenen abgestimmt habe.

Kapitel 2 – Der Bibliothekar

Der Heilige Vater beugte sich über den Mann, der vor ihm kniete und seinen Ring küsste.
«Erhebt Euch, Gian Carlo Montebello. Ich habe Euch in Eurer Zeit in Rom als ebenso frommen wie klugen Arbeiter im Weinberg unseres Herrn kennengelernt und möchte Euch bitten, den vakanten Sitz des Erzbischofs von Neapel einzunehmen.»
Monsignor Gian Carlo Montebello, Kirchenhistoriker und seit fast zehn Jahren einer der Bibliothekare der Biblioteca Apostolica Vaticana, fühlte, wie ihm das Blut ins Gesicht schoss. Er war Anfang vierzig und somit noch ein Jüngling in der römisch-katholischen Hierarchie. Und heute war der Papst in vollem Ornat zu ihm in sein Büro gekommen und trug ihm die Bischofswürde seiner Heimatdiözese an. Das Herz in Montebellos Brust pochte wild. Er wünschte, der Heilige Vater würde weitersprechen, und das würde er sicher auch tun, wenn nur endlich dieses blöde Telefon aufhörte zu klingeln. Das Geräusch bohrte sich tiefer und tiefer in sein Gehör. Er stammelte eine Entschuldigung, aber er hörte nur, wie ein Lallen aus seinem Mund kam. Das Bild des Papstes verschwamm vor seinen Augen. Er streckte die Arme nach ihm aus, doch griff er ins Leere. Das Einzige, was blieb, war dieses schreckliche Telefon. Der Gedanke, der ihm in diesem Moment durch den Kopf ging, war sicher nicht angemessen für den künftigen Erzbischof einer der altehrwürdigsten Diözesen der heiligen Mutter Kirche.
Der Apparat schrillte weiter. Der Geistliche schlug die Augen auf.

Er lag mit dem Kopf auf einem staubigen Folianten – einer Quellenausgabe des Konzils von Ephesos. Er war darüber eingeschlafen, während er die Gedankenwelt des Häretikers Nestorius studierte, den das Konzil im Jahre 431 wegen seiner zweifelhaften Ansichten über die Natur Christi und wegen seiner Ablehnung der orthodoxen Vorstellung von Maria als Gottesgebärerin exkommuniziert hatte.

In der Ferne hupte ein Auto. Draußen war es dunkel. Nur die Schreibtischlampe erhellte das Arbeitszimmer in der Wohnung des Bibliothekars. Er spürte, wie ihm ein Brillenbügel in die Wange drückte. Und noch einmal schrillte das Telefon. Mit einem Stöhnen richtete er sich auf und knurrte in den Hörer:

«Pronto!»

«Gianni, bist du's? Hier ist Bill.»

Der Mann am anderen Ende der Leitung sprach zwar Italienisch, aber mit dem breiten Akzent des Südstaatlers. Monsignor Montebello hatte Mühe, seine Gedanken zu ordnen.

«Bill? Bill Oakbridge?»

«Wie viele Bills außer mir kennst du denn noch? Muss ich eifersüchtig werden? Was ist los? Du klingst so komisch?»

Der Bibliothekar schaute auf die Zeitanzeige am Bildschirmrand seines Computers. Es war kurz vor drei Uhr morgens. Er musste fast zwei Stunden geschlafen haben. Wenn diese Konzilsakten für seine Forschungen auch wenig hergaben, so waren sie immerhin ein probates Schlafmittel.

«Nein, nein. Schon gut, Bill. Alles in Ordnung. Ich habe noch gearbeitet und war ganz in Gedanken.»

«Du musst ziemlich konzentriert gearbeitet haben. Ich habe es fast zwei Minuten klingeln lassen.»

Langsam kam wieder Leben in Montebello. Man mochte sich für die Papyri, mit denen Bill Oakbridge arbeitete, interessieren oder nicht, aber in keinem Fall war das, was die Forscher in Berkeley mit ihrer Hilfe herausfanden, irgendwie eilig oder weltbewegend. Nichts davon konnte so wichtig sein, seinen ehemaligen Studienkollegen um diese Uhrzeit aus dem Schlaf zu klingeln.

«Was gibt's denn, Bill? Kann ich dich nicht morgen früh zurückrufen? Es ist hier mitten in der Nacht, und deine Krokodilmumien werden nicht plötzlich priesterlichen Beistand verlangt haben.»

Montebello wusste nur zu gut, dass es auf der ganzen Welt kaum einen fähigeren Papyrologen gab als diesen Amerikaner – der in aller Öffentlichkeit einen Lebenswandel pflegte, den manch ein Geistlicher unter größten Gewissensnöten im Geheimen führte. Als Montebello noch während der Studienzeit auf das Laster seines Kommilitonen aufmerksam geworden war, hatte er sich zunächst von ihm abgewandt. Aber dessen Lebensfreude und Hingabe an seine Profession hatten ihn bezwungen. So hatten sie in einer Sommernacht in Trastevere ein ernstes Gespräch über Oakbridges Neigungen geführt. Der angehende Priester hatte dabei seine seelsorgerischen Pflichten der Ermahnung zu einer aus seiner Sicht angemessenen Lebensführung erfüllt. Sie hatten aber auch in aller Offenheit über die konventionellen erotischen Nöte Montebellos gesprochen – und nach dieser Nacht beide Themen nicht mehr berührt. Sie waren damals als Freunde auseinandergegangen, und an dieser Freundschaft hatte sich nie mehr etwas geändert.

«Wenn du morgen früh aufstehst, sitze ich bereits seit ein paar Stunden in der Maschine nach Rom. Ich werde morgen Nachmittag um halb vier in Fiumicino landen. Gian Carlo, hier im Institut haben sich Dinge ereignet, die vieles verändern werden – nicht zuletzt für mich selbst. Außerdem habe ich etwas herausgefunden, das mich zwingt, sofort zu dir zu kommen. Wegen eures Konzilsrummels habe ich aber auf die Schnelle kein Zimmer mehr in Rom finden können. Bitte lass mich ein, zwei Nächte bei dir schlafen, bis ich mir ein Hotel besorgt habe. Und bitte verschaff mir unbedingt die Erlaubnis, die Papyrussammlung des Vatikans zu besuchen. Ich muss den Papyrus $\mathfrak{P}^{75/A}$ einsehen. Das ist das Fragment, das dein letzter Chef, Kardinal Ambroso, dem Bodmer-$\mathfrak{P}^{XV}$ zugeordnet hat.»

Montebello war mit einem Schlag hellwach. Der Schweizer Mäzen

Martin Bodmer hatte diese Kostbarkeit zusammen mit ihrem Zwilling, $\mathfrak{P}^{XIV}$, in den fünziger Jahren des letzten Jahrhunderts erworben; und vor nicht allzu langer Zeit waren sie durch eine Schenkung Teil der Sammlung des Vatikans geworden. Diese Papyri waren um die Wende vom zweiten zum dritten Jahrhundert nach Christus entstanden und enthielten große Teile des Lukas- und des Johannesevangeliums. In der Bibliothek wurden sie als $\mathfrak{P}^{75}$ geführt, gehörten zu den ältesten Handschriften des Neuen Testaments und damit zu den wertvollsten Stücken der Vaticana.

Dem von Oakbridge erwähnten Fragment $\mathfrak{P}^{75/A}$ hatte Montebello allerdings kaum Beachtung geschenkt. Es war ein inhaltlich wenig bedeutendes Stückchen Papyrus, das anscheinend den Schluss eines Briefes enthielt. Worum es darin ging, war völlig unklar, weil der obere Teil der Handschrift fehlte. Montebello erinnerte sich noch, dass dieser Handschriftenrest außergewöhnlich alt war und einen Hinweis auf die frühe Christengemeinde in Ephesos enthielt, wo auch Johannes – Apostel und Lieblingsjünger Jesu – jahrelang gewirkt hatte. Wenn jedoch der alte Jesuit Ambroso, der so viele Jahre als Cardinale archivista e bibliotecario di Santa Romana Chiesa die Vatikanische Bibliothek geleitet hatte, dieses Fragment in Verbindung mit dem Papyrus $\mathfrak{P}^{75}$ brachte, so würde er dafür sicher stichhaltige Gründe haben. Stand doch der Kardinal nicht nur im Ruf, ein weltgewandter, weiser Theologe, sondern auch ein Meister in der Entzifferung und Deutung alter Handschriften zu sein.

Dass Montebello seinen Anrufer auf eine Antwort warten ließ, lag jedoch nicht an seiner Unsicherheit über den Inhalt der kleinen Handschrift. Vielmehr war es weniger denn je eine Kleinigkeit, Zugang zu den ältesten Schätzen der Bibliothek zu erhalten: Kardinal Ambroso hatte sich in seinem lebhaften Interesse für die Forschungsziele der Besucher der Vaticana und für die Belange seiner eigenen Leute nie als Sua Eminenza Reverendissima gebärdet. Das war unter seinem Nachfolger und neuen Präfekten der Bibliothek völlig anders geworden. Der gehörte zum Erbe des letzten Papstes, unter dem niemand Karriere gemacht hatte, der jemals einen Fußbreit von den Traditionen und Regeln des Vatikans abgewichen war. Dementsprechend war während dessen Pontifikat auch die Besetzung wichtiger Ämter erfolgt. Dies galt für den immer noch amtierenden Vorsitzenden der Glaubenskongregation, Ludovico Panettiere, und es galt eben auch für das neue Haupt der Vatikanischen Bibliothek, Bartholomäus Angermeier. Mit ihm war ein in jeder Hinsicht linientreuer Benediktiner an die Spitze der Vaticana getreten, ein solider Gelehrter und ein sehr guter Organisator – der jedoch mit nur mäßiger intellektueller Regsamkeit ausgestattet war.

Es fiel Montebello nicht schwer, sich vorzustellen, wie der Mann aus Niederbayern reagieren würde, wenn er ihm das Ansinnen Oakbridges vortrug. Er würde ihn über seine randlose Brille hinweg anschauen, seine Arme vor der Brust verschränken und antworten, dass für alle Gelehrten, die in der Vatikanischen Bibliothek arbeiten wollten, dieselben Regeln zu gelten hätten. Auf jeden Fall müsse der Dienstweg bei der Prüfung des Antrags eingehalten werden. Und genau das war das Letzte, was Montebello brauchen konnte. Denn diese Prüfungsfrist war lang, und währenddessen würde mit Sicherheit irgendeiner der Mitarbeiter Angermeiers seinen Chef auf den in der Fachwelt bekannten Lebenswandel seines Freundes aufmerksam machen. Angermeier hatte sich mit Knechtsnaturen umgeben, für die es ein Fest sein würde, einen Mann wie Oakbridge, mit dem sie intellektuell nie hätten mithalten können, wegen seiner Homosexualität herabzuwürdigen. Und damit war es dann auch überhaupt keine Frage, dass dessen Anliegen abgelehnt würde: Das vatikanische Gesetz über den Schutz seiner Kulturgüter enthielt die Bestimmung, dass kein Objekt einem Gebrauch zugeführt werden dürfe, der mit seinem religiösen Charakter unvereinbar oder aber beispielsweise geeignet war, seine Erhaltung zu beeinträchtigen. Einem Sodomiten einen Papyrus zugänglich zu machen, der anscheinend in Beziehung zu einer der ältesten Handschriften des Johannesevangeliums stand, wäre für Angermeier undenkbar. Dies würde auch in den Augen der Ständigen Kommission für den Schutz der

historischen und künstlerischen Monumente des Heiligen Stuhls, die in solchen Fällen angerufen werden konnte, eine Unvereinbarkeit begründen. Aber da man öffentliches Aufsehen vermeiden wollte, würde man einfach sagen, das Stück sei in einem besorgniserregend schlechten Zustand, so dass man es nicht zugänglich machen könne, ohne seine Erhaltung zu gefährden. Sobald die Restaurierung des Papyrus abgeschlossen sei, wolle man dem Antrag selbstverständlich gern stattgeben. Das würde im konkreten Fall nichts anderes heißen als am Sankt-Nimmerleins-Tag.
Oakbridges Stimme riss Montebello aus seinen Gedanken.
«Hey, Gian Carlo, bist du noch dran? Gianni? Hallo?»
«Ja, ja – beruhig dich wieder! Ich bin noch da. Natürlich kannst du bei mir übernachten. Was allerdings deinen Wunsch betrifft, einfach mal in unseren Papyri zu stöbern, so werde ich dir kaum helfen können. Du weißt, dass diese Stücke aus konservatorischen Gründen komplett unter Verschluss liegen. Aber vor allem ist unser Direktor nicht der Mann, der solchen Überraschungsvorstößen geneigt wäre.»
Den anderen Teil seiner Überlegungen unterschlug der Geistliche, um sich zu dieser Uhrzeit nicht auch noch eine Grundsatzdiskussion mit dem Amerikaner einzuhandeln.
«Um was geht es denn überhaupt, Bill? Du scheuchst mich hier zu nachtschlafender Zeit auf, kündigst einen Überfall an und willst auch noch unangemeldet ins Allerheiligste der Bibliothek.»
«Das kann ich dir am Telefon nicht erklären. Aber ich würde nicht so drängen, wenn es nicht wirklich wichtig wäre. Bitte – ich muss dieses Fragment sehen! Das ist für euren Laden mindestens so bedeutend wie für mich! Holst du mich morgen ab?»
«Ich will sehen, was ich tun kann. Und auf jeden Fall versuche ich, morgen um halb vier am Flughafen zu sein. Aber mehr kann ich wirklich nicht versprechen.»
«Du bist ein Schatz, Gian Carlo! Morgen wirst du alles besser verstehen. Ich freue mich, dich wiederzusehen! Mach's gut, alter Junge!»
«Ciao, Bill!»

Kapitel 3 – Die Audienz

Als am nächsten Morgen um halb sechs der Wecker Monsignor Montebello aus dem Schlaf riss, war sein Nacken steif wie ein Brett. Es hatte ihm nicht gutgetan, auf den Konzilsakten einzuschlafen, und auch das Gespräch mit Bill Oakbridge war kein Stimmungsaufheller gewesen: Wer wie der Bibliothekar noch von Kardinal Ambroso eingestellt worden war, hatte bald zu spüren bekommen, woher neuerdings der Wind wehte. Manch einer bemühte sich um eine andere Stelle, andere erledigten ihre Arbeit wie bisher, begannen aber, sich wie Montebello in eine Art intellektuelle Emigration zurückzuziehen.
Doch es half nichts. Er hatte Oakbridge versprochen, dass er sich dafür einsetzen werde, ihm Zugang zu Papyrus $\mathfrak{P}$75/A zu verschaffen. Und dabei führte kein Weg an Seiner hochwürdigsten Eminenz Bartholomäus Angermeier vorbei. Eine heiß-kalte Dusche und das kleine Frühstück – Espresso und ein Cornetto –, das ihm seine Haushälterin hingestellt hatte, weckten wieder seine Lebensgeister. Er stieg in seinen Wagen und fuhr zunächst zu Santi Ambrogio e Carlo al Corso, einer monumentalen Barockkirche im Herzen Roms, die man zu Beginn des siebzehnten Jahrhunderts errichtet hatte. Dort las Montebello allmorgendlich, bevor er seinen Dienst in der Vatikanischen Bibliothek antrat, um halb sieben die Frühmesse in einer Seitenkapelle, die Maria, Helferin der Christenheit, geweiht war. Dieses Amt war fester Bestandteil jener priesterlichen Pflichten, die er neben seiner Arbeit als

Bibliothekar zu versehen hatte. Auch an diesem Morgen waren nur ein paar alte Leute in der Kirche, aber Ruhe, Sammlung und Gebet während des Gottesdienstes taten ihm wohl. So keimte, als er gegen acht Uhr die Bibliothek betrat, Hoffnung in ihm.
Er begab sich schnurstracks in die Verwaltung, klopfte am Vorzimmer des Direktors an und betrat auf ein ‹Avanti!› hin das Büro des Sekretärs – eines spanischen Dominikaners namens Padre Luis.
«Laudetur Jesus Christus!»
«In aeternum! Amen.»
«Padre Luis, ob Seine Eminenz wohl kurz für mich zu sprechen ist?»
«Haben Sie einen Termin, Monsignor Montebello?»
«Bedauerlicherweise nicht. Ich komme mit einem Anliegen, das sich ganz überraschend ergeben hat.»
Padre Luis zog die Augenbrauen hoch und griff zum Telefon.
«Ich werde Seine Eminenz fragen; aber ... (und dieses ‹Aber› wurde von einem sehr geschäftigen Blick in den Terminkalender auf seinem Schreibtisch begleitet) ... aber ich weiß, dass er in einer Dreiviertelstunde den Besuch des italienischen Staatssekretärs des Ministero per i Beni Culturali ed Ambientali erwartet und sich gerade darauf vorbereitet.»
Es gelang dem frommen Türhüter, seinen Worten einen Klang beizulegen, der deutlich machte, dass in diesen Räumen wirklich Wichtiges verhandelt wurde. Demgegenüber konnte irgendein – noch dazu plötzlich auftretendes – Anliegen eines Bibliothekars schwerlich Geltung beanspruchen.
«Eminenza! Bitte verzeihen Sie die Störung. Aber Monsignor Montebello steht bei mir und fragt, ob er Sie unangemeldet behelligen dürfe.»
Es vergingen zwei Sekunden. Dann legte ein sichtlich konsternierter Padre Luis den Hörer auf.
«Sua Eminenza lassen bitten!»
Montebello verneigte sich einen halben Zentimeter und sagte, begleitet von einem sehr förmlichen Lächeln:

«Haben Sie vielen Dank, Padre Luis! Ohne Ihre Fürsprache hätte ich diesen Termin niemals bekommen.»
Dann öffnete er schwungvoll die Doppelflügeltür, die zu den Amtsräumen Kardinal Angermeiers führte.
«Laudetur Jesus Christus!»
«In aeternum! Amen.»
«Eminenza ...»
Noch ehe Montebello mehr als drei Schritte in den Raum hatte machen, geschweige denn sein Anliegen hätte vorbringen können, wurde er von der hageren Gestalt hinter dem Schreibtisch mit einer Handbewegung unterbrochen.
«Monsignor Montebello! Es fügt sich ausgezeichnet, dass Sie gerade heute vorbeikommen. In ein paar Minuten treffe ich den Staatssekretär des italienischen Kultusministers und möchte mich mit ihm über den Stand der Entwicklung digitaler Bibliotheken austauschen. Wie steht es mit der Digitalisierung der Bestände in Ihrer Abteilung?»
Auf so manches war Montebello gefasst gewesen, nicht aber auf diese Frage.
«Also ... Ich habe gerade begonnen, Angebote einschlägiger IT-Firmen einzuholen, um eine Vorstellung von den Kosten für die Retrodigitalisierung unserer Bestände zu erhalten. Außerdem mache ich mir derzeit ein Bild davon, welche Konzilsakten man wohl dieser Prozedur unterwerfen kann, ohne dass sie Schaden nehmen.»
An dem Gesichtsausdruck des Direktors war unschwer zu erkennen, dass das nicht die Antwort war, auf die er gewartet hatte.
«Das geht alles viel zu langsam! Ich möchte, dass die Digitalisierung oberste Priorität für alle Abteilungsleiter der Bibliothek hat. Der Fortschritt der Vatikanischen Bibliothek auf diesem Gebiet soll international zur Benchmark werden. Wir werden sehr viel ökonomischer mit unseren Ressourcen haushalten, als dies zu Zeiten meines ehrenwerten Vorgängers, Kardinal Ambroso, der Fall war. Im Vatikan hat niemand ein vernünftiges Kostenbewusstsein, obwohl allenthalben die Einnahmen zurückgehen. Ich werde auch nach innen Maßstäbe setzen. Bislang glauben alle,

wir könnten hier Geld ausgeben, als ließe es der liebe Gott auf den Bäumen wachsen. Ich will die Bestände unseres Hauses innerhalb von längstens drei Jahren vollständig digitalisiert sehen. Wir werden die Digitalisate online im Pay-Per-View-Verfahren anbieten und damit einen eigenen Beitrag zu unserem Haushalt leisten. Im Übrigen sollten Sie wissen, dass der Nutzer der natürliche Feind des Bibliothekars und seiner Bücher ist. Wir erfüllen demnach eine zweigliedrige Aufgabe: Zum einen sichern wir die Bestände in unseren Magazinen, zum anderen müssen wir sie zugänglich machen. Je weniger uns das kostet und je mehr uns das einbringt, umso besser. Ich bitte Sie, sich künftig nach dieser Maxime zu richten!»

Montebello war dieses Gerede von Herzen zuwider, das so reich an Floskeln, aber so arm an Kenntnis der wissenschaftlichen Realitäten und – trotz allen Business-Geschwafels – auch der ökonomischen Sachverhalte war. Doch in dieser Situation war es nicht sinnvoll, seinem Vorgesetzten zu widersprechen.

«Sehr wohl, Eminenza! Dürfte ich Ihnen bitte noch mein Anliegen vortragen, das mich zu Ihnen geführt hat?»

«Bitte, aber machen Sie rasch! Sie wissen, dass ich gleich Besuch bekomme!»

«Gewiss! Professor Bill Oakbridge, der Stellvertretende Direktor des Center for the Tebtunis Papyri an der University of Berkeley kommt heute nach Rom und bittet darum, kurzfristig den Papyrus $\mathfrak{P}^{75/A}$ sehen zu dürfen.»

«Mit welchem Forschungsanliegen will er den Papyrus sehen?»

«Es tut mir leid, aber er rief mich heute Nacht vom Flughafen in San Francisco aus an und konnte es mir am Telefon nicht sagen. Es sei jedoch von außerordentlicher Wichtigkeit. Deshalb ist er bereits auf dem Weg nach Rom.»

Ob die Antwort des Direktors der Vatikanischen Bibliothek huldvoller ausgefallen wäre, hätte Montebello ihm Erfreulicheres über den Stand der Digitalisierung der Bestände in seiner Abteilung mitteilen können, sollte dessen Geheimnis bleiben.

«Monsignor Montebello, wie lange arbeiten Sie bereits in der Bibliothek des Vatikans?»

«Seit fast zehn Jahren, Eminenza.»
«Sehr schön. Dann sollten Sie in der Lage sein, wenn Professor Oakbridge eintrifft, ihm den Unterschied zwischen dieser Einrichtung und einer amerikanischen Leihbücherei zu erklären.»
Das Gesicht Montebellos überzog sich rosa. Der innere Kampf, den er jetzt ausfocht, währte knapp zwei Sekunden; dann hatte er verloren.
«Das wird nicht nötig sein, Eminenza. Professor Oakbridge hat hier bereits als Wissenschaftler gearbeitet, als Sie noch Bibliothekar in Kloster Vornbach waren.»
Von der Straße wehte ein warmer Frühlingswind durch die geöffneten Fenster, doch die Raumtemperatur schien mit einem Mal auf die Frostgrenze gesunken zu sein.
«Sie dürfen sich zurückziehen, Monsignor Montebello.»
Während der Kardinal dies mit tonloser Stimme sagte, streckte er seine Rechte aus. Der Bibliothekar machte einige Schritte auf den Schreibtisch zu, beugte sich vor und küsste den Ring seines Vorgesetzten. Dann wich er, einen Gruß murmelnd, in leicht geneigter Haltung rückwärtsgehend zur Tür zurück, drehte sich um, öffnete sie, durchquerte das Büro des Sekretärs, ohne ihn noch eines Blickes zu würdigen, und verließ die Verwaltung.
Als er wieder in seinem Büro war, atmete er tief durch. Sein Herz hämmerte. Wie hatte er sich nur so leicht provozieren lassen können?
«Ich bin ein Esel. Das hat Bill nichts genützt, und mir wird es schaden.»
An diesem Freitag erledigte Monsignor Montebello seine Arbeit ziemlich fahrig. Die Mittagspause ließ er ausfallen. Er hatte keinen Appetit. Dafür ging er bereits um halb drei. Er fuhr zum Flughafen, wo die Maschine mit fast einer Stunde Verspätung angezeigt war. So fand er Zeit, in einer Bar noch einen Espresso zu trinken. Was sollte er Bill sagen?
«Steig gleich wieder ins nächste Flugzeug! Ich hab's vermasselt.»
Nein! Er würde sich natürlich anhören, was für eine Entdeckung seinen Freund so sehr beschäftigte.

Als die Ankunft des Fluges aus San Francisco durchgesagt wurde, straffte er sich und begab sich zu den übrigen Wartenden. Es verging noch fast eine halbe Stunde, bis Bill Oakbridge im Strom der Reisenden durch die Milchglastür trat: Hochgewachsen, mit sonnengebräunter Haut, die einen schönen Kontrast zu seinen blonden Haaren bildete, trug er einen schwarzen Anzug mit offenem schwarzem Hemd, unter dessen Kragen ein cremefarbener Seidenschal verschwand. Der Amerikaner erkannte Montebello sofort in der Menge und kam ihm mit strahlendem Lächeln entgegen. Montebello umarmte ihn, und da sein Freund außer einer stattlichen Aktentasche nur einen kleinen Handkoffer dabeihatte, machten sie sich gleich auf den Weg zum Parkhaus, wo das Auto des Bibliothekars stand.

Kapitel 4 – Der Brief

«Es ist wunderbar, wieder hier zu sein, Gianni. In keiner Stadt ist der Frühling so schön wie in Rom.»
«Wenn deine geheimnisvolle Entdeckung kein bloßer Vorwand war, um gerade jetzt herzukommen, dann hast du einfach einen guten Zeitpunkt gewählt: Übermorgen beginnt die Festa di Primavera. Also – womit sollen wir dein Touristenprogramm beginnen? Campari auf der Piazza Dante oder Espresso an der Spanischen Treppe? Wir finden sicher einen Platz: Egal, wie viele Fremde heute dort waren – sie werden alle in einem Meer von roten Azaleen ertrunken sein.»
«Vielleicht später. Jetzt will ich mit dir reden, wo uns keiner zuhört. Wie wär's mit dem Park der Villa Borghese?»
«Wie du meinst.»
Montebello lenkte den Wagen in die Nähe des Eingangs am Piazzale Brasile, wo er wie durch ein Wunder einen Parkplatz fand, ohne Gefahr zu laufen, abgeschleppt zu werden. Oakbridge ließ den Handkoffer im Wagen und nahm nur seine große Aktentasche mit. Als die beiden durch den Park gingen, fiel erstmals seit dem unerfreulichen Gespräch mit Kardinal Angermeier die Spannung von Montebello ab. Dieses grüne Paradies im Herzen Roms ließ ihn wieder ruhiger atmen. Sie schlenderten an dem See entlang, auf dem bereits die ersten kleinen Boote fuhren. Die Bäume blühten, und die Luft war erfüllt von Vogelstimmen. Sie lenkten ihre Schritte zu einer abseits gelegenen Bank. Es entging dem

Bibliothekar nicht, dass Oakbridge, ehe er sich niederließ, noch einmal mit einem Rundblick die Umgebung in Augenschein nahm, sich dann aber offenbar ganz unbekümmert auf die Bank setzte und die Beine ausstreckte.

«Jetzt erzähl mir, weshalb du es so eilig hattest, nach Rom zu kommen! Was ist los?»

Oakbridge schloss ein paar Sekunden die Augen und sog die würzige Luft ein.

«Ich habe dir doch schon oft von Professor Cyrill Knightley erzählt.»

«Deinem väterlichen Freund und Förderer? Ja. Wie geht es ihm?»

Der Amerikaner schwieg einen Moment.

«Er ist letzte Woche gestorben. Er war nachts allein im Institut und bekam einen Herzinfarkt. Der Arzt sagt, er war sofort tot.»

«Wie furchtbar, Bill! Gott sei seiner Seele gnädig! Das tut mir sehr leid für dich.»

Oakbridge schluckte.

«Ich kann es selbst noch nicht fassen. Ich kannte ihn sogar noch länger als dich und hatte fast täglich mit ihm zu tun. Und gestern» – Oakbridge machte eine kleine Pause –, «gestern hat mir die Universität vorläufig die Leitung des Instituts übertragen.»

«Was heißt vorläufig?»

«Bis die Stelle wieder dauerhaft besetzt wird – was wohl noch im Laufe dieses Jahres der Fall sein wird. Es gibt nicht viele Kandidaten, die in Frage kommen.»

«Du wirst einer von ihnen sein.»

«Ich denke, es läuft auf mich hinaus. Aber ...»

«Aber?»

«Das ist nicht der Grund, weshalb ich hier bin. Gian Carlo, ich möchte dir einen griechischen Papyrus zeigen, den Cyrill und ich erst wenige Tage vor seinem Tod entdeckt haben. Kannst du so etwas lesen?»

«Kommt darauf an. Ich bin kein ganz schlechter Philologe, aber die Lektüre gedruckter antiker Texte ist eine andere Sache als die Lektüre antiker Handschriften.»

Oakbridge sah sich noch einmal um. Dann griff er nach seiner Aktentasche und zog ein steifes, in grünes Leder gebundenes, rechteckiges Futteral heraus, das etwas größer als ein Briefbogen war. Es war nicht mehr als zwei Fingerbreit hoch und hatte vorn zwei goldglänzende Messingverschlüsse, die er nach oben schnappen ließ. Im Innern war es mit blauem Samt ausgeschlagen, doch war im Boden eine Vertiefung ausgearbeitet, die zwei fest aufeinanderliegende Glasplatten aufnahm. Und zwischen diesen Glasplatten lag ein bräunlicher Papyrus mit verblassenden griechischen Schriftzeichen.
«Dies schließt den Papyrus luftdicht ab, und da wir hier im Schatten sitzen, wird ihm auch das Sonnenlicht nichts anhaben. Ist doch in ganz ordentlichem Zustand, dafür, dass er fast zweitausend Jahre Teil einer Krokodilmumie war – oder?»
Montebello warf einen neugierigen Blick auf den Schatz seines Freundes. Und in der Tat: Das dicht beschriebene Blatt wies nur ein paar kleine Löcher auf. Im Übrigen war es unversehrt. Noch während der Bibliothekar daraufschaute, wurde ihm klar, dass er sich schwertun würde, die Schriftzeichen auf dem Papyrus ohne weiteres zu entziffern.
«Bill, erspar mir eine Prüfung in Paläographie unter freiem Himmel und sag mir einfach, was drinsteht!»
«Schade, ich hätte gern dein Gesicht beobachtet, während du das hier liest. Aber ehe ich dir den Text übersetze, musst du mir versprechen, dass du niemandem gegenüber erwähnst, was du jetzt erfährst. Zumindest so lange nicht, bis ich es dir erlaube. Habe ich dein Wort?»
Der Bibliothekar war ein wenig überrascht, nickte aber.
«Versprochen!»
Oakbridge machte noch eine kleine Kunstpause, dann begann er vorzulesen.
«Johannes, durch den Willen Gottes Apostel Jesu Christi, Sohn des Zebedäus und Bruder des Jakobus, an Markus, seinen Bruder durch den Glauben, und an die Gemeinde der Brüder in Alexandria, die an Christus glauben. Gnade sei mit Euch und Friede von Gott unserem Vater und dem Herrn Christus Jesus.

```
ΙΩΑΝΝΗΣ ΔΙΑ ΘΕΛΗΜΑΤΟΣ ΘΕΟΥ ΑΠΟΣΤΟΛΟΣ ΧΡΙΣΤΟΥ ΙΗΣΟΥ Ο ΤΟΥ ΖΕΒΕ
ΔΑΙΟΥ ΥΙΟΣ ΤΕ ΚΑΙ ΤΟΥ ΙΑΚΩΒΟΥ ΑΔΕΛΦΟΣ ΜΑΡΚΩ ΤΩ ΚΑΤΑ ΠΙΣΤΙΝ ΑΔΕΛΦΩ
ΚΑΙ ΤΗ ΕΚΚΛΗΣΙΑ ΤΩΝ ΕΝ ΑΛΕΞΑΝΔΡΕΙΑ ΑΔΕΛΦΩΝ ΠΙΣΤΩΝ ΕΝ ΧΡΙΣΤΩ
ΧΑΡΙΣ ΥΜΙΝ ΚΑΙ ΕΙΡΗΝΗ ΑΠΟ ΘΕΟΥ ΠΑΤΡΟΣ ΗΜΩΝ ΚΑΙ ΚΥΡΙΟΥ ΧΡΙΣΤΟΥ ΙΗΣΟΥ
ΕΥΧΑΡΙΣΤΩ ΔΕ ΤΩ ΘΕΩ ΠΑΝΤΟΤΕ ΜΝΕΙΑΝ ΣΟΥ ΠΟΙΟΥΜΕΝΟΣ ΕΠΙ ΤΩΝ ΠΡΟΣ
ΕΥΧΩΝ ΜΟΥ Η ΓΑΡ ΕΚΚΛΗΣΙΑ Η ΟΥΣΑ ΕΝ ΕΦΕΣΩ ΑΚΟΥΕΙ ΣΟΥ ΤΗΝ ΠΙΣΤΙΝ ΗΝ
ΕΧΕΙΣ ΠΡΟΣ ΤΟΝ ΚΥΡΙΟΝ ΗΜΩΝ ΚΑΙ ΤΗΝ ΑΓΑΠΗΝ ΚΑΙ ΤΗΝ ΠΙΣΤΙΝ ΕΝ Η ΑΥΞΑ
ΝΕΙΣ ΤΗΝ ΤΩΝ ΠΙΣΤΩΝ ΕΚΚΛΗΣΙΑΝ ΤΟ ΔΟΥΝΑΙ ΔΕ ΝΑΙ ΤΟΥΤΟ ΤΟ ΔΙΑ ΣΟΥ
ΑΔΕΛΦΕ ΚΑΙ ΤΗΣ ΑΓΑΠΗΣ ΥΠΕΡ ΑΥΞΑΝΕΙΝ ΤΗΝ ΤΩΝ ΑΔΕΞΑΝΔΡΕΩΝ ΠΙΣ
ΤΙΝ ΠΑΡΑΚΛΗΣΙΝ ΠΑΡΕΧΕΙ ΗΜΙΝ ΤΟΙΣ ΠΑΡΑΚΛΗΣΕΩΣ ΧΡΕΙΑΝ ΕΧΟΥΣΙ ΝΑ ΔΙΑ
ΤΟ ΠΑΣΧΕΙΝ ΗΜΑΣ ΣΗΜΕΡΟΝ ΚΑΚΑ ΤΟΣΑΥΤΑ ΩΣΤΕ ΥΜΙΝ ΕΙΠΕΙΝ ΠΕΡΙ ΑΥΤΩΝ
ΑΛΛ ΕΜΟΙΓΕ ΟΥΔΕΝ ΠΩΠΟΤΕ ΕΛΥΠΗΘΗΝ ΟΥΤΕ ΤΗΣ ΑΣΕΒΕΙΑΣ ΤΟΣΟΥΤΩΝ
ΕΦΕΣΙΩΝ ΤΑ ΕΙΔΩΛΑ ΣΕΒΟΜΕΝΩΝ ΟΥΤΕ ΚΕΝΟΙΣ ΤΟΙΣ ΛΟΓΟΙΣ ΤΙΝΩΝ ΣΠΟΥ
ΔΑΖΟΝΤΩΝ ΜΕΝ ΠΕΡΙ ΤΗΝ ΤΗΣ ΠΙΣΤΕΩΣ ΑΛΗΘΕΙΑΝ ΠΕΡΙ ΠΑΤΟΥΝΤΩΝ ΔΕ ΤΙ
ΕΝ ΣΚΟΤΕΙ ΚΑΘ ΟΝ ΤΡΟΠΟΝ ΕΛΥΠΗΘΗΝ ΤΩ ΘΑΝΑΤΩ ΤΗΣ ΜΗΤΡΟΣ ΤΟΥ ΚΥΡΙΟΥ
ΧΡΙΣΤΟΥ ΙΗΣΟΥ ΗΣ ΓΕ ΕΠΕΙΔΗ ΑΥΤΟΣ ΜΟΙ ΠΑΡΕΔΩΚΕΝ ΠΑΡΑ ΤΩ ΣΤΑΥΡΩ ΜΕΤ
ΕΜΟΥ ΟΥΣΗΣ ΠΑΝΤΟΤΕ ΕΦΡΟΝΤΙΖΟΝ ΩΣ ΜΗΤΡΟΣ Η ΔΕ ΠΑΝΤΟΤΕ ΚΑΙ ΕΜΟΙ
ΚΑΙ ΤΗ ΤΗΣ ΕΦΕΣΙΩΝ ΕΚΚΛΗΣΙΑ ΠΑΡΑΜΥΘΙΟΝ ΕΓΕΝΕΤΟ ΠΑΡΑΚΑΛΕΣΑΣΑ ΗΜΑΣ
ΟΤΑΝ ΑΦ ΗΣ ΤΗΝ ΠΑΤΡΙΔΑ ΕΞΕΛΙΠΟΜΕΝ ΕΝΕΚΕΝ ΤΩΝ ΧΑΛΕΠΩΝ Α ΥΠΟΜΗ
ΣΑΜΕΝ ΚΑΘ ΗΜΕΡΑΝ ΑΡΑ ΑΝΑΣΤΑΣΑ ΜΕΤΑ ΧΑΡΑΣ ΣΥΝΕΛΑΒΕΝ ΤΟΙΣ ΠΤΩΧΟΙΣ
ΕΙ ΚΑΙ ΒΑΡΥ Α ΥΤΗ ΕΓΕΝΕΤΟ ΤΟ ΔΙΑΚΟΝΕΙΝ ΚΑΙ ΒΑΡΥΤΕΡΟΝ ΣΗΜΕΡΟΝ ΔΟΥΝ ΠΡΩ
ΟΥΚ ΕΤΙ ΟΙ Η ΤΗΝ ΑΝΑΛΗΚΤ ΗΛΙΚΙΑ ΤΟΥ ΤΕΚΝΟΥ ΗΣ ΕΝ ΟΥΝΟΑ ΙΓΑ ΧΡΟΝΟΙ ΠΟΛΛΟΙ ΤΩΝ
ΤΗΣ ΕΚΚΛΗΣΙΑΣ ΣΥΝΗΓΜΕΝΟΙ ΗΣΑΝ ΠΡΟΣ Α ΥΤΗΝ ΛΑΛΗΣΑΙ ΜΕΝΟΥ ΚΕΤΙ ΗΔΥ
ΝΗΘΗ ΜΕ ΔΙΑ ΚΑΚΑ ΔΕ ΠΑΡΑΜΥΘΙΑΝ ΔΟΥΣΑ ΑΠΕΘΑΝΕΝ ΕΚΡΙΝΑ ΜΕΝ ΔΗ ΜΙΝ
Α ΥΤΟΙΣ ΤΟΥΤΟ ΤΟ ΛΑΘΕΙΝ ΘΑΨΑΝΤΕΣ Α ΥΤΗΝ ΙΝΑ ΜΗ ΔΙΑΦΘΕΙΡΩΣΙ ΤΟΝ ΤΑΦΟΝ
Α ΥΤΗΣ ΟΙ ΕΦΕΣΙΟΙ ΟΙ ΔΙΚΑΙΩΣ Ο ΡΠΙΖΟΜΕΝΟΙ ΤΗ ΕΚΚΛΗΣΙΑ ΗΜΩΝ ΔΙΟΤΙ
ΕΓΚΟΠΤΟ ΜΕΝ Α ΥΤΟΥΣ ΜΗ ΧΡΗΜΑΤΙΖΕΣΘΑΙ ΑΠΟ ΤΗΣ ΕΙΔΩΛΟΛΑΤΡΙΑΣ ΤΗΣ ΠΕΡΙ
ΠΝΕΥΜΑΤΩΝ ΠΟΝΗΡΩΝ ΕΙΣ ΔΕ ΤΩΝ ΑΠΟ ΤΗΣ ΕΚΚΛΗΣΙΑΣ ΟΙ ΔΕΝ ΜΝΗΜΕΙΟΝ
ΟΥ ΟΥΚ ΗΝ ΟΥΔΕΙΣ ΝΕΚΡΟΣ ΟΥ ΠΩ ΚΕΙΜΕΝΟΣ ΕΝ ΩΔΗ ΗΜΩΝ ΜΕΝ ΚΑΛΩΣ ΟΝΤΩΝ
ΓΥΝΑΙΚΩΝ ΔΕ ΛΟΥΣΑ ΣΩΝ ΤΟ ΣΩΜΑ Α ΨΑΣΩΝ ΜΕΝΟΙ ΤΗ ΕΚΚΛΗΣΙΑ ΤΗ ΜΗΤΕΡΑ ΤΟΥ
ΚΥΡΙΟΥ ΗΜΩΝ ΧΡΙΣΤΟΥ ΙΗΣΟΥ ΤΟ ΜΕΝ ΛΙΘΙΝΟΝ ΜΝΗΜΑ Α ΥΤΗΣ ΚΑΙ ΕΑΝ Η
ΤΑΠΕΙΝΟΝ Α ΛΛ ΕΓΩ ΟΙΔΑ ΟΤΙ ΠΕΡΙ ΓΕΝΗΣΕΤΑΙ ΚΑΤΑΣΚΑΦΕΝΤΟΣ ΤΟΥΤΩΝ ΕΘΝΩΝ
ΜΑΚΡΟΥ ΕΙΔΩΛΕΙΟΥ ΚΑΙ ΤΑΡΑ Α ΥΝΑΜΙΣ ΘΕΟΥ ΟΥΚ ΕΑΣΕΙ ΤΟΥΣ ΤΩΝ ΕΙΔΩΛΩΝ
ΟΙΚΟΥΣ ΕΠΙ ΠΟΛΥ ΥΠΕΡ ΕΧΕΙΝ ΤΗΣ ΕΣΧΑΤΗΣ ΣΚΗΝΗΣ ΤΗΣ ΘΕΟΤΟΚΟΥ
Ο Α ΤΟΠΟΣ Α ΥΤΗΣ ΤΟΥ ΤΑΦΟΥ Α ΠΕΧΕΙ ΤΟΥ ΤΗΣ Α ΡΤΕΜΙΔΟΣ ΙΕΡΟΥ ΕΝ ΚΑΙ
```

Stets danke ich Gott, wenn ich in meinen Gebeten an Dich denke. Denn die Gemeinde in Ephesos hört von Deinem Glauben an unseren Herrn und wie Du durch Liebe und Weisheit die Gemeinde derer vergrößerst, die an ihn glauben. Dieses Wissen, dass durch Dich, Bruder, und durch Deine Liebe der Glaube in Alexandria wächst, ist uns ein Trost, denn des Trostes bedürfen wir, da wir heute so Trauriges erlebt haben, dass ich Dir davon künden will. Nicht vermochte die Gottlosigkeit so vieler Ephesier, die den falschen Göttern anhängen, nicht vermochten die törichten Reden mancher, die zwar um den wahren Glauben ringen, aber doch noch im Dunkel wandeln, mich so zu betrüben wie der Tod der Mutter unseres Herrn Christi Jesu. Seit ER sie mir am Kreuze anvertraut hatte, war sie bei mir, und ich habe sie allezeit umsorgt als meine Mutter. Und sie war mir und der Gemeinde von Ephesos stets ein Trost und hat uns Mut zugesprochen, wenn wir kleinmütig wurden ob der Schwierigkeiten, seit wir die Heimat verlassen haben. Täglich erhob sie sich voll Freude und half den Notleidenden, auch wenn ihr der Dienst schwer und schwerer wurde. Heute Morgen aber vermochte sie nicht mehr, sich von ihrem Lager zu erheben. Bald schon waren viele der Gemeinde um sie versammelt. Sprechen konnte sie nicht mehr, doch lächelte sie uns Trost zu und entschlief. Wir aber haben beschlossen, sie im Verborgenen zu bestatten, damit nicht die Ephesier, die in ihrem Zorn auf unsere Gemeinde rasen, ihr Grab verwüsten, da wir ihre Geschäfte mit dem Götzendienst an bösen Geistern stören. Einer aus der Gemeinde aber weiß ein solches Grab, in das noch nie ein Toter gelegt worden ist. Darein wollen wir die Mutter unseres Herrn Christi Jesu legen, da wir sie beweint und die Frauen sie gewaschen und gesalbt haben. So gering ihr steinernes Grabmal auch sein mag, so weiß ich doch, dass es den Untergang des großen Heidentempels überdauern wird, denn die Macht Gottes wird es nicht zulassen, dass die Häuser der falschen Götter für lange Zeit die letzte Wohnung der Gottesgebärerin überragen werden. Der Ort ihres Grabes aber liegt vom Tempel der Artemis ein und ...»

Oakbridge blickte auf und sah in das aschfahle Gesicht seines Freundes.

«Warum liest du nicht weiter? Um Gottes willen, lies!»

«Es gibt nichts mehr zu lesen. Hier bricht der Text ab.»

Oakbridge schloss das Futteral und verstaute es wieder in seiner Aktentasche. Ein paar Touristen schlenderten an ihnen vorbei. In den Bäumen zwitscherten die Vögel, und aus der Ferne war die Stimme eines Eisverkäufers zu hören, der sein gelato anpries.

«Das Grab der Jungfrau.»

Die Stimme Montebellos war belegt; er bekreuzigte sich langsam.

«So ist es. Kannst du dir vorstellen, dass Cyrill Knightley und mich fast der Schlag getroffen hat, als wir erkannten, was wir vor uns hatten? Dieser Brief des Apostels Johannes ist nicht nur mit Sicherheit eines der ältesten, sondern auch eines der bedeutendsten Dokumente der Christenheit.»

«Das ist... ungeheuerlich. Das... kann nicht sein... Eine Fälschung?»

«Wäre dir das lieber? Nein, Gianni, dafür gibt es keinen Anhaltspunkt. Der Papyrus ist echt. Er bestätigt manches, das zu beweisen die Kirche kaum noch hoffen konnte, aber er ist natürlich auch von einiger theologischer Brisanz. Er bestätigt wichtige Teile der Passions- und der Apostelgeschichte, er bestätigt, dass Markus in Alexandria gewirkt hat. Er bestätigt das Wirken des Johannes, das Leben und Sterben Marias – aber eben auch ihre Bestattung in Ephesos. Über all das werden die Theologen in den nächsten Jahren viel nachzudenken haben und eine Menge Tinte vergießen.»

Montebello saß neben dem Amerikaner und schüttelte immer wieder den Kopf. Über einen Zeitraum von fast zweitausend Jahren hinweg hatte der Apostel Johannes zu ihm über das Sterben der Gottesgebärerin gesprochen.

«Wer weiß noch von der Existenz dieses Briefes?»

Oakbridge schaute überrascht auf seinen Freund.

«Weshalb fragst du das?»

«Wenn dieser Brief bekannt wird, löst er ein Erdbeben aus. Wenn das stimmt, was du vorgelesen hast, dann fallen zwei Dogmen – das von der leiblichen Aufnahme Mariens in den Himmel und damit zugleich das von der Unfehlbarkeit des Papstes. Das wird die Lehrautorität der Kirche schwerer erschüttern als die Entdeckung des Kopernikus. Vor fünfhundert Jahren war die Stellung der Kirche unangefochten, heute ist sie überall in Bedrängnis.»

Bill Oakbridge verstand, was Montebello meinte. Am 1. November 1950 hatte Papst Pius XII. das Dogma der leiblichen Aufnahme Mariens in den Himmel verkündet: «Wir erklären und definieren es als einen von Gott geoffenbarten Glaubenssatz, dass die makellose Gottesmutter, die allzeit reine Jungfrau Maria, nach Voll-

endung ihrer irdischen Lebensbahn mit Leib und Seele in die himmlische Herrlichkeit aufgenommen wurde.» Seit diesem Tag war das ein unverbrüchlicher Glaubensartikel der katholischen Christen. Das Grab der Jungfrau, von dem der Apostel Johannes sprach, war damit schwerlich zu vereinbaren: Wenn Maria aber nach ihrem Tod nicht mit Leib und Seele in den Himmel aufgefahren, sondern nachweislich bestattet worden war, so war dieser päpstliche Lehrsatz widerlegt. Dann aber fiel auch das Unfehlbarkeitsdogma, das das Erste Vatikanische Konzil unter Papst Pius IX. im Jahr 1870 aufgestellt hatte: «Wenn der Römische Papst in höchster Lehrgewalt spricht, das heißt: wenn er seines Amtes als Hirte und Lehrer aller Christen waltend in höchster apostolischer Amtsgewalt endgültig entscheidet, eine Lehre über Glauben oder Sitten sei von der ganzen Kirche festzuhalten, so besitzt er aufgrund des göttlichen Beistandes, der ihm im heiligen Petrus verheißen ist, jene Unfehlbarkeit, mit der der göttliche Erlöser seine Kirche bei endgültigen Entscheidungen in Glaubens- und Sittenlehren ausgerüstet haben wollte. Diese endgültigen Entscheidungen des Römischen Papstes sind daher aus sich und nicht aufgrund der Zustimmung der Kirche unabänderlich.»
Während Oakbridge noch über beide Dogmen nachdachte, stieß Montebello ihn an.
«Also, Bill, wer außer dir kennt den Brief noch?»
Oakbridge wiegte den Kopf.
«Das, Gian Carlo, beschäftigt mich im Moment am meisten. Bis nach der Beisetzung von Cyrills Urne war ich mir sicher, dass ich nun der einzige Mensch bin, der diesen Text kennt. Der Laborant, der die Präparation unter meiner Aufsicht vorgenommen hat, ist ein fähiger Mitarbeiter, aber er ist ein reiner Techniker und beherrscht keine alten Sprachen. Und ganz sicher kann er keine antiken Handschriften lesen... das macht ja sogar manchen Bibliothekaren Mühe.»
Ein ironisches Lächeln huschte über Oakbridges Gesicht.
«Cyrill und ich waren angesichts der Bedeutung dieses Briefes übereingekommen, dass vorerst niemand davon erfahren dürfe,

bis wir alle wissenschaftlichen Fragen geklärt und einen geeigneten Weg gefunden hätten, damit an die Öffentlichkeit zu gehen. Da wir im Institut stets eine Politik der offenen Türen praktizieren, haben wir beschlossen, dass dieser Papyrus zur Sicherheit nicht dort, sondern erst einmal bei mir zu Hause aufbewahrt werden sollte, weil ich einen kleinen Wandsafe besitze.

Als ich dann eines Abends noch einmal den Papyrus betrachtete, fiel mir etwas ein, was ich Cyrill anderntags erzählt habe: Vor ein paar Jahren hat euer Kardinal Ambroso noch als Direktor der Vatikanischen Bibliothek einen kurzen Artikel in der Zeitschrift *Studi di Egittologia e di Papirologia* veröffentlicht. Darin schreibt er, dass er für die Vatikanische Bibliothek das Papyrusfragment 𝔓75/A erworben hat. Aufgrund einer vorläufigen Altersbestimmung, aber auch wegen inhaltlicher Bezüge vermutet er einen Autor dieser Handschrift aus der Entstehungszeit der Gemeinde in Ephesos – vielleicht sogar jemanden aus dem unmittelbaren Umfeld des Apostels Johannes. Und weiter heißt es darin, dass das Brieffragment eine sachlich nicht weiter einzuordnende Geländebeschreibung enthält, die sich vielleicht auf die Umgebung des Artemis-Tempels von Ephesos bezieht.

Cyrill und ich sahen darin eine Chance, vielleicht unseren Brief zu vervollständigen, wenn sich erweisen sollte, dass die beiden Fragmente zusammengehören. Ich sollte so rasch wie möglich nach Rom fliegen, um mir euer Papyrusfragment anzuschauen. Natürlich wäre ich, nachdem Cyrill gestorben war, nicht so bald hierhergekommen. Aber dann ist vorgestern während der Trauerfeier oder schon in der vorangegangenen Nacht in mein Büro eingebrochen worden. Ich habe der Polizei gesagt, dass ich glaube, einer der Junkies aus der Nachbarschaft sei vermutlich der Täter – und damit haben sie sich auch zufriedengegeben. Aber während ich mich umsah, um festzustellen, was außer ein paar Kleinigkeiten noch gestohlen worden war, wurde mir klar, dass jemand mein Zimmer systematisch durchsucht hatte: Ein Einbrecher hätte ohne Rücksicht auf Verluste alles herausgerissen und dann ein paar Wertsachen an sich gerafft. Bei mir wollte aber niemand etwas kaputt machen; doch hat derjenige alle Schränke und Schubladen geöffnet, Papiere und Unterlagen hervorgezogen und sie dann nicht mehr ganz sorgfältig an ihren Platz gelegt. Danach ist alles wieder verschlossen worden. Ich bin sicher, dass da jemand nach etwas ganz Bestimmtem gesucht und einfach irgendetwas mitgenommen hat, um die wahren Motive für seinen Einbruch zu verschleiern.»

«Du meinst, er hat euren Papyrus gesucht?»

Oakbrigde nickte.

«Wer immer es war, konnte nur deshalb nicht finden, was er suchte, weil ich den Papyrus nicht im Büro, sondern bei mir zu Hause hatte.»

«Wer sollte denn davon erfahren haben, wenn ihr beide niemandem etwas gesagt habt? Das kann doch auch einfach nur ein trauriges zeitliches Zusammentreffen sein.»

«Nein. Am Mittwochabend bin ich noch einmal in Cyrills Büro gegangen, nachdem mir der Gedanke an eine gezielte Suche des Einbrechers gekommen war, und habe mich dort umgesehen. Es war das gleiche Bild wie bei mir. Gian Carlo, es gibt jemanden, der von diesem Papyrus weiß und ihn in seinen Besitz bringen will. Deshalb bin ich trotz Cyrills Tod sofort nach Rom geflogen. Die Handschrift ist in Berkeley nicht länger sicher. Umso mehr bitte ich dich, mir zu helfen, den Teil meiner Forschungen, die ich nur hier betreiben kann, rasch voranzubringen!»

Der Appell Oakbridges lenkte Montebellos Gedanken wieder in die Gegenwart zurück. Er senkte den Kopf und griff sich mit beiden Händen in die Haare, während er flüsterte:

«O Gott, Bill! Es geht nicht mehr nur um die beiden Dogmen. Das Konzil! Der Papst hat die heilige Jungfrau zur Schutzpatronin des Konzils erhoben. Wenn dieses Brieffragment publik wird, dann werden alle Gegner der Kirche und alle Atheisten kübelweise Hohn und Spott über die Versammlung ausgießen. Ich sehe die Schlagzeilen schon vor mir: ‹Gottesmutter im Grab statt im Himmel!›, ‹Konzil ohne himmlische Fürsprecherin.› Für die Medien wäre das eine Sensation ersten Ranges, für die Kirche ein Skandal und für den Glauben in der Welt eine Katastrophe. Dir würde man deine Entdeckung vergolden. Du hättest einen Erfolg, der euer Institut zum führenden in der Welt machen würde ... ob mit oder ohne unser Stückchen Papyrus in der Vaticana.»

«Gian Carlo, du missverstehst mich! Es geht mir nicht um irgendeine Sensation! Es geht darum, dass ich eine ordentliche wissenschaftliche Forschungsleistung vorlegen will: eine Textausgabe im Kontext aller verfügbaren Teile dieses hochbedeutenden Papyrus. Und außerdem ...»

Als Oakbridge verstummte, richtete Montebello sich auf und sah ihn an.

«Außerdem ...?»

«Außerdem will ich wissen, wo das Grab liegt. Ich will nach Ephesos fahren und, wenn es möglich ist, die Stelle finden. Das gehört zu dieser einzigartigen Chance, die sich mir bietet: Auch die archäologischen Konsequenzen dieser Entdeckung müssen gezogen werden. Und deshalb muss ich den fehlenden Teil des Papyrus sehen, um zu erfahren, wo ich nach dem Grab oder nach dem Platz zu suchen habe, wo es sich einst befunden hat – oder ... wo es vielleicht noch ist.»

Der Bibliothekar zog die Brauen zusammen und fixierte den Amerikaner.

«Das klingt, als ob du von einer Schatzsuche sprichst. Du sprichst aber von dem Grab der Mutter des Herrn. Dieser Ort ist schon jetzt, wenn auch noch unentdeckt, eine der heiligsten Stätten der Christenheit. Sollte dieses Grab noch existieren, wäre es ein unverzeihlicher Frevel, es zu öffnen! Es birgt als Grabstätte Mariens in jedem Fall ein für uns Menschen nicht zu fassendes Mysterium. Was hast du vor? Soll da ein neues Disneyland entstehen?»

«Gianni! Ich habe nicht vor, ein Grab zu schänden. Auch wenn ich nicht an Gott glaube, habe ich doch nie zu denen gehört, die andere wegen ihres Glaubens verachten. Ich würde keine Befriedigung dabei empfinden, einen Ort zu entweihen, der anderen heilig ist. Aber diese Stätte hat ganz unabhängig davon, ob man deinen Glauben teilt oder nicht, größte kulturhistorische Bedeutung. Die

Frau, die dort bestattet wurde, war Jüdin; sie ist aber auch die Mutter des Religionsstifters der Christen, und sie wird zugleich als Mutter eines großen Propheten von den Muslimen verehrt. Wo immer also dieser Ort ist – er gehört nicht nur einer Gruppe, nicht nur einer Religionsgemeinschaft; er gehört den Angehörigen vieler Kulturen. Sie alle haben das Recht, seine Geschichte zu erfahren. Und zwar als eine Geschichte, die ich nach bestem Wissen und Gewissen als die wahre Geschichte des Mariengrabes der Welt vorstellen will.»

Oakbridge lächelte sein Gegenüber an. Montebello entspannte sich etwas.

«Es tut mir leid, Bill! Ich wollte dich nicht verletzen. Wenn jemand der Welt eines Tages die wahre Geschichte dieses Ortes wird erzählen können, dann du. Aber verstehst du meine Situation? Das alles ist heute zu viel für mich. Ich bin völlig durcheinander. Komm, lass uns erst einmal essen gehen – und etwas trinken. Ich glaube, ich kann jetzt was vertragen.»

«Kann ich mich trotz Dogmen und trotz Konzil darauf verlassen, dass du niemandem ein Wort von meinem Papyrus sagst?»

Montebello sah seinen Freund traurig an und nickte.

«Eure Rede sei ‹ja, ja, nein, nein›! Selbstverständlich kannst du dich auf mich verlassen.»

«Und wirst du mir trotz allem helfen, das Papyrusfragment in der Vaticana zu sehen?»

Diese Frage erinnerte Montebello wieder an sein Gespräch mit Angermeier, und das half ihm, seine Gedanken zu ordnen, die in einem wilden Wirbel kreisten, seit er von dem Inhalt des Papyrus erfahren hatte.

«Bill, mein Gespräch mit Kardinal Angermeier ist schlecht verlaufen – besser gesagt: katastrophal. Er hat keine Sondererlaubnis für deine Autopsie des Papyrus gegeben, und ich glaube nicht, dass er überhaupt gewillt ist, dir jemals das Fragment zugänglich zu machen.»

«Das ist nicht dein Ernst?»

«Angermeier ist kein Mann der Wissenschaft. Er verfolgt Interes-

sen, die fern von all dem sind, was dir und mir wichtig ist. Er ist einfach ein Kirchenfürst, wie er im Buche steht, und sollte er jemals erfahren, um was es in deinen Forschungen geht – und das müsstest du bei deinem Antrag offenlegen –, würde er die Zustimmung auf jeden Fall verweigern. Er würde niemals eine Arbeit unterstützen, die zur Folge haben könnte, dass möglicherweise ein Dogma aufgegeben werden muss.»
«Und wie ist es mit dir?»
«Lass mir Zeit, Bill! Bitte! Ich habe das Gefühl, dass der Boden unter meinen Füßen schwankt.»
Sie strebten dem Ausgang des Parks zu, hinter dem sie bereits das Brausen des einsetzenden Wochenendverkehrs der Ewigen Stadt vernahmen.

Kapitel 5 – Das Privileg

Sie luden das Gepäck bei Montebello ab und machten sich auf nach Trastevere. Von der Aktentasche mit dem Futteral wollte Oakbridge sich nicht trennen. So war der Apostel Johannes als stummer und doch beredter Gast auch bei ihrem Abendessen zugegen. Es war immer noch warm genug, um in der Trattoria Da Pino draußen zu essen. Sie setzten sich zu anderen Gästen auf eine der Holzbänke an dem schräg ansteigenden Platz, wo auf den Tischen karierte Papierdecken lagen, die die Bedienung immer dann abzog, nachdem die Besetzung der Doppelbänke einmal durchgewechselt hatte. Es gab nur die Spezialität des Hauses, Backfisch und Weißwein.
Bill Oakbridge war nicht anzumerken, dass er seit fast zwei Tagen kein Bett mehr gesehen hatte. Dass er aus San Francisco nach Rom gekommen war, seinen alten Freund wiedergetroffen hatte und hier den Papyrus in Sicherheit wusste, beruhigte und entspannte ihn. Ja, es ermutigte ihn so sehr, dass er schier vor Tatendrang platzte. Dieser optimistische Charakterzug gehörte zu den Seiten des Amerikaners, die Montebello schon immer neidlos bewundert hatte. Er ahnte, dass darin ein Teil des Geheimnisses jenes Erfolges lag, der Oakbridge bereits in jungen Jahren in sein außergewöhnliches Amt geführt hatte.
Beide hoben ihre Gläser und stießen an.
«Wann haben wir uns zuletzt gesehen, Gianni?»
«Das muss unmittelbar nach dem Ausscheiden Kardinal Ambrosos aus seinem Amt als Bibliotheksdirektor gewesen sein.»

«Was macht Seine Eminenz jetzt? Er muss doch inzwischen steinalt sein.»

«Er ist über achtzig, aber das merkst du nicht, wenn du mit ihm sprichst. Er hat sich in all den Jahren praktisch nicht verändert. Ich sehe ihn immer noch regelmäßig in der Bibliothek. Meist sitzt er schon um acht Uhr morgens im großen Lesesaal, wenn ich komme, und geht wieder, ehe das Gros der Mitarbeiter und Bibliotheksbesucher eintrifft.»

«Wie kann er bereits so früh da sein? Die Vaticana macht doch erst um neun Uhr auf.»

«Keine Ahnung. Entweder der Pförtner lässt ihn ein – diesen Service wird er dem ehemaligen Leiter der Bibliothek sicher nicht verweigern –, oder der Kardinal hat einen Schlüssel.»

«Du meinst, er genießt ein Privileg?»

«Wenn du es ein Privileg nennen willst, nach so langer Zeit ungehindert an deiner alten Wirkungsstätte forschen zu dürfen, dann meine ich ein Privileg.»

«Ruf ihn an!»

Montebello verschluckte sich und begann zu husten. Als er wieder zu Atem kam, schaute er seinem Freund ungläubig ins Gesicht.

«Wie bitte?!»

«Ruf ihn an! Jetzt!»

«Bill! Hast du den Verstand verloren? Ich soll jetzt Kardinal Ambroso anrufen? Weshalb? Was hast du vor?»

«Verstehst du nicht? Er hat damals das Papyrusfragment für die Bibliothek erworben, und er ist ein wirklich großer Wissenschaftler. Nach allem, was ich von ihm weiß, möchte ich wetten, dass ihn nicht nur mein Fund brennend interessiert, sondern ebenso sehr, ob mein Text und sein Fragment zusammengehören. Ruf ihn an!»

«Ich bitte dich, Bill! Wir haben beide was getrunken, es ist nach neun Uhr abends, und Kardinal Ambroso ist ein alter Herr. Vielleicht hat er auch Besuch. Ich glaube, ich habe heute mit meinem Auftritt bei Eminenza Angermeier für einen Tag genug Fehler gemacht.»

«Gian Carlo, bitte! Wir beide wissen von einem Dokument, das von unvergleichlicher Bedeutung für die Kirchengeschichte ist. Ja, es befindet sich in unserem Besitz. Und es ist die Kleinkariertheit eines borniertenVerwaltungschefs, die es möglicherweise verhindern wird, dass dieses einzigartige Zeugnis in angemessener Weise erforscht werden kann. Was, wenn Angermeier das Papyrusfragment der Sammlung entnimmt, um es an einen anderen Aufbewahrungsort zu bringen, wo es dann für immer verschwindet, um ganz sicherzugehen, dass du es mir nicht gegen seinen Willen zugänglich machst?»

Die Tatsache, dass Oakbridge den Papyrus ihrer beider Besitz nannte und ihre gemeinsame Verantwortung für das, was daraus werden mochte, so nachdrücklich betonte, verfehlte nicht ihre Wirkung auf Montebello.

«Du meinst wirklich, ich soll Sua Eminenza Ambroso anrufen?»

«Bitte! Am Montag kann es zu spät sein!»

Vielleicht war Oakbridges Idee gar nicht so schlecht. Der Kardinal war nicht nur ein bedeutender Gelehrter, sondern auch ein Mann von großer Weisheit. Möglicherweise würde er auch ihm, Montebello, in seiner Zerrissenheit zwischen Wissen, Zweifel und Glauben helfen können, die ihn quälte, seit er von dem Papyrus erfahren hatte.

«Cameriere! Wir möchten zahlen, und bitte rufen Sie uns ein Taxi!»

Keine Viertelstunde später standen sie im Arbeitszimmer des Geistlichen. Montebello öffnete eine Schreibtischschublade und beförderte nach einigem Suchen ein kleines Notizbuch an die Oberfläche. Er blätterte kurz darin. Dann griff er zum Telefon und tippte die Nummer ein. Kurz darauf klickte es in der Leitung. Eine Frauenstimme meldete sich.

«Pronto?»

«Hier ist Monsignor Montebello. Madre Devota, bitte entschuldigen Sie die späte Störung! Glauben Sie, es wäre möglich, um diese Uhrzeit Sua Eminenza noch zu sprechen? Es ist sehr wichtig.»

Die Ordensschwester von den Töchtern vom heiligsten Herzen

Jesu, die seit Jahrzehnten den Haushalt des Kardinals führte, freute sich, dass der Geistliche, dessen sie sich noch von ein paar Besuchen erinnerte, ihren Namen behalten hatte.
«Ah, Monsignore! Wie schön, dass Sie wieder einmal anrufen. Ich glaube, vor ein paar Minuten war noch Licht im Arbeitszimmer von Sua Eminenza. Warten Sie bitte!»
Eine Minute später hörte Montebello den sonoren Bariton des Kardinals.
«Pronto?»
«Eminenza, bitte entschuldigen Sie die Störung zu so später Stunde.»
«Monsignor Montebello – eine ungewöhnliche, aber umso nettere Überraschung! Was gibt es?»
«Eminenza, sind Sie sicher, dass ich Sie nicht störe?»
«Gewiss nicht. Ich sitze über dem OSSERVATORE, und der enthält heute nichts, was nicht auch morgen noch gelesen werden könnte.»
Montebello war sich nicht sicher, ob sein Gesprächspartner nicht noch ein «wenn überhaupt» hinterhergebrummelt hatte.
«Eminenza, ich hätte Sie nicht um diese Uhrzeit angerufen, wenn es sich nicht um eine... schier unglaubliche Angelegenheit handeln würde. Neben mir steht mein Freund Professor William Oakbridge aus Berkeley, seit kurzem der Leiter des Center for the Tebtunis Papyri. Er hat einen Papyrus entdeckt – und ich habe ihn mit eigenen Augen gesehen –, der für die Apostelgeschichte, ja, für die ganze Christenheit von größter Bedeutung ist.»
«Sie klingen ja richtig aufgeregt, Montebello. Worum handelt es sich denn?»
«Bitte verzeihen Sie, Eminenza, aber es ist ein Thema, über das sich schlecht am Telefon sprechen lässt.»
«Monsignore – da Sie mich so spät anrufen, aber über die Sache selbst am Telefon nichts sagen möchten, vermute ich, dass Sie sich nicht zu fragen trauen, ob wir uns heute Abend noch sehen können?»
Hätte Kardinal Ambroso seinen Gesprächspartner vor sich ge-

habt, so hätte es ihn gewiss erheitert, wie in diesem Moment eine flammende Röte das Gesicht von Monsignor Montebello überzog.

«Sie wissen», fuhr der Kardinal fort, «dass ich in meiner aktiven Zeit immer gern internationale Größen der Forschung getroffen habe. Also setzen Sie beide sich in ein Taxi und kommen bei mir vorbei. Ich werde Suora Devota bitten, uns ein wenig Käse und Oliven mit einer Flasche Rotwein aufzutischen, ehe sie sich zurückzieht. Das sind bewährte Mittel gegen große Erregung.»

«Danke, Eminenza! Sie sind zu gütig. Wir sind in spätestens zwanzig Minuten bei Ihnen.»

«Ich freue mich auf Ihren Besuch. Ach, Monsignore – Sie sagten, Sie hätten den Papyrus mit eigenen Augen gesehen: Professor Oakbridge hat ihn also dabei?»

«Ja, Eminenza!»

«Dann erbitte ich als Gegenleistung für Käse und Rotwein einen Tribut an die Neugier eines alten Mannes: Ich möchte den Text sehen!»

«Selbstverständlich, Eminenza. Wir werden ihn mitbringen.»

«Arrivederci.»

In der Leitung knackte es. Dann herrschte Stille.

«Er erwartet uns! Es hat geklappt. Ich kann es nicht fassen.»

«Du bist ein Prachtkerl, Gian Carlo!»

«Danke, Bill. Aber der Kardinal will den Papyrus auch sehen.»

«Das soll er unbedingt! Er kennt als einer von ganz wenigen möglicherweise das Gegenstück. Schon sein erster Eindruck ist mir wichtig.»

«Der Rotwein des Kardinals ist legendär – wir sollten ein Taxi nehmen und nicht mit meinem Wagen fahren. Sonst stehst du am Ende des Abends mit einem Papyrus da und ich ohne Papiere!»

Montebello und Oakbridge grinsten sich an. Auf einmal war wieder jene Stimmung zwischen ihnen, wie sie sie so manchen Abend vor fast zwanzig Jahren in Rom erlebt hatten. Sie rannten förmlich die Treppe hinunter, standen auf der Straße, winkten ein Taxi heran und setzten sich auf die Rückbank des Wagens.

«Du weißt, dass es Kardinal Ambroso war, der mich eingestellt hat?»
«Ja, du hast mir seinerzeit davon erzählt.»
«Was ich an ihm immer bewundert habe, ist die Verbindung von tiefer Frömmigkeit und größtem Interesse an der Welt unserer Tage. Er stammt aus einem süditalienischen Dörfchen irgendwo in Kalabrien. Ich habe gehört, dass er in kleinsten Verhältnissen aufgewachsen ist und es nur dem Dorfpfarrer zu verdanken hat, dass er nicht Knecht bei einem Großgrundbesitzer geworden ist. Dem Mann ist nicht nur der wache Geist des jungen Ambroso aufgefallen, sondern er hat auch dafür gesorgt, dass dieser Großbauer ihm die Schule finanziert hat. Die letzten Jahre seiner Schulzeit verbrachte er dann in einem von Jesuiten geleiteten Internat. Damals muss er den Entschluss gefasst haben, diesem Orden beizutreten. In seinem Noviziat hat er sich entschieden, nicht Jesuitenbruder, sondern Priester zu werden. So hat man ihn gleich zum Studieren geschickt. Er soll in Neapel aber nicht nur Theologie und Philosophie, sondern nebenbei auch noch Klassische Philologie und Geschichte studiert haben, und das alles in nur sechs oder sieben Jahren. Sein Studium hat er mit einer Dissertation über die Bedeutung der Wächter in Platons Idealstaat abgeschlossen. Damit ihm seine wissenschaftlichen Meriten nicht zu Kopf steigen, hat man ihn auf eine sehr ausgedehnte Missionsreise in der Welt herumgeschickt. So kam er nach Kalkutta, nach Ankara, schließlich nach Asunción. Damals muss er sich überall so für die Armen und Unterdrückten eingesetzt haben, dass man in Rom davon hörte. Als er nach fast fünfzehn Jahren zurückkehrte, übernahm er eine Leitungsfunktion in der italienischen Zentrale des Ordens in Rom. Nebenbei schrieb er sein zweites Buch über die Bedeutung der Lehren von Papst Gelasius I. im Zeitalter des Machiavellismus. Bald darauf wurde er Professor für Philosophie an der Gregoriana. Nach seiner Emeritierung ernannte ihn der Papst wegen seiner besonderen Verdienste zum Kardinal und übertrug ihm die Leitung der Vatikanischen Bibliothek, deren Direktor er bis vor gut vier Jahren gewesen ist. Und er ist immer noch nicht

müde, sondern heute Mitglied eines hochrangig besetzten interreligiösen Arbeitskreises. Darin sitzen Vertreter aller Weltreligionen – darunter nicht wenige Hardliner – und debattieren über eine bessere Verständigung der Glaubensgemeinschaften untereinander. Als ich Sua Eminenza vor ein paar Wochen gefragt habe, warum er sich in seinem Alter noch so aufreibende Gespräche antut, hat er mir zugezwinkert und gesagt, er gehorche nur dem neuen Leiter der Glaubenskongregation, Sua Eminenza Panettiere, der immer wissen wolle, was der Gegner denkt. Und da Panettiere ihn, Ambroso, als alten Dickschädel kenne, habe er ihn gebeten, an dieser Runde teilzunehmen und den Kardinälen regelmäßig über die Diskussionen zu berichten.»

«Damit verschwendet man seine Fähigkeiten: Leo Ambroso genießt bis heute einen exzellenten Ruf als Wissenschaftler. Bei ihm muss man immer mit Überraschungen rechnen – und das gilt eben auch für seinen Umgang mit dem Papyrus $\mathfrak{P}^{75/A}$. Er hat dieses Fragment nicht einfach in eure Sammlung einsortiert, sondern auch noch an die paar Forscher auf der ganzen Welt gedacht, für die vielleicht die Information wichtig sein könnte, dass dieses Handschriftenfragment existiert. Deshalb hat er die kleine Miszelle darüber veröffentlicht, von der ich dir erzählt habe. Dass er sich als Chef der Vatikanischen Bibliothek überhaupt die Zeit für so etwas genommen hat, gibt mir Hoffnung.»

Kapitel 6 – Der Kardinal

Ein paar Minuten später hielten sie am Rande des Parco di Traiano unweit des Kolosseums vor einem schmiedeeisernen Tor, hinter dem in einem großzügig angelegten Garten ein frei stehendes Haus zu sehen war – der Altersruhesitz des Kardinals. Sie läuteten, und kurz darauf flammte in dem bunten Glasfenster über der Eingangstür ein Licht auf. Dann hörten sie den Summer. Sie lehnten sich gegen das Tor, dessen einer Flügel aufschwang, und gingen auf das Haus zu. Noch bevor sie über den von zwei Laternen beleuchteten Kiesweg, der eine gepflegte Rasenfläche teilte, auf der ein paar Zypressen und Pinien standen, zu dem Gebäude mit klassizistischer Front gelangt waren, öffnete sich die Haustür, in der der Kardinal selbst erschien. Ein mittelgroßer, stämmig wirkender Mann mit vollem weißem Haar und einem rundlichen, heiteren Gesicht.
«Laudetur Jesus Christus!»
«In aeternum! Amen.»
Montebello ergriff die ausgestreckte Hand Kardinal Ambrosos und wollte den Ring küssen, merkte aber am Händedruck seines Gegenübers, dass jener keinen Wert darauf legte. Daraufhin ließ der Bibliothekar die Hand los, die der Kardinal sogleich dem Amerikaner entgegenstreckte.
«Professor Oakbridge! Welch unverhoffte Freude, einen Gelehrten wie Sie in meinem Haus begrüßen zu dürfen!»
Der Kardinal sprach ein gepflegtes Englisch, doch ohne sich die Mühe zu machen, seinen süditalienischen Tonfall zu unterdrü-

cken. Die Freude, die aus seinen Worten sprach, war unüberhörbar echt. Und unübersehbar war, dass Bill Oakbridge sofort vom Charme des ehemaligen Direktors der Vatikanischen Bibliothek gefangen genommen war. Er strahlte Kardinal Ambroso an.
«Die Freude ist ganz und gar auf meiner Seite, und ich empfinde es als große Ehre, dass Sie mich – zumal um diese Uhrzeit – empfangen.»
«Bitte lassen wir die Förmlichkeiten! Kommen Sie herein und seien Sie mir herzlich willkommen. Sie haben mich vor einem langweiligen Abend bewahrt – ein zweifelhafter Luxus, den man sich in meinen Jahren nicht mehr leisten sollte. Ich darf in mein Arbeitszimmer vorausgehen. Meine Haushälterin hat sich bereits zurückgezogen, aber für unser leibliches Wohl ist gesorgt. Sie hingegen werden es übernehmen müssen, sich um unsere geistige Nahrung zu kümmern.»
Der Kardinal ging voran, Oakbridge folgte ihm, und Montebello bildete den Abschluss der kleinen Prozession. Der Flur war mit dunklem Eichenparkett ausgelegt. Die weißgetäfelten Kassettenwände schmückten Bilder von Max Ernst und Giorgio de Chirico. Der große Vorraum, in den der Flur mündete, barg einige wenige, aber ungewöhnliche Kunstwerke – auf einem Sockel stand eine Plastik von Giacometti, einige Meter weiter eine kleine Skulptur von Barlach. Als der Kardinal das Erstaunen des Amerikaners bemerkte, wandte er sich ihm zu.
«Die Kirchen Roms und die Gebäude des Vatikans sind so reich an den schönsten Bildern vergangener Epochen, dass ich nicht einsehe, warum ich mich hier in meinen Privaträumen mit denselben Meistern umgeben soll. Es sind in meinen Augen Leihgaben an die Menschheit, und es ist Vorsorge getroffen, dass sie nach meinem Tod an geeignete Museen gehen.»
Dann trat Ambroso durch eine hohe Tür in sein hell erleuchtetes Arbeitszimmer. Es war erfüllt vom Aroma schwerer Zigarren, und auf einem Tisch vor einer Ledercouch, an deren Enden jeweils ein mächtiger Ohrensessel stand, warteten wie versprochen Käse, Oliven, Wein, eine Karaffe Wasser und dazu ein üppig gefüllter Brot-

korb. An jedem Platz standen ein Teller, ein Wein- und ein Wasserglas; daneben lagen Bestecke. Ein paar kleine Stapel von Büchern und Zeitschriften waren offenbar in aller Eile vom Tisch abgeräumt und auf dem Boden unter einem großen Fenster abgelegt worden, das zum Garten ging.

«Bitte, meine Herren, nehmen Sie Platz und greifen Sie zu! Ich hoffe, Sie sind mit einem Taxi gekommen, mein lieber Montebello, sonst müssten Sie am Ende auf diesen herrlichen Brunello verzichten! Montebello senza Brunello...»

«In Erinnerung an meine gelegentlichen Besuche bei Ihnen habe ich vorsorglich meinen Wagen stehen lassen.»

«Eine weise Entscheidung!»

Mit diesen Worten ließ sich der Kardinal in einem der beiden Sessel nieder, goss sich zunächst selbst ein, kostete, lächelte zufrieden, füllte dann die Gläser seiner Gäste und prostete ihnen zu.

«Niemand, der alten Wein getrunken hat, will neuen...»

Mit diesen Worten stellte er sein Glas ab.

«Was machen Ihre Krokodilmumien, Professor Oakbridge?»

«Danke der Nachfrage, sie nähren ihren Mann – und nebenbei ein ganzes Institut mit über zwanzig Wissenschaftlern, Technikern und Hilfskräften.»

Der Kardinal nickte anerkennend.

«Dass in unseren Tagen die Hinterlassenschaften der Antike noch einmal zum Wirtschaftsfaktor werden, ist erfreulich. Hierzulande lässt man die großartigsten Monumente der Vergangenheit verrotten oder verscherbelt sie an Privatleute. Die politisch Verantwortlichen haben keinen Sinn dafür und kein Interesse daran. Nachdem sie den Staat moralisch, politisch und ökonomisch heruntergewirtschaftet haben und ihnen die Mittel ausgehen, sind sie nicht einmal mehr bereit, den noch erhaltenen Bestand an Altertümern zu sichern. Denken Sie nur an Pompeji, wo ein Menschheitserbe gefährdet ist. Es ist eine Schande!»

Schon in seiner aktiven Zeit hatte man Kardinal Ambroso gefürchtet, weil er seine Ansichten über alles, was politisch, sozial und kulturell im Argen lag, unmissverständlich äußerte.

«Das soll uns aber nicht am heutigen Abend verdrießen. Erzählen Sie! Worum geht es?»
«Eure Eminenz, bevor ich Ihnen mein eigentliches Anliegen vortrage, muss ich Ihnen berichten, dass vor einer Woche Professor Cyrill Knightley an einem Herzinfarkt gestorben ist.»
Kardinal Ambroso war sichtlich betroffen.
«Das tut mir sehr leid! Auch wenn ich ihn nie habe persönlich kennenlernen dürfen, so weiß ich doch aus seinen Veröffentlichungen, dass er einer der grand old men der Altertumswissenschaften war.»
«Das war er gewiss. Und was mich heute Abend zu Ihnen führt, ist gewissermaßen die letzte große, ja die größte Entdeckung, die Professor Knightley und ich gemacht haben – doch leider, ohne dass er noch erleben darf, zu welchem Ende sie führen wird. Ehe ich Ihnen davon berichte, möchte ich eine Bitte vorausschicken. Missverstehen Sie mich nicht, aber es wäre mir sehr wichtig, dass Sie – wie immer Sie im Hinblick auf meine Situation entscheiden – vom Inhalt unseres Gesprächs Dritten gegenüber niemals etwas verlauten lassen!»
Der Kardinal zog die Augenbrauen hoch.
«Seien Sie unbesorgt!»
Oakbridge öffnete seine Aktentasche, zog das Futteral heraus, klappte die Verschlüsse nach oben und reichte ohne ein weiteres Wort den Papyrus seinem Gastgeber. Der schaute auf die wertvolle Umhüllung, dann auf den Text. Schließlich erhob er sich und ging zum Schreibtisch. Er knipste eine helle Leseleuchte an, griff nach seiner Brille und vertiefte sich für eine Viertelstunde in den Papyrus.
Als er den Blick wieder hob, legte er beide Hände vor den Mund. Und während er die Augen schloss und dann nach dem Schalter der Lampe tastete, traten unter seinen schweren Lidern zwei Tränen hervor und liefen ihm die Wangen herab. Er schwieg minutenlang. Dann bekreuzigte er sich; und nochmals vergingen Minuten, ehe der Kardinal wieder das Kreuz schlug und sich räusperte.
«Sie haben diesen Papyrus natürlich analysiert?»

«Ohne das würde ich nicht wagen, Eure Eminenz zu behelligen.»
«Die Tinte?»
«Wenn Sie so wollen – der Klassiker: Ruß, vermutlich aus einem Nadelholz, in wässriger Lösung von Gummi arabicum.»
«Die C-14-Ergebnisse des Schriftträgers?»
«Der Isotopen-Zerfall weist auf einen Entstehungszeitraum der Papyruspflanze im ersten Jahrhundert nach Christus.»
«Der Stil des Textes selbst ...?»
«... passt in diese Zeit.»
«Und woher stammt dieser Papyrus?»
«Von einer Krokodilmumie aus Tebtunis.»
«Ach! Ich dachte, Ihre Krokodilmumien wären alle um die Wende vom zweiten zum ersten vorchristlichen Jahrhundert entstanden?»
«Völlig richtig, Eure Eminenz. Aber diese hier hat überhaupt eine besondere Geschichte: Vor ein paar Monaten habe ich erfahren, dass ein hoher Funktionär aus der Verwaltung der ägyptischen Altertümer eine kleine Krokodilmumie aus Tebtunis hat außer Landes bringen lassen. Sie war erst vor kurzem bei einer Nachgrabung im Tempelbezirk des Soknebtynis gefunden worden. Nach der Revolution in Ägypten hat der Mann beruflich für sich keine Chance mehr gesehen. So hat er sie über Mittelsmänner auf dem Schwarzmarkt angeboten. Ich vermute, dass er mit dem Erlös aus dieser illegalen Transaktion den Verlust seines Einkommens ausgleichen wollte, den er nach dem Machtwechsel erwartet hat. In dieser Situation habe ich mich mit Cyrill Knightley beraten, und wir kamen zu dem Ergebnis, dass unbedingt vermieden werden müsse, dass diese Krokodilmumie auf dunklen Kanälen verschwindet und damit für die Forschung verloren wäre. Gerade weil sie doch aus Tebtunis stammt und die Papyri aus den Mumien dieser Region nun einmal in unser Center und in die Bancroft Library gehören, haben wir beschlossen zu handeln. Ich habe mit Cyrills Erlaubnis einen hohen Betrag aus dem Etat des Instituts abgezweigt und konnte die Krokodilmumie tatsächlich erwerben. Ich war zugegen, als sie im Center eintraf. Die Mumie unterschied sich

in nichts von all den anderen, die wir bis dahin gesehen hatten. Dann habe ich sie selbst mit Hilfe eines Labortechnikers in wochenlanger Arbeit Schicht für Schicht auseinandergenommen – und dabei meine erste Überraschung erlebt: Die präparierten Papyri waren etwa einhundertfünfzig Jahre jünger als die jüngsten Stücke aus Tebtunis, die wir bislang gesehen hatten. Sie stammen aus der zweiten Hälfte des ersten Jahrhunderts *nach* Christus. Ansonsten jedoch bieten sie auch nur die bereits bekannten Inhalte. Alle – bis auf einen. Und das ist der, den Sie in Händen halten.
Als ich sah, was ich da vor mir hatte, bin ich sofort zu Cyrill Knightley gegangen. Er war ebenso aufgeregt wie ich, und wir haben entschieden, diesen Papyrus erst in allen wissenschaftlichen Belangen zu untersuchen, bevor wir damit an die Öffentlichkeit gehen würden.»
«Wer außer Ihnen weiß noch von dieser Handschrift?»
«Es ist merkwürdig: Obwohl Cyrill und ich mit niemandem darüber gesprochen haben, habe ich Grund zu der Annahme, dass irgendjemand versucht, diesen Papyrus zu stehlen. Deswegen war es mir wichtig, ihn so schnell wie möglich nach Rom zu bringen, wo ich hoffe, einige der Fragen, die er stellt, beantworten zu können.»
«Vielleicht haben Sie sich Notizen gemacht, die jemand gesehen hat, oder könnte Ihr Laborant etwas mitbekommen haben?»
«Nein, es existieren keine Aufzeichnungen – das hatten Cyrill und ich aus Sicherheitsgründen von vornherein vereinbart. Und der Laborant, der die technischen Arbeiten vorgenommen hat, kann nicht einmal Griechisch.»
«Hm. Seltsam. Aber ... was mir auffällt, ist der außergewöhnlich gute Erhaltungszustand des Papyrus.»
«Sie haben völlig recht. Ein erstaunlicher Zufall, dass gerade dieser Papyrus rund um den Leib der kleinen Krokodilmumie geschlagen war, so dass er praktisch unbeschädigt geblieben ist. Die Schrift selbst ist natürlich blasser geworden durch den Vorgang des Verleimens in der Antike und vielleicht auch noch ein wenig beim Herauslösen in unserem Institut. Aber bei gutem Licht ist er ohne weiteres zu lesen. Eine ganz große Seltenheit.»

«Sie sagten, das Stück stamme aus Tebtunis.»
«So ist es.»
«Das Gebiet von Alexandria, von dem in dem Brief die Rede ist, gehörte zwar bis ins rund zweihundert Kilometer südlich gelegene Faijum zum frühchristlichen Kerngebiet, aber dennoch würde mich interessieren, ob Sie eine Erklärung dafür haben, wie Ihr Papyrus von Alexandria nach Tebtunis gelangt sein könnte.»
«Es sind nur Mutmaßungen. Aber mir stellt sich die Geschichte so dar: Der Papyrus muss geschrieben worden sein, nachdem der Adressat dieses Briefes – Markus, der Schüler des Petrus und spätere Evangelist – die Gemeinde im ägyptischen Alexandria gegründet hatte, etwa zwischen 50 und 60 nach Christi Geburt. Und da sich aus dem Papyrus ergibt, dass Johannes selbst im weit entfernten Ephesos bereits von den Missionserfolgen des Markus gehört hatte, werden sicher bereits seit der Gründung der Gemeinde in Alexandria ein paar Jahre vergangen gewesen sein. Kurzum, ich vermute, dass Maria in den Jahren zwischen 60 und 70 nach Christi Geburt starb und Markus in dieser Zeit den Brief aus Ephesos erhalten hat.»
«Das ist sehr interessant, Professore Oakbridge, beantwortet aber noch nicht meine Frage.»
«Natürlich, Eminenz. Verzeihen Sie bitte! Ich gehe davon aus, dass Markus, bald nachdem er das Evangelium in Alexandria verfasst hatte – sagen wir: um 70 nach Christus –, dort den Märtyrertod erlitten hat. Vielleicht ist er einem christenfeindlichen Pogrom zum Opfer gefallen. In solch einer Situation könnte einer seiner Jünger aus der Stadt geflohen sein und dabei versucht haben, Zeugnisse der Christengemeinde in Alexandria zu retten – darunter auch unseren Brief. Und wenn das alles fluchtartig geschehen musste, so könnte dabei durch ein Missgeschick der untere Teil der Handschrift abgerissen worden sein. Jedenfalls zeigt unser Papyrus eine entsprechende Beschädigung. Außerdem glaube ich, aus dem sehr guten Erhaltungszustand des Papyrus schließen zu können, dass nicht viel Zeit vergangen ist von dem Moment, da der Brief zerriss, bis zu dem Tag, da er in die Krokodilmumie ein-

gearbeitet wurde. Kann sein, dass jener Christ, der den Brief ins Faijum mitgenommen hat und ihn vielleicht bei seiner Missionstätigkeit herumzeigte, dort nicht besonders willkommen war. Vielleicht hat er die Priester des Krokodilgottes Sobek mit dem Alleingeltungsanspruch des Christengottes provoziert, so dass sie diesen Brief bewusst in einem Akt der Demütigung seines Besitzers und seines Gottes in eine Krokodilmumie als Opfer für Soknebtynis eingearbeitet haben. Aber wie gesagt, das sind reine Vermutungen.»

«So mag es gewesen sein, auch wenn wir es nie erfahren werden. Ihre Ausführungen belegen eine schöne Vertrautheit mit der frühen Kirchengeschichte, Professor Oakbridge. Erlauben Sie mir daher die Frage: Sind Sie Christ?»

Für einen Moment schien es, als würde sich die so harmonische Stimmung, die bislang über dem Gespräch lag, unter der Wucht dieser einfachen Frage auflösen. Man hörte die Schläge der Penduluhr aus einem Nebenzimmer.

«Nein, Eure Eminenz. Ich bin getauft, aber ich glaube nicht an Gott. Ich spreche zu Ihnen von Wissenschaftler zu Wissenschaftler.»

Kardinal Ambroso zögerte einen Augenblick; dann nickte er.

«Die Vorsehung wählt oft seltsame Wege, doch dass dieser Papyrus gerade in Ihre Hände gelangt ist, enthüllt mir in meinem langen Leben einmal mehr ihr Wirken. Ich glaube, es gibt kaum einen Wissenschaftler, der mit diesem einzigartigen Brief nicht sofort zum nächsten Fernsehsender gelaufen wäre, um den Fund und sich selbst zu vermarkten. Ich empfinde allerhöchsten Respekt vor Ihrer Haltung.»

Der Amerikaner verneigte sich dankbar.

«Ihre Anerkennung bedeutet mir viel. Sie machen mir Mut. Monsignor Montebello ist heute Morgen mit dem Versuch gescheitert, für mich eine Sondererlaubnis beim Direktor der Vatikanischen Bibliothek zu erwirken, ohne große Formalitäten jenes Fragment in Augenschein nehmen zu dürfen, das Sie einst für die Sammlung erworben haben – den Papyrus $\mathfrak{P}^{75/A}$. Ich habe seinerzeit Ihre kurze Notiz in den *Studi di Egittologia e di Papirologia* gelesen. Sie schrieben darin lediglich, es handele sich vermutlich um eine Lagebestimmung – vielleicht eines Platzes oder eines Bauwerks – in Ephesos. Eine genaue Orientierung im Gelände sei damit allerdings nicht möglich, da es sich bei dem Papyrus nur um ein kurzes Fragment handele, dessen oberer Teil fehle. Immerhin schien es Ihnen aufgrund einer ersten Altersbestimmung und eines Hinweises auf die Anfänge der Gemeinde in Ephesos möglich, dass der Autor dieser Handschrift aus dem Umfeld des Johannes komme, so dass Sie Ihr Fragment dem Papyrus 𝔓75 zugeordnet haben, der große Teile des Johannesevangeliums enthält. Und so haben Sie es als 𝔓75/A auch in die Vatikanische Sammlung eingegliedert.

Sie werden verstehen, dass mich vor dem Hintergrund dieses neuen Fundes Ihr Papyrusfragment brennend interessiert. Und ich will Ihnen nicht verhehlen, dass ich, wenn unsere beiden Fragmente sich zu einem Text zusammenfügen lassen und sich daraus eine klare Ortsangabe ergeben sollte, nach Ephesos fahren und den Platz suchen möchte, wo das Mariengrab einst lag – oder immer noch liegt. Aber es geht mir nicht um irgendeine Art von Schatzsuche. Ich möchte lediglich, wenn dieser Papyrus veröffentlicht wird, eine der Würde der Sache angemessene, exakte wissenschaftliche Dokumentation bieten, zu der sowohl, wie ich vermute, Ihr Fragment 𝔓75/A gehört als auch der religionsgeschichtliche und archäologische Kontext. Daher bitte ich Sie inständig, mir zu helfen, dieses Fragment sehen zu dürfen!»

Kardinal Ambroso hatte aufmerksam zugehört; sein Blick schien für kurze Zeit gläsern zu werden. Dann wandte er sich an seinen anderen Gast.

«Monsignor Montebello, wären Sie bitte so freundlich, mich über das Gespräch zu informieren, das Sie heute mit meinem Amtsnachfolger geführt haben?»

Mit gesenktem Kopf erzählte Montebello, was sich am Morgen zugetragen hatte.

«Hm. Nehmen wir an, Ihre Vermutung trifft zu, Professor Oakbridge, so hätten wir jetzt einen schönen, großen, zusammenhän-

genden und kirchenhistorisch hochbedeutenden Brief aus dem ersten Jahrhundert nach Christus. Ich glaube, dass es Kardinal Angermeier seinem alten Kollegen nicht übelnehmen wird, wenn er die sich bietende Gelegenheit nutzt, die beiden Puzzlestücke einmal zusammenzusetzen und so diesen Sachverhalt zu klären. Und diese Möglichkeit will ich auch gern nutzen.»
Als Bill Oakbridge Anstalten machte, in Jubel auszubrechen, hob Kardinal Ambroso abwehrend die Hände.
«Langsam, Professore! Ich habe nur gesagt, dass ICH mir über diesen Punkt gern Klarheit verschaffen werde. Selbstverständlich würde ich Sie in diesem Falle über meine Erkenntnisse informieren. Aber ich sehe nicht, wie ich Ihrem Wunsch entsprechen könnte, Ihnen persönlich das Papyrusfragment 𝔓75/A zugänglich zu machen, ohne Kardinal Angermeier zu hintergehen, ihn damit zu kompromittieren und gegebenenfalls aufs Äußerste zu brüskieren. Es steht mir nicht zu, die verbindliche Entscheidung des Direktors der Biblioteca Apostolica Vaticana in diesem Punkt zu korrigieren – auch wenn ich an seiner Stelle anders entschieden hätte. Ich fürchte, Professor Oakbridge, mehr kann ich in dieser Situation nicht für Sie tun.»
Auch wenn er nickte, stand Oakbridge doch die Enttäuschung ins Gesicht geschrieben.
«Ich verstehe Sie, auch wenn ich auf eine andere Entscheidung gehofft hatte. Ich möchte mir Ihren Vorschlag, für den ich Ihnen in jedem Falle danke, bis morgen überlegen.»
«Selbstverständlich.»
«Eure Eminenz, darf ich Sie meinerseits etwas fragen?»
Montebello zuckte zusammen. Das war diese typisch impertinente Art seines amerikanischen Freundes, die nur aus dessen überbordendem Selbstbewusstsein zu erklären war. Niemals hätte es der Bibliothekar gewagt, sich im Gespräch mit Kardinal Ambroso in solch gleichsam inquisitorischer Weise zu äußern. Aber Seine Eminenz blieb völlig gelassen.
«Deshalb sitzen wir zusammen.»
«Wie sind Sie damals an Ihr Fragment gekommen?»

«Auch der Weg, den die Bodmer-Papyri genommen haben, nachdem man sie in den fünfziger Jahren in Dishna, nahe bei Nag Hammadi in Oberägypten, entdeckt hatte, war recht abenteuerlich. Ein zypriotischer Antikenhändler hat sie aus Ägypten herausgeschmuggelt, ehe sie wohl nicht nur für Gotteslohn Eigentum des bedeutenden Schweizer Privatgelehrten und Sammlers Martin Bodmer wurden. Durch eine Fügung und das große Engagement eines amerikanischen Geschäftsmanns und guten Christen gelangten schließlich die Bodmer-$\mathfrak{P}^{XIV}$ und -$\mathfrak{P}^{XV}$ in die Vatikanische Bibliothek. Wir waren noch nicht lange im Besitz dieser wunderbaren Zeugnisse des frühen Christentums, als ich eines Tages einen Anruf aus dem ägyptischen diplomatischen Dienst erhielt. Ein hochrangiger ägyptischer Militär war in geheimer Mission auf dem Weg nach Italien, wollte diese aber nach Möglichkeit mit einem Besuch im Vatikanstaat verbinden, wo er hoffte, die Bibliothek besichtigen zu dürfen. Ich habe nicht lang gezögert und die Erlaubnis erteilt, unter der Voraussetzung, dass ich selbst den Mann in Empfang nehmen, mit ihm sprechen und ihn durch die Bibliothek würde führen können.

Die koptischen Christen Ägyptens sind ja weiterhin faktisch ungeschützt der Verfolgung durch radikale Islamisten ausgesetzt, und der ägyptische Staat tut herzlich wenig, um diese Zustände zu beenden. Daher hielt ich es für eine günstige Gelegenheit, diesem Diplomaten meine Meinung darüber zu sagen, um vielleicht eine Verbesserung der Situation unserer Glaubensbrüder zu erreichen. Der Mann, der mich besuchte, war ein hochgebildeter Araber, dem ich einen halbstündigen Vortrag über die Lage der Kopten hielt und ihn dann fragte, wie er diese Verhältnisse als Repräsentant einer der ältesten Kulturnationen der Welt empfindet. Er sicherte mir schließlich zu, sich für eine Verbesserung der Situation der Kopten einsetzen zu wollen. Dann zeigte ich ihm die Bibliothek mit ihrer einzigartigen Papyrussammlung, die aufs Engste mit der ägyptischen Geschichte und mit jener der Christen in Ägypten verbunden ist. So konnte ich meine Standpauke gewissermaßen noch ein wenig kultur- und religionsgeschichtlich nachschärfen.

Als mein Gast abreiste, dachte ich, dass ich nie wieder etwas von ihm hören würde. So war ich völlig überrascht, als ich einige Wochen später auf diplomatischem Postweg eine Sendung von ihm erhielt. Darin dankte er mir für die Führung und den umfassenden Vortrag und verehrte mir als kleines Gegengeschenk, wie er sich ausdrückte, für die von mir geopferte Zeit einen Papyrus. Dabei handelte es sich genau um jenes Papyrusfragment, für das Sie sich so sehr interessieren, Professor Oakbridge. Da der Bodmer-𝔓^{XV} einen Großteil des Johannesevangeliums enthält und ich nach der Lektüre des neuen Fragments zu dem Ergebnis gekommen bin, dass es im Zusammenhang mit der frühchristlichen Gemeinde in Ephesos steht, in der Johannes über Jahre hinweg wirkte, habe ich aus dem Gefühl heraus meine Entscheidung getroffen, die beiden Papyri durch eine Zählung zu verbinden. Ich bin mir bewusst, dass dieser Entschluss unter wissenschaftlichen Gesichtspunkten nicht unproblematisch war. In meiner Mitteilung an die Fachwelt konnte ich weder auf die Hintergründe des heiklen Erwerbs meines Fragments eingehen noch über den Fundort des Stückes etwas sagen, da ich nichts darüber wusste. Noch einmal bei meinem Gast nachzufragen schien mir nicht klug, da ich den Mann möglicherweise in größte Schwierigkeiten gebracht hätte, falls er das Stück ohne Erlaubnis aus seinem Heimatland ausgeführt haben sollte.»
Montebello und Oakbridge hatten mit offenem Mund zugehört.
«Über diese Facette Ihrer Stellung als Leiter der Biblioteca Apostolica Vaticana habe ich mir nie Gedanken gemacht, Eure Eminenz, aber ich glaube, Sie waren der richtige Mann auf dem richtigen Posten.»
Kardinal Ambroso lachte herzlich.
«Wie sagte Ihr Landsmann Mark Twain so treffend? Schmeicheleien sind wie Eau de Cologne. Man riecht daran, aber man schluckt sie nicht.»
«Bitte, Eure Eminenz, glauben Sie, dass mein Neufund und Ihr Fragment zusammengehören?»
Der Kardinal wurde ernst.

«Ich bin mir so gut wie sicher. Und das bedeutet, dass uns erstmals ein vollständiger Originalbrief des Apostels Johannes – eines Weggefährten Jesu und eines Augenzeugen seiner Kreuzigung – vorliegt, dessen Inhalt kaum bedeutungsvoller sein könnte.»
«Können Sie sich denn noch an den genauen Wortlaut Ihres Fragments erinnern?»
«Nein. Dafür liegt es einfach schon zu lange zurück, und vergessen Sie nicht, dass das Gedächtnis eines alten Mannes auch nicht mehr das allerbeste ist.»
Der Kardinal hob sein Glas, und Montebello und der Amerikaner taten es ihm gleich. Als der Kardinal die Sorgenfalten auf der Stirn des Bibliothekars bemerkte, wandte er sich an ihn.
«Monsignore, was bedrückt Sie?»
«Eminenza, ich mache mir, offen gestanden, große Sorgen, was es für das bevorstehende Konzil bedeuten könnte, wenn der Papyrus meines Freundes bekannt würde. Der Heilige Vater hat die Jungfrau Maria als Schutzpatronin des Konzils angerufen. Wenn nun in diesem Brief vom Grab der Jungfrau die Rede ist, dann ...»
«Mein lieber Montebello, seien Sie sicher, dass kein Mensch den Heilsplan des Herrn gefährden wird! Und erst recht kein Papyrus. Unsere Kirche ist auf Fels gegründet.»
Montebello war erstaunt, wie ruhig und ohne zu zögern der Kardinal seine Besorgnis vom Tisch gewischt hatte. Es war klar, dass das Gespräch nun beendet war. Kardinal Ambroso geleitete seine Gäste durch den Garten bis an das Eingangstor und gab ihnen die Hand.
«Professor Oakbridge, wie immer Sie entscheiden werden – ich möchte noch einmal betonen, wie dankbar ich dafür bin, diesen Schatz in Ihren Händen zu wissen. Ich weiß, dass Sie nichts überstürzen und verantwortungsvoll damit umgehen werden. Kommen Sie beide gut nach Hause! Laudetur Jesus Christus!»
Oakbridge verneigte sich, und Montebello antwortete:
«In aeternum! Amen.»

Kapitel 7 – Die Bibliothek

Oakbridge und Montebello beschlossen, zu Fuß nach Hause zu gehen. Sie waren bereits eine Weile schweigend nebeneinander hergetrottet, als Montebello zu sprechen begann.
«Mehr konnte Kardinal Ambroso, weiß Gott, in dieser Situation nicht für dich tun. Selbst wenn er die Entscheidung des Bibliotheksdirektors nicht teilt, so kann und will er ihn doch nicht hintergehen. Die Biblioteca Apostolica Vaticana ist eine altehrwürdige Einrichtung, und wenn man die Beschlüsse ihres Präfekten, selbst wenn sie im Einzelfall zu unbefriedigenden Ergebnissen führen, ins Belieben eines jeden stellen würde, der sie einfach kraft seiner Stellung brechen könnte, so würde sie Schaden nehmen.»
Der Amerikaner reagierte mit vernehmlichem Grollen.
«Das klingt sehr katholisch, mein Lieber ...»
«Dass ich katholischer Geistlicher bin, hindert mich nicht daran, mich über die Schwächen dieser Kirche zu ärgern. Aber es ist etwas anderes, sich über geltende Regeln hinwegzusetzen. Darauf läge kein Segen.»
Oakbridge schnaubte hörbar.
«Komm, Bill, lass uns nicht streiten, sondern lieber überlegen, wie du morgen entscheiden willst.»
«Was bleibt mir schon übrig? Da ich nicht ganz Ephesos umgraben kann, muss ich mich auf den Vorschlag Seiner Eminenz einlassen. Glaubst du wirklich, er wird mir die Stelle nennen, wenn er sie in seinem Papyrusfragment findet?»

«Ja, das wird er.»
«Gut. Dann werde ich ihn morgen Vormittag anrufen, um mit ihm ein weiteres Treffen zu vereinbaren, bei dem ich ihm den Papyrus übergebe.»
«Das wird wohl das Beste für deine Sache sein. ... Aber nimm es mir nicht übel – ich kann mir schwerlich wünschen, dass du das Mariengrab findest und dann auch noch veröffentlichst, wo es liegt. Nehmen wir an, du findest das Grab. Hast du eine Vorstellung davon, welche Folgen es haben könnte, wenn wir von heute auf morgen solch eine hochbedeutende christliche Pilgerstätte in einem islamischen Land hätten? Mir stehen bei dem Gedanken die Haare zu Berge!»
«Bei allem Respekt vor deinen Skrupeln, Gianni: Sie dürfen trotzdem nicht dazu führen, den Erkenntnisdrang zu beschneiden. Das wäre ein Verstoß gegen das oberste Prinzip der Aufklärung – sapere aude!»
«Ich bin kein Feind der Aufklärung, und ich war nie einer! Aber du verwechselst Wissen und Weisheit! Die Mächtigen dieser Welt sind brutaler denn je und nutzen modernstes Wissen zur Ausbeutung aller Ressourcen und zur Zerstörung der Schöpfung. Ist es weise, in dieser Lage unsere spirituelle Behausung noch mehr zu erschüttern? Willst du die Verantwortung für die Folgen übernehmen? Wem willst du das Grab zeigen? Was ist damit gewonnen zu wissen, wo es liegt und ob dort ein Mensch bestattet wurde, den wir im Himmel glaubten oder doch hofften? Brauchen wir noch mehr Zweifel, die aus noch mehr neuem Wissen geboren werden? Ich sage dir, uns hilft nurmehr der Glaube, weil die Welt absurd ist!»
Vielleicht war es der Wein, der Montebello im Laufe seiner Tirade hatte immer lauter werden lassen. Jedenfalls drehten sich einige der nächtlichen Passanten nach dem seltsamen Paar um, das der schwarz gekleidete Geistliche und der Amerikaner in seinem dandyhaften Outfit an seiner Seite bildeten.
«Was glotzt du so blöd?»
Während der Bibliothekar einen kopfschüttelnden Türsteher vor

einem Nachtlokal anpflaumte, fasste Oakbridge ihn grinsend unter dem Arm.
«Für einiges, was du gesagt hast, könnte ich dich küssen. Ich liebe leidenschaftliche Männer. Aber ich bezweifle, dass alle deine Oberen das ebenso sehen würden wie ich. Komm, lass uns weitergehen, ehe wir in einer Ausnüchterungszelle landen.»

Als der Amerikaner am anderen Morgen aufwachte, stand sein Frühstück bereit, und auf seinem Platz lag ein Zettel.
«Bin zur Frühmesse. Was du brauchst, findest du im Kühlschrank. Dein Espresso ist schon in dem Kocher auf der Herdplatte – nur noch andrehen! Bis später! Gianni»
Oakbridge schaltete den Herd ein, ging unter die Dusche und war dabei, sich anzukleiden, als er den Schlüssel im Schloss und gleich darauf Montebello hereinkommen hörte.
«Schon auf?»
«Seit ein paar Minuten. Waren viele Leute in der Messe?»
«Na ja, immerhin ein Dutzend.»
Beide ließen sich am Frühstückstisch nieder und blätterten in der Zeitung, die Montebello mitgebracht hatte.
«Bill!»
«Hm?»
«Während der Messe hatte ich Gelegenheit, mir darüber klar zu werden, ob ich dir helfen soll oder nicht.»
«Zu welchem Ergebnis bist du gekommen?»
«Für uns Menschen ist Wissenschaft eines und Glauben ein anderes. Und doch ist Wissenschaft eine Gabe des Glaubens, die wir vertrauensvoll annehmen dürfen. Aber wir überfordern uns, wenn wir an unsere Gewissheit in Glaubensdingen dieselben Anforderungen stellen wie in Fragen der Wissenschaft. Was immer dieser Brief bedeutet, er vermag nicht, meine Glaubensgewissheit in einem wichtigen Punkt zu erschüttern.»
«Welcher wäre das?»

«Wenn ich an Christus als an die Fleisch gewordene Liebe Gottes glaube, ist es mir nicht möglich zu denken, dass er seine Mutter nach ihrem Tod im Grab gelassen hat.»
«Und was bedeutet das für mich?»
«Dass ich dir helfen werde. Was immer du herausfindest, wird mich in dieser Gewissheit nicht erschüttern können.»
Bill Oakbridge legte die Zeitung zur Seite und griff nach der Hand seines Freundes.
«Danke, Gianni!»
«Ich danke dir, Bill, weil du mich gezwungen hast, mir über diese Frage klar zu werden. Aber ich habe eine Bitte an dich.»
«Und die wäre?»
«Lass uns gemeinsam darüber beraten, wenn du deine Forschungen abgeschlossen hast, wann und mit welchem Ergebnis du an die Öffentlichkeit gehst. Doch die Entscheidung darüber wird immer allein bei dir liegen.»
«Das verspreche ich dir!»
«Gut!»
«Was meinst du? Wann kann ich mit Anstand Kardinal Ambroso anrufen?»
«Ich denke, gegen neun.»

«Pronto?»
«Guten Morgen, Madre Devota, hier ist wieder Monsignor Montebello. Vielen Dank, dass Sie uns gestern noch einen so wunderbaren Imbiss zubereitet haben.»
«Aber Monsignore, das war doch wirklich nicht der Rede wert! Sie wollen sicher Sua Eminenza sprechen. Einen Augenblick!»
Und nachdem sie den Hörer abgelegt hatte, hörte man ihre leiser werdende Stimme: «Eminenza! Eminenza!»
Kurz darauf kam Kardinal Ambroso an den Apparat.
«Pronto?»
«Guten Morgen, Eminenza! Haben Sie nochmals vielen Dank für

Ihre Gastfreundschaft gestern Abend. Hoffentlich ist es nicht doch zu spät für Sie geworden?»
«Lieber Monsignor Montebello, davon kann überhaupt keine Rede sein. Ich habe mich sehr gefreut, mich mit Ihnen und Professor Oakbridge über seine Entdeckung unterhalten zu können. Ich vermute, er möchte mich sprechen.»
«So ist es, Eminenza. Er steht neben mir.»
«Eure Eminenz? Hier Bill Oakbridge. Inzwischen hatte ich Gelegenheit, mir Ihren Vorschlag zu überlegen, und ich möchte ihn sehr gern annehmen. Wann und wo kann ich Ihnen den Papyrus übergeben?»
«Lieber Professor Oakbridge, es freut mich sehr, dass Sie sich dazu entschlossen haben. Da heute Samstag ist, hat die Bibliothek üblicherweise geschlossen. Aber ich kann sie auch außerhalb der Öffnungszeiten besuchen. Ich schlage vor, dass wir uns um zehn Uhr vor dem Haupteingang treffen. Sie geben mir den Papyrus, und wir sehen uns dann um zwölf Uhr in der Trattoria Tazza d'Oro wieder. Monsignor Montebello und ich essen dort gelegentlich einen Happen. Ich komme nach meinem Besuch in der Bibliothek dorthin und werde Ihnen berichten, ob die beiden Papyrusfragmente zusammengehören. Wäre das in Ihrem Sinne?»
«Wunderbar! Ich möchte Ihnen schon im Voraus vielmals danken, Eure Eminenz.»
«Ich freue mich darauf, Sie und Monsignor Montebello gleich wiederzusehen!»
Der Amerikaner holte seine Aktentasche und verließ mit dem Bibliothekar das Haus. Überall brauste der Verkehr. Reisebusse und Reisegruppen aus aller Welt sorgten für zahllose Staus. Die Römer hatten sich an diese Zustände gewöhnt und quittierten sie mit souveräner Geringschätzung. Kurz vor zehn Uhr trafen Montebello und Oakbridge vor der Bibliothek ein. Als sie dem Haupteingang zustrebten, erkannten sie bereits aus der Ferne die Gestalt Kardinal Ambrosos.
«Laudetur Jesus Christus!»
«In aeternum! Amen.»

«Sie haben es trotz des Verkehrs geschafft, pünktlich zu sein. Das gelingt kaum einem Römer!»
«Wir sind zu Fuß gekommen. Kein Problem.»
«Sehr vernünftig. Wir treffen uns dann um zwölf Uhr in der Tazza d'Oro.»
Kardinal Ambroso lächelte, streckte die Hand aus, und Bill Oakbridge zog aus seiner Aktentasche das Lederfutteral mit dem Papyrus. Der Kardinal bemerkte, dass sich die Stirn des Amerikaners umwölkte.
«Seien Sie unbesorgt. In zwei Stunden bekommen Sie Ihren Schatz wohlbehalten zurück und noch einige interessante Informationen obendrein.»
Während Montebello und Oakbridge in der Menge verschwanden, stieg der Kardinal die Stufen zum Haupteingang hinauf. Oben angelangt, zog er ein cellulare heraus, tippte eine Nummer ein und wartete kurz.
Gleich darauf ertönte die Stimme eines Wachmanns.
«Pronto?»
«Enrico Baldassare?»
«Ja, mit wem spreche ich?»
«Enzo, hier ist Kardinal Ambroso. Bitte entschuldige die Störung, aber ich müsste etwas in der Bibliothek nachschauen. Wärst du so freundlich, mich hineinzulassen?»
«Eminenza! Selbstverständlich! Warten Sie bitte einen Moment! Wo stehen Sie?»
«Vor dem Besuchereingang am Cortile Belvedere.»
«Ich bin sofort bei Ihnen!»
Kurz darauf kam ein an den Schläfen bereits ergrauter Wachmann in Uniform an den Eingang der Bibliothek, ließ den Kardinal ein und verschloss hinter ihm wieder das Portal. Dann ergriff er die Hand des Kardinals und küsste sie.
«Wie schön, Sie zu sehen! Wie geht es Ihnen, Eminenza?»
«Ausgezeichnet, mein Lieber! Und selbst?»
«Kann nicht klagen. Maria ist wohlauf, und Sie wissen ja, Salvatore kommt in diesem Sommer schon aus der Schule. Die kleine

Vanessa, die Sie getauft haben, wird nach den Sommerferien aufs Liceo wechseln.»
«Gratuliere, Enzo, das freut mich für euch. Was will Salvatore nach der Schule machen?»
«Sie werden es nicht glauben, Eminenza! Stellen Sie sich vor, er hat doch tatsächlich eine Lehrstelle als Automechaniker bekommen – aber nicht irgendwo, sondern in Maranello bei Ferrari! Ich bin so stolz auf den Jungen, ich kann es Ihnen gar nicht sagen. Er schläft ja seit Jahren nur noch in Bettwäsche mit dem cavallino rampante. Ich hätte nie geglaubt, dass das etwas wird mit dieser verrückten Idee. Er redet davon, seit ich vor Jahren mal mit ihm in Monza war. Seit damals nervt er Maria und mich damit, dass er eines Tages für die Scuderia arbeiten wird. Jetzt traue ich ihm alles zu. Der Lohn, den er als Lehrling bekommt, wird natürlich nicht für alles reichen. Aber wir werden ihm geben, was er zusätzlich noch braucht, auch wenn wir uns dann einschränken müssen. Ist das nicht großartig, Eminenza?»
«Wunderbar, mein Lieber. Gottes Segen mit auf den Weg!»
«Das alles, Eminenza, verdanken wir nur Ihnen. Wenn Sie mich damals nicht hier als Wachmann eingestellt hätten, wäre ich in der Gosse gelandet. Nur durch Sie, nur weil Sie mir vertraut haben, konnte ich wieder Fuß fassen. Das werde ich Ihnen nie vergessen.»
«Ich habe Menschen kennengelernt, die schlimmer gestrauchelt waren als du. Und doch sind sie alle der Gnade unseres Herrn teilhaftig, so wie auch der Verlorene Sohn die Liebe seines Vaters unverändert fand, als er sich aufmachte, wieder den rechten Weg zu suchen, und zu ihm heimkehrte. Was wären wir alle ohne seine Hilfe? Aber jetzt brauche ich deine Hilfe. Ich muss zu den Handschriften der Bibliothek, weil ich mir einen Papyrus anschauen will. Sei so nett und schalte das Sicherheitssystem für die Einheit C kurz ab, damit ich ihn herausnehmen kann. Ich werde mich dann mit einem Papyrus, den ich hier drin habe, und dem Vergleichsstück aus der Bibliothek in den Handschriftenleseraum setzen. Du siehst mich ja durch die Überwachungskamera; es sei denn, du möchtest mich begleiten und dich zu mir setzen?»

«Nein, Eminenza. Ich bin heute Vormittag allein, ich muss an den Bildschirmen bleiben. Ich schalte die Einheit ab, sobald ich Sie vor dem Handschriftenraum sehe. Aber bitte warten Sie dann noch zwei Minuten, Eminenza, bis die Anlage in Sektion C heruntergefahren ist. Nicht dass wir auf einmal ein Überfallkommando im Hause haben und Sie verhaftet werden.»

Beide Männer lachten. Enrico Baldassare ging in den Kontrollraum mit den Monitoren und zentralen Schaltanlagen, und noch während er sah, wie der Kardinal seinem Ziel zustrebte, begann der Wachmann bereits die Sicherungen für die Handschriftenabteilung herunterzufahren. Kardinal Ambroso nahm den vertrauten Weg durch die Leonina, jenen prächtigen Lesesaal der Vatikanischen Bibliothek. Er war nach Papst Leo XIII. benannt, der während seines langen Pontifikats von 1878 bis 1903 die Bestände der Bibliothek einem größeren Nutzerkreis von Fachwissenschaftlern zugänglich gemacht, die Katalogisierung der Handschriften und die Einrichtung eines Laboratoriums für die Restaurierungsarbeiten an alten Manuskripten vorangetrieben hatte. Von der Leonina weiter schritt der Kardinal durch den Katalogsaal der Handschriften zu dem Raum, der die manoscritti selbst beherbergte – rund 150 000 Bände, von denen viele in einem modernen, klimatisierten und geschützten unterirdischen Depot lagerten. Leo Ambroso spürte immer noch den Stolz, selbst einer der Direktoren dieser gewaltigen Einrichtung des Wissens und des Glaubens gewesen zu sein, deren früheste Anfänge bis in die Spätantike zurückreichten. Im Handschriftenraum streifte er ein Paar weiße Baumwollhandschuhe über, drehte sich um und ging auf einen schweren Sicherheitsschrank zu. Keine Alarmanlage schrillte, als er ihm das Behältnis mit dem kostbaren Schriftstück entnahm. Dann trug er es zu einem der Tische. Er legte Oakbridges Futteral daneben, zog seine Brille hervor und betrachtete lange beide Papyri. Die Schrift stammte eindeutig von derselben Hand, wie die Schwünge der griechischen Buchstaben verrieten. Auch konnte man mit bloßem Auge erkennen, dass die Fasern des einen Papyrus an die des anderen anschließen würden, wenn man sie übereinandergelegt hätte.

Vor Ambrosos geistigem Auge schloss sich der Riss, der die Handschrift vor fast zweitausend Jahren geteilt hatte – einem für einen Menschen gewaltigen Zeitraum, in dem sich die Teile nie wieder so nahe gekommen waren wie an diesem Frühlingstag in Rom. Er las zunächst den Papyrus des Amerikaners, bis er an den Übergang gelangte.

«... Wir aber haben beschlossen, sie im Verborgenen zu bestatten, damit nicht die Ephesier, die in ihrem Zorn auf unsere Gemeinde rasen, ihr Grab verwüsten, da wir ihre Geschäfte mit dem Götzendienst an bösen Geistern stören. Einer aus der Gemeinde aber weiß ein solches Grab, in das noch nie ein Toter gelegt worden ist. Darein wollen wir die Mutter unseres Herrn Christi Jesu legen, da wir sie beweint und die Frauen sie gewaschen und gesalbt haben. So gering ihr steinernes Grabmal auch sein mag, so weiß ich doch, dass es den Untergang des großen Heidentempels überdauern wird, denn die Macht Gottes wird es nicht zulassen, dass die Häuser der falschen Götter für lange Zeit die letzte Wohnung der Gottesgebärerin überragen werden. Der Ort ihres Grabes aber liegt vom Tempel der Artemis ein und ...»

An dieser Stelle sprang der Blick des Kardinals zu jenem Papyrusfragment, das er selbst von dem Ägypter erhalten hatte.

«... eine halbe Stadie entfernt ein wenig erhöht am alten Hügel, fast auf einer Linie mit der Rückseite des Tempels. So Trauriges aber müssen wir Euch schreiben und geben den Brief Timotheos, Sohn des Eumenes, einem der Brüder aus Ephesos mit, der noch

heute ein Schiff besteigt und uns verlässt. Nehmt ihn in Liebe bei Euch auf, auf dass auch die Liebe unseres Herrn Christi Jesu mit Euch sei alle Tage. Seine ewige Gnade, die Liebe Gottes und die Gemeinschaft des Heiligen Geistes sei mit Euch und unvergängliches Leben mit allen, die Christus Jesus, unseren Herrn, lieben.»
Kardinal Ambroso schloss die Augen und versank eine Weile in Gedanken. Dann atmete er tief durch und richtete sich wieder auf. Johannes hatte nichts Falsches geweissagt: War der erste Tempel der Artemis von Ephesos im Jahr 356 vor Christi Geburt in Flammen aufgegangen, als der sprichwörtlich gewordene Herostrat ihn angezündet hatte, um, wie er unter der Folter gestand, seinen Namen unauslöschlich in die Geschichte einzuschreiben, so war der zweite, noch größere Tempel im Jahr 268 nach Christus von den Goten zerstört worden.
Die Apostelgeschichte erzählte davon, wie in den Tagen des Paulus um die Mitte des ersten Jahrhunderts die Verehrer der Fruchtbarkeitsgöttin Artemis in Aufruhr gerieten, da der Apostel großen Zulauf wegen seiner Lehre fand. Damals fürchteten die heidnischen Devotionalienhändler um ihre Geschäfte, die darin bestanden, Opfergaben herzustellen und sie an Gläubige für ihr Opfer im Tempel zu verkaufen. Einer der Händler, ein Silberschmied namens Demetrios, hatte den Aufstand angezettelt, der jedoch nicht ausgereicht hatte, die Gemeinde der Christen aus der Stadt zu verjagen. Doch belegte der Brief des Johannes, dass auch Jahre nach dem Aufstand die Gemeinde immer noch fürchtete, ihre Gräber könnten geschändet werden, so dass man die Grabstätte Mariens lieber irgendwo vor den Anhängern der Artemis verbarg. Deren großer Tempel war also im dritten Jahrhundert verschwunden, und die Anhänger der einst so mächtigen Göttin hatten nicht triumphiert. Die Gemeinschaft der Christen, die sich während der ersten drei Jahrhunderte nach dem Kreuzestod Jesu oft hatten verstecken müssen, war hingegen zur Weltreligion geworden. Doch der Untergang der heidnischen Götter und Kulte erfüllte Ambroso nicht mit Triumphgefühlen, da er die Probleme der eigenen Kirche nur zu gut kannte. Ihm schien jeder Kirchenobere gut

beraten, aus der Geschichte untergegangener Religionen zu lernen und tunlichst Fehler zu vermeiden, die andere vor ihm begangen hatten, die sich einst ihrer Sache allzu sicher wähnten. Es war unverantwortlich, sich angesichts der Lage der Kirche in der Welt einfach nur voll Gottvertrauen zurückzulehnen. Und wie stand es da mit Oakbridges Anliegen, der wissen wollte, was aus dem Grab Mariens geworden war? Ein Lächeln spielte um den Mund des Kardinals. Er zog einen Füllfederhalter und einen Notizblock hervor und fertigte eine Abschrift des Papyrusfragments $\mathfrak{P}75/A$ an. Dann erhob er sich, legte die Handschrift wieder in den Sicherheitsschrank zurück und verließ den Raum. Er ging denselben Weg, den er vor einer knappen Stunde genommen hatte. Auf halber Strecke kam ihm Enrico Baldassare entgegen.

«Haben Sie gefunden, was Sie suchten, Eminenza?»

«Ja, Enzo, das habe ich.»

Er fasste den Wächter bei der Schulter und drehte ihn herum, so dass sie gemeinsam den langen Saal hinunterschauten.

«Locus iste a Deo factus est. Weißt du, wer hier mit wachen Sinnen und offenen Augen durchgeht, der kann Wegweisungen zu den größten Schätzen der Christenheit finden.»

«Aber ich konnte Sie dauernd beobachten, Eminenza, und habe gesehen, dass Sie einmal eine ganze Weile die Augen geschlossen hatten. Da dachte ich schon, Sie seien eingeschlafen.»

«Wer weiß?»

Kardinal Ambroso zwinkerte dem Wächter zu und ließ sich von ihm zum Portal bringen. Der Geistliche trat hinaus in den lichtdurchfluteten Tag.

Kapitel 8 – Die Abschrift

Ein paar Minuten später traf Kardinal Ambroso bei der Trattoria Tazza d'Oro ein, wo Montebello und Oakbridge an einem kleinen Tisch im Freien saßen.
«Ah, schön, dass Sie bereits hier sind. Ich habe jetzt richtig Appetit! Aber zuerst das Wichtigste!»
Er überreichte dem Amerikaner das Futteral mit dem Papyrus. Signor Toni, der Wirt der Tazza d'Oro, eilte persönlich herbei.
«Wunderbar, Eminenza, dass Sie wieder einmal bei uns sind! Was darf's sein?»
«Wie immer – ein Achtel Trebbiano und Ihre Lasagne. Haben die Herren bereits bestellt?»
Die beiden verneinten, wählten aber kurzentschlossen das Gleiche. Als der Wirt den Tisch verlassen hatte, beugte sich Oakbridge vor.
«Hatten Sie Erfolg, Eure Eminenz?»
«Ja, Professor Oakbridge. Es gibt überhaupt keinen Zweifel. Ihr Fragment und das Fragment in der Bibliothek ergänzen sich zu dem ältesten und am heutigen Tage glücklich vervollständigten Brief des Apostels Johannes. Ich kann Ihnen nicht sagen, was für ein Gefühl es war, als ich diese beiden Fragmente gleichzeitig in Händen hielt und nacheinander lesen konnte. Näher kann einem die Geschichte der frühen Kirche nicht mehr kommen, und ich danke Gott, dass er mich alten Mann diesen Moment noch hat erleben lassen – und ich danke Ihnen, dass Sie mir dieses Erlebnis ermöglicht haben.»

In dem Moment trat der Kellner an den Tisch und stellte Brot, Wasser und Wein vor sie hin.
«Und die Lagebeschreibung des Grabes?»
Oakbridge hatte es kaum erwarten können, dass der Kellner ihren Tisch wieder verließ, und war auf seinem Stuhl bis an die Kante gerutscht. Der Kardinal zögerte einen Moment.
«Professor Oakbridge, wie ich gestern Abend schon zu Monsignor Montebello sagte: Es wird sicher nichts geschehen, was den Heilsplan stören könnte. Und dennoch – Sie wissen, dass Ihr Papyrus zwei Dogmen ins Wanken bringt. Wir hier im materialistischen Westen, wo die Kirche ohnehin allenthalben in der Defensive ist, mögen über solche Fragen den Kopf schütteln, aber ...»
Der Kardinal schaute seinem Gegenüber ein paar Sekunden lächelnd in die Augen, doch Oakbridge erwiderte nichts.
«Verstehen Sie mich recht! Ich appelliere nur an Sie, mit Ihrer Entdeckung weiterhin so verantwortungsvoll umzugehen wie bisher. Forschen Sie, was Sie glauben erforschen zu müssen! Suchen Sie, was Sie glauben suchen zu müssen! Aber bewahren Sie Stillschweigen, bis Sie alles so aufgeklärt haben, wie es eines großen Gelehrten und einer unvergleichlich heiligen Stätte würdig ist! Und bitte halten Sie mich über Ihre Arbeit auf dem Laufenden! Wollen Sie mir das versprechen?»
«Sicher, Eminenza. Das verspreche ich Ihnen – und ich habe es auch Gian Carlo versprochen!»
«Die Kirche – und auch mein Orden – hat in der Vergangenheit immer wieder wissenschaftliche Fortschritte behindert und wissenschaftliche Erkenntnisse zu unterdrücken versucht. Die Opfer – die Toten wie Giordano Bruno oder die Gebrochenen wie Galileo Galilei – sind eine große Herausforderung für unser Gewissen. Die Vorsehung hat schließlich dafür gesorgt, dass diese Bemühungen der Kirche nicht auf Dauer von Erfolg gekrönt waren, weil sie nicht dem Willen Gottes entsprachen. Wir alle – auch ich –, die wir Verantwortung für die Kirche tragen, bewegen uns, einzig gestützt auf den Glauben, nur tastend und bisweilen

unsicher durch die Welt. Dennoch müssen wir mitunter Entscheidungen treffen, und dann wird die Tat zur Pflicht.»
Der Kardinal griff in die Tasche seines Jacketts und zog seinen Notizzettel heraus.
«Also! Zu den Informationen, die ich in meinem Papyrus gefunden habe!»
Mit diesen Worten überreichte er Oakbridge seine Abschrift und gleich auch noch die Übersetzung des Fragments. Während der Amerikaner den Text las, sprach der Kardinal weiter.
«Wie Sie sehen, sind die Angaben zwar recht genau, aber für eine Suche doch kaum ausreichend. Johannes schreibt, dass das Grabhaus in leicht erhöhter Lage und ein und eine halbe Stadie vom Artemis-Tempel entfernt am alten Hügel liegt. Er fügt hinzu, dass sich das Grab – im griechischen Original steht das Wort mnemeion – fast auf einer Linie mit der Rückseite des Tempels befindet. Aus Ihrem Teil des Briefes geht zudem hervor, dass die Gemeinde beschlossen hatte, Maria in ein verborgenes Grab zu legen. Ich könnte mir vorstellen, dass das ganze Grabmal ... unter der Erde liegt, was Ihre Suche nicht gerade erleichtern wird.»
Der Kardinal schaute auf Oakbridge, der über der Abschrift und der Übersetzung des unteren Briefteils brütete.
«Ich weiß auch nicht, was genau ich erwartet hatte, aber die Probleme stehen mir recht klar vor Augen. Das antike Längenmaß ‹Stadie› kann alles Mögliche zwischen 177 und 192 Metern bedeuten. Und auch die Orientierungsangabe mit der Rückseite des Tempels bietet Interpretationsspielraum: Damit kann Johannes den ummauerten Kernraum des Tempels, die umlaufenden Säulen und sogar die ganze Anlage des Tempels einschließlich der Treppe gemeint haben, die unter den überdachten Bereich führt. Ganz zu schweigen von den Formulierungen ‹am Hügel› und ‹fast auf einer Linie› – die gleichfalls einige Deutungsmöglichkeiten zulassen, je nachdem wie exakt der Briefautor diese verstanden wissen wollte. Immerhin dürfte dank des Hinweises auf den alten Hügel die grobe Orientierung der Himmelsrichtung gesichert sein.»
Der Kardinal nickte.

«Waren Sie schon einmal in Ephesos?»
Oakbridge schüttelte den Kopf.
«Ich schon, und zwar einmal eine ganze Woche lang, als ich für meinen Orden in der Türkei tätig war. Es gab eine Phase, in der ich ... sehr erschöpft war. Meine Oberen gaben mir damals, wenn man das so sagen kann, eine Woche frei, um etwas auszuspannen. Ich bin nach Ephesos gefahren und habe mich dort ausgiebig umgesehen. In der Gegend, die Sie interessiert, bin ich oft unterwegs gewesen. Damals, in den sechziger Jahren, war dieses Viertel allerdings kaum bebaut, so dass mir ein Grabtempelchen oder auch nur ein noch erhaltener Grabhügel wohl aufgefallen wäre. Aber das sind nur Erinnerungen eines alten Mannes. Heute sieht es da sicher ganz anders aus. Die spärlichen Reste des Tempels der Artemis liegen jedenfalls, grob gesagt, nordöstlich des Areals der antiken Stadt; und wiederum nördlich davon erhebt sich ein Hügel, der heute Ayasoluk heißt. Irgendwo an dessen Flanke müssten Sie suchen.»
«Wenn ich die Situation richtig einschätze, brauche ich jetzt vor allem einen guten Plan der Gegend, damit ich ein klareres Bild von dem Gelände bekomme. ... Nicht ganz einfach, was mir da bevorsteht ...»
«So wie ich Sie kennengelernt habe, werden Sie sich davon nicht entmutigen lassen. Ah – hier kommt unsere Lasagne. Buon appetito a tutti!»
Während des Mittagessens sparten sie das Thema völlig aus, aber gelegentlich wirkte Oakbridge abwesend. Doch der Wein belebte ihn und hob seine Stimmung merklich, die durch den abschließenden Espresso unverhohlen optimistisch wurde. Als man sich verabschiedete, war er wieder voller Tatendrang.
«Ich werde mir noch hier in Rom Pläne über die archäologische Erforschung des in Frage kommenden Bereichs in Ephesos besorgen und dann meine Entscheidungen treffen. Ich bin gut bekannt mit dem Direktor des Deutschen Archäologischen Instituts in Rom, Achim Zangenberg – ein ausgezeichneter Wissenschaftler und ein feiner Kollege. Ich bin sicher, er wird mir weiterhelfen. Ich werde noch heute versuchen, ihn anzurufen.»

«Tun Sie das, Professor Oakbridge. Und wie gesagt: Bitte halten Sie mich auf dem Laufenden!»
«Ich stehe zutiefst in Ihrer Schuld, Eminenza. Sie können sich darauf verlassen, dass ich Sie über alles informieren und nichts bekanntmachen werde, bevor ich nicht alle wissenschaftlichen Fragen geklärt habe.»
Kardinal Ambroso nickte.
«Danke, Professor Oakbridge! Mehr wünsche ich nicht. Meine Herren, um diese Zeit braucht man in meinen Jahren seine Mittagsruhe. Ich darf mich verabschieden.»
Der Wirt eilte herbei, doch als der Kardinal die Rechnung begleichen wollte, bat Oakbridge, die Gastfreundschaft vom Vorabend erwidern zu dürfen. Der Kardinal winkte ein Taxi heran.
Oakbridge zog ein iPhone heraus. Er tippte ein wenig auf dem Display herum, und gleich darauf hatte er die Verbindung.
«Achim? Bist du's? – Hier ist Bill Oakbridge. – Ja. Ich bin kurzfristig nach Rom gekommen wegen einer Recherche. Wie geht's dir? – Na, das klingt doch nicht schlecht. Bei mir ist alles bestens. Wo steckst du gerade? – Im Institut? Und Elke? – Ah, sehr schön ... Achim, pass auf! Ich bin in einer etwas seltsamen Situation und bräuchte dringend deinen fachlichen Rat. Und ich müsste mich wohl auch in eurer Bibliothek ein wenig umschauen. Wann wäre das möglich? – Nur morgen? Am Sonntag? Ich will dir aber nicht dein Wochenende ruinieren! – Ist schon ruiniert? Okay. Dann komme ich morgen vorbei. Wann wär's dir recht? – Zehn Uhr morgens ist wunderbar. – Nein, das kann ich am Telefon schlecht erklären. – Sehr gut! Bis morgen!»
Der Amerikaner steckte breit grinsend das Handy in die Hosentasche.
«Bill, du bist der impertinenteste Mensch, der mir je begegnet ist. Also wirst du morgen dort einfallen und den armen Direktor mit Beschlag belegen.»
«So ist es. Achim muss an diesem Wochenende ohnehin für die nächsten Tage ein Symposion vorbereiten. Es passt ihm morgen Vormittag, und er freut sich auf meinen Besuch.»

«Was soll der arme Mann auch anderes sagen?»
«Wenn ihm mein Charme bei seiner Entscheidung geholfen haben sollte, wäre es doch auch kein Schaden – oder? Ich habe ein gutes Gefühl. Was wollen wir heute noch unternehmen?»

«Durch die Tore: niemand
Treppen: fort ins Blau
Auf dem Estrich: Thymian
Auf den Tischen: Tau.
Zwiegespräch aus Stille
Tod aus Käferzug
Abendrot im Teller
Asche im Krug.
Asphodeloswiese
Fledermäusekreis
Diesseits oder drüben
Wer das weiß –»

Oakbridge stutzte, als er hörte, wie Montebello deutsche Verse rezitierte.
«Was war das?»
«Marie Luise Kaschnitz. Das Gedicht heißt *Ostia antica*. Ich liebe es so, wie ich dieses traumverlorene Ostia liebe. Da fahren wir jetzt zusammen hin.»
«O Gianni, was für ein wunderbares Gedicht und was für eine schöne Idee. Wenn du nicht diesen schwarzen Frack anhättest...»
Als Montebello und Oakbridge spät am Abend wieder in Rom eintrafen, lag ein duftender Frühlingstag in elegischer Ruinenlandschaft hinter ihnen.

Kapitel 9 – Das Institut

Anderntags stand Bill Oakbridge um kurz vor zehn in der Via Curtatone vor dem Gebäude, in dem das Deutsche Archäologische Institut unweit der gewaltigen Diokletiansthermen untergebracht war. Montebello hatte ihn nicht begleiten können, weil er sonntags um halb elf eine zweite Messe zelebrieren musste. Auch wenn der Amerikaner nicht vorhatte, Zangenberg in das Geheimnis seines Fundes einzuweihen, hatte er doch den Papyrus in seiner Aktentasche bei sich. Er ertrug den Gedanken nicht, ihn unbeaufsichtigt zu lassen. Er griff zu seinem iPhone.
«Pronto?»
«Achim? Ich bin's. Bill. Ich stehe vor der Tür.»
«Wart einen Augenblick!»
Gleich darauf ertönte der Summer. Die beiden Wissenschaftler begrüßten einander herzlich, und Zangenberg führte den Gast in sein Arbeitszimmer.
«Wann haben wir uns zuletzt gesehen, Achim?»
«Ich denke, bei dem Kongress in Neapel über die jüngsten Neufunde der Papyri in der Asche von Pompeji.»
«Stimmt ... ist schon ein paar Jahre her. Achim, ich habe auch etwas entdeckt. Aber bitte nimm es mir nicht übel, wenn ich erst ins Detail gehen möchte, sobald ich alle Fakten beisammen habe. Und dazu gehört auch der archäologische Befund am Ayasoluk-Hügel in Ephesos. Ich vermute dort ein unter der Erde verborgenes Grabmal aus dem ersten Jahrhundert in der Nähe des Artemis-Tempels.

Aber ich bin nie in Ephesos gewesen und habe keine Ahnung von der Forschungslage dort. Da habe ich gedacht, wenn mir jemand in dieser Frage rasch weiterhelfen kann, dann ihr verdammten Deutschen mit euren archäologischen Instituten in aller Welt.»
«Na, das muss ja ein tolles Grab sein. Aber du bist nicht eigens deswegen aus San Francisco nach Rom gekommen?»
«Um ehrlich zu sein – doch, genau deswegen.»
Zangenberg zog die Augenbrauen hoch.
«Kannst du mir wenigstens verraten, wo du es ungefähr vermutest, wenn du sonst schon hinterm Berg hältst?»
«Kann ich. Aber auch dazu müsste ich erst mal einen Plan sehen. Weißt du, ich habe eine grobe Orientierung aus einem Papyrusfragment aus dem Faijum.»
«Dein Vertrauen in das Deutsche Archäologische Institut ehrt mich natürlich. Aber ehrlich gesagt, wäre es am besten, du würdest dich mit deiner Frage an die Kollegen vom Österreichischen Archäologischen Institut in Wien wenden. Die Grabung in Ephesos ist seit über hundert Jahren ihr wichtigstes Projekt.»
«Dir vertraue ich, aber ich will bei den Spezialisten keine schlafenden Hunde wecken. Wenn die erst einmal den Braten riechen...»
«So geheim?»
Oakbridge nickte ernst.
«Na, wenn du meinst... Wir sind in Rom mit Forschungsunterlagen zu Grabungen in Ephesos natürlich bei weitem nicht so gut ausgestattet wie die Österreicher. Aber ein paar Pläne von dem Gebiet, das dich interessiert, werden sich schon finden lassen.»
Zangenberg und Oakbridge gingen in die Bibliothek, und zwei Minuten später zog der Direktor des DAI einen Folianten über die historische Topographie von Ephesos aus dem Regal.
«Warte mal... hier! Diese Übersichtsdarstellung ist nach einem alten Plan der Österreicher angelegt worden. Sie zeigt sehr schön die Gegend um den Ayasoluk: Das ist der Befund ohne die moderne Bebauung, die im Laufe des zwanzigsten Jahrhunderts hinzugekommen ist und dich weniger interessieren dürfte. Etwa in der

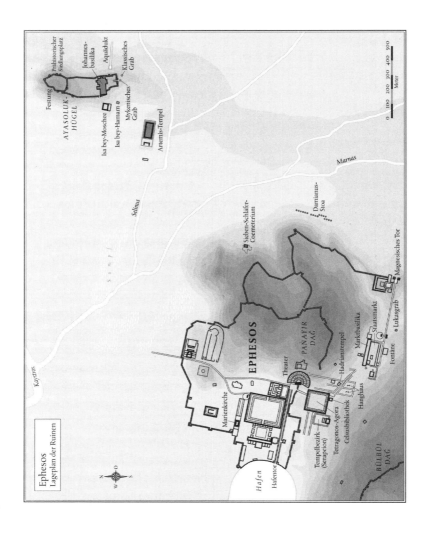

Mitte des Plans, leicht südlich, siehst du die Nekropole der heiligen Sieben Schläfer. Das waren diese ebenso frommen wie legendären Jünglinge aus dem dritten Jahrhundert, die Kaiser Decius in ihrer Höhle hat einmauern lassen und die dank göttlicher Gnade einfach die Zeit der Christenverfolgung verschlafen und erst im fünften Jahrhundert das Licht der staunenden Mitwelt wieder erblickt haben.»

Oakbridge hörte aufmerksam zu.
«Ein frommes Fleckchen Erde, dieses Ephesos.»
«Das kannst du laut sagen. Fromm waren die Ephesier immer – nur, was sie verehrten, hat sich im Laufe der Zeit verändert: Hier kommt weiter Richtung Osten der Tempel der großen Artemis, der dich als Orientierungspunkt interessiert und der in der Antike als eines der sieben Weltwunder galt. Eine architektonische Meisterleistung – allein wenn man bedenkt, welche Probleme der Architekt Theodoros von Samos bei der Fundamentierung in dieser Sumpflandschaft bewältigen musste! Der Tempelbau, dessen Grundriss du auf diesem Plan siehst, ist aber bereits der Nachfolger des alten, von Herostrat zerstörten Heiligtums. Seine Errichtung hat wiederum mehr als einhundert Jahre gedauert. Als er fertig war, haben ihn über einhundert Säulen mit einer Höhe von etwa 18 Metern geschmückt. Auch seine Dachkonstruktion war komplett aus Stein, was nicht zuletzt im Hinblick auf die Statik einen Höhepunkt antiker Baukunst darstellt. Als dieser Tempel 268 nach Christus durch die Goten zerstört wurde, dienten seine Steine nur noch als Baumaterial für die Ephesier. Ihre Gesellschaft und wohl auch ihr Glaube an die alten Götter waren nicht mehr stark genug, um einen Wiederaufbau oder gar nochmals einen Neubau des Tempels in Angriff zu nehmen. Heute steht nur noch eine einzelne, kläglich wiederaufgerichtete Säule im Sumpf. Falls du demnächst einmal dort hinfährst, stell dich am frühen Abend kurz vor Sonnenuntergang, wenn die Touristen alle weg sind und die Landschaft in ein mildes Licht getaucht ist, an den Rand des Sumpfes und schau zu der Säule hinüber und zu den Ruinen des alten Ephesos. Die Stimmung wirst du nie mehr vergessen.
Also: Dort hast du jetzt den Hügel Ayasoluk. Eingezeichnet sind der prähistorische Siedlungsplatz, die byzantinisch-türkische Festung, der Grundriss der Johannesbasilika – einst eine der größten Kirchen der christlichen Welt –, je ein Grab aus mykenischer und klassischer Zeit, ferner der byzantinische Aquädukt und schließlich auf dem kleinen vorgelagerten Hügel noch aus dem vierzehn-

ten Jahrhundert die Isa-bey-Moschee und dort der Isa-bey-Hamam – das Dampfbad. Du siehst, Bill – da gibt es kein frühchristliches Grab. Bist du ganz sicher, dass wir hier im richtigen Areal suchen?»

«Ganz sicher! Das Gebiet, das mich interessiert, erstreckt sich von der Rückseite des Tempels der Artemis in einem Radius von etwa zweihundert bis dreihundert Metern in nördlicher Richtung. Damit fallen von vornherein die Areale des alten Siedlungsplatzes, der Festung und der Basilika aus – und ebenso die Gegend um die beiden sehr viel älteren Gräber. Aber dieser Plan ist ja auch schon rund einhundert Jahre alt. Wie sieht es mit neueren Forschungen aus?»

«Wie gesagt, die Österreicher ...»

«Nein, die sind keine Alternative.»

«Weißt du, Bill, selbst eine ungewöhnlich große Grablege kann während eines Zeitraums von fast zweitausend Jahren so vollkommen zerstört worden sein, dass man keinerlei Spuren mehr von ihr findet. Solche Entdeckungen sind doch zumeist Glücksfälle, umso mehr, wenn dein Grabmal bewusst verborgen angelegt wurde. Sollten aber einem Privatmann, etwa beim Ausheben eines Kellers, die Reste eines einfachen antiken Grabmals in die Quere gekommen sein, so hat er wahrscheinlich nicht lange gezögert und alles zusammengehauen. Kein Bauherr ruft in solch einer Situation gern die Altertumsbehörden, damit er keine Schereiern bekommt, die seinen Hausbau nur verzögern würden. Was du natürlich machen kannst, ist, nach Selçuk zu fahren, um die Gegend selbst in Augenschein zu nehmen ... und an jeder Haustür zu fragen, ob du mal in den Keller gucken darfst. Immerhin hat Edmund Buchner ungefähr auf diese Weise hier in Rom auch die Sonnenuhr des Augustus gefunden. Aber deren Fläche war eben doch ein bisschen größer als die eines Grabes.»

Bill Oakbridge schaute ziemlich deprimiert drein. Er hatte sich vom Besuch im DAI wichtige Hinweise erhofft. Als Zangenberg seinen Freund in dieser niedergeschlagenen Stimmung sah, gab er sich mit einem Mal einen Ruck.

«Okay, Bill. Weil du's bist! Ich habe noch etwas, das noch kein Außenstehender gesehen hat – und das auch die Österreicher nicht kennen. Ob es dir weiterhilft, weiß ich nicht. Aber wenn du mir hoch und heilig versprichst, dass du niemandem jemals verrätst, woher du die Information hast, kann ich dir noch etwas anderes zeigen.»

Er führte Oakbridge in sein Arbeitszimmer und loggte sich in eine Datenbank ein.

«Was du jetzt siehst, Bill, existiert nicht! Zu niemandem ein Wort davon!»

Oakbridge schaute etwas eingeschüchtert und nickte.

«Du kannst absolut sicher sein, dass keiner etwas davon erfährt! Ehrenwort!»

«Gut! Das DAI ist dem Deutschen Außenministerium unterstellt. Vor ein paar Monaten hat uns dort jemand einen großen Gefallen getan. Wir haben Aufnahmen aus einem NATO-Flugzeug bekommen, von einem Übungsflug über der türkischen Westküste, um modernste Spionageelektronik zu testen. Die NATO hat ein geomagnetisches Landschaftsrelief von dieser Region erstellt. Man wollte herausfinden, ob eine neue, besonders leistungsfähige Technik funktioniert, mit der die Feindaufklärung auch unterirdische Geländeformationen erkennen kann, die Aufschluss über verborgene Bunkeranlagen bieten. Da die Westtürkei eine wahre archäologische Schatzkammer ist, hat unser Gönner an uns gedacht, als er das Ergebnis der Prospektion zu sehen bekam. Er hat eine Kopie von den Ergebnissen dieses Testflugs für uns abgezweigt – darunter auch die Aufnahmen, die ich dir jetzt von der Gegend um den Ayasoluk zeigen werde.»

Zangenberg hatte die entsprechende Bildfolge inzwischen auf dem Computer hochgeladen. Es zeigte sich eine etwa einen Kilometer lange unterirdische Struktur, die gelegentlich von moderner Überbauung unterbrochen wurde und in einer ziemlich geraden Linie vom Ayasoluk zum Meer führte.

«Was ist das da, Achim?»

«Keine Ahnung. Die Aufnahmen sind noch nicht ausgewertet.

Jedenfalls schneidet diese Formation genau das Areal, das dich interessiert.»
«Kann es nicht einfach eine moderne Wasserleitung sein?»
«Glaub ich nicht. Dafür ist es zu breit. Und außerdem: Was immer das da ist – es liegt ziemlich tief. Sicher vier, fünf Meter. Und damit wohl auch tiefer als alle Keller unter den Häuschen, die heute dort stehen. Das Problem der meisten Magnetprospektionen ist, dass man zwar ungewöhnliche Strukturen im Boden erkennt. Aber um sicher zu sein, was sich dort verbirgt – ein natürlicher Felsrücken, eine Mauer, ein Hausgrundriss, ein Schacht oder auch ein Grab –, muss man letztlich graben. Ich kann dir das Bild nicht ausdrucken – das wäre zu riskant. Im ganzen DAI weiß nur eine Handvoll Leute von diesen Daten. Du musst es dir einprägen. Mehr kann ich nicht für dich tun.»
«Du hast schon genug für mich getan. Das hier ist großartig! Ich fahre auf jeden Fall da runter und lass dich als Ersten wissen, was ich herausgefunden habe. Es kann sein, dass ich nochmal vorbeikomme, um ein paar Kopien von älteren Plänen zu machen. Aber jetzt erst einmal vielen Dank für alles! Nicht zuletzt dafür, dass du mir heute deinen Sonntag geopfert hast.»
Achim Zangenberg grinste.
«Ich überlege mir ernsthaft, in die Archäologen-Gewerkschaft einzutreten, damit so etwas nicht mehr vorkommt.»
Oakbridge lachte und griff nach der Aktentasche. Der Direktor brachte seinen Gast zur Tür. Als er sie aufzog, fluteten das helle Licht, die Stimmen der Passanten und der Verkehrslärm in die Stille, die sie während der letzten Stunden umgeben hatte. Die Römer genossen den strahlenden Frühlingssonntag; auf der anderen Straßenseite drängten sich die Menschen um einen fliegenden Eisverkäufer, und irgendwo in der Nähe startete röhrend ein Motorrad. Bill Oakbridge gab seinem Kollegen die Hand, trat aus dem Haus und ging ein paar Meter den Bürgersteig entlang. Zangenberg blieb in der Tür stehen. Der Amerikaner wandte sich um, um seinem Gastgeber noch einmal zuzuwinken. In diesem Moment jagte das Motorrad heran. Der Fahrer bremste scharf neben

Bill Oakbridge, der erschreckt einen Satz zur Seite machte. Die Leute auf der Straße blieben stehen. Der Beifahrer sprang von der Maschine. Mit zwei Schritten war er bei dem Amerikaner und schlug ihm mit einem schweren Schraubenschlüssel auf den Arm, an dem er seine Aktentasche trug. Oakbridge schrie auf vor Schmerz und ließ die Tasche fallen. Der andere schnappte sie, hechtete wieder auf den Rücksitz, und im nächsten Moment schoss das Motorrad über den Bordstein auf die Straße und war Sekunden später nicht mehr zu sehen.

Kapitel 10 – Der Inspektor

«Halt! Stehenbleiben!»
Oakbridge hielt sich den rechten Arm und lief ein paar Schritte die Straße hinunter. Aber so sinnlos dieser Versuch einer Verfolgung war, so rasch wurde er vereitelt, weil Passanten auf ihn zueilten, ihm Hilfe anboten und ihrer Empörung über den Überfall Luft machten.
«Bill, wie geht's dir?»
Zangenberg hatte sich zu Oakbridge vorgeschoben.
«Achim! Der Papyrus war in der Tasche!»
«Was?!»
«Ich wollte ihn nicht aus den Augen lassen. Das ist ein Dokument aus dem ersten Jahrhundert nach Christus. Eine Katastrophe!»
«Ach, du großer Gott! Wir kümmern uns darum. Aber was ist mit deinem Arm? Du musst unbedingt in ein Krankenhaus! Komm erst mal rein. Ich rufe die Polizei. Questo è un amico mio. Chiamerò l'ambulanza e la polizia!»
Doch es zeigte sich, dass bereits einer der Passanten die Polizei verständigt hatte. Und tatsächlich dauerte es keine zwei Minuten, bis ein Polizeiwagen eintraf. Vier Beamte stiegen aus und gingen auf die Menschentraube zu, die nach wie vor Oakbridge und Zangenberg umgab. Die Männer erkannten in dem Amerikaner das Opfer des Überfalls.
«Ispettore Superiore Bariello von der Polizia di Stato. Wir waren gerade in der Nähe. Was ist passiert?»

Ein Mann trat aus der Gruppe der Umstehenden. Er hatte die Polizei verständigt. Der Ispettore bedeutete einem seiner Kollegen, er solle sich um den Anrufer kümmern, während er selbst sich wieder Oakbridge zuwandte.
«Bitte, Signore, Sie sind verletzt. Möchten Sie sich in unseren Wagen setzen? Dann können wir uns unterhalten, bis der Krankenwagen kommt.»
Zangenberg schaltete sich ein.
«Ispettore, bitte entschuldigen Sie, wenn ich mich einmische! Dies ist Professor William Oakbridge aus San Francisco. Er wurde hier vor dem Deutschen Archäologischen Institut überfallen. Ich bin der Direktor, mein Name ist Achim Zangenberg. Er ist keine fünf Meter von hier von zwei Motorradfahrern beraubt worden. Der eine der beiden hat ihm seine Aktentasche weggerissen. Aber vielleicht könnten wir ins Haus gehen und dort alles besprechen!»
Der Inspektor zögerte kurz. Bei einem Raubüberfall auf einen amerikanischen Wissenschaftler war es zweckmäßig, alle Vorsicht walten zu lassen. Sein Chef, Commissario Capo Filippo Tremante, würde ihm gründlich den Kopf waschen, wenn es in der ausländischen Presse heißen sollte, die italienische Polizei habe nicht alles getan, um dem Opfer zu helfen.
«Gut, gehen wir hinein. Gaspare, ruf einen Krankenwagen!»
Der Direktor führte Oakbridge und Bariello in sein Büro, wo der Polizist den Tathergang aufnahm.
«Woher kam das Motorrad?»
«Von hinten, und zwar über den Gehweg. Es ...»
«Warte mal, Bill! Ispettore, dieses Motorrad startete gerade erst, als Signor Oakbridge aus dem Haus trat. Das weiß ich ganz sicher, weil es hier sehr still war. Der Trubel auf der Straße wirkte deshalb umso lauter, als ich die Tür geöffnet habe. Und dann hörte ich, wie ein Motorrad startete.»
«Das klingt, als hätten die Täter auf den Professore gewartet?»
«Keine Ahnung, aber so war es.»
«Professor Oakbridge, können Sie die beiden beschreiben?»

«Also, die Gesichter konnte ich gar nicht sehen. Die Männer trugen geschlossene Helme mit dunklen Visieren.»
«Es waren also Männer?»
«Ja, ich denke schon. Der, der mich angegriffen und die Tasche weggerissen hat, war ziemlich groß – größer jedenfalls als ich – und irgendwie kräftig. So wie der zugeschlagen hat, war das bestimmt keine Frau.»
«Seine Kleidung?»
«Dunkelblaue Windjacke, Jeans und, ich glaube, weiße Turnschuhe.»
«Ist Ihnen etwas Besonderes an der Kleidung aufgefallen? Ein Aufnäher, ein Riss – irgendetwas?»
«Nein, nicht dass ich mich erinnern kann. Ich war zu erschrocken, und dann habe ich nur noch auf die Tasche gestarrt, als er sie sich geschnappt hat.»
«Konnten Sie den Fahrer der Maschine besser erkennen?»
«Nein. Auf den habe ich gar nicht geachtet. Er hatte, glaube ich, auch irgendetwas Dunkles an und vielleicht auch Jeans.»
«Und das Motorrad? War es eine sehr schwere Maschine oder eher eine Vespa?»
«Nicht besonders groß, aber ganz sicher auch keine Vespa. So mittel, würde ich sagen.»
«Haben Sie sich die Marke oder das Nummernschild gemerkt oder einen Teil der Nummer?»
«Nein, nichts. Ich war wie vom Donner gerührt...»
«Danke, Professor Oakbridge! Und Sie, Professor Zangenberg?»
«Viel mehr habe ich auch nicht gesehen. Aber zwei Sachen sind mir doch aufgefallen: Ich glaube, das Motorrad hatte überhaupt kein Nummernschild. Aber weil die ganze Maschine dunkel war, konnte ich etwas erkennen. Als nämlich der Mann, der die Tasche an sich gerissen hatte, wieder aufsprang, da hat er irgendwas auf dem Rücksitz verschoben – vielleicht ein Tuch. So konnte ich einen großen weißen Aufkleber sehen mit drei fetten roten Buchstaben: ASR».
«ASR? Sind Sie ganz sicher?»

«Ja, absolut.»
«Das sind doch die Initialen von *Autonoleggio Speciale di Roma* – eine Autovermietung. Hm. Auf jeden Fall ist das eine erste Spur.»
«Ispettore. In meiner Aktentasche befand sich ein Papyrus aus dem ersten Jahrhundert nach Christus, eine Handschrift von unermesslichem Wert.»
«Was heißt ‹von unermesslichem Wert›? War sie versichert?»
Bill Oakbridge ließ den Kopf hängen.
«Nein, sie war nicht versichert. Ich hatte sie erst vor kurzem entdeckt und wollte hier in Rom ihrem Ursprung nachgehen. Es gibt außer mir nur zwei Menschen, die ihren Inhalt kennen. Ich hatte den Papyrus, seit ich am Freitag in Rom gelandet bin, immer bei mir, um sicher zu sein, dass ...»
«Wer sind die beiden Personen, von denen Sie gesprochen haben?»
«Ispettore, die beiden saßen ganz sicher nicht auf dem Motorrad.»
«Professore, bitte!»
«Monsignor Gian Carlo Montebello, einer der Bibliothekare der Biblioteca Apostolica Vaticana, und Sua Eminenza Leo Ambroso, der ehemalige Direktor der Vaticana.»
«Verstehe. Wir werden trotzdem mit den beiden sprechen. Vielleicht haben sie die Handschrift gegenüber Dritten erwähnt.»
«Das glaube ich nicht.»
«Professore, zum gegenwärtigen Zeitpunkt spricht einiges dafür, dass Ihnen zwei Kriminelle aufgelauert haben. Sie wussten, wer Sie sind, wo Sie waren und was Sie in der Tasche hatten. Irgendjemand muss sie informiert haben. Ich halte das für einen professionell durchgeführten Raubüberfall. Das Tröstliche für Sie wäre in dem Fall, dass diese Leute wissen, dass sie einen wertvollen Gegenstand erbeutet haben. Dann werden sie ihn auch nicht zerstören, sondern man wird versuchen, Sie zu erpressen. Oder die hatten schon im Voraus einen Abnehmer, der bereit ist, dafür einen ordentlichen Preis zu zahlen.»
In diesem Moment klingelte es an der Tür. Zangenberg verließ den Raum und kam kurz darauf mit einem Arzt und einem Sanitäter zurück. Der Inspektor erhob sich.

«Dottore, in welches Krankenhaus bringen Sie Professor Oakbridge?»
«Ins Ospedale San Giovanni, Via dell'Amba Aradam 9.»
Oakbridge schüttelte den Kopf.
«Das St.-Johannes-Krankenhaus – wenn das keine Ironie des Schicksals ist.»
«Wie meinen Sie?»
«Nichts, Dottore, gar nichts. Achim ...?»
«Ich komme mit und kümmere mich um alles, was du brauchst. Ispettore, Sie können mich hier praktisch jederzeit erreichen.»
«Danke, Professor Zangenberg. Und Ihnen, Professor Oakbridge, gute Besserung! Ich denke, ich komme spätestens morgen früh noch mal bei Ihnen vorbei.»
«Sicher, Ispettore. Bitte versuchen Sie unbedingt, diese Handschrift zu finden! Glauben Sie mir, das wäre nicht nur im Interesse eines amerikanischen Wissenschaftlers.»
«Wir tun, was wir können.»
Im Polizeiwagen gab der Inspektor Anweisung, dass alle Niederlassungen des *Autonoleggio Speciale di Roma* in der Stadt und im Umland abgefragt werden sollten, wann und wo innerhalb der letzten zweiundsiebzig Stunden dunkle Motorräder zwischen 250 und 750 Kubikzentimeter gemietet worden waren. Als er auf der Polizeistation eintraf, schrieb er seinen Bericht, ließ ihn kopieren und verteilen. Agente Luca Pellicano, der die Kopien durchs Haus trug, zog noch eine Kopie für den eigenen Gebrauch. Der bestand darin, dass er gelegentlich einem Journalisten der Boulevardzeitung TUTTA LA VERITÀ Meldungen über aktuelle Fälle zuspielte, um seine schäbigen Bezüge bei der Polizia di Stato ein wenig aufzubessern.
Am späten Nachmittag wusste Bariello, dass der ASR fünf Niederlassungen in Rom und fünf weitere im Umland hatte. Dort waren in den letzten 72 Stunden elf Motorräder, auf die Oakbridges und Zangenbergs spärliche Angaben zutrafen, vermietet und noch nicht wieder zurückgegeben worden. Die Beamten waren damit beschäftigt, die Personalien der Mieter zu überprüfen und ihren derzeitigen Aufenthaltsort zu ermitteln. Die Namen ließen darauf

schließen, dass auch ein paar Ausländer darunter waren, die vielleicht nicht ganz so einfach ausfindig zu machen sein würden, wenn sie als Touristen mit den Motorrädern in Italien unterwegs waren. Aber auch das würde sich rasch klären lassen. Noch am frühen Abend steckte der Inspektor die Liste ein und machte sich auf zu Bill Oakbridge. Er fand ihn aufrecht in einem Krankenbett sitzend in einem hübschen Einzelzimmer. Rechts und links von ihm saßen, von Zangenberg verständigt, Monsignor Montebello und Kardinal Ambroso im dunklen Habit. Als Sua Eminenza mit Montebello im Ospedale San Giovanni eingetroffen war, hatte sich Oakbridge noch in einem Vierbettzimmer mit dröhnendem Fernseher befunden, in dem sich die Familien dreier Patienten zum Sonntagnachmittagsbesuch eingefunden hatten und eine geräuschvolle Kulisse bildeten. Der Kardinal hatte kurz mit dem Stationsarzt gesprochen, woraufhin sich die Rahmenbedingungen des Krankenhausaufenthalts für den amerikanischen Patienten ebenso rasch wie erfreulich änderten.
Oakbridge machte Bariello mit seinen Besuchern bekannt und fragte ihn nach dem Verbleib der Aktentasche. Der Inspektor machte ihm vorsichtig Hoffnung.
«Es gibt Fortschritte durch den Hinweis auf die Motorradvermietung. Wir kennen bereits die Namen aller Personen, die in den letzten drei Tagen ein Motorrad bei ASR gemietet haben. Es kann ein paar Tage dauern, bis wir alle gesprochen haben, aber ich denke, auf dieser Spur werden wir weiterkommen.
Eminenza, Monsignore – Professor Oakbridge hat mir heute Mittag erzählt, dass Sie beide von der alten Handschrift wussten. Haben Sie sie vielleicht einem Dritten gegenüber erwähnt?»
Kardinal Ambroso lächelte dem Inspektor zu.
«Ispettore Superiore, ich weiß, dass Sie uns das fragen müssen, aber ich habe niemandem gegenüber auch nur ein Wort über den Papyrus verlauten lassen.»
«Dasselbe gilt für mich.»
«Schauen Sie bitte einmal auf diese Liste, ob Ihnen einer der Namen darauf bekannt vorkommt.»

Der Beamte gab das Blatt zunächst Montebello, der es kurz darauf kopfschüttelnd über das Bett seines Freundes hinweg dem Kardinal hinüberreichen wollte. Oakbridge griff mit der linken Hand danach, um es an Sua Eminenza weiterzugeben. Dabei fiel sein Blick auf die Namen.

Er stoppte in der Bewegung und zog die Liste dicht an seine Augen.

«Moment mal! Das gibt's doch nicht!»

«Kennen Sie einen der Namen? Professore?»

Bill Oakbridge ließ die Liste sinken. Sein Gesicht wurde fahl. Seine Hände begannen zu zittern. Der Schock, der ihn den ganzen Tag über gebannt, aber auch verhindert hatte, dass er den Raub und die Realität des Verlustes an sich herangelassen hatte, überflutete ihn von einer Sekunde zur nächsten. Er verfiel regelrecht vor den Augen seiner Besucher. Montebello sprang auf und lief auf den Flur. Eine Minute später stand er wieder mit einem Arzt im Zimmer, der Oakbridge ein Kreislaufmittel spritzte und die Besucher bat, den Patienten allein zu lassen.

Als der Arzt wieder auf den Flur hinaustrat, erklärte er, dass Professor Oakbridge jetzt absolute Ruhe brauche. Er werde dafür sorgen, dass die ganze Nacht über jemand nach ihm sehe. Montebello bat darum, verständigt zu werden, falls sein Freund nach ihm verlange. Am Ausgang des Hospitals fragte Montebello den Inspektor, wie sich ihm die Lage darstelle.

«Professor Oakbridge muss einen Namen auf der Liste erkannt haben. Das hat den Schock ausgelöst. Ich denke, wir sind auf der richtigen Spur. Ein paar Tage gründliche Polizeiarbeit, und es kann sein, dass wir die Täter haben. Bitte – Monsignore, Eminenza –, sagen Sie mir doch, worum es sich bei dieser Handschrift genau handelt? Es muss etwas Besonderes sein, das jemanden aus dem Umfeld des Opfers veranlasst, ein Verbrechen zu begehen.»

Der Kardinal wandte sich an Bariello.

«Bitte verstehen Sie uns recht, Ispettore. Professor Oakbridge hat uns das Versprechen abgenommen, zu niemandem über den Inhalt des Papyrus zu sprechen – und er hat uns bis jetzt nicht von diesem Versprechen entbunden. Es handelt sich in der Tat um eine einzigartige und in ihrer Bedeutung für die Kirchengeschichte kaum zu überschätzende Handschrift. Ich würde nicht nur für Professor Oakbridge wünschen, dass es Ihnen gelingen möge, sie wieder zu beschaffen. Gott segne Sie!»

«Ich verstehe. Danke, Eminenza!»

Die Männer verabschiedeten sich. Montebello brachte Kardinal Ambroso nach Hause, und Inspektor Bariello fuhr wieder ins Büro, um seinen zweiten Bericht an diesem Tag zu schreiben und die Nachforschungen bei den Meldebehörden zu forcieren.

Kapitel 11 – Das Komplott

Am Montagmorgen hatte die Biblioteca Apostolica Vaticana kaum ihre Pforten geöffnet, als ein überraschender Andrang an der Anmeldung festzustellen war. Doch handelte es sich bei den Ankömmlingen nicht um die üblichen distinguierten Gelehrten, die hofften, in den Beständen der ehrwürdigen Bibliothek wissenschaftliche Erkenntnisse zu gewinnen. Sie gehörten eher zu der Spezies lautstarker Medienvertreter. Und sie alle hatten denselben Wunsch – umgehend den Direktor zu sprechen. Normalerweise wäre dem Cardinale archivista e bibliotecario di S. R. C. Bartholomäus Angermeier ein wenig öffentliche Aufmerksamkeit für sein Haus nicht unwillkommen gewesen. Aber das schwarmweise Auftreten der Journalisten verhieß nichts Gutes. Als Padre Luis dem Kardinal innerhalb von einer Stunde die siebte Anfrage wegen eines Interviewtermins hereinreichte, wurde es Angermeier allmählich unheimlich.

«Padre Luis! Was um alles in der Welt ist da draußen los?»

«Ich weiß auch nicht, Eminenza.»

«Dann informieren Sie sich! Und sagen Sie an der Pforte Bescheid, dass ich heute Vormittag zu viele Termine hätte, als dass ich Pressevertreter empfangen könnte.»

Padre Luis eilte zum Haupteingang der Bibliothek, der nach wie vor umlagert war.

«Meine Herrschaften, Sua Eminenza Reverendissima bedauert außerordentlich, dass er heute Vormittag wegen einer Fülle von Terminen keine Medienvertreter empfangen kann. Selbstverständ-

lich will er sich aber aller Ihrer Fragen annehmen, wenn Sie so freundlich wären, mir zu sagen, worum es sich handelt.»
«Natürlich um den Raubüberfall auf Professor Oakbridge. Mit dem haben doch zwei hochrangige Mitarbeiter der Vatikanischen Bibliothek zu tun!»
«Wie bitte?»
«Padre, vielleicht sollten Sie zur Abwechslung nicht nur die Bibel, sondern auch mal Zeitung lesen!»
Bei diesen Worten schwenkte der Journalist die aktuelle Nummer der TUTTA LA VERITÀ.
Padre Luis erbleichte.
«Großer Gott! Bitte, dürfte ich diese Zeitung haben?»
«Aber gern, Padre! Ich schenke sie Ihnen. Die Kioske sind voll davon. Aber verschaffen Sie mir im Gegenzug einen Gesprächstermin mit Kardinal Angermeier!»
Die Umstehenden lachten, als Padre Luis mit wehender Soutane davoneilte. Kurz darauf klopfte er mit hochrotem Kopf an die Tür des Kardinals.
«Avanti!»
«Eminenza! Eminenza!»
Padre Luis hatte die Sprache verloren. Er wedelte mit der Zeitung und schnappte nach Luft.
«Padre Luis! Was soll dieser Auftritt? Was haben Sie da in der Hand?»
«Eminenza!»
«Nun geben Sie schon her!»
Padre Luis stürzte zum Schreibtisch des Bibliotheksdirektors und hielt ihm das Blatt hin. Angermeier schaute missbilligend auf seinen Sekretär, nahm die Zeitung und breitete sie auf seinem Schreibtisch aus.

Amerikanischer Wissenschaftler in Rom überfallen! Wertvolle Handschrift aus dem 1. Jahrhundert nach Christus geraubt. Zwei hochrangige Mitarbeiter der Biblioteca Apostolica Vaticana in den Fall verwickelt.

Von Luca Mutolo

Am frühen Sonntagnachmittag wurde der amerikanische Papyrologe Professor William O. vor der römischen Niederlassung des Deutschen Archäologischen Instituts in der Via Curtatone überfallen und beraubt. Wie wir aus gut informierten Kreisen erfahren haben, hatte er dort mit dem Direktor des Instituts, dem renommierten Altertumswissenschaftler Achim Z., an der Entschlüsselung eines Papyrus gearbeitet, dessen Inhalt für die frühe Kirchengeschichte von sensationeller Bedeutung ist. Als O. das Haus verließ, bremste ein schweres Motorrad neben ihm, auf dem zwei Männer saßen. Der Beifahrer sprang von der Maschine und schlug den Wissenschaftler mit einem Schraubenschlüssel nieder. Dann entriss er ihm eine Aktentasche, in der sich das Schriftstück befand. Der Wert der geraubten Handschrift ist so exorbitant, dass in den USA offenbar keine Gesellschaft bereit war, das Dokument zu versichern.

Professor O. hat trotz seiner Verletzung versucht, die Täter zu verfolgen, die jedoch auf dem Motorrad entkamen. Bislang schweigt die Polizei, die unmittelbar nach dem Verbrechen am Tatort eintraf, über den Stand der Ermittlungen. Aber möglicherweise war das Tatfahrzeug erst kurz zuvor bei einem bekannten römischen Autoverleiher gemietet worden. Zwar gibt es Hinweise darauf, dass die Täter aus dem Umfeld des Opfers stammen könnten, aber wie wir weiter erfahren haben, finden sich unter den Indizien auch Spuren, die in die Biblioteca Apostolica Vaticana weisen. Es scheint bemerkenswert, dass zwei ranghohe Mitarbeiter noch kurz vor der Tat Kontakt zu dem Opfer hatten.

Birgt die geraubte Handschrift vielleicht Geheimnisse, die die Römische Kirche fürchten muss – gerade jetzt vor dem Beginn des Dritten Vatikanischen Konzils? Wir werden weiter über die Ermittlungen in diesem mysteriösen Raubüberfall berichten.

Bartholomäus Angermeier hob mit einem Ruck den Kopf. Vor ihm stand noch immer ein verstörter Padre Luis. Der Kardinal mochte kein großer Wissenschaftler sein, aber er war gewiss kein Dummkopf.
«Holen Sie Monsignor Montebello! Sofort!»
Padre Luis stürzte davon und lief zum Büro des Bibliothekars. Der befasste sich weisungsgemäß mit den Digitalisierungsarbeiten in seiner Abteilung. Er verglich gerade Angebote verschiedener IT-Firmen, als es heftig an seiner Tür klopfte.
«Avanti!»
Padre Luis riss die Tür auf.
«Sie möchten sofort zu Sua Eminenza Angermeier kommen!»
«Was gibt's denn?»
«Das möchte Sua Eminenza Ihnen persönlich darlegen.»
Montebello erhob sich, warf einen verwunderten Blick auf den echauffierten Padre Luis und begab sich zum Leiter der Bibliothek. Die Tür zu dessen Amtsräumen stand offen.
«Laudetur...»
«Kommen Sie herein, Monsignore! Was ist das hier? Was haben Sie hiermit zu tun? WAS WISSEN SIE DAVON?»
Mochte sich Kardinal Angermeier bei den ersten Worten noch bemüht haben, seine Stimme unter Kontrolle zu halten, so brüllte er die letzte Frage in einer Lautstärke, wie sie in den vergangenen Jahrhunderten in der Bibliothek nur selten zu vernehmen gewesen war. Mit großen Schritten kam der Direktor auf seinen Bibliothekar zu und fuchtelte mit der Zeitung. Einen Moment lang glaubte Montebello, der Kardinal wolle ihn schlagen. Doch der machte zwei Schritte an ihm vorbei, fasste den Türflügel und warf ihn mit solcher Wucht ins Schloss, dass die Fenster klirrten. Dann stieß er Montebello die zerknüllte Zeitung vor die Brust. Montebello versuchte, das Blatt zu glätten und zu lesen, doch das Geschrei Angermeiers, dem er nur gelegentlich Wörter wie UNGEHEUERLICH, SKANDAL und KATASTROPHE entnehmen konnte, machte die Lektüre nicht gerade einfacher. Montebello versuchte, ruhig zu bleiben.

«Eminenza, soweit ich den Artikel verstehe, handelt es sich dabei um einen ziemlich aufgeplusterten Bericht über den gestrigen Raubüberfall auf Professor Oakbridge, bei dem ein sehr wertvoller Papyrus gestohlen worden ist.»
«Sie wissen von diesem Überfall?»
«Ja, ich bin unmittelbar nach der Tat informiert worden und habe Professor Oakbridge im Krankenhaus besucht. Die äußeren Verletzungen sind wohl nicht allzu schlimm, aber er ist nervlich sehr angegriffen.»
«Der Zustand dieses Amerikaners ist mir vollkommen gleichgültig. Mir geht es um das Ansehen dieses Hauses und um die Lage der Kirche! Verstehen Sie, Montebello?!»
«Ich verstehe Sie sehr gut..., Eminenza.»
«Ich vermute, dass Sie aufgrund Ihrer engen Beziehungen zu diesem Oakbridge einer der beiden ‹ranghohen Mitarbeiter› sind, auf die sich der Schmierfink bezieht, der diesen Unflat hier verfasst hat.»
«Das ist nicht auszuschließen.»
«Nicht auszuschließen?! Kennen Sie den Inhalt dieser Handschrift? Was steht in diesem Papyrus?»
«Ich bedaure, Eminenza, aber ich bin nicht befugt, darüber zu sprechen.»
«Wie bitte? Sie ziehen die Vatikanische Bibliothek in einen Skandal sondergleichen hinein und wagen es, mir zu sagen, Sie seien nicht befugt, darüber zu sprechen? SIE STEHEN VOR IHREM VORGESETZTEN, MONTEBELLO!»
«Dessen bin ich mir bewusst, aber man hat mir den Inhalt des Papyrus im Vertrauen auf meine absolute Verschwiegenheit mitgeteilt, und ich gedenke nicht, dieses Vertrauen zu missbrauchen.»
«Sie haben auch gegenüber der Bibliothek eine Vertrauensstellung! Und Sie haben als Priester eine Vertrauensstellung gegenüber der Kirche – jener Kirche, die durch Ihr skandalöses Verhalten möglicherweise orientierungslos in eine schwere Krise steuert, wenn die Andeutungen stimmen, die in diesem Dreckblatt stehen! Ich frage Sie zum letzten Mal: Was steht in dieser Handschrift?»

«Eminenza, vor vier Tagen hätten Sie Gelegenheit gehabt, diese Handschrift gemeinsam mit Professor Oakbridge zu lesen und vertrauensvoll mit ihm über das weitere Vorgehen zu beraten. Sie haben das zurückgewiesen. Heute verlangen Sie von mir, über den Inhalt informiert zu werden, den Professor Oakbridge mir privat anvertraut und dabei auf striktem Stillschweigen bestanden hat. Jetzt gegen mein gegebenes Wort den Inhalt des Papyrus preiszugeben, wäre ein Verrat, zu dem ich unter keinen Umständen bereit bin.»

«So ist das also, Montebello! Sie wollen Ihre schäbige Rache, weil ich diesem feinen Herrn Oakbridge auf Ihre Fürsprache hin nicht gefällig war, sondern gefordert habe, dass er sich wie alle anderen Nutzer der Bibliothek an die Spielregeln hält.»

«Eminenza, ich muss mir von Ihnen keine unlauteren Motive für meine Handlungsweise unterstellen lassen. Sie haben damals für sich entschieden, was richtig ist, und ich habe heute für mich entschieden, was richtig ist.»

«RICHTIG? Sie verraten die Kirche – noch dazu in der sensiblen Vorbereitungsphase des Konzils –, und Sie wagen es, in diesem Zusammenhang das Wort ‹richtig› zu verwenden?! Ich sage Ihnen: Richtig für Sie ist einzig und allein die Furcht des Herrn als Ausdruck der Demut – die siebte Gabe des Heiligen Geistes! Doch dieser sind Sie ganz offenbar nie teilhaftig geworden.»

«Ich empfinde mich durchaus in der Furcht des Herrn, wenn ich mich auf die Gabe des Rates verlasse – die dritte Gabe des Heiligen Geistes, die mich auf dem Weg der Klugheit hält und mich vor menschlicher Voreiligkeit schützt. Aber ich versichere Ihnen, dass ich darüber mit meinem Beichtvater sprechen werde.»

Das Gesicht Angermeiers verzerrte sich.

«Tun Sie das, solange Sie noch ein Glied dieser Kirche sind! Wer ist der zweite ‹ranghohe Mitarbeiter›, von dem hier die Rede ist?»

«Kardinal Leo Ambroso.»

Angermeier hielt sich an seinem Schreibtisch fest.

«Das ... das ist ein Komplott! Mein Vorgänger? Sie haben hinter meinem Rücken Kardinal Ambroso eingeweiht, um die Angele-

genheiten dieses Amerikaners zu betreiben? Natürlich, jetzt verstehe ich. Sie wollten, dass ich Oakbridge erlaube, den Papyrus 𝔓75/A zu sehen. Und das ist jenes Fragment, das Kardinal Ambroso noch in seinen letzten Dienstjahren für die Bestände der Handschriftenabteilung erworben hat. Monsignore, damit haben Sie einen Dienstvorgang einem Außenstehenden unter dem Bruch des Dienstgeheimnisses bekanntgemacht.»
«Man wird Kardinal Ambroso schwerlich als Außenstehenden bezeichnen können. Immerhin war er Direktor dieser Einrichtung.»
«WAR – Montebello! WAR! Jetzt führe ich dieses Haus, und ich entscheide, wer hier was zu sehen bekommt.»
«Professor Oakbridge hat den Papyrus nicht zu sehen bekommen.»
«Verschonen Sie mich mit Ihrer Rabulistik!»
«Ich bin kein Rabulist, aber ich verwahre mich gegen den unberechtigten Vorwurf, an Außenstehende Dienstgeheimnisse weiterzugeben oder ohne Ihre Einwilligung Dritten Bestände der Bibliothek zugänglich zu machen.»
«Monsignore, Sie werden verstehen, dass ich nur mit Mitarbeitern zusammenarbeiten kann, denen ich vertraue. Mein Vertrauen in Ihre Loyalität ist dahin. Sie sind mit sofortiger Wirkung beurlaubt. Ich werde prüfen lassen, ob das Beschäftigungsverhältnis gelöst und Sie woanders eingesetzt werden können. Gehen Sie jetzt! GEHEN SIE!»
Angermeier hielt Montebello die Hand mit dem Ring hin. Montebello verneigte sich, küsste den Ring und zog sich zurück. Ob der Kardinal auf seinen Gruß «Laudetur Jesus Christus!» antwortete, konnte er nicht hören.
Montebello hatte die Tür kaum hinter sich geschlossen, als Kardinal Angermeier die Nummer des Leiters der Handschriftenabteilung wählte. Am anderen Ende hob Monsignor Lorenzo Angelosanto ab.
«Pronto?»
«Hier Kardinal Angermeier.»
«Eminenza! Was kann ich für Sie tun?»

«Ich muss mit Ihnen sprechen.»
«Ich komme sofort zu Ihnen!»
«Nein, bleiben Sie, wo Sie sind! Ich komme zu Ihnen und möchte den Papyrus 𝔓75/A sehen.»
«Eminenza, verzeihen Sie. Ich weiß nicht, ob ich Sie richtig verstanden habe.»
«WAS GIBT ES DA MISSZUVERSTEHEN? Ich komme jetzt zu Ihnen in die Handschriftenabteilung und möchte, dass Sie den Papyrus 𝔓75/A bereitlegen und mir seinen Inhalt erläutern. In fünf Minuten bin ich bei Ihnen.»
Ehe sich Kardinal Angermeier zu den Handschriften begab, befahl er Padre Luis, Sua Eminenza Ambroso anzurufen und mit ihm einen Termin für den frühen Nachmittag zu vereinbaren. Inzwischen hatte die Meldung aus TUTTA LA VERITÀ im Haus die Runde gemacht. Und der lautstarke Gedankenaustausch zwischen Angermeier und Montebello war den übrigen Mitarbeitern gleichfalls nicht verborgen geblieben; auch der Leiter der Handschriftenabteilung hatte bereits davon gehört. Er wählte die Nummer des Sicherheitsdienstes.
«Pronto?»
«Signor Baldassare, hier Monsignor Angelosanto. Bitte schalten Sie für eine halbe Stunde die Alarmanlage in Sektion C der Handschriftenabteilung aus. Ich möchte einen Papyrus entnehmen.»
«Sehr gern, Monsignore! Da muss ja eine tolle Handschrift liegen, wenn sie innerhalb von nur drei Tagen gleich zweimal herausgenommen wird.»
«Was sagen Sie da?»
«Ja, am Samstag war Sua Eminenza Ambroso hier und bat mich auch, kurzzeitig die Alarmanlage in Sektion C auszuschalten.»
«Wann war das genau?»
«Am Samstag, im Laufe des späten Vormittags. Ist etwas nicht in Ordnung?»
Statt einer Antwort erwiderte Monsignor Angelosanto:
«Schalten Sie jetzt die Sektion ab!»
Kurz darauf entnahm der Leiter der Handschriftenabteilung den

Papyrus, legte ihn bereit und wartete auf den Direktor der Bibliothek.

«Bitte – hier, Eminenza!»

Angelosanto hatte zwei Paar weiße Baumwollhandschuhe bereitgelegt.

«Übersetzen Sie mir, was auf diesem Fragment zu lesen ist!»

«Selbstverständlich, Eminenza:... eine halbe Stadie entfernt ein wenig erhöht am alten Hügel, fast auf einer Linie mit der Rückseite des Tempels.

So Trauriges aber müssen wir Euch schreiben und geben den Brief Timotheos, Sohn des Eumenes, einem der Brüder aus Ephesos mit, der noch heute ein Schiff besteigt und uns verlässt. Nehmt ihn in Liebe bei Euch auf, auf dass auch die Liebe unseres Herrn Christi Jesu mit Euch sei alle Tage. Seine ewige Gnade, die Liebe Gottes und die Gemeinschaft des Heiligen Geistes sei mit Euch und unvergängliches Leben mit allen, die Christus Jesus, unseren Herrn, lieben.»

«Ist das alles?»

«Ja, Eminenza. Mehr steht dort nicht.»

«Können Sie sich einen Reim darauf machen, weshalb diese Zeilen so wichtig sein sollen?»

«Sie gehören offenbar zu einem Brief, dessen Autor über irgendein trauriges Ereignis der frühen Christengemeinde in Ephesos berichtet. Wenn ich richtig informiert bin, wurden Feinanalysen vorgenommen, aufgrund derer das Fragment ins zweite oder sogar noch ins erste Jahrhundert nach Christus datiert wurde. Als Objekt von so hohem Alter ist der Papyrus natürlich etwas Besonderes. Aber inhaltlich ist da nichts, was wir nicht auch aus anderen Quellen bereits gewusst hätten. Wir kennen weder den Absender noch den Adressaten, noch wissen wir, was für eine traurige Nachricht der Kopfteil des Briefes wohl enthält. Wer mit den Namen Eumenes und Timotheos gemeint ist, wissen wir auch nicht. Kirchengeschichtlich ist das also gewiss keine Sensation. Es tut mir leid, Eminenza, wenn ich Ihnen nicht weiterhelfen kann.»

«Wenn Sie den ersten Teil dieses Briefes hätten...?»

«Dann könnte ich Ihnen mit Sicherheit sehr viel mehr erzählen.»
«Nehmen wir an, ein Spezialist wie dieser Oakbridge würde unser Fragment in die Hände bekommen. Hätte er theoretisch die Möglichkeit, weitergehende Interpretationen vorzunehmen?»
«Professor William Oakbridge?»
Angelosanto kräuselte süffisant die Lippen.
«Ja. Was wissen Sie über ihn?»
«Ich möchte jedenfalls nicht hoffen, dass jemals irgendein geweihter Text in seine unreinen Hände gerät.»
«Was meinen Sie damit?»
«Er steht zwar im Ruf, ein guter Wissenschaftler zu sein, aber es ist in Fachkreisen allgemein bekannt, dass sich sein Interesse am Griechischen nicht auf alte Handschriften beschränkt ... Wie dem auch sei – aus diesem Textfragment liest ohne weitere Informationen niemand mehr heraus, als ich Ihnen vorgetragen habe, Eminenza.»
Angermeier nickte.
«Dieser Montebello! Und er schämt sich nicht, sich für solch ein Subjekt bei mir zu verwenden. Widerlich! Haben Sie vielen Dank, Monsignore, für Ihre Informationen! Falls Ihnen doch noch etwas zu diesem Fragment einfallen sollte, so lassen Sie es mich wissen.»
«Ach, Eminenza!»
«Was gibt es noch?»
«Eminenza, ich habe eben mit dem Wachmann Enrico Baldassare gesprochen, der am Wochenende hier Dienst hatte. Und er hat mir gesagt, dass am Samstag gegen Mittag Sua Eminenza Ambroso hier war und ihn gebeten hat, gleichfalls diesen Teil der Panzerschränke zu entsichern.»
«WAS?»
Monsignor Angelosanto fuhr zusammen.
«So ... so wie ich sage. Mehr weiß ich auch nicht.»
«Kommen Sie in fünf Minuten in mein Büro, und bringen Sie diesen Wachmann mit!»
«Sehr wohl, Eminenza!»
Angermeier begab sich in seine Arbeitsräume. Wenige Minuten später klopfte es.

«Avanti!»
Monsignor Angelosanto und Enrico Baldassare betraten den Raum. Ohne Begrüßung nahm sich der Bibliotheksdirektor den Angestellten vor.
«Signor Baldassare, trifft es zu, dass am Samstag Sua Eminenza Ambroso in der Bibliothek war?»
«Ja, Eminenza.»
«Wie kam er herein?»
«Er hat vor dem Hauptportal gestanden und mich angerufen, dass ich ihn hereinlassen soll.»
«Sie lassen am Wochenende Leute in die Bibliothek?»
«Nein, keine Leute, aber Sua Eminenza schon, wenn er mich darum bittet.»
«Hat Sua Eminenza eine Erlaubnis von mir vorweisen können?»
«Nein, Eminenza, natürlich nicht.»
«WAS HEISST DAS? NATÜRLICH NICHT! Was ist daran natürlich, dass Personen, die hier nicht arbeiten, am Wochenende Zugang zur Bibliothek verlangen? Und ihn dann auch noch bekommen?»
«Aber Sua Eminenza Ambroso war doch der Bibliotheksdirektor hier.»
«Das höre ich heute schon zum zweiten Mal. Er WAR Bibliotheksdirektor! Verstehen Sie mich? Er WAR Direktor! Jetzt ist er ein Besucher, der sich wie jeder andere an die Regeln zu halten hat.»
«Eminenza – Kardinal Ambroso kommt häufig morgens, bevor die Bibliothek öffnet, bereits hierher, um zu arbeiten. Er hat mir einmal gesagt, er mache das, um die Angestellten nicht zu stören. Er arbeitet hier oft schon morgens ab sieben Uhr, und dann lassen wir ihn auch immer herein. Er war doch der Direktor hier und würde nichts Verbotenes tun.»
«Was fällt Ihnen ein? Sie sind hier Angestellter mit klaren Arbeitsanweisungen, und ich wüsste nicht, dass diese irgendwelche Sonderbehandlungen einzelner Besucher vorsehen. Und jetzt erfahre ich, dass hier offenbar seit Jahren Missbrauch auf dieser Stelle getrieben wird. Entspricht es den Tatsachen, dass Sie am Samstag

für Sua Eminenza Ambroso die Alarmanlage in Abteilung C des Sicherheitsbereichs der Handschriften abgeschaltet haben?»
«Ja, Eminenza.»
«Sind Sie wahnsinnig geworden? Haben Sie auch nur den Hauch einer Vorstellung davon, welche Schätze dort unten liegen?»
«Aber, Eminenza. Es war doch Sua Eminenza Ambroso, der sie sehen wollte. Er hat die Bibliothek jahrzehntelang geleitet. Er hat meine Tochter getauft. Wenn ich ihm nicht vertrauen kann, wem soll ich dann auf dieser Welt vertrauen?»
«Ersparen Sie mir Ihr ebenso dummes wie impertinentes Gewäsch! Es geht nicht um Vertrauen, es geht um Gehorsam gegenüber Ihrem Dienstherrn, der Kirche, und um gröbste Verletzung Ihrer Dienstpflichten mir gegenüber als Ihrem Vorgesetzten! Was Sie getan haben, ist unerhört und absolut unverzeihlich!»
«Eminenza, es konnte gar nichts passieren. Ich habe Sua Eminenza Ambroso doch die ganze Zeit auf dem Überwachungsbildschirm gesehen.»
«Was hat das damit zu tun? Er hätte durch unsachgemäße Handhabung diese Handschrift beschädigen oder zerstören können.»
«Aber das würde er nie tun. Als wir gingen, hat er zu mir noch gesagt: Dieser Ort ist von Gott gemacht. Wer hier mit offenen Augen arbeitet, der wird zu den größten Schätzen der Christenheit geführt – so ähnlich jedenfalls hat er sich ausgedrückt. Er hat immer gesagt, wenn er mutlos sei, dann würden diese Handschriften ihn an die wirklich mutigen Christen der frühen Zeit erinnern, und dann ginge es ihm besser.»
«Ich habe keine Lust, mit jemandem zu diskutieren, der sich offenbar nicht im Klaren ist, wie absolut verantwortungslos seine Handlungsweise war. Signor Baldassare, Ihr Vertrauensbruch gegenüber der Vatikanischen Bibliothek ist durch nichts zu rechtfertigen und durch nichts wiedergutzumachen. Sie haben in grob fahrlässiger Weise unersetzliche Werte der Kirche gefährdet. Sie sind mit sofortiger Wirkung entlassen. Gehen Sie!»
«Eminenza!»
«Gehen Sie! Oder ich lasse Sie vom Wachdienst hinausbringen!»

«Eminenza!»
«HINAUS!»
Monsignor Angelosanto legte sacht die Hand auf den Arm des Wachmanns.
«Kommen Sie, Signor Baldassare!»
«Ich arbeite hier seit fast zwanzig Jahren und habe mir nie etwas zuschulden kommen lassen, und jetzt ...»
«Kommen Sie!»
Der Bibliothekar führte Enrico Baldassare aus den Amtsräumen Kardinal Angermeiers und schloss hinter ihm die Tür.
Zurück blieb der Bibliotheksdirektor, dem die fristlose Kündigung des Wachmanns sichtlich wohlgetan hatte. Er atmete tief durch und griff neuerlich zum Telefon. Als Padre Luis abhob, fragte er ihn, ob er heute noch Kardinal Ambroso würde sprechen können. Er erfuhr, dass der ehemalige Leiter der Bibliothek sein Kommen für halb drei angekündigt hatte.
«Gut! Ich möchte in der nächsten halben Stunde unter keinen Umständen gestört werden!»
«Selbstverständlich, Eminenza!»
Erst einmal galt es, diese Meute von Journalisten zu befriedigen. Er setzte einen Text auf, den er als Presseerklärung weitergeben ließ mit der Begründung, dass er selbst – angesichts einer Fülle von unaufschiebbaren Terminen – heute leider keine Zeit fände, die geschätzten Vertreter der Medien persönlich zu informieren:

Die Leitung der Bibliothek hat zu ihrem großen Bedauern erfahren, dass der Leiter des Center for the Tebtunis Papyri, Professore William Oakbridge, Opfer eines Raubüberfalls geworden und dabei verletzt worden ist. Wir wünschen ihm baldige und vollständige Genesung! Über den Inhalt der Handschrift, die dem geschätzten Wissenschaftler geraubt worden ist, liegen der Leitung der Bibliothek keinerlei Informationen vor, so dass wir die Meldung über irgendwelche glaubensrelevanten oder auch nur kirchenhistorisch bedeutsamen Informationen in diesem Text nicht bestätigen können.

Ebenso wenig kann von einer wie auch immer gearteten Verwicklung von Mitarbeitern der Biblioteca Apostolica Vaticana in den Vorgang die Rede sein. Richtig ist vielmehr, dass eine langjährige und herzliche Arbeitsbeziehung zwischen einem der Bibliothekare des Hauses und Professor Oakbridge besteht. Der betreffende Kollege hat sich noch vor wenigen Tagen für das Opfer verwendet, um für ihn so rasch wie möglich einen Besuch in der Handschriftenabteilung und die Autopsie eines Handschriftenfragments zu ermöglichen. Die Leitung der Bibliothek hätte dem Wunsch sehr gern entsprochen. Allerdings ist das betreffende Fragment aus dem ersten oder zweiten Jahrhundert nach Christus in einem äußerst problematischen Erhaltungszustand, wie der Leiter der Handschriftenabteilung, Monsignor Angelosanto, bestätigt hat. Daher müssen zunächst unabweislich nötige Restaurierungsmaßnahmen durchgeführt werden; andernfalls wäre ein Totalverlust zu befürchten. Nach der Restaurierung wird die Handschrift selbstverständlich jedem Wissenschaftler mit einem seriösen Erkenntnisinteresse wieder zugänglich sein.

Der betreffende Papyrus wurde von dem ehemaligen Leiter der Biblioteca Apostolica Vaticana, Sua Eminenza Leo Ambroso, noch in den letzten Jahren seiner Amtszeit erworben. Bei dem Brieffragment handelt es sich inhaltlich um einen kleinen Text, der lediglich in allgemeinen Worten über Ephesos in frühchristlicher Zeit informiert. Er enthält jedoch keinerlei nähere Angaben zu einzelnen kirchenhistorisch bekannten Personen oder über irgendwelche Zusammenhänge, die nicht schon längst aus anderen, allgemein zugänglichen Veröffentlichungen bekannt sind. Für diesen hier kurz referierten Inhalt des Fragments verbürgt sich der Leiter der Bibliothek, Cardinale archivista e bibliotecario di S. R. C. Bartholomäus Angermeier, persönlich. Damit sind alle Bezüge zwischen der Bibliothek und dem allerhöchst bedauerlichen Vorfall genannt.

Sua Eminenza Angermeier überflog noch einmal seine Pressemitteilung und war sehr zufrieden mit sich. Dieser Text würde ihm in der Öffentlichkeit und bei Bedarf auch im Vatikan die Zeit verschaffen, die er brauchte, um all jenen Elementen, die die Ordnung seiner Bibliothek und erst recht die Ordnung der Kirche zu stören wagten, mit letzter Konsequenz entgegenzutreten. Er zog einen Schlüsselbund aus der Tasche, ließ den Blick darübergleiten und wählte dann einen Schlüssel, mit dem er das unterste Fach seines Schreibtischs öffnete. Er zog ein cellulare daraus hervor, tippte eine Nummer ein und wartete einige Sekunden; dann hörte er, wie die Verbindung zustande kam und jemand am anderen Ende der Leitung jenes Wort sagte, auf das er gewartet hatte.
«FOEDUS.»
«Nulla salus extra ecclesiam. Kommen Sie umgehend zu mir! Ich habe eine Nachricht für den Inquisitor.»

Kapitel 12 – Das Duell

Montebello war noch einmal in sein Büro gegangen und hatte die wenigen persönlichen Dinge, die er dort aufbewahrte, in seine Aktentasche gesteckt. Er fühlte sich etwas benommen durch die heftige Auseinandersetzung mit Kardinal Angermeier. Zugleich war er erleichtert, dass er in diesem Moment die Gabe der Stärke erfahren und sich nicht hatte einschüchtern oder gar dazu bringen lassen, sich für irgendetwas zu entschuldigen. Trotz seiner Neigung zu Selbstzweifeln war er sich ausnahmsweise einmal sicher, keinen Fehler begangen zu haben. Während er noch seine Habseligkeiten zusammensuchte, fragte er sich, was das eigentlich bedeutete – beurlaubt. Das Wort ‹Urlaub› hatte für ihn einen eigentümlichen Klang, weil er nie Urlaub machte. Wenn er einmal nicht offiziell in der Bibliothek arbeitete, saß er dennoch oft genug in ihren Räumen, weil er dann seinen eigenen Forschungen nachging. Doch auch in dieser Zeit versah er seine priesterlichen Pflichten in Santi Ambrogio e Carlo al Corso, wo er allmorgendlich die Frühmesse feierte und alle vierzehn Tage samstagnachmittags die Beichte hörte. Aus privaten Gründen hatte er Rom vor fast sechs Jahren das letzte Mal verlassen. Damals war er zu seinem Vater nach Neapel gefahren, der im Sterben lag. Seine Mutter lebte schon lange nicht mehr. Bei der Beerdigung seines Vaters hatte er auch seine ältere und einzige Schwester zum letzten Mal gesehen, die aus Sydney angereist war. Sie war Ärztin geworden und bald nach ihrem Examen mit einem Kommilitonen nach Australien ausgewandert. Ab und zu schrieben sie sich E-Mails. Und auf diesem Wege hatte er auch erfahren, dass er zwischenzeitlich Onkel zweier Nichten geworden war. Er schloss die Familie seiner Schwester in seine Gebete ein. Aber die Beziehung zwischen den Geschwistern war schon in der Kindheit nicht besonders eng gewesen. Sie hatte stets der Welt zugewandt gelebt, hatte sich politisch engagiert und seinen Entschluss, Priester zu werden, als kolossale Verschwendung seiner Fähigkeiten angesehen. Ihm waren die Menschen nicht weniger wichtig als ihr, doch empfand er bereits als Jugendlicher, dass die Lösung der Probleme dieser Welt nicht allein in der Bewältigung ihrer materiellen Aspekte aufging. Irgendwann hatte er den Punkt erreicht, in dem seine Überlegungen mit spirituellen Erfahrungen zusammenflossen, so dass er ein Studium der Geschichte und Theologie aufnahm. Noch vor Abschluss des Studiums war er in ein Priesterseminar eingetreten. Man behielt ihn gern in Rom, weil man der Überzeugung war, für einen Priester wie ihn dereinst auch im Vatikan Verwendung zu finden. Und als die Stelle eines Bibliothekars in der Biblioteca Apostolica Vaticana zu besetzen war, war er deren Direktor, Kardinal Leo Ambroso, vorgestellt worden. Dessen Wissen und Werthaltungen hatten ihm ungemein imponiert, und Ambroso hatte seinerseits Gefallen an dem jungen Geistlichen gefunden, so dass dieser vor knapp zehn Jahren jene Tätigkeit hatte aufnehmen können, die nun abrupt ihr Ende gefunden hatte.

Montebello schaute sich noch einmal in seinem Büro um, griff dann seine Aktentasche und ging. Als er auf den Platz trat, die Wärme der Sonne spürte, die Stimmen der Menschen und den Verkehr hörte, wurde ihm ein wenig schwindelig. Es war ihm, als habe er in diesem Moment die Welt, die buchstäblich hinter ihm lag, gegen eine andere eingetauscht, die er bislang nie ganz hatte an sich herankommen lassen müssen. Die Wucht der Ereignisse der vergangenen Tage hatte nun einen Teil dieser Barriere einbrechen lassen.

Montebello wollte im Park hinter dem Petersdom spazieren gehen, um seine Gedanken zu ordnen. Er überquerte den Stradone

dei Giardini und war froh, dass es in den Grünanlagen an einem gewöhnlichen Montagvormittag einigermaßen ruhig war. Er ging in den Französischen Garten nahe dem Kloster Mater Ecclesiae. Diese Anlage mit ihren Brunnen, geometrischen Formen und sorgsam geschnittenen Pflanzenbogen schien ihm ein geeigneter Ort, um nach der Aufregung wieder zu sich zu finden. Eine gewisse Distanz zur Welt, die ihm sein Priestertum und sein Beruf abverlangten, war ihm mitunter ganz willkommen. Aber in allzu stillen Stunden musste er sich auch eingestehen, dass er nicht sicher war, ob und wie er in späteren Jahren einmal damit zurechtkommen würde. Vielleicht mochte er deshalb den lebensfrohen und mitunter unverschämten Bill Oakbridge so gern, weil der Amerikaner nie Umstände damit machte, dass er, Montebello, Priester war, sondern in ihm einfach nur den gebildeten, interessierten und mit feinem Humor begabten Menschen wahrnahm. Wenn Montebello sich selbst gegenüber ehrlich war, so musste er sich eingestehen, dass er deshalb gern an Oakbridge dachte, weil ihm das Bewusstsein ihrer Freundschaft trotz der räumlichen Distanz half, sein seelisches Gleichgewicht zu wahren. Was kümmerte es ihn, ob Bill schwul war oder nicht. Er war sein Freund, und daran würde sich nichts ändern. Auf jeden Fall würde er ihn heute wieder im Krankenhaus besuchen. Als er in seinen Überlegungen so weit gediehen war, fiel ihm ein, dass er Kardinal Ambroso über die jüngste Entwicklung informieren sollte. Er wollte nicht, dass der alte Herr die Nachricht von seiner Beurlaubung durch einen anderen erfuhr. So verließ er den Park, fuhr nach Hause und rief ihn an.
«Eminenza, haben Sie zufällig gelesen, was heute in der TUTTA LA VERITÀ steht?»
«Diese Zeitung lese ich zumindest nicht täglich, mein lieber Monsignore.»
«Ich auch nicht. Aber Sua Eminenza Angermeier hat sie heute gelesen und bat mich eigens in sein Büro, um mir deren Inhalt zu eröffnen, über den er nur wenig erbaut war. Darin wurde in reißerischer Weise von dem Überfall auf Mr Oakbridge und über den

Raub des Papyrus berichtet. Und der Artikel gipfelte darin, dass insinuiert wurde, zwei Mitarbeiter der Bibliothek seien irgendwie in diese Geschichte verwickelt. Es klingt danach, als hätte die Kirche irgendetwas zu befürchten, wenn der Inhalt des Papyrus bekannt würde – gerade jetzt vor Beginn des Konzils. Wer immer den Artikel geschrieben hat, hat zwar ins Blaue hinein phantasiert, ist aber der Wahrheit unangenehm nahe gekommen. Der Bibliotheksdirektor jedenfalls ahnte, dass ich einer der beiden Mitarbeiter bin, was ich ihm bestätigt habe. Da er mich fragte, wer der zweite ist, habe ich Ihren Namen genannt. Als er das erfuhr, sprach er von einem Komplott von Ihnen, Mr Oakbridge und mir. Und da ich mich geweigert habe, ihm den Inhalt des Papyrus preiszugeben, hat er mich beurlaubt und strebt die Auflösung meines Anstellungsverhältnisses an.»
Montebello hatte mit vielem gerechnet, aber nicht damit, dass Kardinal Ambroso laut lachte, als er dies hörte.
«Mein lieber Monsignore, man sollte sich nie der Dynamik von Revolverblättern anpassen. Immerhin verstehe ich nun, weshalb ich vom Sekretär des Bibliotheksdirektors eine Einladung für heute Nachmittag erhalten habe. Ich werde mit ihm sprechen und hoffe, dass es mir gelingt, seine Besorgnis zu zerstreuen. Es ist gut, dass Sie mich angerufen haben. Seien Sie unbesorgt! Die Wogen werden sich glätten, auch wenn Ihr Schiffchen im Moment ein bisschen wackelt – wie einst das der Apostel auf dem See Genezareth. Gibt es noch irgendetwas, das ich wissen sollte, bevor ich in dieses Gespräch gehe?»
Montebello zögerte.
«Ja ... ich denke, Sie sollten wissen, dass Professor Oakbridge ..., dass er nicht in geordneten Verhältnissen lebt.»
«Monsignore, bitte sprechen Sie nicht in Rätseln!»
«Professor Oakbridge ist homosexuell.»
Kardinal Ambroso schwieg ein paar Sekunden.
«Weshalb glauben Sie, dass das für den vorliegenden Zusammenhang von Bedeutung ist?»
«Ich bin mir fast sicher, dass Sua Eminenza Angermeier jetzt ver-

suchen wird, sich alle Informationen über Mr Oakbridge und über diesen Papyrus zu besorgen. Und da der Lebenswandel von Mr Oakbridge in Fachkreisen allgemein bekannt ist, wird er früher oder später davon erfahren.»
«Monsignor Montebello, bitte missverstehen Sie meine Frage nicht, die ich Ihnen lieber von Angesicht zu Angesicht stellen würde: Wie nahe stehen Sie persönlich Professor Oakbridge?»
«Er ist mir ein lieber Freund, aber ich teile seine Neigungen nicht, wenn Sie das wissen möchten. Aber was immer aus dieser Geschichte werden wird, ich werde sein Freund bleiben.»
«Nirgendwo sind die Anfechtungen größer als in der Einsamkeit – und manchmal, wenn wir in unserem schweren Amt Gott nicht hören, kann uns die Einsamkeit schier in die Verzweiflung treiben. Dann spüren wir, wie wichtig es ist, einen Freund zu haben ... oder doch, wie sehr wir eines Freundes bedürften. Ich danke Ihnen, dass Sie mich ins Vertrauen gezogen haben! Sie werden sicher heute Professor Oakbridge besuchen. Grüßen Sie ihn von mir, und rufen Sie mich wieder an!»
«Haben Sie vielen Dank, Eminenza, für Ihre Worte. Sie machen mir Mut. Natürlich rufe ich Sie wieder an! Laudetur Jesus Christus!»
«In aeternum! Amen.»

Als der Kardinal eine halbe Stunde später in der Vatikanischen Bibliothek eintraf, wurde er sogleich zum Direktor geführt, der seinen Gast kühl begrüßte.
«Mein lieber Bruder in Christo, ich habe Sie um dieses Gespräch gebeten, weil das Ansehen der Bibliothek und die Würde der Kirche auf dem Spiel stehen.»
«Ich weiß nicht, was Sie so besorgt macht, aber ich vertraue auf das Wort unseres Herrn, dass die Pforten der Hölle seine Kirche nicht überwältigen werden.»
«Eminenza Ambroso, wir wollen nicht um den heißen Brei herumreden. Wissen Sie, dass dieser amerikanische Wissenschaftler

Oakbridge, der Sie zum Werkzeug seiner gotteslästerlichen Umtriebe gemacht hat, ein charakterlich bis ins Mark verdorbener Sodomit ist?»

«Lieber Bruder, ich weiß nicht, wie Sie darauf kommen, dass Professor Oakbridge mich zum Werkzeug gemacht hat, noch was für Umtriebe er an den Tag legt. Was mir bekannt ist, ist, dass er schwul ist.»

«Das wissen Sie?!»

«Ja. Und in dem Gespräch, das ich am Freitagabend bei mir zu Hause mit ihm geführt habe, machte er einen sehr seriösen Eindruck auf mich. Wissen Sie, er hat einen Text aus der Zeit der frühen Kirche entdeckt, mit dem sich vermutlich jeder andere Forscher auf dieser Welt unverzüglich an die Medien gewandt hätte, um die Sensation bekanntzumachen, vielleicht auch, um sich zu bereichern – und das wäre ihm damit vermutlich sogar gelungen. Das alles aber hat Professor Oakbridge nicht getan, und ich denke, er wird es auch nicht tun. Er war jedoch etwas niedergeschlagen, weil er gehofft hatte, seinem Forschungsanliegen in unserer ehrwürdigen Bibliothek weiter nachgehen zu können, aber trotz des Vermittlungsversuchs von Monsignor Montebello gescheitert ist. Daher ist er zu mir gekommen und hat mich nach dem Inhalt eines anderen Papyrusfragments – des 𝔓75/A – gefragt, das für ihn von besonderem Interesse ist. Ich hatte es vor einigen Jahren erworben, doch stand mir sein Inhalt nicht mehr genau vor meinem schwächer werdenden geistigen Auge. So war ich am Samstag hier im Hause und konnte Professor Oakbridge nach einer kurzen Autopsie der alten Handschrift seine Frage beantworten.»

Angermeier ging zu seinem Schreibtisch, griff nach dem inzwischen ziemlich mitgenommenen Exemplar der TUTTA LA VERITÀ und streckte es mit unverhohlenem Abscheu Kardinal Ambroso entgegen. Während der Besucher die Zeitung überflog, fuhr Angermeier fort.

«In die Medien hat er es trotzdem geschafft! Und mehr noch – die Bibliothek und die Kirche selbst werden in abscheulicher Weise angefeindet. Auch ist in diesem Blatt die Rede davon, dass zwei

ranghohe Mitarbeiter dieses Hauses in die Machenschaften um die Handschrift verstrickt sind. Das alles erfahre ich heute Morgen, als eine Horde von Journalisten die Bibliothek belagert und mich sprechen will. Aber damit nicht genug!»
Der Bibliotheksdirektor hatte sich in Rage geredet.
«Ich erfahre, dass Monsignor Montebello hinter meinem Rücken mit diesem verkommenen Yankee zusammenarbeitet und ihm gegen meine Absicht dazu verholfen hat, Genaueres über den Inhalt des Papyrus herauszubekommen. Und zu allem Überfluss ist mein Amtsvorgänger in diese Geschichte verstrickt. Sie haben sich Zutritt zur Bibliothek verschafft und einen Wachmann veranlasst, Ihnen ohne meine Genehmigung unsere kostbarsten Handschriften zugänglich zu machen, und damit deren Erhalt gefährdet. Eminenza Ambroso, ich hatte wenigstens gehofft, dass Sie arglos in diese Angelegenheit geraten wären! Aber ich sehe, dass Sie all das wussten und sich über alle Regeln hinweggesetzt haben. Ich schrecke – ich kann es nicht anders sagen – entsetzt zurück vor diesem Abgrund an Verantwortungslosigkeit gegenüber der Bibliothek und der Kirche. Ich habe Montebello beurlaubt und dem Wachmann fristlos gekündigt. Und angesichts der ernsten Lage, in die Sie uns bringen, muss ich Sie dringend ersuchen, sich fortan wie jeder andere an die Regeln der Bibliothek zu halten. Aber ich appelliere vor allem an Sie als Kardinal unserer heiligen Mutter Kirche, sich die Konsequenzen Ihrer Handlungsweise klarzumachen! Ich war nie ein Freund der Konzilspläne Seiner Heiligkeit. Aber jetzt können wir sie nicht mehr stoppen. Also müssen wir wenigstens verhindern, dass das Konzil zu einer medialen Katastrophe wird, noch bevor es begonnen hat!»
Kardinal Ambroso hatte seinem Amtsnachfolger aufmerksam zugehört und antwortete ihm ruhig.
«Mein lieber Bruder in Christo, von all dem, was Sie sagen, trifft mich nur eines wirklich – die Entlassung von Enrico Baldassare. Ich hoffe, dass in dieser Frage noch nicht das letzte Wort gesprochen ist. Dafür, dass dieser Artikel heute in einem Boulevardblatt erschienen ist, kann keiner von uns etwas – zuallerletzt der arme

Mr Oakbridge. Den Papyrus, der ihm geraubt worden ist, hatte er an seiner Arbeitsstelle in den Staaten entdeckt und ihn nach Rom gebracht. Was auch immer hinter dem Überfall stecken mag – dieser Wissenschaftler hat ihn ganz sicher nicht provoziert. Wenn Sie schon so großzügig im Verteilen von Vorwürfen sind, so könnten Sie sich auch selbst einmal fragen, ob der Raub vielleicht hätte verhindert werden können, wenn Sie Professor Oakbridge gleich empfangen hätten. Möglicherweise hätte er dann den Papyrus sogar in den Panzerschränken dieses Hauses zurückgelassen, anstatt ihn weiter mit sich zu führen.

Was seine Homosexualität betrifft, so beglückt mich diese Tatsache so wenig wie Sie. Aber wir sollten als Vertreter des hohen Klerus aufhören, auf Homosexuelle mit dem Finger zu zeigen und ihnen das Leben schwerzumachen. Wir wissen beide nur zu gut, dass auch nicht wenige Priester ihre sexuellen Nöte ausleben, aber – anders als Oakbridge – mit schlimmsten Konsequenzen in einem unheilschwangeren Halbdunkel. Angesichts dessen sollten wir uns genau überlegen, wie wir unsere Moralpolitik im Interesse der Kirche gestalten. Einstweilen empfehle ich, die Steine hübsch liegen zu lassen, mit denen wir so gern auf Sünder werfen, damit wir selbst nicht mehr, als es ohnehin bereits der Fall ist, zur Zielscheibe werden. Den meisten Kirchenoberen, so scheint mir, fehlt ein realistischer Bezugsrahmen für das, was sie inbrünstig als Sünden und Verfehlungen geißeln. Ich habe über Jahre hinweg in Asien und Südamerika Menschen gesehen, die man in unaussprechlicher Weise ihrer Menschenwürde beraubt hat, und es ist mir bitter hart geworden, nicht nur für die Opfer, sondern auch für die Täter zu beten. Hatten Sie einmal Gelegenheit, Eminenza Angermeier, außerhalb Ihrer Heimat und der Stadt Rom Erfahrungen zu sammeln, die Sie haben näher bekannt werden lassen mit dem Gesicht des Bösen in der Welt?»

«Sie beeindrucken mich nicht im Geringsten mit Ihrer Weltläufigkeit, Kardinal Ambroso! Passau und Rom genügen mir vollkommen, damit ich als Priester den rechten Weg zur ewigen Freude finde und die Gläubigen entsprechend anleiten kann.»

«Sie missverstehen mich – ich wollte nicht mit meinen Erfahrungen renommieren, sondern mit Ihnen über das Wesen des Bösen sprechen, das mich nicht weniger umtreibt als Sie. Aber verschieben wir das auf ein andermal! Was Monsignor Montebello betrifft, so haben Sie in ihm einen hervorragenden Bibliothekar und einen Priester, der seine Verantwortung gegenüber der Kirche an hohen moralischen Maßstäben misst. Dieses Urteil erlaube ich mir, da ich ihn seit zehn Jahren kenne, und zwar gleichermaßen aus dem Arbeitsalltag wie aus den Gesprächen, die wir darüber hinaus geführt haben. Die einzige Frage, die Sie sich im Hinblick auf ihn vorlegen sollten, lautet, wie es Ihnen hätte gelingen können, ihn mehr und mehr in die Verantwortung für die Vatikanische Bibliothek einzubinden.

Was schließlich die Verfehlungen angeht, die Sie mir vorhalten, so ist Ihnen natürlich bewusst, dass ich – und das Gleiche gilt für Montebello – in keiner Weise verantwortlich zu machen bin für den Unsinn, der in dieser Zeitung steht. Niemand weiß, wie diese Meldung dort hineingelangt ist. Was er und ich jedoch für Professor Oakbridge getan haben, stellt in keiner Weise einen Verstoß gegen die Anordnung dar, die Sie aus Gründen, die Sie vor sich selbst rechtfertigen müssen, getroffen haben. Dieser Mann ist einer der fähigsten Altertumswissenschaftler weltweit, und es würde nicht nur dem Ansehen der Bibliothek, sondern auch unseren kirchengeschichtlichen Forschungen sehr zugutekommen, wenn das Haus ihn für eine enge Zusammenarbeit gewinnen könnte – oder vielleicht sollte ich besser sagen: hätte gewinnen können. Denn nach dem, was geschehen ist, ist die Wahrscheinlichkeit gering, dass dieser Zustand noch einmal eintreten wird. Monsignor Montebello und ich selbst haben im Übrigen unter konsequenter Beachtung Ihres Verdikts gehandelt. Als Wissenschaftler haben wir einem tadellosen Kollegen zu der Information verholfen, derer er für seine Arbeit bedarf. Solange wir so vertrauensvoll mit ihm zusammenarbeiten, ist es vielleicht möglich, ihn in einer Weise zu leiten, dass seine Arbeit nicht zum Schaden, sondern sogar zum höheren Ruhme der Kirche beitragen wird. Sie aber haben sich nicht einmal dafür interessiert, um was es in dieser Handschrift geht. Dieses Haus war stets eine Stätte, an der geistiger Fortschritt kultiviert wurde, jetzt wird hier im günstigsten Fall noch verwaltungstechnischer Fortschritt kultiviert, und Sie dürfen sich als sein Leiter fragen, ob Ihnen das als Perspektive für Ihre weitere Amtszeit genügt.

Den Tadel, dass ich in den frühen Stunden so manchen Arbeitstages hier weiter ein und aus gegangen bin, um meine Forschungen zu betreiben, muss ich freilich gegen mich gelten lassen. Ich bin stets gleich am Morgen gekommen, um möglichst keine Umstände zu machen. So habe ich nur den jeweiligen Wachmann gebeten, mich einzulassen. Dass ich aufgrund meiner langjährigen Arbeit reiche Erfahrung im Umgang mit antiken Handschriften besitze und mithin zu keiner Sekunde eine Gefahr für diese kostbaren Stücke bestand, wissen Sie natürlich auch. Über Ihre Motive, mir diese absurden Vorwürfe zu machen, müssen Sie vor sich selbst Rechenschaft ablegen – Sie meinerseits deswegen zu befragen ist nicht meines Amtes. Aber dass Sie einem rechtschaffenen Mann durch seine Entlassung die Existenzgrundlage entziehen, ist – um das Mindeste zu sagen – nicht christlich. Eminenza Angermeier, denken Sie über mich, was Sie wollen, aber machen Sie diese unselige Entscheidung rückgängig!»

Der Bibliotheksdirektor war kreidebleich geworden, während Kardinal Ambroso zu ihm gesprochen hatte. Seine Stimme war belegt, als er antwortete.

«Eminenza Ambroso, die Zeiten haben sich geändert. Ich teile keine der von Ihnen geäußerten Auffassungen und sehe auch keinen Grund, meine Aussagen zu revidieren. In einem Punkte wäre ich bereit, Ihnen entgegenzukommen, und zwar, was die Entlassung dieses Wachmanns betrifft, für die in der Tat maßgeblich Sie die Schuld trifft. Um Sie von dieser Schuld zu entlasten, würde ich meine Entscheidung rückgängig machen, wenn Sie zumindest so viel Einsicht zeigten und mir sagten, was in dem Papyrus dieses Amerikaners steht.»

Kardinal Ambroso zog die Augenbrauen zusammen und zeigte

damit zum ersten Mal, seit er das Arbeitszimmer Angermeiers betreten hatte, eine Gefühlsregung.
«Professor Oakbridge hat mich darum gebeten, über seinen Inhalt Stillschweigen zu bewahren. Ich gedenke nicht, dieses Schweigen zu brechen. Und seien Sie gewiss, dass ich mir diese Entscheidung nicht leichtmache, sondern sie im vollen Bewusstsein meiner Verantwortung für unsere Kirche treffe. Es wäre auch zum Besten dieser uns anvertrauten Kirche, wenn Sie mir nicht weniger Vertrauen entgegenbrächten als Professor Oakbridge.»
«Wenn das so ist, so haben wir uns nichts mehr zu sagen!»
Kardinal Ambroso schüttelte den Kopf.
«Doch, mein lieber Mitbruder: Laudetur Jesus Christus!»
Die Gesichtsfarbe Angermeiers wechselte von Weiß zu Rot, und zwischen zusammengepressten Zähnen stieß er hervor:
«In aeternum! Amen.»
Kardinal Ambroso verneigte sich mit feinem Lächeln und verließ seinen Amtsnachfolger und die Bibliothek.

Kapitel 13 – Der Kommissar

Gegen halb vier Uhr nachmittags läutete in einem Konferenzsaal auf dem Viminalshügel, wo die kalte Pracht klassizistischer Fassaden das Stadtbild beherrschte, ein cellulare. Der Besitzer entschuldigte sich bei den anderen Teilnehmern der Besprechung und verließ den Raum. Auf dem Flur hielt er den kleinen Apparat ans Ohr:
«FOEDUS.»
Seine Antwort kam prompt.
«Nulla salus extra ecclesiam.»
«Ich muss Sie heute noch sprechen. Können Sie ein Treffen einrichten?»
«Selbstverständlich, Inquisitor! Ich könnte heute Nachmittag um fünf.»
«Gut. Wir treffen uns in Santa Maria dell'Anima. Ich werde Sie im ersten Beichtstuhl auf der rechten Seite erwarten.»
«Gewiss, Padre!»
Um kurz vor fünf hielt vor dem Portal der Chiesa di Santa Maria dell'Anima ein Taxi. Ein Geistlicher stieg aus und betrat die Kirche, über deren Eingangsportal die Muttergottes dem Flehen zweier im Fegefeuer büßender Seelen lauschte und sie der Gnade ihres Sohnes empfahl. Der hohe Raum war dunkel, nur vor ein paar Seitenaltären brannten Kerzen, und zwei Frauen murmelten, vor einem Bild der Schmerzhaften Muttergottes kniend, ihre Gebete. Ansonsten war die Kirche leer. Ein Hauch von Weihrauch und Lilien lag in der Luft. Der Priester tauchte eine Hand ins

Weihwasserbecken, bekreuzigte sich, ging das Mittelschiff hinauf und beugte das Knie vor dem Hochaltar. Dann wandte er sich nach rechts, wo er bei den Memento-Mori-Darstellungen den ersten Beichtstuhl betrat – doch ohne das kleine Schild an dessen Tür zu hängen, das den Reumütigen verheißen sollte, dass hier ein Priester auf sie wartete: confessionale non occupato.

Kurz darauf wurde eine der Seitentüren geöffnet. Jemand kniete vor dem kleinen Gitterfenster nieder, das den Beichtenden von dem Geistlichen trennte.

«FOEDUS.»

Der Priester beugte sich vor und flüsterte:

«Nulla salus extra ecclesiam. Ich danke Ihnen, dass Sie gekommen sind. Ich fürchte, es sind Umtriebe im Gange, die unsere heilige Mutter Kirche in eine ernste Krise stürzen könnten. So wie die Dinge sich entwickeln, muss der Orden sich der Sache annehmen. Haben Sie den Artikel in TUTTA LA VERITÀ gelesen?»

«Ja, Vater!»

«In die Hände eines Sodomiten – eines Amerikaners namens William Oakbridge – ist eine Handschrift aus der allerersten Zeit unserer Kirche gefallen. Einer der Bibliothekare der Vatikanischen Bibliothek, Monsignor Gian Carlo Montebello, arbeitet mit dem Amerikaner zusammen. Es ist nicht ganz klar, wie gefährlich die beiden werden können. Aber die Handschrift – ein griechischer Papyrus – könnte in falsche Hände geraten und dann vielleicht schwersten Schaden anrichten, wenn ihr Inhalt öffentlich würde. Sie enthält Hinweise auf einen der größten Schätze der Christenheit. Wie Sie wissen, ist der Papyrus diesem Wissenschaftler gestern auf offener Straße geraubt worden. Die Sache droht aus dem Ruder zu laufen. Sie müssen uns den Papyrus beschaffen. Setzen Sie alle Mittel ein, derer Sie bedürfen! Aber es darf unter keinen Umständen eine Spur zur Bibliothek oder in den Vatikan führen. Und noch eine Kleinigkeit: Es wäre gut, wenn die Berichterstattung zu diesem Fall in der TUTTA LA VERITÀ aufhören würde.»

«Seien Sie unbesorgt, Inquisitor. Der Orden kann sich auf mich verlassen.»

«Davon bin ich überzeugt. Ich werde mich in den nächsten Tagen wieder bei Ihnen melden. Gehen Sie jetzt, mein Sohn, und seien Sie gesegnet!»

«Grazie, Padre! Amen.»

Als durch das kleine Gitterfenster ein fahler Lichtschein fiel, wusste der Mann unter der Rose, die verhieß, dass kein Wort von dem, was hier gesprochen wurde, jemals nach außen dringen würde, dass der andere den Vorhang beiseitegeschoben hatte. Er wartete noch kurz, öffnete dann die Tür einen Spaltbreit und sah, wie sein Besucher die Kirche verließ. Nach ein paar Minuten kam er selbst aus dem Beichtstuhl und verschwand durch die Sakristei. Eine halbe Stunde später klingelte im Polizeipräsidium das Handy des Commissario Capo Filippo Tremante. Der Kommissar erstarrte. Auf diesem Telefon meldete sich nur ein Anrufer. Nur um für ihn Tag und Nacht erreichbar zu sein, trug er es stets bei sich – doch wer der andere war, wusste er nicht. Er drückte die grüne Taste.

«Pronto?»

«FOEDUS.»

«Nulla salus extra ecclesiam.»

«Wir haben einen Auftrag für Sie, Tremante.»

«O Gott, nicht schon wieder!»

«Wer ist mit dem Fall dieses amerikanischen Wissenschaftlers Oakbridge befasst?»

«Ispettore Superiore Bariello.»

«Ein fähiger Beamter?»

«Ja, ein sehr guter Mann.»

«Ziehen Sie ihn ab! Oakbridge ist nichts als ein schwules Stück Dreck, das seine schmutzigen Finger in heilige Angelegenheiten steckt. Es besteht kein Interesse daran, dass der Fall offiziell geklärt wird. Stattdessen setzen Sie alle zur Verfügung stehenden Mittel ein, die verlorene Handschrift auf anderen Wegen zu besorgen und sie dem Orden zukommen zu lassen. Wir werden täglich bei Ihnen nachfragen, wie weit Sie gekommen sind. Aber seien Sie vorsichtig! Es darf keine Spuren geben, die zum Orden, zur Vati-

kanischen Bibliothek oder gar direkt in den Vatikan führen. Haben Sie mich verstanden?»
«Signore, bitte, gibt es keinen anderen Weg?»
«Tremante, Sie sind ein einfacher Soldat des Ordens. Sie führen Befehle aus!»
«Aber ...»
«Schweigen Sie! Oder soll ich Sie noch einmal an die Umstände erinnern, unter denen Sie Ihren Eid geleistet haben?»
«Aber das ist Jahre her. Irgendwann muss doch meine Schuld abgetragen sein!»
«Irgendwann – doch das Datum bestimmen wir. Aber sollten Sie auch nur daran denken, Ihren Eid zu brechen und Ihr Seelenheil dranzugeben, so vergessen Sie nicht, dass wir auch bereits diese Welt für Sie zur Hölle machen können. Wir haben immer noch alle Beweise für Ihre kleine Eskapade, Sie Möchtegern-Cavaliere.»
«Signore, ich werde tun, was Sie sagen. Aber an wen kann ich mich denn wenden, wenn es Probleme gibt?»
«Sie sollten einfach dafür sorgen, dass es keine Probleme gibt. Sie werden innerhalb der nächsten vierundzwanzig Stunden von uns hören. Dann erstatten Sie Rapport!»
«Sagen Sie mir wenigstens, um was es in dieser Handschrift geht! Damit ich weiß, wonach ich suchen soll.»
«Es ist eine griechische Handschrift auf einem Papyrus. Mehr geht Sie nichts an. Aber wenn Sie dabei draufgehen sollten, so haben Sie Ihre schäbige Existenz für einen der größten Schätze der Christenheit geopfert. Das ist doch ein tröstlicher Gedanke für einen elenden Sünder wie Sie. Finden Sie nicht, Tremante?»
«Sicher, Signore!»
«Und bringen Sie Ihren Laden in Ordnung! Solche Meldungen wie die von heute Morgen in der TUTTA LA VERITÀ kommen nicht von allein zustande. Es muss jemand aus Ihrem Haus sein, der die Presse informiert hat. Wir wünschen keine weiteren Berichte zu diesem Thema!»
«Gewiss, Signore! Aber ... Hallo? Hallo!»
Die Leitung war tot.

Commissario Capo Tremante fuhr sich mit beiden Händen durch die Haare. So ging das seit fünf Jahren. Wenn er nicht zu feige gewesen wäre, hätte er sich längst einen Strick genommen. Seine Frau ahnte von alldem nichts, doch ihre Ehe bestand ohnehin nur noch auf dem Papier. Sein einziger Lichtblick war seine Tochter, die er aufrichtig liebte. Aber er sah sie höchstens ein paar Tage im Jahr zu irgendwelchen Familienfesten, die im Übrigen reine Fassade waren; und er wusste, dass er seine Tochter für immer verlieren würde, wenn sie erführe, was er damals in Tor Bella Monaca getan hatte. Seit er in diesem Elendsviertel im Osten Roms in einem Bordell mit einer Dreizehnjährigen aufgegriffen worden war, hatte er für den Orden der gläubigen Verteidiger der einigen heiligen Kirche – für den *Fidelium Ordo Ecclesiae Defensorum Unicae Sanctae* – jede Art von Drecksarbeit erledigt. Damals glaubte er, es sei das Ende. Er war verzweifelt, als der Kollege, der die Razzia leitete, seine Polizeimarke aus der Brieftasche hervorzog. Er hatte ihn angefleht, er möge ihn laufen lassen. Er werde alles tun, was er nur wolle, aber er möge ihm und seiner Familie die Schande ersparen. Der Mann hatte ihn aus dem Haus gelotst und war mit ihm vor die Stadt gefahren. Dort hatte er ihm die Augen verbunden. Man hatte ihn in ein Gebäude geführt, das sehr groß gewesen sein musste; jedenfalls hallten die Schritte und jedes Wort, das man sprach. Männer erklärten ihm, was der Orden sei und was man von ihm erwartete. Er war zu allem bereit gewesen.
Dann schien sich seine Existenz zum Guten zu wenden. Er wurde befördert, seine finanziellen Verhältnisse besserten sich. Seine Frau fand Zutritt zu Kreisen, in denen das Zauberwort *charity* lautete. Sie bekam ehrenvolle Aufträge im Rahmen von Wohltätigkeitsveranstaltungen, die ihr in ihrer ewigen Unzufriedenheit endlich den gesellschaftlichen Aufstieg verhießen, den sie an der Seite ihres Mannes stets vermisst hatte.
Aber dann kamen die Aufträge aus dem Orden, und immer kamen sie über dieses cellulare. Nie mehr hatte er jemanden aus dem Orden gesehen. Auch der Mann, der ihn damals rekrutiert hatte, war unmittelbar darauf verschwunden. Er hatte keine Ahnung,

was aus ihm geworden war. Die, die es hätten wissen müssen und die er gelegentlich gefragt hatte, hatten bedeutungsvoll genickt und ihm gesagt, dass der Betreffende die Karriereleiter hinaufgefallen sei und ein Aufgabenfeld im Ausland übernommen habe – was auch immer das bedeuten mochte. Ihm aber, Tremante, befahlen seine neuen Herren, gegen Feinde des Ordens vorzugehen. Man verlangte von ihm, Indizien zu fingieren, falsche Zeugen aufzutreiben und Beweise zu manipulieren. Schließlich hatte er begonnen, mit der Mafia zusammenzuarbeiten, die unliebsame Zeitgenossen mundtot machte. Er hatte die Opfer gesehen, wenn er zu den Tatorten gerufen worden war. Dann galt es, die Fahndung von den von ihm selbst gedungenen Tätern abzulenken. Immer wieder hatte er sich geschworen, dass dies das letzte Mal war, aber er hatte sich tiefer und tiefer verstrickt. Den Mut auszusteigen brachte er nicht auf. Ohne Tabletten konnte er nicht mehr schlafen. Fast alle seine Freunde hatten sich von ihm zurückgezogen, weil er immer mürrischer wurde. Ihm war bewusst, dass er längst Teil des Verbrechens geworden war, das er einst bekämpft hatte. Auch wenn er sich in seinen schwärzesten Stunden einzureden versuchte, dass alles letztlich dem wahren Glauben diente, so war er sich doch zu jeder Sekunde bewusst, dass sein ganzes Leben eine einzige Lüge war.

Tremante griff zum Apparat auf seinem Schreibtisch und wählte die Nummer von Ispettore Superiore Bariello.

«Pronto?»

«Ah, Bariello. Tremante hier. Ich würde Sie gern sprechen!»

«Ich komme sofort zu Ihnen, Commissario Capo!»

«Sehr gut! Und bringen Sie die Unterlagen zum Fall Oakbridge mit.»

«Selbstverständlich! Es gibt interessante Neuigkeiten!»

«Umso besser. Ich erwarte Sie.»

Drei Minuten später klopfte es an der Tür.

«Avanti! Kommen Sie rein, Bariello! Gibt es Fortschritte im Fall von diesem Amerikaner?»

«Ich glaube, wir sind ein ganzes Stück vorangekommen. Wir konnten noch am Tag des Überfalls die Namen all derjenigen ermitteln, die in Frage kommen, das Tatfahrzeug bei *Autonoleggio Speciale di Roma* angemietet zu haben. Und das Interessante ist, dass Oakbridge offenbar einen von ihnen kennt. Heute haben meine Leute und ich deshalb den ganzen Tag alle amerikanisch klingenden Namen überprüft. In der Autovermietung ASR im Municipio Prenestino hat ein gewisser Simon Hockney am frühen Samstagabend eine Yamaha 500 gemietet. Unsere Recherche am Flughafen hat ergeben, dass der Mann einen Tag nach Oakbridge in Rom gelandet ist. Und zwar wie Oakbridge mit einer Maschine aus San Francisco. Aber es kommt noch schöner. Sie wissen, dass Oakbridge Altertumswissenschaftler ist, der ein Forschungsinstitut in Berkeley leitet. Angesichts der Reaktion von Oakbridge habe ich mich gefragt, wie nah er dem potentiellen Täter wohl steht. Deshalb habe ich heute Nachmittag auf gut Glück in seinem Institut angerufen. Ich habe gebeten, man soll mich mit Mr Simon Hockney verbinden. Und man hat mir geantwortet, das sei leider nicht möglich, da Mr Hockney sich eine Woche Urlaub genommen habe.»

Commissario Capo Tremante pfiff durch die Zähne.

«Sehr gut, Bariello. Ausgezeichnete Arbeit. Den Rest kann Ispettore Achille Rossi erledigen. Ich möchte, dass Sie sich ab morgen mit dieser Autoschieberbande befassen, die seit einem halben Jahr hier Luxuskarossen klaut und nach Osteuropa verschiebt.»

Ispettore Superiore Vincenzo Bariello glaubte, man habe ihm einen Kübel Eiswasser über den Kopf geleert.

«Verzeihen Sie, Commissario Capo, aber ich stehe unmittelbar vor Abschluss dieses Falles. Ich bin sicher, ich kann Ihnen beide Täter innerhalb von achtundvierzig Stunden auf dem Silbertablett servieren. Bedenken Sie doch: Ein Ausländer wird in Rom beraubt, noch dazu ein hochrangiger Wissenschaftler. Die internationale Presse wird uns vorwerfen, wir wären untätig oder sogar unfähig, wenn wir die Täter nicht erwischen oder die Beute nicht wieder beschaffen. Und nichts gegen Rossi, aber er ... hat doch noch recht wenig Erfahrung.»

«Bariello, dieser blöde Yankee hätte seine Tasche einfach besser festhalten sollen. Lässt sie sich wegnehmen wie so eine alte Tunte. Wissen Sie, dass er schwul ist? Diese Amis sind doch alle schwul, sonst hätten sie schon damals in Vietnam nicht eins auf die Eier bekommen. Dann haben sie unter dem versoffenen Texaner den Irakkrieg verloren, und unter ihrem Niggerpräsidenten den ganzen Mittleren Osten. Was schert mich dieser Oakbridge und dieses Gesocks in seinem Institut? Vielleicht ist das ja auch bloß irgendeine Privatsache zwischen ein paar Schwuchteln. Ich vergeude jedenfalls nicht die Arbeitskraft meines besten Mitarbeiters für den Kosmetikkoffer von so einer Tusse. Rossi macht das schon. An irgendeinem Fall muss der Junge ja mal lernen, Verantwortung zu übernehmen.»
«Aber die Handschrift, Commissario Capo, die soll doch sehr wertvoll ...»
«Kein Wort mehr! Sie übergeben morgen den Fall mit allen Unterlagen an Rossi – oder besser noch: Sie lassen jetzt gleich alles hier, und ich selbst werde Rossi erklären, was zu tun ist. Ich erwarte von Ihnen, dass Sie mir am Ende der Woche handfeste Fortschritte in dieser Autoschiebersache melden. Das war's! Sie sind ein ausgezeichneter Mann, Bariello. Weiter so! Enttäuschen Sie mich nicht!»
«Gewiss, Commissario Capo. Und Sie meinen, die Papiere hier ...»
«Ja, ja, legen Sie sie einfach hier auf den Schreibtisch! Danke. Sie können jetzt gehen, ich muss noch einen Anruf machen. Guten Abend, Bariello!»
«Guten Abend, Commissario Capo.»
Bariello verließ das Büro seines Vorgesetzten. Er verstand die Welt nicht mehr. Er hatte den Fall innerhalb eines Tages praktisch gelöst, und zur Belohnung wurde er ihm jetzt entzogen. Noch schlimmer: Der Chef übertrug ihn Rossi. Der war so dumm, dass er hupte, wenn er gegen eine Mauer fuhr. Niemand wusste, wie dieser Mann hatte Inspektor werden können. Ihm war zuzutrauen, dass er selbst noch beim jetzigen Ermittlungsstand diesen Fall versiebte. Die Geschichte mit den Autoschiebern war dagegen

eine reine Routineangelegenheit; die hätte von seinen Leuten genauso gut auch Assistente Di Lauro erledigen können. Bariello schaute auf die Uhr. Zu Hause wartete schon lange niemand mehr auf ihn. Er rief seine Mitarbeiter, die Sovrintendenti Gaspare Bertani und Salvatore Graziano, an, und eine Viertelstunde später erzählte er ihnen in einer Bar, was er gerade erlebt hatte.
Währenddessen blätterte Tremante die Ermittlungsunterlagen durch, studierte die Kopie des Mietformulars für das Motorrad und schnalzte zufrieden mit der Zunge. Hockney hatte zwar keine Adresse, aber, wie es alle Autoverleiher verlangten, seine Handynummer angegeben. Tremante wählte die Nummer des diensthabenden Untersuchungsrichters.
«Hier Commissario Capo Tremante. Ich muss so rasch wie möglich Giudice Alberto Domenico sprechen. – Ja, es ist dringend! Natürlich, ich kann sofort vorbeikommen. – Gut! In fünf Minuten bin ich bei Ihnen.»
Er griff sich die Unterlagen und lief nur über den Hof in ein Nachbargebäude. Kurz darauf stand er im Vorzimmer des Richters. Die Frau von Giudice Domenico und seine eigene waren gemeinsam in ein paar Wohltätigkeitsorganisationen aktiv, so dass sich die beiden Herren gelegentlich auf gesellschaftlichem Parkett begegneten.
«Mein lieber Tremante, was kann ich für Sie tun?»
«Signor Giudice! Buonasera! Sie haben vielleicht von diesem Überfall auf den amerikanischen Wissenschaftler gehört, dem eine wertvolle antike Handschrift gestohlen worden sein soll. Meine Leute haben in den letzten vierundzwanzig Stunden sehr gute Arbeit geleistet. Ich glaube, wir könnten mit einer Telefonüberwachung den Täter sehr rasch orten. Wir haben die Nummer seines cellulare. Das würde uns erlauben, vielleicht schon morgen früh zuzugreifen, ehe er sich absetzen kann. Aber für diese Aktion brauche ich die Zustimmung der Justiz, und deshalb komme ich zu Ihnen. Ich würde es nicht so eilig machen, wenn nicht die ausländische Presse oft so gehässig wäre, wenn sich Ermittlungen in Italien ein klein wenig hinziehen.»

«Ich verstehe. Commissario, Sie sind ein verantwortungsbewusster Mann mit politischem Weitblick und geradezu diplomatischem Sensus. Italien bräuchte mehr Charaktere Ihres Schlages auf wichtigen Posten – nicht nur in unserer Polizei. Ich werde mich höheren Ortes für Sie verwenden. Selbstverständlich bekommen Sie die Verfügung!»

«Sie sind zu liebenswürdig. Es ist mir immer eine Freude, mit Ihnen zusammenzuarbeiten, weil Sie so ganz und gar ergebnisorientiert handeln und alle bürokratischen Hindernisse beiseiteschieben.»

«Ich bitte Sie – kein Wort mehr! Wir tun alle nur unsere Pflicht. Geben Sie meinem Büroleiter die Nummer, um die es geht, und ich fertige die Anordnung aus. In einer halben Stunde haben Sie sie.»

In diesem Moment durchzuckte Tremante ein Gedanke.

«Ach bitte! Es gibt einen zweiten cellulare-Anschluss, der in diesem Zusammenhang eine Rolle spielen könnte. Aber ich bin, ehrlich gesagt, nicht ganz sicher. Doch wenn ich nur für einen oder zwei Tage diesen Anschluss prüfen lassen könnte, dann würde mir das bereits genügen, um den Verdacht zu bestätigen oder ein für alle Mal auszuräumen. Ich garantiere Ihnen, dass mit dieser Information in keinem Falle irgendein Missbrauch getrieben wird.»

«Das weiß ich doch, Commissario. Lei è un uomo d'onore. Kein Problem – das machen wir in einem Aufwasch. Setzen Sie einfach die Sache mit in die Anordnung ein. Das geht schon in Ordnung.»

«Großartig, Signor Giudice! Wenn Sie wüssten, wie dankbar ich Ihnen bin.»

«Schon gut, schon gut! Viel Erfolg, und grüßen Sie bitte Ihre werte Gemahlin von mir!»

«Das will ich sehr gerne tun! Und Sie bitte auch Signora Domenico!»

Die Herren verabschiedeten sich mit Handschlag. Der Kommissar diktierte dem Büroleiter die Nummer von Simon Hockney und außerdem die seines eigenen cellulare, auf dem er innerhalb der nächsten sechsunddreißig Stunden den Anrufer aus dem Orden

erwartete. Wenn er wusste, wer sein Quälgeist war und vielleicht sogar, mit wem dieser in Verbindung stand, würde er möglicherweise einen Weg finden, sich seiner zu entledigen. Tremante verließ das Justizgebäude mit einem Hochgefühl, dessen er fast entwöhnt war, und ging zurück in sein Büro. Dort rief er von seinem Dienstapparat den Vizepräsidenten von Intertelitalia, Bernardo Rotolo, an. Mit dieser Telekommunikationsgesellschaft arbeitete die Polizei bei speziellen Fahndungen häufig zusammen.
«Intertelitalia, Büro Vicepresidente Rotolo, Sie sprechen mit Silvia Tozzi.»
«Buonasera, Signora Tozzi. Hier Commissario Capo Filippo Tremante. Ich möchte bitte Signor Bernardo Rotolo sprechen. Es ist dringend.»
«Oh, Commissario Capo, ich fürchte, das wird nicht gehen. Vicepresidente Rotolo bereitet sich auf eine Konferenz vor, die morgen stattfindet, und hat gebeten, nicht gestört zu werden.»
«Signora, seien Sie versichert, ich würde nicht anrufen, wenn es sich nicht um eine eilige Angelegenheit handeln würde.»
«Ich bedaure außerordentlich, aber vielleicht könnten Sie es morgen früh gegen neun Uhr noch einmal versuchen – das wäre noch vor der Konferenz ...?»
«Signora, geben Sie acht! Entweder, Sie stellen mich innerhalb von zehn Sekunden zu Vicepresidente Rotolo durch, oder ich stehe morgen früh um neun Uhr mit zwei Mannschaftswagen und der Steuerfahndung vor der Tür von Intertelitalia und erzähle allen, dass sie das Ihnen verdanken. – Ist Ihnen das lieber?»
«Einen Moment bitte!»
Es verging vielleicht eine Minute, dann hörte Tremante wieder die Frauenstimme, die allerdings mit einem Mal klang, als wäre Silvia Tozzi stark erkältet.
«Ich stelle Sie jetzt durch, Commissario Capo.»
«Verbindlichsten Dank!»
Kurz darauf meldete sich der Vizepräsident.
«Filippo, bist du's?»
«Ciao, Bernardo!»

«Sag mal, bist du verrückt geworden? Was hast du mit meiner Sekretärin gemacht? Sie hat völlig die Fassung verloren und heult dermaßen, dass ich sie kaum verstanden habe. Hast du eine Ahnung, wie schwer es heute ist, eine gute Sekretärin zu finden?»
«Beruhige dich! Ich brauche deine Hilfe in einer wichtigen Ermittlung und konnte nicht bis morgen warten.»
«Du bist gut! Um was geht es denn überhaupt?»
«Ich gebe dir jetzt die Nummern zweier cellulari. Bei der ersten sollen deine Leute noch heute Nacht versuchen, den Standort herauszufinden – sagen wir ab Mitternacht, wenn der Besitzer wohl schläft und sein Apparat sich wahrscheinlich in demselben Haus wie er selbst befindet! Bei dem zweiten cellulare gehe ich davon aus, dass innerhalb der nächsten sechsunddreißig Stunden ein Anruf eingehen wird. Es bedarf keiner Ortung, und es darf kein Mitschnitt angefertigt werden! Es geht nur um die Nummer und den Anschluss des Anrufers. Falls der Apparat, von dem aus der Anruf eingeht, nicht angemeldet sein sollte, dann versucht unbedingt, dessen Standort zu bestimmen! Außerdem interessiert mich, wer die Nummer des Anrufers sonst noch anwählt.»
«Hm! Keine Kleinigkeit. Wie ist es mit dem Datenschutz? Hast du eine richterliche Verfügung?»
«Den Datenschutz kannst du deiner Silvia Tozzi hinten reinschieben. Aber ich habe natürlich eine richterliche Verfügung! Ich schicke dir innerhalb von einer Stunde eine Polizeistreife mit dem Erlass vorbei, den Signor Giudice Alberto Domenico in diesen Minuten unterzeichnet. Aber bereitet jetzt schon alles vor, damit ihr nachher keine Zeit verliert!»
«Kann das denn nicht warten bis morgen früh?»
«Wenn wir die Sache falsch anpacken, kann sie zu diplomatischen Verwicklungen führen. Morgen früh wäre schon alles zu spät.»
«Die hohe Politik hat's mal wieder eilig. Also gut – wie lautet die Nummer?»
Tremante gab Hockneys Nummer durch.
«Das ist zwar ein amerikanischer Anschluss, aber ich vermute, dass der Gesuchte in irgendeiner Pension im Municipio Prenes-

tino oder nicht weit davon entfernt abgestiegen ist. Ich werde die ganze Nacht über unter meiner Dienstnummer zu erreichen sein. Ruft mich sofort an, sobald ihr eine Ortung habt!»
«Okay, okay. Und die zweite Nummer?»
Jetzt nannte Tremante die Nummer seines eigenen cellulare, das nur für den Orden bestimmt war.
«Hast du verstanden?»
«Ich kümmere mich sofort darum. Wir melden uns noch im Laufe der Nacht!»
«Danke, Bernardo.»
Tremante atmete tief durch. Er hatte nie gewagt, seinem anonymen Anrufer nachzuspüren, der ihm die Aufträge gab. Wenn das heute Abend funktionieren sollte, dann könnte er zwei Fliegen mit einer Klappe schlagen. Aber selbst im günstigsten Fall würde es noch eine Weile brauchen, bis er sein Problem los wäre. Deshalb stand ihm der schwerste Anruf auch noch bevor. Den konnte er weder von seinem Dienstapparat noch von dem cellulare für den Orden führen – auch wenn das Telefon, das er jetzt aus der Jacke zog, ebenso wenig registriert war wie das andere.
Er ließ es eine Weile läuten, ehe sich ein Mann meldete, dessen Dialekt verriet, dass er aus der Gegend von Neapel kam.
«Pronto?»
«Buonasera.»
«Oh, eine vertraute Stimme. Was verschafft mir die Ehre?»
«Ich habe zwei Aufträge für Sie, die noch heute Nacht erledigt werden müssen.»
«Um was geht es?»
«Ich will, dass Sie etwas für mich besorgen, und ich will, dass Sie jemandem klarmachen, dass er künftig das Maul hält.»
«Was springt für uns dabei heraus?»
«Fünfzehntausend.»
«Zwei Jobs – und dann noch in einer Nacht! Dafür sind fünfzehntausend zu wenig. Ich bin nicht interessiert.»
«Sitzt nicht Ihr Brüderchen noch fünf Jahre, weil er Heroin an Schulkinder verkauft hat? Wissen Sie, unter der letzten Ladung

von Niggern, die, statt zu ersaufen, es bis in unser schönes Rom geschafft haben, waren ein paar mit Aids dabei. Unsere Leute ziehen sich extra dicke Handschuhe an, wenn sie die durchprügeln, um sich vor ihrem Drecksblut zu schützen. Ich werde den Gefängnisdirektor veranlassen, ein paar besonders kräftige Burschen von diesem schwarzen Gesindel in die Zelle Ihres kleinen Bruders zu verlegen. Und denen werde ich bei der nächsten Vernehmung sagen, wenn sie ihm so richtig den Arsch aufreißen, würden wir sie laufen lassen. Aber zu dem lieben Riccardo – das verspreche ich Ihnen – wird man in den nächsten fünf Jahren keinen Arzt lassen, so dass die Seuche ihn auffrisst, bis sie ihn als Wrack wieder in Empfang nehmen können. Was meinen Sie?»
«Sie sind ein Vieh!»
«Ich sehe, wir haben uns verstanden. Also?»
«Trotzdem sind fünfzehntausend nicht viel.»
«Ich lege obendrauf, dass Sie etwas für Ihr Seelenheil tun, weil Sie einen der größten Schätze der Christenheit retten. Schluss jetzt mit dem Gequatsche! Keinen Cent mehr! Ich habe keine Zeit zu verlieren – aber Ihr Brüderchen seine Unschuld. Also, was ist?»
«Um was geht es?»
«Ich werde mich heute Nacht noch einmal melden. Dann werde ich Ihnen eine Adresse geben. Wahrscheinlich von einer Pension oder einem kleinen Hotel, entweder direkt in Rom oder in unmittelbarer Nähe der Stadt. In diesem Hotel sind wahrscheinlich zwei Männer abgestiegen, einer davon ist auf jeden Fall ein Amerikaner namens Simon Hockney. Der hat eine alte griechische Handschrift. Er hat sie mit seinem Komplizen geklaut – ist aber wohl Wissenschaftler, also kein Profi. Besorgen Sie mir die Handschrift so schnell wie möglich. Das Ganze sollte nicht allzu schwierig werden, und der Amerikaner wird nicht zur Polizei gehen, weil er dann selbst eine Menge Probleme bekommt.»
«Und wenn die beiden uns Probleme machen?»
«Sie sollten dafür sorgen, dass es weder Schwierigkeiten noch Spuren gibt. Gewalt nur im äußersten Notfall. Denken Sie immer an den Arsch Ihres kleinen Bruders. Sie wissen, was Sie zu tun haben!»

«Was ist mit dem anderen Auftrag?»
«Ich will, dass Sie einem Redakteur namens Luca Mutolo, der für TUTTA LA VERITÀ arbeitet, noch heute Nacht einen Besuch abstatten. Lassen Sie ihn am Leben! Aber er sollte danach keine Lust mehr haben, jemals wieder einen Artikel über den Raubüberfall auf den Wissenschaftler William Oakbridge zu schreiben, dem diese Handschrift gestohlen worden ist. Außerdem werden Sie aus ihm rausholen, von wem im Polizeipräsidium er seine Informationen über diesen Fall bekommen hat. Ich will diesen Namen! Damit können Ihre Leute jetzt schon mal anfangen.»
«Und wann melden Sie sich wieder wegen der anderen Sache?»
«Vermutlich zwischen elf und zwei Uhr heute Nacht.»
«Ich warte auf Ihren Anruf.»
«Das sollten Sie unbedingt!»
Der Kommissar legte auf.

Kapitel 14 – Der Tiber

Luca Mutolo arbeitete an einer Geschichte über die Geliebte eines Parlamentsabgeordneten. Sie stand im Verdacht, geheime Informationen aus einem Untersuchungsausschuss über Missstände in der italienischen Luftwaffe an einen russischen Diplomaten weitergegeben zu haben. Zufrieden schaute der Journalist auf die Überschrift, die er gerade für seinen Artikel entworfen hatte – «Der Jet im Bett» –, als das Telefon auf seinem Schreibtisch klingelte.
«Was gibt's?»
«Ciao, Luca! Ich hab hier jemanden in der Leitung, der dich wegen deines Artikels über den Überfall von gestern sprechen will.»
«Will er mich beschimpfen?»
«Scheint nicht so. Er will dir noch was darüber erzählen.»
«Dann rein mit ihm!»
Das Telefon schaltete um.
«Pronto?»
«Signor Mutolo?»
«Ja, wer sind Sie und weshalb wollten Sie mich sprechen?»
«Sind Sie an weiteren Informationen über die Handschrift interessiert?»
«Kommt drauf an. Wer sind Sie?»
«Ich kann Ihnen meinen Namen nicht am Telefon nennen. Ich arbeite in der Vatikanischen Bibliothek. Es gibt ein paar Sachen, die Sie wissen sollten, wenn Sie weiter darüber schreiben wollen.»

«Erzählen Sie mal!»
«Nein, ich kann hier nicht frei sprechen. Ich muss Sie sehen. Ich will Ihnen Dokumente übergeben, aus denen hervorgeht, warum der Vatikan nicht daran interessiert ist, dass der Inhalt dieser Handschrift publik wird.»
«Welches Interesse haben Sie denn, dass die Sache publik wird?»
«Es gibt Leute im Vatikan, die mich seit Jahren daran hindern, beruflich weiterzukommen. Jetzt möchte ich den Spieß umdrehen.»
Mutolo überlegte. Geld und Hass waren die mächtigsten Triebkräfte der meisten seiner Informanten. Weshalb sollte das im Vatikan so viel anders sein?
«Wann und wo sollen wir uns treffen?»
«Noch heute Abend. Wissen Sie, wo der Lungotevere Tor Di Nona auf den Ponte Umberto I stößt? Da geht flussabwärts eine Treppe von der Brücke runter an den Tiber. Ich werde in einer halben Stunde dort unten auf Sie warten.»
«Warum so eilig?»
«Ich lebe in einem Kloster nicht allzu weit davon entfernt. Aber ich muss aufpassen, dass nicht auffällt, wenn ich weg bin – dafür ist diese Zeit am besten geeignet.»
«Verstehe. Ich bin um viertel nach neun dort. Woran erkenne ich Sie?»
«Ich habe eine Aktentasche dabei, in der die Unterlagen sind.»
«Also dann – um viertel nach neun.»
Der Anrufer legte auf. Mutolo schaute auf seine Uhr und dann noch einmal auf den neuen Artikel. Den konnte er auch morgen noch fertig machen; er sollte ohnehin erst am Mittwoch erscheinen. Aber diese Vatikansache könnte ein hübscher Aufmacher für die Wochenendausgabe werden, wenn die Leute Zeit hatten, sich vor dem Kirchgang noch einmal über die hohe Geistlichkeit aufzuregen.
Er stand auf und schaute über die Karnickelställe hinweg, in die das Großraumbüro der TUTTA LA VERITÀ eingeteilt war. Hier war alles noch viel enger geworden, seit die Leitung des Blattes

einen Teil der Räume für eine Internetredaktion abgezweigt hatte. Das Klicken der Computertastaturen, die Gespräche der Telefonierenden, das Geraschel und Klappern an allen Ecken und Enden drangen ihm einmal mehr unangenehm ins Bewusstsein. Er hatte im letzten halben Jahr eine Reihe guter Artikel geschrieben, die sich erfreulich auf die Verkaufsauflage des Blattes ausgewirkt hatten. Wenn ihm das weiterhin gelang, durfte er hoffen, im kommenden Jahr ein eigenes Büro zu bekommen. Der Gedanke gefiel ihm.
«Eh, Antonio – ich muss noch mal weg. Wahrscheinlich sehen wir uns erst morgen wieder.»
Der Mann im Karnickelstall nebenan winkte ihm zu.
«Alles klar. Mach's gut, Luca!»
Mutolo verließ das Haus und fuhr mit einem Taxi zum vereinbarten Treffpunkt. Die Brücke mit ihren drei Flutbögen, die im späten 19. Jahrhundert errichtet und auf den Namen des damaligen italienischen Königs, Umberto I., getauft worden war, bildete mit der Hauptstraße eine Kreuzung, wo Tag und Nacht der Autolärm dröhnte. Kein lauschiger Ort, aber gut geeignet, um ungehört und ungesehen ein vertrauliches Gespräch zu führen. Der Padre wusste offenbar, was er tat. So trabte Mutolo die Treppe zum Tiber hinunter. Als er auf dem Uferweg angekommen war, sah er, wie sich gar nicht weit entfernt die hell erleuchtete Kuppel des Petersdoms vor dem Nachthimmel abhob. Dann wandte er sich nach rechts und erkannte im nächsten Moment im Schatten des Brückenbogens eine hochgewachsene Gestalt in einer Soutane. Er ging auf den Geistlichen zu, der ihn wohl noch nicht bemerkt hatte und offenbar in Gedanken langsam weiter unter die Brücke schritt.
«Padre?»
Der andere blieb stehen, doch ohne sich umzuwenden. Der Journalist beschleunigte seine Schritte und kam rasch näher. Dann erkannte er gegen das schwache Licht, das von der anderen Seite des Brückenbogens ins Dunkel fiel, dass der Wartende eine Tasche in der rechten Hand trug. Aber wieso drehte er sich nicht um? Jetzt erkannte Mutolo klar, dass der Mann vor ihm auch gar keine

Soutane, sondern nur einen langen, dunklen Mantel trug. Unsicher rief er ihn noch einmal an.
«Padre?»
Jetzt wandte sich der andere um, und im selben Moment wusste Mutolo, dass er in eine Falle gelaufen war. Wer immer der andere war – dieses Gesicht gehörte keinem Geistlichen. Er drehte sich um und wollte davonlaufen, aber in seinem Rücken waren unter dem Flutbogen zwei weitere Männer aufgetaucht. Mutolo begann um Hilfe zu rufen, begriff aber sofort, dass ihn hier unten niemand hören würde. In der nächsten Sekunde spürte er einen Schlag in die Nieren, der ihm den Atem nahm. Er sackte zu Boden. Dann waren sie über ihm und droschen ihm mit Fäusten ins Gesicht und traten ihn in den Unterleib, dass er sich vor Schmerzen krümmte. Endlich hörte es auf. Irgendjemand kniete auf seiner Brust.
«Hör zu, Arschloch! Du wirst keine Zeile mehr über den Amerikaner und die Handschrift schreiben. Hast du mich verstanden?»
Mutolo versuchte zu antworten, hatte aber keinen Atem mehr. Da schlug ihm der Mann, der auf ihm thronte, mit aller Kraft ins Gesicht, so dass sein rechtes Ohr taub wurde, und brüllte ihn an:
«Hast du mich verstanden?»
Mutolo nickte.
«Noch eine Zeile von dir, noch ein Wort zu irgendjemand – egal, wer in deinem Drecksblatt darüber schreibt – und du bist tot. Klar?»
Mutolo nickte noch einmal.
«Von wem hattest du die Information über den Überfall? He?»
«Komm runter von ihm! Der kann kein Wort sagen, wenn er keine Luft kriegt.»
Der Kerl im langen Ledermantel erhob sich. Seine beiden Kumpane packten Mutolo und zogen ihn in die Höhe.
«Von wem hast du die Information über den Überfall? Wir wissen, dass es ein Bulle war, aber wir wollen seinen Namen!»
Mutolo ließ den Kopf sinken. Ein weiterer Schlag ins Gesicht

folgte, schlimmer noch als der letzte, so dass der Journalist wieder in die Knie ging.

«Packt mal an! Der braucht 'ne Erfrischung, um sich zu erinnern!»

Mutolo fühlte, wie er an den Beinen gepackt wurde und auf einmal kopfüber hing. Dann sah er das dunkle Wasser des Tiber näher kommen, und schon hatten sie ihn untergetaucht. Er zappelte und versuchte an die Oberfläche zu kommen, aber er hatte keine Chance. Die widerwärtige Brühe des Flusses drang ihm in Nase und Mund. Er verschluckte sich, würgte, war am Ersticken und hätte im nächsten Moment die Besinnung verloren, wenn sie ihn nicht wieder hochgezogen hätten. Er kniete auf dem Uferweg und kotzte. Der Anführer hockte sich neben ihn.

«Ich frage dich noch ein Mal. Und wenn du dann das Maul nicht aufmachst, steckst du wieder im Fluss, und wir ziehen dich erst rauf, wenn du aufgehört hast zu strampeln. Aber nur um sicher zu sein, dass du wirklich ersoffen bist. Also – von welchem Bullen weißt du von dem Überfall?»

«Pellicano. Luca Pellicano.»

«Luca Pellicano? Der Typ heißt wirklich so?»

Mutolo nickte.

«Schöner Name. Siehst du? Geht doch. Und jetzt zum Mitschreiben: Du hattest heute Nacht einen Unfall am Tiber, bei dem du beinahe ertrunken wärst. Ein Unfall – kein Überfall! Und falls du deinen Bullenfreund vorwarnen solltest, dann wirst du dir bei unserer nächsten Begegnung wünschen, dass du schon heute Abend krepiert wärst. Hast du mich verstanden?»

Mutolo nickte erneut.

«Sieh mich an!»

Der Journalist schaute zu seinem Peiniger auf und sah noch, wie dessen Faust wieder auf sein Gesicht zuflog, aber er war zu keinem Reflex mehr fähig. Der Schlag traf ihn auf Kinn und Mund und zerfetzte seine Lippen auf den Zähnen. Dann ließen sie ihn liegen. Er verlor das Bewusstsein, und als er wieder zu sich kam, hatte er keine Vorstellung davon, wie viel Zeit inzwischen vergangen war.

Er schleppte sich auf allen vieren die Treppe hinauf, die er irgendwann in einer fernen Vergangenheit hinuntergestiegen war, um von einem Informanten etwas über irgendeinen Überfall zu erfahren. Oben angelangt, brach er erneut zusammen.

Etwa zur selben Zeit meldete sich ein Fernmeldeingenieur der Intertelitalia im Kommissariat.
«Sto parlando col Commissario Capo Tremante?»
«Sì! Chi è?»
«Ingegnere Felice Zanolla. Ich leite im Auftrag von Vicepresidente Rotolo und auf Anordnung von Giudice Alberto Domenico heute Nacht die Ortung des Mobilfunkteilnehmers, die Sie in Auftrag gegeben haben. Wir können den Apparat seit über einer Stunde am selben Ort lokalisieren. Er befindet sich im Municipio Prenestino, und zwar genau in der Straße Largo Irpina 37. Ich habe die Adresse überprüft – es befindet sich dort ein kleines Hotel, Partenope. Hilft Ihnen das weiter?»
«Großartig, Ingegnere Zanolla, Sie haben mir sehr geholfen! Ich danke Ihnen und der Intertelitalia. Ihre professionelle Hilfe werde ich in meinem Bericht erwähnen.»
«Ich danke Ihnen sehr, Commissario Capo Tremante! Wenn ich noch etwas für Sie tun kann ...»
«Sie wissen ja, dass es sich um einen zweiteiligen Auftrag handelt. Wenn Sie den Anrufer einer anderen Nummer ausfindig machen, bitte auch die Teilnehmer, die mit diesem Anrufer innerhalb der nächsten zwei Tage in Verbindung stehen!»
«Ach, ich dachte, es ginge nur um morgen?»
«Also ... Sie würden unsere Arbeit schon sehr unterstützen, wenn Sie noch einen Tag dranhängen. Sie können sich darauf verlassen, dass ich Ihren Einsatz gegenüber meinem Freund, Vicepresidente Rotolo, nachdrücklich loben werde!»
«Es ist mir eine Ehre.»
«Ich danke Ihnen. Im Kampf gegen diese Kriminellen, die sich un-

ser schönes Italien zur Beute machen wollen, müssen die anständigen Bürger zusammenstehen.»
«Selbstverständlich, Commissario Capo. Ich werde Ihnen persönlich Bericht erstatten.»
«Ausgezeichnet. Wir hören voneinander!»
Tremante atmete tief durch. Das lief nicht schlecht. Er griff zu dem zweiten cellulare und wählte dieselbe Nummer wie vier Stunden zuvor.
«Pronto?»
«Ich gebe Ihnen jetzt die Adresse. Pension Partenope im Municipio Prenestino, Largo Irpina 37. Der Mann, der die Handschrift hat, heißt Simon Hockney. Kein Aufsehen! Es ist jetzt halb eins. Um vier Uhr rufe ich Sie wieder an und dann erwarte ich, dass Sie den Papyrus haben. Wir machen dann einen Treffpunkt für die Übergabe aus. Verstanden?»
«Okay! Wir kümmern uns darum.»

Kapitel 15 – Die Familie

Nördlich der Engelsburg erstreckt sich der Stadtteil Prati – einst benannt nach den Auen des Kaisers Nero, *Prata Neronis*, im Mittelalter dann nach den *Prati* des heiligen Petrus. Dort war einst das erste Viertel Roms außerhalb des aurelianischen Mauerrings aus dem 3. Jahrhundert nach Christus entstanden. Wo heute vielfach Jugendstilfassaden breite Straßenzüge flankieren, hatte die Stadtentwicklung erst im späten 19. Jahrhundert eingesetzt. In diesem Quartier hatte in einem hübschen, freistehenden Haus, geschützt von hohen Mauern und zahlreichen Überwachungskameras, Don Alessandro Levantino sein Hauptquartier. Er drückte die kleine rote Taste seines cellulare und beendete das Gespräch. Um ihn herum saßen fünf Männer, die mit ihrem Don auf den Anruf Tremantes gewartet hatten. Sie alle stammten aus der Kleinstadt Marano di Napoli, nordwestlich von Neapel. Don Levantino war vor einigen Jahren mit seiner Camorra-Familie – mit seinem Bruder, einigen Cousins und einer ganzen Reihe von Gefolgsmännern – nach Rom gekommen, wo sie sich inzwischen als Clan dei Maranesi einen Namen gemacht hatten.

Hier in Rom hatte zwar die Konkurrenz in den letzten Jahren zugenommen, aber es ließ sich immer noch viel entspannter arbeiten als im Süden. Der Grund dafür war die Staatsdoktrin, der zufolge das organisierte Verbrechen vor allem den Süden Italiens bedrohte – als Camorra Neapel, als 'Ndrangheta Kalabrien und als Cosa Nostra Sizilien. Einschlägig interessierte Politiker wurden nicht müde, jede Verhaftung von ein paar mittleren Mafiosi im Süden zu feiern, auch wenn die Metropolen im Norden längst ebenso den Griff der Mafia spürten. Selbst in Rom war der Fahndungsdruck geringer als in Neapel oder in Palermo. Dort aber liefen nur noch der Drogenhandel im großen Stil gut, die Baubranche und das Müllgewerbe. Nicht wenige organisierte Kriminelle – die einfachen soldati einer Familie – verdienten im Süden oft kaum mehr als ein Angestellter im Supermarkt; dafür war ihr Risiko hoch, in Bandenkriegen erschossen zu werden oder Familienangehörige zu verlieren. In Rom hatte man als Mafioso ein gutes Auskommen, auch wenn die Triaden allmählich ernsthafte Probleme bereiteten, wenn es um den pizzo ging: Die Schutzgelderpressung war in einer Stadt, die so sehr von den Touristen lebte wie Rom, eine Goldader. Kein ristoratore sah es gern, wenn in seinem Lokal Gäste verprügelt, der Laden auseinandergenommen oder auch nur die Fensterscheiben eingeworfen wurden.

Unter den Männern von Don Levantino war für das Geschäft mit dem pizzo keiner besser geeignet als Umberto, der sich gerade mit Carmelo und Giorgio diesen Journalisten zur Brust nahm. So etwas gehörte zu den beliebten Auftragsarbeiten. Wenig funktionierte so problemlos wie jene Jobs, die man aus den besseren Kreisen erhielt und für die die polizeiliche Deckung gleich mitgeliefert wurde. Man bediente sich der Hilfe der Ehrenwerten Gesellschaft insbesondere, wenn es darum ging, Geldwäsche, Korruption, illegale Immobiliengeschäfte und Betrug mit EU-Subventionen abzusichern – wenn irgendwo eine undichte Stelle auftrat oder mal ein Aufsichtsbeamter Schwierigkeiten machte. Angesichts der ausufernden Wirtschaftskriminalität galt das traditionelle organisierte Verbrechen mit Schutzgelderpressung, illegalen Wettbüros und Raubüberfällen nachgerade als lässliche Sünde. Wirklich ungemütlich wurde die römische Polizei eigentlich nur noch bei Mord und Handel mit harten Drogen im großen Stil – aber auch im kleinen, wenn man dumm genug war, den Stoff an Kinder von feinen Leuten zu verkaufen. Wie oft hatte Levantino seinem fratello Riccardo gesagt, er solle mit diesem Unsinn aufhören. Aber dieser verwöhnte Idiot hatte es ja besser wissen müssen: Die ragazzi der Reichen hätten mehr Kohle, und das Risiko sei geringer, weil alle Ermittler Angst hätten, den guten Namen bedeutender Familien zu beschmutzen. Wie weit es damit her war, hatte man gesehen, als sie ihn wegen Drogengeschäften mit Jugendlichen nach Rebibbia geschickt hatten. Dieser mieseste aller Knäste im Nordosten Roms wurde für sechs Jahre zur Heimstatt des kleinen Bruders von Don Levantino. Wie gern hätte Il Maranese heute Abend dieses Bullenschwein abblitzen lassen; aber der konnte durchaus wahrmachen, was er Riccardo angedroht hatte. Also würden seine Leute die Handschrift für Tremante besorgen.

In diesem Moment meldete sich der Wächter, der das Geschehen auf dem Grundstück und in der Nachbarschaft kontrollierte.

«Don Levantino, Umberto kommt zurück.»

«Lass ihn rein!»

Kurz darauf erschienen drei Männer mit zufriedenem Gesichtsausdruck in der Tür.

«Mutolo wird keine Schwierigkeiten mehr machen, Don Levantino.»

Levantino nickte. Umberto war einer seiner besten Leute. Während man ihm seine körperliche Kraft auf den ersten Blick ansah, täuschte sein plumpes Aussehen leicht darüber hinweg, dass er auch eine gehörige Portion Grips besaß. Aber er liebte die Gewalt zu sehr.

«Gut, Umberto! Dich brauche ich heute Nacht noch mal. Du wirst mit Giacomo und Savio etwas in Prenestino erledigen. Ihr fahrt zur Pension Partenope, Largo Irpina 37. Ein kleiner Laden. Sampiero, du schaust, dass ihr unbemerkt reinkommt. Da ist sicher ein Büro im Erdgeschoss, wo auch die Gästeliste liegt. Seht nach, in welchem Zimmer Simon Hockney wohnt. Den besucht ihr, fragt ihn nach einer griechischen Handschrift, die er geklaut hat. Ihr nehmt sie ihm ab und bringt sie hierher – fertig. Wir müssen sie für Tremante besorgen. Sonst macht der Riccardo fertig. Umberto, du schüchterst diesen Hockney ein. Er ist Wissenschaftler und wird keine großen Probleme machen, außer dass er sich

vielleicht vor Angst zuscheißt. Zur Polizei wird er nicht gehen, perché è un ladro. Es könnte sein, dass sich noch ein anderer Typ mit Hockney rumtreibt. Deshalb macht ihr diesen Job zu viert. Savio, du bleibst im Auto und kontrollierst die Gegend. Alles klar?»
«Wieso machen diese vier die Nummer und nicht ich?»
Der Protest kam von Toto, einem kleinen, bulligen Neapolitaner, der alles für den Don getan hätte. Was ihm auf seinem Kopf an Haaren fehlte, fehlte ihm drinnen an Verstand.
«Weil du zu doof bist. Der Ami könnte dir ein Stück Klopapier andrehen, und wir würden es erst hier merken.»
Die Männer lachten, und ehe Toto sich auf Sampiero stürzen konnte, pfiff Levantino ihn zurück.
«Beruhig dich! Wer heute Nacht nicht dabei ist, geht trotzdem nicht leer aus. Und du, Sampiero, reiß die Klappe nicht so weit auf.»
Giacomo meldete sich.
«Was springt für uns dabei raus?»
«Jeweils 2000.»
«Das ist nicht viel! Und so ganz ohne Risiko ist die Sache nicht.»
Levantino wurde ernst.
«Giacomo, du bist raus! Toto, du gehst mit Sampiero.»
«Don, so war das nicht gemeint.»
«Schluss, keine Diskussion! Es geht hier um meinen kleinen Bruder. Ich kann dich bei diesem Geschäft nicht gebrauchen. Also, für jeden von euch 2000. Für die anderen 500 pro Mann. Und wem das nicht reicht, der bekommt noch den Segen der Kirche, weil die Handschrift irgendwas mit 'nem großen Schatz der Christenheit zu tun haben soll. Ist doch auch mal was Schönes. Okay. Ihr zieht sofort los. In zwei Stunden seid ihr wieder hier.»
In der Garage nebenan montierte Savio neue Nummernschilder an den Wagen. Dann brachen sie auf. Sampiero war der Kaltblütigste und Intelligenteste der Truppe. Wenn er die Aktion leitete, würde sie funktionieren. Aber es war offensichtlich, dass ihm die Geschichte nicht besonders gefiel.
«Giacomo hat recht gehabt. Wir wissen nicht genug darüber, was und wer uns in dieser Pension erwartet. Und für so eine Auftrags-

arbeit lumpige 2000 für jeden von uns ... Da hätte er schon mehr rausholen können.»
Umberto schaltete sich ein.
«Habt ihr das verstanden – das mit diesem ‹Schatz der Christenheit›?»
Savio schüttelte nur den Kopf. Sampiero war in Gedanken und erwiderte nichts – aber Toto nickte.
«Kann schon was Dolles sein. Habt ihr das gesehen mit den Schatz, wo sie in China gefunden ham? Muss Milliarden wert sein. Hab ich gehört. In Fernseh oder so.»
«Nicht in China, Toto. In Indien! In einem Tempel haben sie den gefunden.»
«Sag ich doch. Vielleicht steht auf dem Papier, was wir holen sollen, wo der Schatz is von den Christen.»
«Ach, Quatsch! Mit ‹Schatz› kann auch was ganz anderes gemeint sein. Mehr symbolisch oder so.»
«Was'n das für'n Scheiß?»
«Na ja, wenn irgendwas nicht wirklich was wert ist, sondern nur wichtig für bestimmte Leute.»
«Und woher wissen wir das?»
«Wir wissen's ja nicht. Und wir werden's auch nicht erfahren, weil wir die Handschrift nicht lesen können.»
«Woher weißt du, dass wir die nich lesen können?»
«Sag mal, du Spatzenhirn, hast du nicht gehört, dass sie in Griechisch geschrieben ist? Kannst du Griechisch, Toto?»
«Nö. Aber du, Sampiero, du wars doch auf'm Liceo. Du kanns das doch lesen, oder?»
«Ich hab da kein Griechisch gelernt, sondern Französisch und Englisch.»
«Was sollte dann die Scheiße eben, dass ich zu blöd bin, wenn du selbst nich lesen kannst? Ich kann nämlich lesen, aber du kanns es nich.»
«Toto, geh mir nicht auf die Nerven! Und du, Savio, hör auf zu lachen, sonst zieh ich dir eins über! Außer Autofahren hast du doch nichts drauf!»

«Immerhin hab ich euch schon ein paarmal den Arsch gerettet, wenn ihr erst aus 'ner Bank raus seid, als die Bullen schon praktisch vor der Tür standen. Vergiss das nicht!»
Sie schwiegen, bis Toto wieder anfing.
«Wenn ich an so Kirchen denk, was da für Gold und Silber is und für Edelsteine. Da kommt schon was zusammen. Und früher ham die ja überall so Schätze vergraben – hab ich aus'm Fernseh. Da käm richtig Kohle rein. Mit so 'ner Nummer könnt ma in Rente gehen. Danach gibt's nur noch Disco im Puff.»
Umberto mischte sich wieder ein.
«Und wie würdest du das machen, du Trottel? Stellst dich an den Straßenrand und verkaufst den Schatz an Touristen. Stück für Stück für 'n Zehner, oder was?»
Damit die Rangordnung in der Truppe gewahrt blieb, stellte sich Sampiero diesmal auf die Seite von Toto.
«Na, so dumm ist das auch wieder nicht. Wie oft hat dieser schmierige Graf di Montefalco für uns Zeug auf dem Schwarzmarkt verscherbelt, wenn was Wertvolles dabei war? Der hat nie groß gefragt, wo die Sachen herkamen. Das würde er bei so einem Ding garantiert auch machen. Der hat Verbindungen in alle Welt, wenn du so'n Zeug verschieben willst.»
Umberto war beleidigt.
«Ach, was du immer redest, Sampiero! Eh, Savio! Meinst du etwa auch, das könnte wirklich was sein mit dem Schatz?»
«Keine Ahnung. Ist mir auch egal. Vielleicht is' es was, vielleicht nicht. Wie sollen wir das rausfinden? Willst du mit der Handschrift in die Universität fahren und 'nen Professore fragen: ‹Eh, sag mal, steht da was von 'nem Schatz drin? Und wenn ja, wo liegt er begraben?› Kommt, spinnt nicht rum! Wir sind gleich da. Ich fahre einmal um den Block, damit ihr euch das Haus von außen ansehen könnt.»
Das Gebäude hatte vier Stockwerke, die alle ebenso dunkel waren wie der Eingang der Pension. Von den Leuchtbuchstaben, die das Wort Partenope bildeten, war das «t» ausgefallen. Man sah, dass hinter den beiden großen Glasfenstern des Foyers, in dem ein

Nachtlicht brannte, ein paar trübselige Topfpflanzen standen. Über dem Eingang hing eine rote Alarmleuchte. Bei einem Einbruch würde sie die Nachbarschaft und die Polizei muntermachen.
«Hast du das Ding da gesehen, Sampiero?»
«Ja, aber die Tür ist kein Problem. Und so wie der Laden aussieht, sind auch die Schlösser drinnen alles Billigfabrikate. Wo stellst du dich hin mit dem Wagen?»
«Wenn wir wieder vor dem Haus sind, fahr ich die Straße runter bis da vorn vor den großen Oleander. Sobald ihr rauskommt, bin ich da.»
«Okay. Dann los!»
Savio schaltete die Scheinwerfer aus. Die anderen gingen zu dem kleinen Hotel. Wer sie jetzt sah, würde sie für späte Gäste halten. Savio konnte noch erkennen, wie Sampiero an dem Schloss hantierte – keine halbe Minute. Er hatte schon Leute gesehen, die länger brauchten, bis sie die eigene Wohnung aufgesperrt hatten. Die Alarmanlage blieb still.
Im Foyer zogen die drei ihre Sturmhauben über. Dann ging Sampiero um den Tresen des Portiers herum. Er zog eine kleine Punktleuchte aus der Tasche, ließ ihren Strahl über die Schublade gleiten und inspizierte sicherheitshalber auch noch einmal die Unterseite des Schreibtischs. Nichts. Keine Sicherung. Wahrscheinlich stand im Hinterzimmer die Wechselkasse in einem kleinen Geldschrank, der mit einer Alarmanlage geschützt war.
«Umberto! Halt mal die Lampe auf das Schloss!» Mit sicherem Blick hatte Sampiero das passende Werkzeug herausgezogen und fuhr damit in den Schließzylinder, der sofort seinen Widerstand aufgab. Wieder blieb alles ruhig. Sampiero zog die Schublade auf und nahm eine abgegriffene Kladde heraus, in der die Meldezettel lagen. Er blätterte sie in aller Ruhe durch.
«Hier – das ist er! Simon Hockney, 205. Scheint ein Einzelzimmer zu sein.»
Sampiero schob die Schublade wieder zu und grinste.
«Wenn Sie Gepäck haben, können Sie den Fahrstuhl benutzen. Frühstück gibt's von halb sieben bis halb zehn.»

«Eh, wie meins'n das mit Gepäck un'em Frühstück, Sampiero?»
«Schon gut, Toto. Wir benutzen den Lift, falls noch einer von den Gästen im Haus unterwegs sein sollte.»
«Has du mich wieder verarscht, du Idiot? Noch einmal, un ich mach dich fertig.»
«Beruhig dich, Toto! Auf geht's!»
«Umberto! Sag ihm, er soll mich nich verarschen, oder es passiert was!»
«Halt die Klappe!»
Die Notbeleuchtung war hell genug. Sie betraten den Lift und standen eine halbe Minute später im zweiten Stock. Auf dem Flur rührte sich nichts. Auf einer braungelben Tapete standen dicke schwarze Ziffern unter Pfeilen, die zeigten, in welcher Richtung die Zimmer lagen. Sampiero legte den Finger an die Lippen, als sie vor der 205 angekommen waren. Mitleidig schaute er auf das Schloss, das er im Handumdrehen geöffnet hatte. Er schob die Tür auf. Der Raum war dunkel bis auf das trübe Licht von der Leuchtreklame über dem Eingang. Er erfasste sofort, wo in dem dämmerigen Raum das Bett stand. Sampiero bedeutete Umberto, wohin er sich zu wenden hatte, und während sich die massige Gestalt erstaunlich leise durch den Raum bewegte, betrat hinter ihm Toto das Zimmer und drückte die Tür zu. Als sie sich mit leisem Klicken schloss, fuhr der Schlafende auf. Aber Umberto presste ihm bereits die linke Hand auf den Mund. Mit der Rechten zog er eine 92er Beretta mit Schalldämpfer. Die Waffe war das Markenzeichen der Leute von Don Levantino. Der Mann erstarrte, als Umberto ihm den Lauf der Pistole an die Schläfe drückte. Im nächsten Moment stand Sampiero am Bett.
«If you shut up, nothing will happen to you. If you make trouble, you're dead. Do you understand?»
Der Mann nickte.
«Du kannst die Hand wegnehmen. Der wird nicht schreien.»
Umberto machte einen Schritt zurück, hielt aber die Pistole weiter auf ihn gerichtet.
«You are Hockney?»

«Yes, I am ... What do you want? Do you want money? It's in my wallet – there, on the table.»
«No, we want the manuscript!»
«What?»
«Hey, man! Don't be stupid! What I just said? If you make trouble, you're dead! Where is the manuscript?»
«I don't know what you mean.»
Jetzt zog auch Sampiero seine Waffe aus der Jacke und drückte sie Hockney ins Gesicht.
«We haven't got all night. I'll count to three. I know either where the thing is, or this room needs a thorough cleaning. One, two ...»
Er lud durch.
«Next door!»
«What?»
«The papyrus is next door.»
«Room number?»
«206.»
Sampiero wandte sich an Umberto und Toto.
«Im Nachbarzimmer, 206. Der zweite Mann hat die Handschrift.»
Sampiero deutete auf Toto.
«Du bleibst hier, wir beide gehen rüber und holen die Handschrift. Pass gut auf ihn auf!»
Toto stellte sich mit gezogener Waffe neben das Bett und zielte auf Hockneys Stirn. Sampiero und Umberto verließen den Raum, und man hörte, wie sie am Schloss des Nebenzimmers hantierten.
Im selben Moment, als Hockney «Jackey» rief, drückte Toto ab. Das satte PLOPP klang undramatisch, während das Geräusch, als das Parabellum-Geschoss die Schädelbasis herausriss, jedem anderen den Magen umgedreht hätte.
Sampiero hatte sacht die Tür geöffnet. Als er den Schrei im Nebenzimmer hörte, stieß er sie auf und war mit zwei Schritten am Bett, in dem eine Gestalt aufschreckte. Er sah die Bewegung und schlug sofort zu.

«If you scream you're dead! If you shut up, nothing happens to you!»
Unter der Bettdecke war nur ein Wimmern zu hören.
Er wartete zehn Sekunden mit angehaltenem Atem, aber im Haus war nichts zu hören. Offenbar hatte der kurze Schrei niemanden geweckt.
«Geh rüber und schau nach, was los ist!»
Sie hatten nicht nur den Schrei, sondern auch das Geräusch der Waffe gehört. Als sich die Tür bis auf einen Spalt geschlossen hatte, tastete Sampiero nach der Nachttischlampe. Er drückte den kleinen Knopf. Im Licht, das auf das Bett fiel, sah er das Gesicht einer jungen, dunkelhaarigen Frau, deren Lippe blutete. Er war bei diesem Auftrag auf einiges gefasst, aber nicht darauf, dass ‹der zweite Mann› eine Frau war. Sie starrte verängstigt auf den Maskierten, der immer noch die Waffe auf sie gerichtet hielt, als die Tür wieder aufging und Umberto zurückkam.
«Hockney è morto.»
Die Frau riss sich die Bettdecke vor den Mund. Sampiero fuhr auf sie zu und drückte ihr die Decke ins Gesicht.
«Dannazione! Lo dico solo una volta: se tu apri la bocca, morirai come Hockney! Hai capito?»
Die schluchzende Frau nickte und begriff.
«Posso tirare via la mano senza che tu urli?»
Sie nickte wieder.
«Va bene!»
Er zog die Hand zurück, und als die Frau ruhig blieb, wandte er sich an Umberto.
«Ich seh nach, was drüben los ist.»
Sampiero ging in Hockneys Zimmer, wo das Kopfteil des Bettes aussah wie ein Schlachthaus.
«Toto, du Vollidiot! Hast du vergessen, was der Don gesagt hat?»
«Aber er hat doch geschrien.»
«Dann hättest du ihm eine reinhauen sollen. Aber du veranstaltest gleich ein Massaker!»
Totos Protest fiel kläglich aus.

«Alles, was ich mache ...»
«Halt's Maul, Arschloch! Lass mich nachdenken!»
Sampiero schaute sich um. Abgesehen von dem Dreck deutete nichts auf einen Kampf hin. Sie hatten einen Toten, den sie nicht gebrauchen konnten, und eine Frau als Zeugin, die sie noch weniger gebrauchen konnten. Es sei denn ... Sampiero sah sich noch einmal in dem Raum um und nickte.
«Hier gibt's nichts mehr zu tun. Komm rüber in das andere Zimmer!»
Die beiden gingen ins Nebenzimmer, wo Umberto seine Waffe nach wie vor auf die Frau gerichtet hielt, die sich an die Wand kauerte. Bis jetzt hatte die ganze Aktion eine Viertelstunde gedauert. Es wurde Zeit, dass sie aus der Pension rauskamen. Toto blieb verdutzt in der Zimmertür stehen.
«Das's ja 'ne Braut!»
Sampiero fuhr herum.
«Noch ein einziges Wort, und ich schwöre dir ...»
Dann wandte er sich an die Frau.
«Du verstehst also Italienisch?»
«Ja.»
«Wo ist die Handschrift?»
«Was?»
«Du heißt Jackey – oder so, nicht wahr?»
«Ja, ja ... Jackey.»
«Dann hör gut zu, Jackey! Da drüben liegt dein Hockney ohne Hinterkopf. Entweder du sagst uns sofort, wo du die verdammte Handschrift hast, oder Jackey leistet Hockney Gesellschaft.»
«Im Schrank in der Aktentasche.»
Sampiero wies Toto mit einem Drehen des Kopfes zum Schrank. Toto zog die Schranktür auf und hob die Aktentasche von Oakbridge heraus. Er öffnete sie und zog das Futteral hervor.
«Hier!»
«Mach es auf!»
Er öffnete die Verschlüsse und sah den alten Papyrus.
«Is das die Handschrift?»

Sampiero und Umberto warfen einen kurzen Blick darauf.
«Das wird sie sein.»
Und zu der Frau gewandt:
«Ist sie das?»
«Ja.»
«Du und Hockney – habt ihr hier zusammen eingecheckt?»
«Ja.»
«Hat der Portier auch deinen Ausweis behalten oder nur den von Hockney?»
«Er sagte, einer würde ihm genügen. Von mir hat er nur den Namen ins Gästebuch eingetragen.»
«Gar nicht schlecht.»
Sampiero wandte sich an Umberto.
Sie gingen ins Badezimmer, wo Sampiero ihm seinen Plan auseinandersetzte.
«Wir müssen die Frau mitnehmen. Die Polizei weiß, dass zwei Leute die Handschrift geklaut haben und dass Hockney einer der beiden war. Hier wird es morgen so aussehen, als habe die Frau Hockney umgelegt, um die Handschrift für sich allein zu haben. Die einzige Überraschung für die Bullen ist, dass sein Partner eine Frau war. Tja, und sie werden weder die Handschrift wiederfinden noch die Frau. Die zementieren wir auf irgendeiner Baustelle ein. Was meinst du?»
Umberto nickte zögernd.
«Könnte gehen.»
Sie kamen aus dem Badezimmer zurück, und Sampiero fuhr die Frau an.
«Los, Jackey, raus aus dem Bett! Zieh dich an!»
«Aber ... was haben Sie vor?»
«Mach schon, oder ...»
Sampiero richtete die Waffe direkt auf ihr Gesicht. Jackey schob sich aus dem Bett. Auch wenn die ganze Aktion schon viel zu lange gedauert hatte, ließ ihr Anblick die Männer nicht unbeeindruckt. Die Frau fuhr in ihre Jeans, griff sich ihre Bluse und die Jacke und zog ihre Sneakers an.

«Hast du einen Koffer?»
«Eine Reisetasche – im Schrank.»
«Ihr beiden packt alles ein! Auch aus dem Bad alles mitnehmen!»
Zwei Minuten später war alles in die Tasche gestopft.
«Hier liegt ein Motorradhelm.»
«Eh, Jackey – was ist mit dem Motorrad?»
«Gemietet. Es steht in der Nebenstraße.»
«Gut, das können wir hier lassen. Die Polizei wird denken, dass sie das Motorrad absichtlich stehen gelassen hat. Lasst den Helm hier. Das passt ganz gut. Eh, Jackey – ist das alles?»
«Ich glaube schon.»
«Ich habe dich nicht gefragt, was du glaubst, sondern ob das alles ist.»
«Ja.»
«Alle raus jetzt! Und hör zu, wenn uns jemand entgegenkommt – du gibst keinen Ton von dir, sonst leg ich dich um. Verstanden?»
Die Frau nickte.
Sie verließen das Zimmer, bestiegen den Lift und standen eine Minute später auf der Straße. Savio trat der Schweiß auf die Stirn, als er sie mit der Frau kommen sah. Weder trug er selbst eine Maske, noch konnten die anderen maskiert fahren. Jetzt, da das Konzil bevorstand, waren noch mehr Bullen unterwegs als sonst. Er ließ den Wagen an und rollte langsam auf sie zu. Toto warf die Sachen der Frau in den Kofferraum. Sampiero schob Jackey auf die Rückbank und setzte sich neben sie; auf der anderen Seite stieg Toto ein. Während Savio losfuhr, herrschte er sie an.
«Habt ihr sie noch alle?»
Die anderen zogen ihre Masken ab.
«Dieses Rindvieh hat Hockney umgelegt.»
Sampiero blitzte zu Toto hinüber, während Savio ihn im Rückspiegel beobachtete.
«Ich hab die Sache jetzt so hingedreht, dass es da oben aussieht, als hätte die hier Hockney erschossen und die Handschrift mitgehen lassen. Ich glaube, dass die Bullen das genauso sehen werden. Ich musste improvisieren. Wenn ich sie an Ort und Stelle umge-

legt hätte, wäre alles sofort aufgeflogen. Fahr erst mal raus aus der Stadt!»
«Wohin, Mann?»
«Fahr in die Colli Albani nach Genzano. Von dort rufen wir den Don an.»
Er schaute auf die Uhr; es war kurz vor drei.

Kapitel 16 – Der Schatz

Die Straßen waren frei, und nur eine knappe halbe Stunde später hatten sie ihren Außenposten Genzano, südöstlich von Rom in den Albaner Bergen, erreicht. Umberto stieg aus, öffnete ein eisernes Schiebetor, und Savio lenkte den Wagen in ein großes ummauertes Grundstück, dessen Zentrum ein zweistöckiges Landhaus mit Blick auf den Lago di Nemi bildete. Im Zwinger neben dem Tor schlugen zwei mächtige Mastinos an. Es waren auf den Mann dressierte Wachhunde, aus jener Rasse hervorgegangen, die bereits in der Antike als Waffe im Krieg und als Bestie im Zirkus gefürchtet war. Schon ihr dröhnendes Gebell sorgte dafür, dass sich niemand allzu sehr dafür interessierte, was hinter diesen Mauern vorging. Und wenn sie frei liefen, wäre jeder Fremde auf dem Hof in Lebensgefahr gewesen. Auch von den Mafiosi hätte sich keiner bis auf Toto, der alle zwei Tage die Hunde fütterte, und den Don frei auf dem Grundstück bewegen wollen, wenn sie außerhalb des Zwingers waren.

Die Laune Sampieros hatte sich nicht gebessert. Ehe er ausstieg, zog er seine Waffe und wandte sich an Jackey.

«Du steigst auf meiner Seite aus und gehst geradewegs ins Haus. Ich werde neben dir gehen, und falls du auch nur einen Laut von dir gibst, war es das für dich. Verstanden?»

«Ja.»

«Toto, du nimmst ihre Sachen mit rauf, und vergiss die Tasche mit der verdammten Handschrift nicht!»

Jackey betrat das Haus, dessen Tür Umberto aufhielt. Während Savio den Wagen in eine offene Garage am Rand des Grundstücks lenkte und neben einem alten Nuova Cinquecento parkte, stiegen die anderen in den ersten Stock und betraten ein großes, mit Clubmöbeln aus dem Katalog eingerichtetes Wohnzimmer, das eine deprimierend sterile Atmosphäre verströmte. Sampiero zog die schweren Vorhänge zu und deutete mit seiner Waffe auf einen Sessel.
«Setz dich!»
Er zog sein cellulare aus der Tasche, ging weiter in einen Nebenraum und schloss hinter sich die Tür. Don Levantino meldete sich sofort.
«Ich bin's, Sampiero.»
«Wo steckt ihr? Habt ihr die Handschrift?»
«Ja, Don Levantino, wir haben sie.»
«Ein Glück, aber wo seid ihr jetzt?»
«Es hat Probleme gegeben. Hockney hat versucht, seinen Partner zu warnen, und Toto hat ihn umgelegt. Ich habe alles so hinterlassen, als ob der Partner Hockney umgelegt, die Handschrift geklaut hat und dann verschwunden ist. Ich bin ziemlich sicher, dass die Bullen genau diesen Eindruck bekommen werden. Ich glaube nicht, dass ein Verdacht auf uns fällt.»
«Verflucht! Wie konntet ihr ...?»
«Alles lief nach Plan, Don Levantino, aber die Handschrift war nicht bei Hockney, sondern im Zimmer nebenan. Ich habe Toto bei dem Amerikaner gelassen, aber als ich die Tür zum Nebenzimmer aufgemacht habe, hat er geschrien. Toto musste ihn sofort abknallen, bevor er das ganze Haus aufweckt. Der Partner von Hockney ist eine Frau. Wir konnten sie nicht auch noch umlegen, sonst wären wir gleich aufgeflogen. Wir mussten die Frau mitnehmen und sind jetzt in Genzano. Aber keine Sorge – wir haben die Handschrift.»
«Dannazione!»
«Don, die Bullen wissen, dass Hockney und ein zweiter Mann die Handschrift geklaut haben. Es ist doch nicht unwahrscheinlich,

dass der zweite Mann Hockney umlegt und mit der Beute abhaut. Das Einzige, was die genauso überraschen wird wie uns, wird sein, dass der zweite Mann eine Frau war. Aber wir werden dafür sorgen, dass weder sie noch die Handschrift jemals wieder auftauchen: Die Frau lassen wir so schnell wie möglich verschwinden, und die Handschrift geben Sie morgen an den Bullen weiter. Alles gut.»
«Hoffen wir, dass du recht hast. Hat euch irgendjemand gesehen?»
«Nein. Wir bewachen die Frau, und Sie können jederzeit die Handschrift bekommen.»
«In Ordnung. Ich melde mich wieder.»
«Wie Sie befehlen, Don Levantino.»
Sampiero ging zurück in das Wohnzimmer nebenan.
«Der Don wird sich im Laufe der nächsten Stunden melden. Es ist jetzt kurz vor vier. Ich brauche jetzt ein paar Stunden Schlaf. Ich glaube nicht, dass vor sieben Uhr irgendetwas passiert.»
Umberto nickte. Er hatte sich eine Zigarette angezündet und wirkte übernächtigt.
«Geht mir genauso. Zwei Auftritte in einer Nacht sind genug. Savio, Toto – ihr beide passt auf die Frau auf. Und, Toto, reiß dich zusammen, du hast genug Mist gebaut für eine Nacht.»
Toto brummelte irgendwas. Sampiero machte eine geringschätzige Handbewegung in seine Richtung und wandte sich an Jackey.
«Und du – wenn du schlafen willst, dann hier. Am besten, du denkst nicht mal daran, mit irgendwelchen Tricks abzuhauen. Savio, du weckst uns um sieben! Danach besorgen wir uns was zu frühstücken, und ihr beide könnt schlafen.»
«Okay, Sampiero.»
Jackey schaute zu Sampiero hinüber.
«Ich muss auf die Toilette.»
«Umberto, du gehst mit und stellst dich vor die Tür.»
Als die beiden den Raum verlassen hatten, schüttelte Sampiero den Kopf.
«Ihr wisst, dass wir sie umlegen und irgendwo einbetonieren müssen. Aber erst brauchen wir eine passende Baustelle. Das kann

zwei, drei Tage dauern. Ich will das mit ihr erst erledigen, wenn wir genau wissen, wie wir sie loswerden. Falls sich das verzögert, will ich hier keinen Leichengestank haben. Immerhin ist sie nicht hysterisch geworden in der letzten Stunde. Wir haben keine andere Wahl. Toto, diese Sache geht auf dein Konto!»
In dem Moment hörten sie einen Schrei von Jackey.
«Savio, schau nach!»
Savio ging raus und sah, wie Umberto am Ende des Flurs versuchte, die Badezimmertür aufzudrücken, während Jackey sich von drinnen dagegenstemmte.
«Was ist denn hier los?»
«Ich hab die Tür aufgemacht, weil ich sie sonst nicht überwachen kann.»
«Spinnst du? Lass die Frau in Ruhe aufs Klo gehen! Wie soll sie denn aus einem Bad ohne Fenster abhauen?»
«Von dir lass ich mir überhaupt nichts sagen!»
«Ach ja? Aber vielleicht kann ich den anderen sagen, was du für 'nen kurzen Schwanz hast und dass du nicht mal in 'ner Bar pissen kannst, wenn einer neben dir steht.»
Umberto ließ die Tür los, und seinem Gesicht waren die Mordgedanken anzusehen, während er Savio anblitzte. Sie warteten vor der Tür, bis Jackey wieder herauskam und im Vorübergehen ein leises «Danke» zu Savio hinübermurmelte.
Umberto gab ihr einen Stoß in den Rücken.
«Ab ins Wohnzimmer!»
Dort fragte Sampiero:
«Was war los?»
Und während Savio den Blick auf Umberto gerichtet hielt, antwortete er:
«Nichts. Alles in Ordnung.»
«Gut, dann legen wir uns jetzt hin, und ihr weckt uns um sieben.»
Sampiero griff die Aktentasche und verließ mit Umberto den Raum. Toto setzte sich in einen der Clubsessel, Savio auf einen Stuhl und Jackey auf das Sofa. Sie starrte eine ganze Weile an die Decke.

«Was werden Sie mit mir machen? Sie haben doch die Handschrift. Warum können Sie mich nicht gehen lassen? Ich werde Sie nicht verraten.»

Savio schüttelte den Kopf. Er kannte Sampieros Logik, und er wusste, dass es keine andere Lösung für Probleme dieser Art gab. Er schaute Jackey an. Sie war kein Feind, nicht mal ein Gegner; sie hatte einfach Pech gehabt – zur falschen Zeit am falschen Ort. Jetzt war sie nur noch ein unvermeidliches Opfer in dieser Geschichte. Die Situation ekelte ihn an. In Gedanken verfluchte er Toto.

«Darüber entscheidet der Don – nicht wir. Versuch zu schlafen!»

«Sie werden mich töten – nicht wahr?»

«Ich bin nur der Fahrer. Das entscheidet der Don.»

Er hatte es kommen sehen: Sie begann zu weinen. Er musste sie ablenken.

«Wie bist du überhaupt zu der Handschrift gekommen?»

Sie wischte sich die Augen und zog die Nase hoch.

«Ich bin Assistentin in dem Institut, das der Mann leitet, dem wir die Handschrift abgenommen haben.»

«Das verstehe ich nicht. Wenn du die Assistentin bist, wieso klaust du dann deinem Chef diese Handschrift? Und dieser Hockney?»

«Simon Hockney war Techniker dort. Wir alle erforschen antike Handschriften auf Papyrus. Und diese hier ist schon etwas ganz Besonderes...»

«Du kannst lesen, was da draufsteht?»

Toto war mit einem Mal munter geworden.

«Da geht's um 'nen Schatz, stimmt's?»

«Ja, ich kann das lesen... aber ich weiß nicht, was Sie mit ‹Schatz› meinen.»

«Ich mein, diese Handschrift, da drin geht's doch um 'nen Schatz. Stimmt doch, oder?»

«Na ja, schon, in gewisser Weise...»

«Wie: ‹in gewisser Weise›?»

«Es geht um das Grab der heiligen Jungfrau Maria.»

«WAS?»

Toto war aufgesprungen, und auch Savio saß auf einmal sehr aufrecht auf seinem Stuhl.
«Sag das noch mal!»
«Diese Handschrift ist ein Brief des Apostels Johannes an den Evangelisten Markus, und er schreibt darin, dass Maria, die Mutter Jesu, gestorben ist und dass sie sie begraben werden.»
«DAS IS GELOGEN! Das kann nich sein, weil Maria gleich in den Himmel gekommen is.»
«Ja, aber das ist nur eine Legende, in Wahrheit ...»
«RED KEIN QUATSCH! Mit der heiligen Jungfrau macht man keine Witze! Weiß doch jeder, dass sie im Himmel is. Deswegen is doch jedes Jahr im August L'Assunzione di Maria.»
Toto war so aufgebracht, wie Savio ihn nur kannte, wenn Sampiero ihn gerade mal wieder auf die Palme brachte. Er machte sich Sorgen, dass Toto sich auf Jackey stürzen könnte. Und in dem Moment durchzuckte ihn ein Gedanke.
«Toto, das ist wichtig. Du weckst sofort Sampiero und Umberto. Los! Das müssen die beiden wissen!»
Toto stand mit geballten Fäusten nur einen Schritt weit von Jackey entfernt und atmete schwer. Dann verließ er ohne ein weiteres Wort den Raum. Savio beugte sich vor und flüsterte:
«Hör zu, Jackey! Du hast eine einzige Chance, aus dieser Geschichte lebend herauszukommen. Aber nur, wenn du jetzt genau machst, was ich dir sage: Was immer in dieser Handschrift drinsteht und was du denen gleich erzählen wirst – es muss darin um einen richtigen Schatz gehen. Gold, Silber. Hast du mich verstanden? Wir haben irgendetwas von einem Schatz gehört, und keiner von uns kann das lesen.»
Jackey schaute ihn verwirrt an.
«Warum helfen Sie mir?»
«Frag nicht so blöd! Du musst Zeit gewinnen!»
Sie hörten Schritte auf dem Gang, und im nächsten Moment flog die Tür auf. Umberto kam rein, noch schlaftrunken und mit zerzausten Haaren, dahinter Toto; den Abschluss bildete Sampiero.

«Was ist los? Was wird hier für Scheiße geredet?»
«Die da hat gesagt, dass die heilige Jungfrau tot und begraben is. Das is eine gottverdammte Sünde! Ich mach die fertig.»
«Halt's Maul, Toto. Hey, Jackey – stimmt das, dass du lesen kannst, was in dieser Handschrift steht?»
«Ja, ich kann Griechisch lesen. Ich bin eine Spezialistin für Texte auf Papyrus.»
«Du meinst, du bist so 'ne richtige Forscherin, so richtig mit Doktortitel und so?»
«Ja, Dr. Jacqueline O'Connor; ich arbeite am Center for the Tebtunis Papyri an der University of Berkeley.»
Sampiero pfiff leise.
«Warum klaust du dann diese Handschrift?»
«Mein Chef, Bill Oakbridge, wollte immer wieder die Ergebnisse für sich allein ausbeuten. Ich hatte oft Streit deswegen mit ihm. Dass ich diesen Papyrus hier gelesen hatte, wusste er nicht. Und als ich mit ihm darüber sprechen wollte, merkte ich, dass die Handschrift plötzlich weg war. Ich habe Simon Hockney danach gefragt, und er sagte, dass Bill sie mitgenommen hatte. Dann bekam ich von Bill den Auftrag, einen Flug nach Rom zu buchen, und da habe ich Simon eingeweiht. Er sagte: ‹Wir machen Bill diesmal einen Strich durch die Rechnung. Wir fliegen hinterher! Mach dir keine Sorgen, ich nehm ihm das Ding ab.› Simon war ein echter Kumpel…»
Umberto schaute Jackey verächtlich von oben bis unten an.
«Du bist nichts als eine miese Schlampe, die ihren Boss beklaut hat. Um dich ist es nicht schade, wenn wir dich umlegen.»
Sampiero schaltete sich ein.
«Mal langsam, Umberto! Ist doch lustig. Irgendwie geht es bei diesen Wissenschaftlern auch nur um eine Art Anteil an der Beute. Aber ich weiß immer noch nicht, was das Besondere an dieser Beute ist. Was steht in der Handschrift?»
«Wenn Sie sie mir geben, dann übersetze ich sie Ihnen… so weit ich komme.»
«Toto, hol die Tasche aus dem Schlafzimmer!»

Als Toto zurück war, zog Sampiero das Futteral heraus und reichte es Jackey, die die Verschlüsse aufschnappen ließ und zu übersetzen begann.
«Johannes, durch den Willen Gottes Apostel Christi Jesu, Sohn des Zebedäus und Bruder des Jakobus, an Markus, seinen Bruder durch den Glauben, und an die Gemeinde ...»
Und so übersetzte Jackey die Handschrift wortgetreu, bis sie fast ans Ende gelangt war.
«... Einer aus der Gemeinde aber weiß ein solches Grab, in das noch nie ein Toter gelegt worden ist. Darein wollen wir die Mutter unseres Herrn Christi Jesu legen, da wir sie beweint und die Frauen sie gewaschen und gesalbt haben ... und nachdem die Frauen all ihr Geschmeide und die Männer alles Gold der Gemeinde in das Grab gelegt haben. So klein ihr Grabhaus auch sein mag, so wird es doch ein wahres Schatzhaus sein, und es wird den Untergang des großen Heidentempels überdauern, denn die Macht Gottes wird es nicht zulassen, dass die Häuser der falschen Götter für lange Zeit die letzte Wohnung der Gottesgebärerin überragen werden. Ihr Grab nämlich liegt vom Tempel der Artemis ...»
Jackey schaute zu den Männern auf, die vor ihr standen und sie anstarrten.
«Jetzt kommt eine Stelle mit speziellen Maßangaben und Größenverhältnissen, die ich nicht ohne Lexikon übersetzen kann. Aber da dürfte stehen, wo genau sich der Grabbau befindet.»
In dem Raum war es totenstill. Toto stand der Schweiß auf der Stirn, und er war der Erste, der den Mund wieder aufbekam.
«Aber das kann nich sein. Die Gottesmutter is in den Himmel aufgefahren. Das versteh ich nich.»
Sampiero nickte.
«Ich verstehe das schon. Vor allem verstehe ich, weshalb dieser Drecksbulle die Handschrift haben will. Ob er das auf eigene oder auf fremde Rechnung macht, ist egal – er wird jedenfalls sehr viel mehr daran verdienen als wir, die ihm diesen Schatz besorgen sollen.»

Dann verzerrte sich sein Gesicht. Er holte aus und schlug Jackey mit der flachen Hand.

«Oder lügst du – du Schlampe? Lügst du?»

Und er schlug ihr nochmals mit aller Gewalt ins Gesicht. Jackey ließ das Futteral fallen, hielt schützend die Hände über den Kopf und schrie:

«Nein, nein – ich lüge nicht, das steht da! Warum, glauben Sie, wollte Oakbridge sofort nach Rom? Er hat erkannt, was das hier für eine Sensation ist. Das ist die größte Entdeckung der Kirchengeschichte ... und wie groß der eigentliche Schatz ist, weiß niemand.»

Sampiero ließ von der weinenden Frau ab und fuhr sich mit beiden Händen durchs Haar.

«DIE PAAR KRÖTEN! VERDAMMTE SCHEISSE! Für so eine Sache! Und dann sitzt uns auch noch die Polizei im Nacken, weil wir Hockney umgelegt haben.»

Toto, dem der Schrecken wegen der Jungfrau Maria noch immer anzumerken war, wagte einen Widerspruch.

«Ich fänd's am besten, die Handschrift schnell dem Don zu geben. Der weiß, was er damit machen muss. Wir sollten nichts damit zu tun ham. Wir wussten nich, was es war, als wir loszogen, und jetzt geben wir's weiter und Schluss. Und außerdem braucht der Don die Handschrift wegen Riccardo.»

Umberto schüttelte unwillig den Kopf.

«Was aus Riccardo wird, ist mir scheißegal. Der ist dämlich und kriegte den Hals nicht voll. Wo er jetzt sitzt, kann er von mir aus verfaulen. Dass wir dieses Ding einem Bullen geben sollen, um Riccardo den Arsch zu retten – ich denk nicht dran!»

«Aber du kanns doch nich den Don abzocken!»

«Vor allem lass ich mich nicht abzocken! Von niemandem. Was meinst du, Sampiero?»

«Eh, Jackey – was für einen Wert wird das Zeug in dem Grab haben?»

«Das kann ich natürlich so nicht sagen. Aber es gibt Goldmünzen, da zahlen Sie für eine einzelne siebentausend, achttausend Dollar.

Und für ein einzelnes antikes Schmuckstück kann das auch leicht mal das Doppelte und Dreifache sein. Was ein Liebhaber zahlen würde, wenn er wüsste, dass der Schmuck aus dem Mariengrab kommt, kann man sich leicht ausrechnen. Und die Christen in Ephesos werden nicht nur viel, sondern nur das Schönste in das Grab der heiligen Jungfrau gelegt haben. Immerhin ist von einem Schatzhaus in dem Brief die Rede. Auf dem Schwarzmarkt werden dafür ein paar Millionen zusammenkommen.»

Als Umberto diese Zahl hörte, blieb ihm der Mund offen stehen, was sein Gesicht nicht sympathischer machte.

«Das können wir uns nicht entgehen lassen. Was denkst du, Savio?»

«Seh ich genauso.»

«Dann sind wir uns einig. Uns auf eigene Rechnung den Papyrus von der Kirche teuer bezahlen zu lassen, bekommen wir auf die Schnelle nicht hin. Wir haben nicht die Kontakte. Jetzt müssen wir erst mal wissen, was es genau mit diesem Schatz auf sich hat. Den können wir mit dem Grafen gut verschieben. Hinterher kann er dann noch die Handschrift für uns verticken. Aber diesmal wird er bluten müssen ... für den größten Schatz der Christenheit! Das Grab der Jungfrau Maria voll mit Gold und Schmuck. Und wir sollen schäbige 2000 dafür bekommen – ich fass es nicht! Der Don wird senil. Niemand kann von uns erwarten, dass wir für einen altersschwachsinnigen Idioten arbeiten. Eh, Jackey! Woher wissen wir, dass dieses Grab noch nicht gefunden wurde?»

«Wenn man das Grab der Jungfrau Maria irgendwann mal gefunden hätte, wäre das heute die wichtigste Wallfahrtsstätte der Christen auf der ganzen Welt. Noch viel berühmter als Fátima in Portugal oder Lourdes in Frankreich.»

«Da hat sie recht.»

«Ephesos, von dem in dem Brief die Rede ist, ist heute eine Ruinenstadt und liegt an der Westküste der Türkei. Gerade diese Stadt ist sehr gut erforscht, und wenn man auch nur Reste dieses Grabes entdeckt hätte, wäre das bekannt. Das ist aber nicht der

Fall, und deshalb glaube ich, dass es einfach noch in der Erde steckt.»
«Und wo soll das Grab jetzt genau liegen?»
«In dem Brief steht: in der Nähe des alten Tempels der Göttin Artemis. Aber um die Stelle in der Handschrift genau zu übersetzen, wo es um die Lage des Grabes geht, bräuchte ich ein gutes altgriechisches Wörterbuch.»
«Verstehe. In der Nähe der Universität gibt es eine große Buchhandlung, wo man so etwas auf jeden Fall bekommt.»
«Aber warum soll ich diesen Text überhaupt für Sie übersetzen, wenn Sie mich sowieso umbringen werden?»
Man hätte eine Stecknadel fallen hören. Alle Augen waren auf Jackey gerichtet. Sampiero kam drohend zwei Schritte auf sie zu.
«Meinst du, wir wären nicht in der Lage, dich dazu zu bringen, diesen Text für uns zu übersetzen?»
«Doch, dessen bin ich mir sogar ganz sicher. Aber wenn Sie die Informationen aus mir herausgequält und mich danach umgebracht haben, dann werden Sie nie sicher sein können, ob ich Ihnen nicht irgendeinen Unsinn erzählt habe, bis Sie in Ephesos nach der Stelle suchen.»
Umberto wandte sich an Sampiero.
«Lass sie uns kaltmachen, jetzt sofort! Diese Drecksnutte wird uns noch anflehen, dass sie sterben darf.»
Sampiero achtete nicht auf Umberto.
«Schau sich einer die Dottoressa an! Was macht dich so sicher, Jackey, dass wir ausgerechnet dich brauchen? Wir können uns auch jeden anderen nehmen, der Griechisch kann.»
«Griechisch können reicht nicht, um mit solch einer Handschrift zurechtzukommen. Schauen Sie doch mal da drauf! Die muss man erst mal entziffern und lesen können, um zu wissen, was da steht, bevor man auch nur an den Versuch denken kann, sie zu übersetzen. Sie können ja mal anfangen, ganz unauffällig nach einem Spezialisten für Papyrologie zu suchen, dem Sie dann ausgerechnet diese Handschrift vorlegen – um ihn danach auch noch umzubringen. Denn jemand, der das wirklich lesen kann, wird

weder die Handschrift noch Sie vergessen. Das schwöre ich Ihnen. Ich garantiere Ihnen, dass Sie bei Ihrer Schatzsuche scheitern werden.»
«Lässt du dir gefallen, dass diese Schlampe so mit dir redet, Sampiero? Ich werde ihr ...»
Sampiero fuhr herum.
«HALT'S MAUL, UMBERTO! Gar nichts wirst du! Mit diesem Ding hier können wir uns ein für alle Mal gesundstoßen – und dann ‹Ciao Italia!›. Denk doch mal nach! Jackey kann nicht mehr zurück. Die wird heute noch auf die Fahndungsliste kommen wegen Mord. Und wir können, wenn wir an die Millionen ranwollen, nicht zurück, weil es uns der Don nicht verzeihen wird, dass wir seinen kleinen Bruder im Knast verrecken lassen. Aber ... wenn wir jetzt cool bleiben und uns beeilen, dann kann uns das alles völlig schnuppe sein.»
Savio hatte die ganze Zeit im Hintergrund gestanden und staunend die Szene beobachtet. So eine ausgebuffte Nummer, wie Jackey sie hier abzog, hätte er ihr nie zugetraut. Das war schärfer als alles, was er erwartet hatte – und es bedeutete, dass sie mehr als nur ein paar Stunden Zeit gewonnen hatte. Es war klar, dass sie sich auf ihn verließ, denn er konnte das, was sich gerade abspielte, mit einem Wort auffliegen lassen. Aber sie gefiel ihm immer besser. Das war einfach clever, wie sie mit Umberto und Sampiero umsprang. Er würde sich überlegen müssen, wie er sie und sich hier lebendig herausbrachte, denn mit jedem Satz, mit dem sie die Geschichte weitertrieb, hing er tiefer drin, so dass es auch für ihn keinen Weg mehr zurück gab.
«Okay, ich bin dabei. Ich habe keine Lust, bis ans Ende meiner Tage als Fahrer für den Clan dei Maranesi mein Geld zu verdienen und irgendwann erschossen zu werden oder für den Rest meiner Tage in Rebibbia zu sitzen. Sampiero, du musst das Wörterbuch besorgen. Du bist der Einzige von uns, der in einer Buchhandlung nicht auffällt.»
«Dottoressa – schau mich an! Wir werden dich von jetzt an keine Sekunde mehr aus den Augen lassen, und wenn wir rausbekom-

men sollten, dass du versuchst, uns reinzulegen, wirst du dir wünschen, du wärst nie geboren worden. Das verspreche ich dir! Dann werde ich dir jedes Glied einzeln abschneiden, und mit deinen Titten werde ich anfangen – und wenn es das Letzte ist, was ich in diesem Leben tue.»
Und Jackey wich Sampieros Blick nicht aus.

Kapitel 17 – Die Durchsuchung

Während sich die Dinge in den Colli Albani anders entwickelten, als es Don Levantino erwartete, kam der Anruf von Tremante.
«Haben Sie die Handschrift?»
«Meine Leute haben sie, aber es hat einen Toten gegeben.»
«Sind Sie wahnsinnig geworden? Jetzt haben wir einen Mord am Hals.»
«Haben wir nicht. Hockney wollte seinen Partner warnen – besser gesagt: seine Partnerin. Meine Leute mussten ihn umlegen. Es sieht, alles so aus, als habe die Frau Hockney erschossen und sei dann mit der Handschrift abgehauen. Sie ist ebenso in unserer Gewalt wie die Handschrift. Die Frau lassen wir in den nächsten Tagen verschwinden, die Handschrift übergeben wir Ihnen, sobald Sie mir sagen, wann und wo. Sie müssen bloß dafür sorgen, dass die Polizei keine allzu gründliche Untersuchung anstellt.»
«Wenn die Sache schiefgeht, ist das Leben Ihres Bruders keinen Pfifferling wert.»
«Wagen Sie es nicht! Also – wann und wo soll ich Ihnen die Handschrift übergeben?»
«Ich kümmere mich erst einmal um den Mist, den Ihre Leute in Prenestino gebaut haben. Dann sage ich Ihnen Bescheid, wohin Sie mir die Handschrift bringen dürfen.»
«Ich warte auf Ihren Anruf. Und vergessen Sie nicht das Geld!»
«Was ist mit dem Journalisten, diesem Mutolo? Und wer ist sein Informant?»

«Mutolo wird künftig die Klappe halten. Aber Sie sollten sich einen gewissen Luca Pellicano in Ihrem Laden vorknöpfen.»
Tremante legte ohne ein weiteres Wort auf und ließ den Kopf sinken. Was Levantino ihm gesagt hatte, bedeutete, dass die Zahl der Opfer, die er für den Orden auf dem Gewissen hatte, um zwei gewachsen war. Er wählte die Nummer von Ispettore Achille Rossi. Der meldete sich schlaftrunken.
«Pronto?»
«Ispettore Rossi, Tremante hier. Kommen Sie sofort ins Kommissariat! Ich erwarte Sie in zehn Minuten und möchte, dass Sie noch heute Morgen einen Einsatz im Municipio Prenestino leiten. Ich werde Sie begleiten. Wenn Sie Ihre Sache gut machen, könnte das Ihrer Karriere förderlich sein.»
«Sì, Commissario! Ich bin schon unterwegs.»
Rossi hatte keine zwei Stunden geschlafen. Aus einem After-Work-Aperitif war eine endlose Reihe Cocktails geworden. Dann war er über die Füße einer Vorstadtschönheit gefallen; irgendwann – er wusste nicht mehr wie – war er schließlich nach Hause gekommen. Jetzt hatte er einen Schädel, mit dem er kaum noch durch die Wohnungstür passte. Er hielt den Kopf unter den Wasserhahn, verschüttete reichlich Rasierwasser und machte sich auf den Weg. Tremante forderte unterdessen zwei Einsatzfahrzeuge an, ging hinunter in den Hof und instruierte die Männer, bis Rossi eintraf. Sie stiegen in einen Dienstwagen, wo Tremante seinen Untergebenen über das Ergebnis der nächtlichen Telefonüberwachung informierte und mit ihm den Einsatzplan durchging. Als die kleine Kolonne vor der Pension Partenope hielt, war es kurz vor sechs. Der Portier der Frühschicht war ein paar Minuten zuvor gekommen und werkelte in der Küche. Er hörte die Autos vorfahren und war erstaunt, als plötzlich Polizei vor der Tür stand.
«Buongiorno, Signori! Ist irgendwas? Ich bin gerade erst gekommen ...»
«Buongiorno. Commissario Capo Tremante; das ist Ispettore Rossi, der den Einsatz leitet. Wir haben zuverlässige Informatio-

nen, dass sich in Ihrem Haus Tatverdächtige eines Raubüberfalls aufhalten. Ist bei Ihnen ein Simon Hockney abgestiegen?»
Der Portier wurde blass.
«Commissario, um Himmels willen. Wir hatten ja keine Ahnung ... Ja, ja, seit Samstag ... ein Mr Hockney ... ein Amerikaner. Eine Frau ist mit ihm gekommen, aber sie haben zwei Zimmer genommen. Warten Sie! Ich sehe nach.»
Er lief um den Tresen herum und versuchte, den Schlüssel ins Schloss der Schublade zu schieben, als er merkte, dass sie nicht abgeschlossen war. Aber er war zu aufgeregt, um sich darüber Gedanken zu machen. Hastig blätterte er das Gästebuch durch.
«Hier, das ist er: Simon Hockney und ... einen Augenblick.»
Er suchte noch ein paar Sekunden in den Papieren.
«Das ist seine Begleiterin. Auch eine Amerikanerin: Dr. Jacqueline O'Connor. Beide aus Berkeley, USA. Aber ich verstehe nicht. Die beiden sahen ganz harmlos ...»
Nun schaltete sich Ispettore Rossi ein und gab sich sehr schneidig.
«Los, los! Die Zimmernummer. Wir können später reden.»
«Natürlich. ... Ich bin ganz durcheinander.»
«Die Nummer!»
«205 hat Signor Hockney und 206 Signora O'Connor. Im zweiten Stock.»
Rossi wandte sich an die Polizisten.
«Wir gehen rauf. Gruppe eins kommt mit mir vor Zimmer 205, Gruppe zwei mit Commissario Capo Tremante vor Zimmer 206. Auf mein Zeichen brechen wir die Türen auf und nehmen die Gesuchten fest. Falls wir auf bewaffneten Widerstand treffen sollten, können Sie von der Schusswaffe Gebrauch machen. Gehen wir!»
Die Männer stiegen leise die Treppe hinauf und nahmen vor den Türen Aufstellung. Zwei besonders kräftige Polizisten musterten die Schlösser. Sie verständigten sich knapp mit Rossi, dass es kein Problem sein würde, die Türen mit einem Tritt direkt am Schloss aufzusprengen. Rossi zog seine Dienstwaffe. Er nickte, und die beiden Polizisten traten gegen das Holz, so dass die Türen zu bei-

den Zimmern gleichzeitig aufflogen. Sie stürmten hinein. Inzwischen war es hell geworden, und Tageslicht fiel durch das Fenster. Ein Schwarm Schmeißfliegen erwies dem toten Hockney seine Anteilnahme. Vielleicht hätte Rossis Magen das Bild verkraftet, wenn die Cocktails nicht so süß gewesen wären und sein Schädel nicht so rasend geschmerzt hätte. Aber so übergab er sich über den Toten und das Bett. Dieser Geruch, der sich mit Rossis Rasierwasser vermischte, überforderte wiederum die Magennerven eines anderen Polizisten, der sich nicht mehr rechtzeitig ins Bad retten konnte.
Die Beweisaufnahme verlief unter diesen Umständen eher kursorisch; für die Spurensicherung war das Zimmer nicht mehr zu gebrauchen. 206 war leer – bis auf einen Motorradhelm. Als Rossi sich erholt hatte und auf dem Flur mit Tremante stand, soufflierte der Commissario dem Inspektor.
«Machen Sie sich keine Gedanken, Rossi! Bei dieser Schweinerei kann jedem schlecht werden. Sie haben den Einsatz an sich sehr engagiert und verantwortungsvoll geleitet. Ich denke, Sie stimmen mir zu, dass Signora O'Connor ihren Mittäter Hockney getötet und sich mit der Handschrift abgesetzt hat. Sie sollten sie zur Fahndung ausschreiben lassen.»
«Sicher, Commissario Capo! Genau ... genau so stellt sich mir die Sache dar. Ich werde alles Nötige veranlassen. Und ... vielen Dank!»
«Heute Nachmittag erwarte ich Ihren Bericht.»
Die Polizisten rückten ab bis auf zwei Mann, die vor den Zimmern Aufstellung nahmen. Der Portier wurde über die Lage informiert, und während ein ziemlich kleinlauter Rossi vergeblich noch weitere Einzelheiten über die beiden Amerikaner von ihm zu erfahren suchte, sprach Tremante mit der Spurensicherung: Das Zimmer sei eher ein Fall für den Innenausstatter. Im Grunde wäre ihre Arbeit hier überflüssig, und sie sollten dem Besitzer der Pension keine großen Probleme bereiten; die kleinen Leute hätten es heute ohnehin schwer genug. Eine halbe Stunde später war Tremante wieder im Kommissariat. Es ging auf acht. Er rief in der Registratur an und bat um den Personalbogen von Luca Pellicano. Er kam

aus einem Kaff im Mezzogiorno und war seit zwei Jahren bei der Truppe: nach dem Militärdienst zur Polizei gegangen, verheiratet, ein Kind. Als Tremante so weit gekommen war, kam der Anruf, auf den er gewartet hatte. Er zog das cellulare aus seiner Jacke, drückte auf die grüne Taste und hörte die bekannte Stimme.
«FOEDUS.»
«Nulla salus extra ecclesiam.»
«Haben Sie die Handschrift?»
«Die Handschrift ist gesichert. Sie kann mir jederzeit überbracht werden. Es hat Probleme gegeben, aber ich habe sie im Griff.»
«Was heißt das?»
«Der Dieb hat Widerstand geleistet und musste getötet werden. Aber ich war selbst inzwischen am Tatort. Alle Spuren deuten jetzt auf seine Mittäterin. Diese Frau befindet sich in der Gewalt der Männer, die meinen Auftrag ausgeführt haben, und wird keine Probleme mehr machen. Es gibt keinerlei Spuren zum Orden oder zum Vatikan. Der Journalist wird auch nicht mehr stören. Und die undichte Stelle hier im Präsidium habe ich ausfindig gemacht.»
«Die Toten müssen Sie allein verantworten.»
«Ich weiß. Aber ich bemühe mich im Dienste der Sache, für die wir alle arbeiten.»
«Bemühen? Wofür wir kämpfen, fordert absolute Hingabe, aber was Sie immer wieder liefern, zeugt eher von Pfuscherei, Tremante. Wir haben starke Zweifel an Ihrer Bußfertigkeit und damit an der Voraussetzung für ...»
«Ich verspreche Ihnen, dass so etwas nicht mehr vorkommt, Signore. Aber ich muss noch heute meine Leute auszahlen. Dafür brauche ich 15 000.»
«Im Laufe des Vormittags wird ein Kurier einen versiegelten Umschlag mit dem Geld im Kommissariat abgeben. Sorgen Sie dafür, dass das Kuvert nicht in falsche Hände gerät. Ich melde mich wieder wegen Zeit und Ort der Übergabe.»
«Danke, Signore!»
Tremante wartete noch einen Augenblick, aber die Leitung war tot. Vielleicht hatte das Gespräch lang genug gedauert, dass Inge-

gnere Zanolla den Anrufer hatte orten können. Tremante steckte das cellulare ein, schloss die Augen und lehnte sich in seinem Bürosessel zurück. Es war eine Komfortanfertigung mit allen technischen Finessen und Einstellungsmöglichkeiten, die eine bequeme Sitzhaltung ermöglichten. Dieses Prachtstück aus blitzendem Chrom und schwarzem Leder hatte nur einen einzigen Nachteil – auch darin fand er keine Entspannung.

Kapitel 18 – Der Verbündete

Achim Zangenberg hatte von Monsignor Montebello erfahren, dass die Verletzungen von Bill Oakbridge nicht weiter besorgniserregend waren. Beunruhigend hingegen war sein seelischer Zustand. Und so machte sich Zangenberg ebenso wie der Geistliche Sorgen, weil der Amerikaner darauf bestand, am Dienstagmorgen auf eigene Verantwortung entlassen zu werden. Montebello hatte dem Arzt versprochen, sich persönlich um Oakbridge zu kümmern und ihn vor Aufregungen zu schützen. Aber er ahnte, dass ihm das kaum gelingen würde. Das hatte er auch Zangenberg mitgeteilt.
Der Direktor des DAI hatte, noch bevor seine Tagung begann, versucht zu erfahren, was mit dem Papyrus geschehen war. Für solche Aktionen brauchte er seinen Fahrer, Alberto Tiziano. Der hatte einst sein Meisterstück abgeliefert, als zwei Gästen des Instituts – Wissenschaftlern, die vierzehn Tage in ganz Italien verschiedene Grabungsplätze fotografiert hatten – eine teure Kameraausrüstung gestohlen worden war. Als die beiden verzweifelt in das Büro des Direktors stürzten und ihm berichteten, was ihnen widerfahren war, war zufällig auch Alberto Tiziano zugegen. Er empfahl seinem Chef, nicht die Polizei einzuschalten, sondern ihm etwas Zeit zu geben, si vuole informare. Nach drei Stunden war er zurück und ‹hatte sich umgehört›. Er hatte erfahren, dass für fünfhundert Euro der Schaden zu beheben sei. Und tatsächlich hatten die überglücklichen Opfer noch am selben Abend ihre

Ausrüstung vollständig und unbeschädigt zurückerhalten. Seit diesem Tag war Signor Tiziano inoffiziell eine Art technischer Direktor im römischen Institut, der viele kleine und auch schon ein paar größere Probleme für das Haus gelöst hatte, indem er ‹sich umhörte›.

Aber es sollte sich zeigen, dass sich das Problem im Falle von Bill Oakbridge nicht so einfach aus der Welt schaffen ließ.

«Professore, das ist aussichtslos. Da sind mächtige Leute am Werk – diejenigen, die Ihren Freund beklaut haben, sind die Schwächsten von allen. Es ist bereits Blut geflossen. Die, mit denen ich gesprochen habe, hatten Angst, und sie haben mich gewarnt, dass bereits zu viel fragen gefährlich werden könnte.»

«Was soll das heißen, Alberto? Was kann an einem antiken Papyrus so gefährlich sein, dass deswegen Blut fließen könnte?»

«Wenn Sie es nicht wissen, fragen Sie vielleicht besser Professor Oakbridge. Besser noch: Sie fragen nicht! Bitte, Direttore, halten Sie sich völlig aus dieser Geschichte heraus. Am besten wäre es auch für den Amerikaner, wenn er wieder nach Hause zurückfliegen und das alles hier vergessen würde!»

Achim Zangenberg schaute seinen Fahrer verwundert an, der in beschwörendem Ton gesprochen hatte. So eingeschüchtert hatte er ihn noch nie erlebt. Alberto Tiziano verließ das Büro, in dem ein nachdenklicher Direktor zurückblieb.

Als Monsignor Montebello aus der Frühmesse kam und sich überlegte, wie er den heutigen Dienstag verbringen sollte, da er sich erst einmal an seinen Zustand als Urlauber gewöhnen musste, klingelte das Telefon. Es war Oakbridge, den nichts mehr in der Klinik hielt: Er müsse raus aus dem Krankenhaus, weil in der Zwischenzeit alles Mögliche mit dem Papyrus geschehen könne. Montebello wusste, dass es keinen Sinn hatte, seinem Freund zu widersprechen, und so holte er ihn eine Stunde später vor dem Hospital ab.

Oakbridge bat Montebello, ihn zum Polizeipräsidium zu fahren. Kurz darauf betraten sie das Gebäude in der Via di San Vitale und erkundigten sich nach Bariello. Sie wurden eingelassen und gingen auf eine Treppe zu, als ihnen der Beamte bereits entgegenkam.
«Monsignore! Professore! Lassen Sie uns in der Nähe einen Espresso trinken.»
Die beiden waren einigermaßen erstaunt, doch folgten sie dem Polizisten. Zwei Straßen weiter betraten sie eine Bar, in der um diese Tageszeit außer dem barista nur ein Rentner mit seiner Zeitung saß.
«Wie geht es Ihnen, Professore?»
«Danke! Der Schmerz ist auszuhalten. Was mich mehr beschäftigt, ist, ob Sie mit Ihren Ermittlungen weitergekommen sind.»
«Wie man's nimmt.»
«Was soll das heißen?»
«Es sind inzwischen ein paar Dinge vorgefallen. Ich denke, wir wissen beide, wer Ihre Aktentasche gestohlen hat.»
«Wie kommen Sie darauf?»
«Professore! Auf meinem Schreibtisch stapelt sich die Arbeit. Ich habe keine Zeit für Spielchen. Außerdem hat mir mein Vorgesetzter diesen Fall offiziell entzogen. Entweder Sie sind mir gegenüber ehrlich – dann werde ich Ihnen gegenüber offen sein. Oder ich zahle jetzt und gehe zurück ins Präsidium.»
Oakbridge ließ den Kopf sinken. Nach ein paar Sekunden gab er sich einen Ruck und nickte.
«In Ordnung! Auf der Liste habe ich den Namen von Simon Hockney entdeckt. Das kann kein Zufall sein. Aber dass ausgerechnet er hinter dieser Sache stecken soll, verstehe ich nicht. Er kann gar nicht wissen, wie wertvoll dieser Papyrus ist.»
«Wieso nicht?»
«Hockney kann nicht einmal Griechisch. Und selbst wenn er es könnte, so geht die Kunst, einen Papyrus zu lesen, noch einmal weit darüber hinaus.»
«Und wenn er einen Komplizen gehabt hätte?»
«Wer sollte das sein?»

«Sagt Ihnen der Name Dr. Jacqueline O'Connor etwas?»
Oakbridges Augen weiteten sich.
«Wie kommen Sie auf Jackey?»
«Oh, da gibt es mehrere Gründe. Sie saß neben Hockney in der Maschine, mit der er aus San Francisco gekommen ist, und sie ist mit ihm im selben Hotel abgestiegen, in dem man heute Morgen Hockneys Leiche gefunden hat.»
«SIMON IST TOT?»
Oakbridge war aufgesprungen, und Montebello hatte sich in seinem Stuhl zurückgeworfen.
«Setzen Sie sich, und sprechen Sie leise! Hockney wurde ermordet – und es gibt sogar ein paar Leute, die glauben, dass Signora O'Connor ihn umgebracht hat. Wer ist diese Frau?»
Oakbridge stützte den Kopf in die Hände und brauchte eine ganze Weile, um seine Gedanken zu ordnen.
«Jackey – genauer gesagt: Dr. Jacqueline O'Connor – ist eine Mitarbeiterin an meinem Institut.»
«Trauen Sie ihr einen Mord zu?»
«Aber das ist doch völlig absurd. Was geschieht hier?»
«Es ist noch mehr geschehen, aber darüber werde ich nur dann mit Ihnen sprechen, wenn Sie mir jetzt alles sagen, was Sie wissen.»
Oakbridge warf einen hilfesuchenden Blick zu Montebello.
«Bill – ich denke, der Ispettore hat recht. Die Dinge wachsen dir ... wachsen uns über den Kopf.»
Der Amerikaner nickte und wandte sich dem Inspektor zu.
«Ich werde Ihnen alles erzählen, Ispettore. Aber nur, wenn Sie mir versprechen, nichts – gar nichts – von dem, was Sie erfahren werden, gegenüber Dritten zu erwähnen!»
«Gut – solange es irgendwie vertretbar ist, werde ich es für mich behalten. Und ich werde Sie vorher informieren, wenn die Situation unhaltbar wird.»
«Also: Ich habe in Berkeley einen Papyrus entdeckt, aus dem hervorgeht, dass Maria, die Mutter Jesu, in Ephesos gestorben ist und dort begraben wurde. Der Brief stammt von dem Apostel

Johannes. Er stellt eine unschätzbare Quelle zur frühen Kirchengeschichte dar. Aber Sie können sich wahrscheinlich vorstellen, welche Konsequenzen es für die katholische Kirche hätte, wenn dieser Inhalt bekannt würde – gerade jetzt vor der Eröffnung des Konzils.»

Bariello sog scharf die Luft ein.

«Weshalb haben Sie Ihre Entdeckung nicht bereits publik gemacht?»

«Mein Brief ist nur ein Fragment. Der untere Teil fehlt. Und ich hatte Grund zu der Annahme, dass sich der andere Teil in der Vatikanischen Bibliothek befindet. Mit Hilfe des früheren Leiters der Bibliothek, Kardinal Ambroso, ließ sich meine Hypothese inzwischen bestätigen. An dem Tag, als ich Achim Zangenberg im DAI besucht habe, habe ich Pläne des antiken Ephesos studiert, damit ich dort selbst nach dem Grab suchen kann. Erst wenn ich es gefunden oder zumindest die Stelle ausfindig gemacht hätte, wo es einst war, wollte ich an die Öffentlichkeit gehen. Und jetzt sagen Sie mir, was das alles hier bedeutet!»

«Was immer Sie gefunden haben, weckt jedenfalls in einigen Leuten keine allzu christlichen Gefühle. Hockney und die O'Connor haben Ihren Papyrus geraubt. Kann sie Motorrad fahren?»

«Ja – das ist eine Leidenschaft, die sie mit Hockney teilte. Sie ist sogar einmal auf der Route 51 vom Norden bis in den Süden der USA gefahren.»

«Dann hat sie wahrscheinlich auch die Maschine gelenkt, auf der Hockney saß. Man hat das Motorrad in der Nähe des Hotels gefunden. Dort hatten die beiden zwei Zimmer. Sie waren kein Paar?»

«Nein, sie waren nach allem, was ich weiß, einfach gute Kollegen, wobei Jackey eine exzellente Papyrologin ist. Aber wo ...?»

«Wäre sie in der Lage, Ihren Papyrus zu lesen?»

«Ohne Zweifel.»

«Können Sie ausschließen, dass sie dessen Inhalt kannte?»

«Ich kann mir ...»

«Können Sie es ausschließen?»

«Keine Ahnung ... Sie könnte ihn zufällig in der Präparation entdeckt haben.»
«Wer hat die vorgenommen?»
«Simon Hockney.»
«Welchen Grund könnten die beiden gehabt haben, Ihnen den Papyrus abzunehmen?»
Oakbrigde errötete.
«Ich kann mir keinen Grund vorstellen.»
«Professore – zwei Leute setzen sich nicht einfach so in ein Flugzeug von Amerika nach Italien, um ihrem Chef ein wertvolles Schriftstück abzunehmen. Könnten sie den Papyrus ohne Ihre Hilfe bekanntmachen?»
«Nein, das ist ausgeschlossen. Man muss offenlegen, wo solch ein Stück herkommt. Und jeder in der Fachwelt weiß, wenn zwei Mitarbeiter des Center for the Tebtunis Papyri mit solch einem Papyrus irgendwo auftauchen, dass sie dieses Stück nicht ohne mein Wissen dort herausgebracht haben können. Da geht nichts an mir vorbei – bzw. wäre nichts an Cyrill Knightley vorbeigegangen.»
«Wer ist das?»
«Der ehemalige Leiter, der kürzlich verstorben ist. Ich bin seit ein paar Tagen sein kommissarischer Nachfolger.»
«Noch ein Toter?»
«Der alte Mann war herzkrank, und er ist an einem Herzanfall gestorben.»
«Wusste er von dem Papyrus?»
«Ja – wir beide waren die Einzigen im Institut.»
«Offenbar nicht! Wie ist Ihr Verhältnis zu Ihren Mitarbeitern?»
«Ispettore, das hier nimmt immer mehr die Formen eines Verhörs an! Und zwar, obwohl Sie ja gar nicht mehr mit dem Fall befasst sind.»
Bariello lehnte sich in seinem Stuhl zurück.
«Sie haben vollkommen recht. Am Sonntagabend, als ich so weit war, dass ich die Sache innerhalb von einem, vielleicht von zwei Tagen hätte abschließen können, hat mich mein Chef für den Erfolg meiner Ermittlungen gelobt und mir zugleich den Fall entzo-

gen. Er hat ihn einem völlig unfähigen Kollegen übertragen. Dann wurde gestern Abend der Journalist, der über den Raub in der TUTTA LA VERITÀ berichtet hat, Opfer eines ‹schweren Unfalls›. Ich würde sagen, man hat ihn halb totgeschlagen. Er hat überlebt, wird aber eine ganze Weile brauchen, um wieder auf die Beine zu kommen. Dann findet heute am frühen Morgen eine Razzia in einem schäbigen Hotel in Prenestino statt, wo man den toten Hockney findet. Dem hat man mit einer großkalibrigen Waffe das Gehirn aus dem Schädel geschossen. Aber man konnte dort keine Spur von Signora O'Connor entdecken – bis auf einen Motorradhelm im Schrank. Jedenfalls nimmt man an, dass die O'Connor seine Mörderin ist und das gemietete Motorrad zurückgelassen hat. Sie wird noch heute zur Fahndung ausgeschrieben. Ich vermute jetzt einfach mal, dass Signora O'Connor in den USA nicht auch noch Mitglied bei diesen Schwachköpfen der National Rifle Association ist und großkalibrige Waffen ihr Hobby sind.»
«Woher wissen Sie das alles, wenn man Ihnen den Fall entzogen hat?»
«Wenn ein Polizist in einer Polizeibehörde etwas erfahren will, wird er es auch herausbekommen, wenn er kein Idiot ist. Und ich bin kein Idiot. Aber ich werde ärgerlich, wenn man mir eine erfolgversprechende Ermittlung vermasselt. Jedenfalls habe ich den Eindruck, dass auf diesem Papyrus nicht viel Segen liegt. Ich will etwas deutlicher werden: Die Waffe, mit der Hockney getötet wurde, benutzen üblicherweise Schwerkriminelle. Ich denke, dass die O'Connor verschleppt worden ist und sich wahrscheinlich in Lebensgefahr befindet. Vielleicht befindet sich aber auch einfach jeder in Lebensgefahr, der weiß, was es mit diesem Papyrus auf sich hat. Ich frage Sie daher noch einmal: Wie ist Ihr Verhältnis zu Ihren Mitarbeitern im Institut?»
Oakbridge atmete schwer.
«Es gab mitunter Spannungen. Ich musste das Center for the Tebtunis Papyri in aller Welt repräsentieren. Es gab Kolleginnen und Kollegen, die mich für überheblich hielten und glaubten, ich wolle alle Reputation für mich allein einheimsen. Ich hatte Streit

mit Jackey deswegen. Aber der langjährige Leiter, Cyrill Knightley, vertraute mir vollkommen. Er hatte einen altmodischeren Führungsstil, der nach meiner Auffassung nicht besonders effizient war. Er umgab sich nicht immer nur mit den fähigsten Fachvertretern und verbrachte viel zu viel Zeit mit der Ausbildung von Mitarbeitern. Er war – sagen wir – ... er war netter als ich, aber was er tat, war weniger zielorientiert.»
«Könnte es sein, dass Hockney und die O'Connor Ihnen Ihr – sagen wir – zielorientiertes Verhalten heimzahlen wollten?»
«Ich weiß nicht mehr, was ich glauben soll. Wenn die beiden dahinterstecken, würde das allerdings erklären, weshalb in mein Büro eingebrochen und es bald nach Cyrills Tod durchsucht worden ist. Offenbar hat jemand dort den Papyrus gesucht.»
«Ach, einen Einbruch gab es auch noch?»
«Ja, aber der war erfolglos, weil ich den Papyrus zu Hause aufbewahrt habe.»
«Hätten Hockney und die O'Connor die Handschrift vielleicht verkaufen können? Die muss doch ziemlich viel wert sein.»
«Das wäre, als ob Sie die Krone der Queen unauffällig verscherbeln wollten.»
«Und wenn die beiden den Papyrus einfach zerstören wollten?»
«So wenig, wie ein Muslim den Koran verbrennt!»
Bariello nickte.
«Vielleicht wollten sie Ihnen ja einfach nur einen Denkzettel verpassen. Hoffen wir, dass sich noch einmal eine Gelegenheit ergibt, Signora O'Connor danach zu fragen! Was haben Sie nun vor?»
«Ich hatte gehofft, dass die Polizei mir den Papyrus wiederbeschaffen würde. Aber Ihr Vorgesetzter versucht, die Untersuchung zu behindern?»
«Ebenso wie Sie von mir, erwarte ich auch von Ihnen Stillschweigen. Sie müssen für sich behalten, dass überhaupt noch ein Kontakt zwischen uns besteht. Solange wir nicht mehr über unseren Gegner wissen, dürfen wir uns nicht noch weiter in Gefahr bringen. Kommen Sie nicht mehr ins Präsidium! Ich werde versuchen, mehr zu erfahren, und rufe Sie, Monsignor Montebello,

morgen Abend wieder an. Wird Professor Oakbridge bei Ihnen wohnen?»
«Auf jeden Fall. War das Ihr Ernst, dass vielleicht jeder in Gefahr ist, der von dem Papyrus weiß?»
«Da hat sich eine unheilige Allianz im Kampf um diesen heiligen Brief zusammengetan. Im Moment beschäftigt mich am meisten, was aus Signora O'Connor geworden ist. Spätestens, wenn sie wieder auftaucht – oder aufgefunden wird –, werden wir klarer sehen. Bis dahin treffen Sie sich mit niemandem, den Sie nicht kennen! Und sprechen Sie mit niemandem über den Papyrus, erst recht nicht mit den Medien!»
Bariello ging wieder ins Präsidium, während sich Montebello und Oakbridge auf den Weg in die Wohnung des Bibliothekars machten.

Kapitel 19 – Der Verräter

Tremante hatte an der Loge Bescheid gegeben, dass er sofort informiert werden wolle, wenn dort ein Umschlag für ihn abgegeben würde. Gegen halb zwölf kam der Anruf. Er wies den Beamten an, Agente Pellicano mit dem Kuvert zu ihm zu schicken. Ein paar Minuten später klopfte es an seiner Tür.
«Avanti! Ah, Pellicano, kommen Sie! Ich sehe, Sie haben die Unterlagen mitgebracht. Geben Sie her!»
Er nahm den Umschlag entgegen, warf einen Blick hinein und legte ihn dann in seine Schreibtischschublade.
«Sehr schön. Wie geht es Ihrer Familie?»
«Danke, Commissario Capo, es geht uns gut.»
Pellicano war verwirrt, seinen Vorgesetzten in so leutseliger Stimmung anzutreffen. Er hätte nie geglaubt, dass Tremante auch nur von der Existenz seiner Familie wusste.
«Das freut mich für Sie. Sie werden ja jetzt viel Zeit für sie haben.»
«Verzeihen Sie, Commissario Capo, ich verstehe nicht?»
«Nun, Sie werden doch die Truppe verlassen. Heute ist Ihr letzter Arbeitstag.»
«Nein, Commissario Capo. Wie kommen Sie darauf?»
Der Polizist war flammend rot geworden, und Schweißperlen traten auf seine Stirn. Die Stimme Tremantes blieb unverändert freundlich.
«Glauben Sie denn, Pellicano, dass wir einen Verräter in unseren

Reihen dulden? Jemanden, der Informationen aus dem Dienst an die Presse weitergibt?»
«Aber so etwas würde ich nie tun!»
«Wollen Sie leugnen, dass Sie dem Journalisten Luca Mutolo das Ergebnis der Recherchen von Ispettore Superiore Bariello zugespielt haben?»
«Commissario ...»
«Halten Sie den Mund! Sie sind ein Dreckskerl – und mit Dreck haben Sie die Uniform befleckt, die Sie tragen. Sie haben mit Ihrem Verrat Ihre Kollegen in diesem Haus entehrt. Sie gehören zu jenen Mistkerlen, die den Ruf der gesamten Polizei gefährden. Wie hoch war Ihr Judaslohn?»
«Commissario ...»
«Pellicano, sagen Sie jetzt nichts Falsches! Wenn Sie bestreiten, was ich Ihnen auf den Kopf zusage, beleidigen Sie meine Intelligenz. Dann werde ich ärgerlich und lasse Sie auf der Stelle verhaften. Also, wie viel?»
Die Mundwinkel des jungen Beamten zuckten nach unten. Tränen stiegen ihm in die Augen.
«Zwei ...»
«Lauter! Ich verstehe Sie nicht. Wie viel hat man Ihnen bezahlt?»
«Zweihundertfünfzig Euro.»
«Zweihundertfünfzig. Das ist es Ihnen also wert, für die römische Polizei zu arbeiten? So billig? Es gibt Nutten, die teurer sind. Sie sind eine billige Nutte, Pellicano. Na, dann können Sie ja künftig mit den anderen Strichern Ihren Arsch am Kolosseum verkaufen, um Ihre Familie zu ernähren. Allerdings erst wieder, wenn Sie aus dem Bau rauskommen; dort können Sie ja schon mal üben. Die Kollegen im Vollzugsdienst werden Sie jedenfalls kaum vor Ihren Freiern schützen, wenn sie erfahren, weshalb Sie eingefahren sind.»
Mit diesen Worten griff Tremante nach dem Telefonhörer.
«Nein, bitte nicht, Commissario Capo! Bitte! So hören Sie doch! Wir sind verschuldet, und ich wusste mir einfach nicht mehr zu helfen. Wir sind mit den Ratenzahlungen für alles im Rückstand. Man wollte uns schon die Möbel wieder aus der Wohnung holen.»

Tremante hielt in der Bewegung inne.

«Und da dachten Sie, da verkaufe ich eben mal Informationen aus dem Präsidium? Soll das eine Entschuldigung sein? Und wenn die Kriminellen Ihnen mehr bezahlen als die Presse, dann verkaufen Sie auch Fahndungspläne oder Ermittlungsergebnisse? Wie alt sind Sie, Pellicano?»

«Sechsundzwanzig.»

«Seit wann sind Sie im Dienst?»

«Seit zwei Jahren.»

«Und da haben Sie nichts anderes gelernt, wenn Sie Probleme haben, als Ihre Arbeit und die Arbeit Ihrer Kollegen zu verkaufen? Das soll Ihnen vor Gericht helfen? Jetzt, da alles Jagd macht auf korrupte Beamte! Was glauben Sie, wie lange Sie ins Gefängnis gehen? Na ja, vielleicht haben Sie Glück und es geht mit einer Bewährungsstrafe ab. Aber glauben Sie, dass Sie mit einem Zeugnis, in dem Ihre unehrenhafte Entlassung aus dem Polizeidienst für immer dokumentiert ist, eine Stelle finden werden? Auf Leute wie Sie hat unser Land gewartet. Welcher anständige Mensch soll einem Verräter wie Ihnen eine Arbeit geben?»

Mit Pellicanos Beherrschung war es vorbei. Tränen liefen ihm über das Gesicht. Tremante ließ ihn eine Weile so stehen. Dann ging er um seinen Schreibtisch herum und legte ihm die Hand auf die Schulter. Pellicano zog ein Taschentuch aus seiner Uniform und schneuzte sich.

«Junge, hast du denn den Verstand verloren? Wusstest du nicht, dass solch ein Schritt der Anfang vom Ende ist? Weshalb bist du nicht zu mir gekommen mit deinen Sorgen, anstatt dich zu verkaufen?»

«Ich war so verzweifelt... und wusste mir keinen Rat. Ich habe nicht gedacht, dass es hier irgendjemanden interessiert, wenn ich mit dem Geld nicht auskomme.»

«Wie hoch sind jetzt im Moment deine drängendsten Schulden?»

«Zweitausend Euro.»

«Schau mich an! Du wirst morgen früh wiederkommen und mir eine von dir unterschriebene Erklärung übergeben, in der du alle

Fälle gestehst, in denen du Informationen weitergegeben hast. Ich werde sie aber vorläufig nicht melden, und du bleibst im Dienst wie bisher, ohne dass jemand etwas davon erfährt. Ich werde dich beobachten und sehen, wie du dich machst. Außerdem werde ich dir ab und zu Aufgaben zuteilen, die du ausschließlich für mich erledigst und über die du zu niemandem ein Wort verlieren wirst – hast du mich verstanden? Zu absolut niemandem! Und wenn du dich bewährst, dann bleibt diese Geschichte hier zwischen uns, und keiner wird etwas davon erfahren. Schließlich werde ich deine Erklärung vernichten und damit das alles aus der Welt schaffen. Genügt es, wenn du Ende dieser Woche die 2000 bekommst?»
Pellicano starrte seinen Vorgesetzten fassungslos an.
«Ja, natürlich, das wäre ... das wäre ein Wunder. Sie lassen mich nicht verhaften? Ich werde nicht entlassen?»
«Heute nicht – und auch in Zukunft nicht, wenn du alles so erledigst, wie ich es von dir verlange.»
«Commissario ...! Ich ... ich weiß nicht, wie ich Ihnen danken soll. Ich werde alles, alles tun, was Sie mir sagen! Ich verspreche ...»
«Du weißt jetzt, was ich von dir erwarte. Zunächst einmal wirst du mir über restlos alles, was du im Präsidium hörst im Zusammenhang mit dem Raubüberfall und den Ermittlungen, persönlich Bericht erstatten. Du wirst mir auch von jeder Äußerung, die du irgendwo über mich hörst, Meldung machen. Dazu werde ich dich gelegentlich unter einem Vorwand zu mir rufen lassen. Aber du wirst dich gegenüber deinen Kollegen weiterhin völlig unauffällig verhalten – insbesondere dann, wenn sie über mich herziehen. Es darf niemandem der Verdacht kommen, dass du mich davon in Kenntnis setzt. Hast du mich verstanden?»
«Natürlich, Commissario Capo. Sie können sich auf mich verlassen!»
«Das will ich hoffen – für dich hoffen! Es kann sein, dass ich dir weitere Aufträge gebe, die dir ... ungewöhnlich erscheinen werden. Dennoch wirst du all diese Befehle ausführen, ohne sie zu hinterfragen! Ist das klar?»
«Selbstverständlich!»

«Gut! Wenn du deine Sache ordentlich machst, wirst du bald nicht länger nur Agente Pellicano sein. Dann wird es dir auch finanziell besser gehen. Und jetzt hau ab!»

«Danke, Commissario Capo! Vielen Dank!»

Tremante wandte sich zum Fenster und hörte, wie hinter seinem Rücken die Tür geschlossen wurde. Dieser Pellicano würde ihm schon bald sehr nützlich sein; dessen war er sicher.

Sua Eminenza Leo Ambroso hatte sich am selben Vormittag auf den Weg zur Wohnung von Enrico Baldassare gemacht. Er lebte im Südwesten Roms, im Viertel Magliana, dessen Name sich von der altehrwürdigen römischen *gens Manlia* herleitete. Aber damit hatte es sich auch schon mit allem, was irgendwie ruhmvoll an der Gegend hätte sein können. Magliana war in den sechziger Jahren entstanden – im Überschwemmungsgebiet des Tiber. Während der alte Priester im einfachen schwarzen Habit durch die Straßen ging, verstand er einmal mehr, weshalb diese Region nur wenig Anziehungskraft auf die besseren Teile der römischen Gesellschaft entwickelt hatte: ein sozialer Brennpunkt, an der Zufahrtsstraße zum Flughafen gelegen, wo jemand wie Baldassare und seine Familie bereits zu den erfreulichen Ausnahmeerscheinungen gehörten.

Der Kardinal blieb vor dem gesichtslosen fünfstöckigen Haus stehen, in dem die Baldassares wohnten. Er kam jedes Jahr einmal hierher – immer zum Jahrestag der Taufe der kleinen Vanessa. Doch der war erst in einigen Monaten. Er drückte auf die Klingel, und es vergingen einige Sekunden, ehe eine blechern verzerrte Stimme aus der Sprechanlage kam.

«Chi è?»

«Hier ist der Mann, der Ihre Tochter getauft hat.»

«Eminenza?!»

Und noch im selben Moment ertönte der Summer. Während der Kardinal die Drahtglastür aufschob, hörte er bereits, wie sich

zwei Stockwerke höher eine Wohnungstür öffnete und eilige Schritte die Treppe herunterkamen. Im nächsten Moment stand Maria Baldassare vor ihm, ergriff seine Hand und küsste ihm den Ring.
«Eminenza! Eminenza! Dass Sie zu uns kommen!»
Die Frau rang nach Atem.
«Kommen Sie, bitte, Eminenza! Bitte, kommen Sie nach oben!»
«Maria, wie schön, Sie zu sehen. Ist Enzo zu Hause?»
Während er langsam neben der Frau die Treppen hinaufstieg, lächelte er ihr zu. Sie war völlig verwirrt.
«Ja, ja, Enzo ist zu Hause. Er ist ganz durcheinander. Wissen Sie, was passiert ist, Eminenza?»
«Gewiss weiß ich das. Deswegen komme ich ja.»
Der Frau liefen Tränen über das Gesicht.
«Dass Sie jetzt zu uns kommen, Eminenza! Jetzt, da wir in solcher Not sind. Enzo, schau nur, wer hier ist!»
Inzwischen waren sie im zweiten Stock angelangt, und in der Tür erschien Enzo Baldassare. Seine im Dienst stets gepflegten Haare waren strähnig und durcheinander. An seinem Hemdkragen standen die oberen beiden Knöpfe offen.
«Eminenza? Du lieber Gott! Was machen Sie denn hier? Bitte, kommen Sie herein! Dass Sie sich herbemühen! Wenn Sie angerufen hätten, wäre ich doch zu Ihnen gekommen!»
Er küsste den Ring des Kardinals und führte ihn ins Wohnzimmer, wo sich auf einem Stuhl die Bügelwäsche türmte und noch das Bügelbrett stand.
«Warten Sie einen Augenblick! Wir sind ja auf gar nichts vorbereitet!»
Mit einem Schwung packte Maria die Wäsche und brachte sie hinaus. Im nächsten Moment war sie wieder da und trug das Bügelbrett aus dem Zimmer, um sogleich wiederzukommen und den Kardinal nach seinen Wünschen zu fragen.
«Ihr Espresso ist immer ganz besonders gut, Maria. Damit würden Sie mir eine Freude machen.»
«Selbstverständlich, Eminenza, und am Sonntag habe ich frische

Cantuccini gebacken. Ich bin gleich wieder da. Bitte setzen Sie sich hierhin, hier in den Sessel!»
Sie eilte hinaus, und der Kardinal blieb mit Enrico Baldassare zurück.
«Enzo, es tut mir aufrichtig leid, was dir widerfahren ist. Und ich fühle mich verantwortlich dafür.»
«Nein, Eminenza! Dafür können Sie doch nichts! Ich verstehe nicht, was in Sua Eminenza Angermeier gefahren ist. Sie sind doch sein Vorgänger. Sie würden doch niemals etwas Unrechtes tun, und Sie würden auch niemals etwas beschädigen. Es konnte doch gar nichts... Außerdem habe ich Sie dauernd auf den Überwachungsmonitoren gesehen, ja, ich konnte sogar die Schriftstücke erkennen und sehen, was Sie damit gemacht haben – eben gar nichts! Aber das habe ich ja alles Sua Eminenza Angermeier auch schon gesagt. Ich verstehe das alles nicht!»
Leo Ambroso schaute sein Gegenüber aufmerksam an.
«Enzo, du hast keinen Fehler gemacht. Dass Sua Eminenza Angermeier so reagiert hat, hat nichts mit dir zu tun. Aber trotzdem haben dich die Konsequenzen getroffen. Stimmt es, dass er dich entlassen hat?»
«Ja, er hat mir fristlos gekündigt. Ich soll noch in dieser Woche meine Papiere beim Personalbüro abholen.»
«Ich bin hergekommen, um dir zu sagen, dass du und deine Familie nichts zu befürchten habt, auch wenn du jetzt arbeitslos wirst. Ich werde dafür sorgen, dass du schon bald eine neue Arbeit bekommst. Es wird vielleicht ein paar Wochen dauern, aber sei ganz unbesorgt. Die neue Stelle wird nicht schlechter sein als die alte, und es wird dir finanziell nicht schlechter gehen als früher. Sei sicher, es kommt alles wieder ins Lot!»
Enrico Baldassare fiel es sichtlich schwer zu glauben, was sein Wohltäter gerade gesagt hatte.
«Ich weiß nicht, was ich sagen soll, Eminenza. Sie... Sie kommen hierher, um mir zu helfen? Sie haben mir doch schon vor Jahren so sehr geholfen. Wie kann ich Ihnen jemals danken für das, was Sie für mich getan haben und noch tun wollen?»

«Du bist ein guter Familienvater, Enzo, und ein guter Sohn der Kirche. Du hast all die Jahre deine Arbeit verantwortungsvoll erledigt. Das ist schon sehr viel, wenn man bedenkt, wie schwierig deine Anfänge waren. Das habe ich nie vergessen, und allein mit diesem Verhalten hast du mir schon gedankt und eine große Freude gemacht.»

«Ich bitte Sie, Eminenza!»

«Doch, doch, das ist so! Aber nun gibt es tatsächlich etwas, mit dem du mir helfen kannst.»

«Was soll das sein? Ich tue alles, was Sie wünschen!»

«Enzo, du darfst nie denken, dass Eminenza Angermeier kein guter Mensch wäre! Er ist anders als ich, aber er ist doch ein sehr verantwortungsbewusster Mann. Er ist ein Deutscher, und die Deutschen nehmen alles ein bisschen genauer als andere Leute, und das hat gelegentlich sogar seine guten Seiten. Mitunter aber schaffen sie damit sich selbst und anderen ganz unnötige Probleme. Die können unter bestimmten Umständen sogar schlimme Folgen haben. Und die möchte ich unbedingt im Interesse unserer Kirche vermeiden. Dazu brauche ich deine Hilfe. Wärst du bereit, mir zu helfen?»

«Aber selbstverständlich, Eminenza! Sagen Sie mir nur, was ich tun soll!»

«Du konntest auf den Überwachungsmonitoren ja die Handschriften sehen, mit denen ich hantiert habe. Wie genau konntest du sie sehen?»

«Sehr genau, Eminenza, und dabei habe ich nicht einmal den höchsten Auflösungsgrad eingestellt. Wissen Sie, man kann mit diesen Aufnahmegeräten eine Person oder einen Gegenstand so nahe heranholen, dass man einfach jedes Detail erkennt. Ich kann damit sogar ein Buch lesen, das irgendwo in der Bibliothek aufgeschlagen auf einem Lesepult liegen bleibt.»

Der Kardinal nickte.

«Davon habe ich schon mal gehört. Und, Enzo, von diesen Aufnahmen werden sicher Aufzeichnungen angefertigt?»

«Ja, die Aufnahme eines jeden Tages wird abends von dem Arbeits-

speicher des Überwachungscomputers auf eine DVD übertragen. Und diese DVD wird dann für einen Monat im Arbeitsschrank der Wachen im Monitorraum aufbewahrt. Dann werden diese Aufzeichnungen zerstört, weil sonst der Platz nicht reichen würde. Aber in all den Jahren, in denen ich dort gearbeitet habe, hat kein Mensch je nach ihnen gefragt.»
«Hm, gibt es für dich noch eine Möglichkeit, wie du an die Aufnahme vom letzten Sonntag herankommen und sie aus der Bibliothek bringen könntest – ohne dass jemand etwas davon merkt?»
«Aber natürlich, gar kein Problem! Paolo Colleone, mit dem ich immer die gleiche Schicht habe... hatte, rief mich gestern Abend an. Er war empört, als er hörte, was mir passiert ist. Ihn könnte ich darum bitten, wenn ich meine Papiere hole, mich noch einmal an den Schrank zu lassen, in dem noch ein paar Kleinigkeiten von mir liegen. Dann wäre es überhaupt keine Schwierigkeit, diese DVD mitzunehmen. Soll ich sie Ihnen dann übergeben?»
«Ja, das wäre schön, und es sollte sehr bald geschehen. Vertraust du mir?»
«Selbstverständlich, Eminenza! Morgen bekommen Sie die DVD.»
«Du und deine Familie, ihr werdet euch auch künftig – auch jenseits dieser kleinen Misshelligkeiten mit Sua Eminenza Angermeier – auf mich verlassen können, was immer auch geschieht. Ich lasse euch alle Unterstützung zuteilwerden, derer ihr bedürft. Aber meine Bitte um die Aufzeichnung muss unter uns beiden bleiben. Niemals darf irgendein anderer davon erfahren, auch Maria nicht! Willst du mir das versprechen?»
«Natürlich, Eminenza!»
«Danke, mein Freund! Du wirst dich so auf mich verlassen können, wie ich mich auf dich verlassen kann. Und sei gewiss: Um was ich dich gebeten habe, geschieht zum Wohl unserer Kirche.»
Dass der Kardinal ihn, Enzo Baldassare, «mein Freund» genannt hatte, erfüllte den Mann mit Stolz. Er fühlte sich geradezu geadelt, dass solch ein hoher Würdenträger der Kirche ihn um Hilfe bat, ja, dass er zu ihm in sein Haus kam.
In diesem Moment betrat Maria wieder das Wohnzimmer mit einer

dampfenden Espressokanne und einer Schale voll feiner Cantuccini.

«Stell dir vor, Maria! Sua Eminenza ist eigens zu uns gekommen, um uns zu sagen, dass er uns helfen wird und wir uns keine Sorgen zu machen brauchen. Sua Eminenza wird mir helfen, bald wieder eine neue Arbeit zu finden.»

«Ist das wahr? Oh, Eminenza... Eminenza...!»

Die Frau stellte das Tablett auf den kleinen Wohnzimmertisch und ergriff die Hände des Kardinals, um sie abermals zu küssen. Und ihre Küsse mischten sich mit ihren Tränen.

Kapitel 20 – Der Fromme

Toto hatte in der Nähe Frühstück besorgt. Jetzt saßen alle im Wohnzimmer und tranken ihren Espresso. Die Stimmung war nach wie vor gereizt.
«Ich find immer noch, dass wir dem Don die Handschrift bringen sollten. Er is der Don, und wir arbeiten für ihn.»
«Quatsch nicht, Blödmann! Wir werden nie wieder Kopf und Kragen riskieren für den Kleinkram, den der Don an Land zieht. Dafür hätten wir auch in Neapel bleiben können.»
Umberto funkelte Toto an, der auf seine Tasse starrte.
«Die Sache ist entschieden!»
Sampiero war in den letzten Stunden wie von selbst die Rolle des neuen Anführers zugefallen.
«Umberto und ich fahren in die Stadt. Ich setz dich ab und kauf das Lexikon, während du fünf Tickets in die Türkei besorgst. Du nimmst dir ein Taxi und kommst so schnell wie möglich zurück. Eh, Dottoressa, welcher Flughafen ist der günstigste für uns?»
«Am leichtesten bekommt man sicher einen Flug nach Izmir. Das ist ein großer Flughafen, nur ein kleines Stück nördlich von Ephesos.»
«Du kennst dich ja wirklich aus – es lohnt sich doch immer, mit Spezialisten zusammenzuarbeiten. An Ort und Stelle sind wir Touristen auf Türkeiurlaub, die sich unter Führung unserer Dottoressa Ephesos zeigen lassen. Wenn wir das Grab gefunden

haben, besorgen wir, was wir für unsere Aktion brauchen. Dann informieren wir Di Montefalco.
Wenn der Don sich meldet, dann auf meinem cellulare. Wenn er die Handschrift haben will, sage ich ihm, dass wir ein Problem mit dem Auto haben, aber Savio daran arbeitet und wir ihm das Ding am späten Nachmittag bringen können. Savio und Toto, ihr passt auf die Dottoressa und die Handschrift auf! Jackey, du bist zwar unsere Spezialistin, aber wenn du in unserer Abwesenheit irgendwelche Dummheiten machen willst, wird Toto dich höchstpersönlich zur Jungfrau Maria geleiten. Stimmt doch, Toto – oder? Du magst das doch gar nicht, dass die Dottoressa die heilige Jungfrau gerade zu einer gewöhnlichen Sterblichen gemacht hat. Unser Toto hier ist nämlich ein guter Katholik. Der sieht es nicht gern, wenn man der heiligen Jungfrau so was antut, auch wenn er jeder anderen Jungfrau alles antun würde.»
Die Männer lachten, nur Toto schaute immer finsterer. Er und Savio begleiteten Umberto und Sampiero in den Hof, wo sie noch einmal ihren Plan durchgingen. Toto schob das Tor auf, während sich Sampiero hinter das Steuer setzte und mit Umberto davonfuhr. Savio wartete, bis Toto das Grundstück gesichert hatte, und ging dann mit ihm nach oben. Sie betraten das Wohnzimmer, als Jackey mit der Hand über das grüne Etui strich, das immer noch auf dem Tisch lag. Toto riss es ihr weg, ehe er sich auf einen Stuhl setzte und in brütendes Schweigen verfiel. Savio ließ sich auf dem Sofa nieder und begann in einer Illustrierten zu blättern. Es war vielleicht eine Viertelstunde vergangen, als Jackey sich an Toto wandte.
«Darf ich Sie etwas fragen?»
Statt einer Antwort kam nur ein Knurren.
«Als ich Ihnen heute Morgen gesagt habe, was in der Handschrift steht, waren Sie sehr wütend auf mich. Das habe ich nicht verstanden. Sie haben heute Nacht jemanden getötet, und Simon war wohl nicht Ihr erstes Opfer. Was macht es da aus, ob die heilige Jungfrau irgendwo begraben liegt oder nicht?»
Toto brummte vor sich hin.
«Ihr seid alle so dumm, ihr Neunmalklugen – allesamt! Was ich

gemacht hab, kann ich nich ändern. Aber die heilige Jungfrau, zu der bete ich. Und die wird am Ende ihren Sohn bitten, mir zu vergeben. Und wenn die ihn bittet, dann macht er's auch. Was die andern denken, is mir egal. Aber ich hab nie was in 'ner Kirche geklaut, sondern hab mich immer hingekniet und was in den Opferstock getan.»
«Verstehe! Und wenn der heilige Apostel Johannes schreibt, dass die Muttergottes gestorben und begraben ist, dann kann sie nicht gleichzeitig im Himmel sein und ihren Sohn bitten, Ihnen zu vergeben, wenn es um die ewige Verdammnis geht. Und dann ist natürlich auch alles, was wir hier mit diesem heiligen Brief machen, wenn wir jetzt das Grab der Jungfrau suchen und es dann aufmachen und dann all das rausholen, was die heiligen Männer und Frauen der frühen Kirche für sie da reingelegt haben, dann ist natürlich alles ...»
«HALT'S MAUL!!!»
Toto war aufgesprungen, hatte seine Waffe gezogen und hielt sie auf Jackey gerichtet.
«Gar nichts werdet ihr! Euretwegen geh ich nich in die Hölle für immer. Ich hab nich gewollt, was ihr vorhabt. Das is alles Sünde, und da mach ich nich mit! Los, aufstehen! Du auch Savio! Macht schon, da hinten rein!»
Toto deutete mit seiner Pistole auf das Zimmer, aus dem am Morgen Sampiero mit dem Don telefoniert hatte.
«Toto! Sei vernünftig!»
Savio versuchte, Toto zu beruhigen. Aber es war aussichtslos.
«Ihr seid alle Betrüger von der schlimms'en Sorte. Ihr wollt sogar die heilige Jungfrau beklauen. Da mach ich nich mit! Ich bring jetzt das Ding dem Don. Und was der damit macht, is mir egal. Ich hab dann nichts mehr damit zu tun. Los jetzt, rein da!»
Jackey und Savio gingen in den Nebenraum, während ihnen Toto mit etwas Abstand folgte. Dann stieß er die Tür zu, und sie hörten, wie er hinter ihnen abschloss. Gleich darauf fiel die Wohnzimmertür ins Schloss, und sie hörten, wie sich schwere Schritte über die Treppe entfernten.

«Was wird er jetzt machen?»
«Keine Ahnung. Er muss doch wissen, dass wir hier rauskommen und dann ...»
Im nächsten Moment hörten sie ein Geräusch, bei dem Savio die Haare zu Berge standen. Toto hatte den Zwinger geöffnet und die Hunde rausgelassen. Selbst wenn es ihm und Jackey gelingen sollte, aus dem Haus zu kommen, würden die beiden Mastinos sie nicht über den Hof lassen. Die beiden liefen zum Fenster und sahen, wie Toto das Grundstück verließ und das Tor wieder hinter sich zuzog. Savio ließ sich auf einen Stuhl fallen.
«Das war's. Die Hunde sind draußen. Jetzt rauszugehen wäre Irrsinn.»
«Warum ist Toto nicht mit dem Cinquecento weggefahren?»
«Für den gibt's keinen Schlüssel, den muss man kurzschließen – das kann nur ich.»
«Na, dann los!»
«Jackey! Noch bevor wir an dem Auto sind, haben die Hunde Hackfleisch aus uns gemacht.»
«Lass das meine Sorge sein. Bring uns jetzt erst mal hier aus dem Zimmer!»
«Was?»
«Jetzt mach schon! Ich will hier weg sein, wenn Umberto und Sampiero zurückkommen.»
«Aber ...»
«Los! Brich die Tür auf!»
Savios Blick fiel auf einen großen bronzenen Aschenbecher, der auf ein dreifüßiges Gestell montiert war. Er hob diesen Ausbund an Scheußlichkeit hoch und schlug damit ein paarmal mit voller Wucht auf die Türklinke. Dann gab er der Tür einen kräftigen Tritt. Im nächsten Moment stand das Zimmer offen. Jackey rannte an ihm vorbei, durch das Wohnzimmer und die Treppe hinunter.
«Wart noch einen Moment, bis ich dich rufe! Dann komm zum Auto!»
«Jackey! Die Hunde ...»

Doch sie hörte nicht auf ihn. Und während er noch im Wohnzimmer stand, hörte er, wie sie die Haustür öffnete. Unten schlugen die Hunde an. Ihr Bellen dröhnte bis zu ihm herauf, und er erwartete, jeden Moment ihre Schreie zu hören, wenn sie von den Tieren zerfleischt würde. Aber nichts geschah, die Hunde bellten noch weiter, nach und nach beruhigten sie sich aber. Dann hörte er Jackey seinen Namen rufen. Savio begann vorsichtig die Treppe hinunterzusteigen. Als er unten angekommen war, sah er die Haustür offen stehen, und davor stand Jackey, die den beiden Mastinos, die vor ihr saßen, die fleischigen Nacken massierte. Dann bemerkten die Hunde den Mann, sprangen auf und begannen erneut zu bellen. Aber Jackey brachte sie rasch wieder unter Kontrolle.

«Du kannst jetzt rauskommen und zum Auto gehen. Ich werde meine beiden neuen Freunde hier im Haus zurücklassen, damit auch Sampiero und Umberto was zu lachen haben.»

Savio drückte sich hinter Jackey und den knurrenden Hunden an der Hauswand entlang.

«Ganz falsch! Du darfst nie Angst zeigen. Schau ihnen wenigstens nicht in die Augen, wenn du schon die Hosen voll hast. Aber das riechen die sowieso. Komm schon! Die tun dir jetzt nichts. Aber lauf unter keinen Umständen! Sonst kann ich für nichts garantieren.»

Savio klebte die Zunge am Gaumen. Er ging ziemlich steifbeinig und langsam zu dem Cinquecento. Er öffnete die Tür und stieg ein. Als er saß, merkte er, dass er am ganzen Körper schweißnass war. Mit zitternder Hand wischte er sich über die Stirn. Es dauerte ein paar Sekunden, bis er sich daranmachen konnte, das Auto kurzzuschließen. Dann sprang der Wagen folgsam an. Savio schaute über die Schulter zurück und sah, wie Jackey die beiden Hunde ins Haus führte und dann die Tür hinter ihnen schloss. Sie ging über den Hof, schob das Tor auf und stieg ruhig in den Wagen, der mit laufendem Motor auf sie wartete. Im nächsten Moment saß sie neben Savio.

«Also? Wohin fahren wir?»

Savio ließ den Cinquecento vom Grundstück rollen, stieg aus und schloss die Einfahrt. Irgendwie lenkte er den Wagen bis zur Ortsausfahrt, wo er den Weg nach Süden, Richtung Velletri, wählte.
«Wie hast du das gemacht?»
«Was?»
«Das mit den Hunden? Wie hast du die ... unter Kontrolle gebracht?»
«Ach, das.» Jackey lachte. «Gar nicht so schwer. Mein Vater war Verhaltensbiologe und hat als Tiertrainer fürs Fernsehen gearbeitet. Ich bin mit Pumas, Wölfen, Affen, Ratten, Spinnen, Schlangen, Skorpionen groß geworden – mit allem Möglichen. Man musste immer aufpassen, dass man sich nicht auf irgendetwas setzte, das fauchte oder einen gebissen oder gestochen hat. Mein Vater hat mir viel beigebracht. Du musst vor allem wissen, was einem Lebewesen Angst macht. Und je nachdem musst du genau das vermeiden oder es gezielt einsetzen. Interessiert dich das wirklich?»
Savio drehte sich kurz zu Jackey um. Er wollte einfach, dass sie weitersprach.
«Ja!»
«Also, mit Reptilien oder Insekten ist das alles ziemlich schwierig, weil die Entwicklung ihres Nervensystems sich sehr früh in der Evolution von dem der höheren Lebewesen abgekoppelt hat und in gewisser Weise stehengeblieben ist. Sie sind uns daher sehr fremd und entsprechend schwer zu beeinflussen. Bei ihnen kannst du nur ganz elementare Reize einsetzen, um ganz elementare Reaktionen zu erzielen. Mit Säugetieren ist das viel einfacher. Deshalb kann man in gewissen Grenzen diese Techniken auch auf Menschen übertragen. Toto zum Beispiel. In seiner Mimik, seiner Haltung, seiner Sprache, seinem Tonfall liegt alles zutage. Dass Angst und Gewalt seine Hauptreaktionsmuster bilden, war mir schnell klar. Ich war mir auch ziemlich sicher, wie er reagieren würde, wenn ich über die Entweihung des Mariengrabes sprechen würde. Wie schnell er dann tatsächlich reagiert hat, hat mich aber doch überrascht.»

«Du meinst, du wusstest, dass er mit der Handschrift zum Don gehen würde?»

«Sagen wir, dass er das Etui packen und damit davonstürmen würde, wenn seine Angst groß genug wäre. Ja, das hatte ich erwartet. Und dass er aus Angst um sein Seelenheil zumindest nicht heute noch einen weiteren Mord begehen würde. Da war ich mir gleichfalls ziemlich sicher, sonst hätte ich das nicht riskiert.»

Savio schüttelte den Kopf. Was war das für eine Frau, die da neben ihm saß?

Kapitel 21 – Der Don

Eine halbe Stunde nachdem Pellicano das Büro des Commissario Capo verlassen hatte, klingelte dessen cellulare. Das war der zweite Anruf, der Ingegnere Zanolla in die Lage versetzen musste, ihm, Tremante, jene Informationen zu verschaffen, mit deren Hilfe er womöglich seinem Albtraum entkommen konnte.
«Pronto?»
«FOEDUS.»
«Nulla salus extra ecclesiam.»
«Ist der Umschlag bei Ihnen eingetroffen?»
«Ja, vor etwa zwei Stunden.»
«Haben Sie die Handschrift?»
«Noch nicht. Aber ich kann mich jederzeit mit dem Mann in Verbindung setzen, der sie besorgt hat. Wann soll ich sie Ihnen übergeben?»
«Kennen Sie die Großbaustelle am Corso Vittorio Emanuele II?»
«Ja, natürlich.»
«Um Punkt zehn Uhr heute Abend wird in der Haupteinfahrt zu dieser Baustelle ein Fahrzeug mit aufgeblendeten Scheinwerfern stehen. Sie werden mit einem Taxi kommen und auf den Wagen zugehen. Nicht die Hand vor die Augen halten! In Ihrer Linken werden Sie eine Aktenmappe mit der Handschrift tragen. Wenn Sie neben dem Wagen stehen, wird sich die Scheibe hinter dem Fahrersitz senken; dort schieben Sie die Tasche hinein. Dann gehen Sie denselben Weg zurück, den Sie gekommen sind, ohne sich

umzudrehen. Ich werde mich im Laufe des Nachmittags noch einmal melden und möchte dann von Ihnen hören, dass alles klappt!»
Tremante versuchte das Gespräch hinauszuzögern.
«Natürlich! Ich werde alles so machen, wie Sie es gesagt haben. Aber ich brauche für jemanden, der mir helfen soll, mich intern abzusichern, 2000 Euro.»
«Sie haben demjenigen nichts über den Orden gesagt?»
«Selbstverständlich nicht!»
«Was ist bei Ihnen schon selbstverständlich. In Ordnung. Wer ist der Mann, und bis wann brauchen Sie das Geld?»
«Agente Pellicano. Der war für die Weitergabe der Informationen an die Presse verantwortlich. Damit habe ich ihn unter Druck gesetzt. Er kann mir hier sehr nützlich sein.»
«Bis wann brauchen Sie das Geld?»
«Bis Donnerstagvormittag.»
«Man wird ein Kuvert für Sie im Präsidium abgeben.»
«Vielen Dank, ich ... hallo? Hallo?»
Die Leitung war tot.

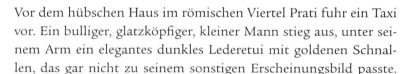

Vor dem hübschen Haus im römischen Viertel Prati fuhr ein Taxi vor. Ein bulliger, glatzköpfiger, kleiner Mann stieg aus, unter seinem Arm ein elegantes dunkles Lederetui mit goldenen Schnallen, das gar nicht zu seinem sonstigen Erscheinungsbild passte. Der Mann am Überwachungsmonitor drückte den Türöffner.
Toto rannte die wenigen Meter auf den Hauseingang zu.
«Wo is der Don?»
«Oben, zusammen mit Piero und Antonio.»
Er stürmte hinauf in das Zimmer. Auf der Stirn Don Alessandro Levantinos zeigte sich eine steile Zornesfalte.
«Toto? Was ist los? Wo sind die anderen?»
«Don! Ich kann nichts dafür! Die anderen wollen ... sie wollen dich verraten. Sie wollen den Schatz der heiligen Jungfrau für sich. Die Frau soll ihnen helfen. Aber ich hab ihnen das Ding ein-

fach weggenommen, als Sampiero und Umberto fort sind. Hier is es.»

«Was redest du da, Toto? Wer will mich verraten? Was soll das für ein Schatz sein?»

«Alle! Alle wollen dich verraten! Sampiero, Umberto, Savio und die Frau. Haben gesagt, alles zu gefährlich und zu wenig Geld. Und deshalb wollen sie den Schatz jetzt für sich allein.»

Levantino atmete tief durch.

«Komm, Toto, setz dich und erzähl der Reihe nach!»

Nach einer Viertelstunde und vielen Nachfragen hatte sich der Don ein Bild von dem gemacht, was sich in den Colli Albani abgespielt hatte. Und er konnte sich vorstellen, was sich dort abspielen würde, wenn Umberto und Sampiero zurückkämen. Er musste sofort reagieren.

«Gut, Toto! Du bist mir treu geblieben und hast mir die Handschrift gebracht. Ich danke dir. Gib sie mir!»

Toto reichte die Schatulle dem Don, der die goldfarbenen Verschlüsse aufschnappen ließ. Er schaute ein paar Sekunden hinein, nickte und klappte das Etui wieder zu. Dann erhob er sich und ging zu dem Tisch in der Mitte des Zimmers. Er legte die Schatulle neben sein Pistolenholster, zog die Beretta aus dem Gurt, wog sie in der Hand und strich mit der anderen darüber. Dann hob er die Waffe und drückte zweimal ab. Die Kugeln trafen den kleinen Mann mitten in die Brust. Der schaute mit kindlichem Erstaunen seinem Don ins Gesicht und dann auf den immer größer werdenden Blutfleck auf seinem Hemd. Ohne noch ein Wort zu sagen, rutschte er seitlich von seinem Stuhl und blieb auf dem Gesicht liegen.

Piero und Antonio waren aufgesprungen.

«Aber, Don Levantino, wieso ...»

Il Maranese klappte mit seiner linken Hand das Etui auf und drehte es mit dem Lauf der Pistole zu den beiden hin.

Es hatte ein wenig gedauert, bis Sampiero im Universitätsviertel ein Lexikon gefunden hatte. Ein alter Buchhändler hatte ihn ausführlich beraten. Sampiero hatte ihm gesagt, er wolle für seine Nichte, die Griechisch studierte, das beste Lexikon im Laden. Man hatte ihn gefragt, ob es ein Problem wäre, wenn die Zielsprache nicht Italienisch, sondern Englisch sei. Nein, überhaupt nicht. Das Mädchen sei klug und sprachbegabt; sie habe einige Jahre eine Schule in Amerika besucht. Ja, ja, der Wert einer internationalen Ausbildung der Jugend sei heute gar nicht zu überschätzen. So hatte ihm der Buchhändler den Klassiker *Greek English Lexicon* von H. G. Liddell & R. Scott empfohlen – mit knapp 2500 Seiten das beste, was man unter den einbändigen Lexika überhaupt finden könne. Da stehe wirklich alles drin, was man brauche. Auch Maße und Längenangaben? Ja, natürlich, auch die! Ob man es als Geschenk einpacken solle? Nein, das wolle er, der Onkel, zu Hause gern selbst übernehmen, damit es persönlicher sei. Er zahlte hundertfünfzig Euro und machte sich auf den Rückweg.

Sampieros Laune wurde immer besser, als er sich den Colli Albani näherte. Doch als er auf das Haus zufuhr, erschrak er, weil das Tor zum Hof halb offen stand. Er schaute die Straße entlang, konnte aber nichts Verdächtiges feststellen. Den Wagen stellte er vor der Grundstücksmauer ab, ging hinein und schloss die Einfahrt. Er zuckte zusammen, als er sah, dass der Zwinger nicht verschlossen, aber von den Hunden nichts zu hören war. Als er sich dem Haus näherte und erkannte, dass auch dessen Tür offen stand, zog er seine Pistole und spähte vorsichtig in den Eingang. Dort lag der Kadaver eines der beiden Hunde. Sampiero schaute sich um. Nichts rührte sich. Behutsam drückte er die Tür weiter auf und betrat das Haus. Er schlich die Treppe hinauf. Auf dem oberen Treppenabsatz lag der zweite Hund. Tot. Irgendwo in der Wohnung lief Wasser. Ohne ein Geräusch zu machen, stieg er über das Tier hinweg. Jemand hantierte im Badezimmer. Sampiero atmete tief durch; dann machte er einen Schritt nach vorn und stieß die Tür auf, während er im selben Moment die Waffe auf den Kopf des Mannes richtete, der dort am Waschbecken stand.

«Umberto!»
Die Hand des anderen zuckte zur Pistole, die neben ihm auf einem Wäschekorb lag. Aber er hätte sie niemals schnell genug erreicht. Als er sah, wen er vor sich hatte, lehnte er sich über das Waschbecken und ließ den Kopf sinken. Aus einer ekelhaft klaffenden Fleischwunde an seinem linken Arm lief Blut. Er stöhnte auf.
«Was war hier los?»
«Weg! Sie sind alle weg. Einer dieser Drecksköter hat mich angefallen, als ich die Haustür aufgemacht habe. Ich habe ihn erschossen, aber vorher hat er mich erwischt. Den anderen habe ich erledigt, ehe er die Treppe runterlaufen konnte. Komm, hilf mir! Hier muss es irgendwo Verbandszeug geben!»
«Verdammte Scheiße!»
«Wir hätten diese Nutte gleich umlegen sollen. Mein Arm ...!»
«Warte!»
Sampiero öffnete den Spiegelschrank, wo sich eine Flasche mit reinem Alkohol fand; dann holte er den Verbandskasten aus dem Auto.
«Halt still! Es wird brennen.»
«Ist egal – mach schon! AAAHH!»
Umberto verzog das Gesicht, drehte aber den Arm so, dass die Flüssigkeit überall in die Wunde gelangte. Sampiero verband die Wunde, so gut er konnte. Dann half er ihm, ein sauberes Hemd anzuziehen.
«Wir müssen weg! So schnell wie möglich. Das hier bedeutet nichts Gutes.»
Umberto nickte. Die beiden verließen das Haus und schlossen das Hoftor hinter sich ab. Dann stiegen sie in den Wagen.
«Was meinst du, Umberto, wohin sind die drei verschwunden?»
«Die sind nicht zu dritt abgehauen.»
«Wie kommst du darauf?»
«Als ich nach Verbandszeug gesucht habe, bin ich durchs Wohnzimmer gegangen und habe gesehen, dass die Tür zum Nebenzimmer aufgebrochen war. Da drin war jemand eingeschlossen.

Nur das mit den Hunden verstehe ich nicht. Fahr erst mal nach Süden. Wenn die Schmerzen nachlassen, erklär ich dir, weshalb.»
So lenkte Sampiero am Ortsausgang den Wagen in Richtung Velletri.

Sie kamen durch den Provinzort Cisterna di Latina, als Savio sich wieder an Jackey wandte.
«Macht es dir gar nichts aus, dass dein Papyrus weg ist?»
«Vor allem bin ich froh, dass ich noch lebe. Und außerdem ...»
Jackey begann sich die Bluse aufzuknöpfen. Savio warf einen kurzen Blick zu ihr hinüber.
«Also, was ...»
Jackeys Bluse stand nun von unten bis oben offen, und Savio wusste nicht mehr, wo er hinschauen sollte.
«... und außerdem habe ich mir erlaubt, den Papyrus aus der Schatulle zu nehmen.»
Vom Bauchnabel bis zu ihrem Busen reichte das gelbbräunliche Schriftstück, auf dem sich die dunklen Schriftzeichen abhoben.
«Pass auf!»
Diese Ablenkung war zu viel gewesen für Savio. Als Jackey ihn anrief, sah er rasch nach vorn. Er war kurz vor einer roten Ampel und einem Zebrastreifen, den gerade eine alte Frau überquerte. Er trat mit aller Kraft auf die Bremse und kam knapp vor ihr zu stehen. Die Alte erschrak und schaute ins Auto. Als sie den jungen Mann sah, neben dem eine hübsche Frau mit entblößter Brust saß, begann sie zu zetern.
«So eine Schweinerei! Da hat dieser Drecksack seine Schlampe im Auto und kann's nicht mal erwarten, bis er sie daheim im Bett hat. Nein, er muss es im Auto mit ihr treiben, und es ist ihm egal, wenn er dabei alte Leute umbringt!»
Zum Glück sprang die Ampel in diesem Moment auf Grün, und Savio kurvte um die keifende Frau herum, die ihnen hinterherkrähte:

«Maledetto delinquente! Porca puttana!»
Schließlich stieß Savio hervor:
«Du hast den Papyrus zum zweiten Mal geklaut. Ich fass es nicht. Bist du wirklich Wissenschaftlerin, oder was?»
«Ich bin wirklich Papyrologin. Das dauernde Herumziehen mit meinem Vater in meiner Jugend ging mir gewaltig auf die Nerven. Ich habe mir immer einen Beruf gewünscht, der mir Ruhe garantiert – ganz sicher nichts mit Tieren! Papyri krabbeln nicht, man muss sie nicht füttern, und sie beißen einen auch nicht zum Dank in die Hand.»
«Aber dieser da hat dich fast umgebracht!»
«Nein, das war nicht der Papyrus. Das waren Kriminelle. Und deswegen möchte ich, dass wir zur Polizei fahren, damit das aufhört und diese Gangster hinter Schloss und Riegel kommen. Das alles muss jetzt aufhören, sofort!»
«Das halte ich für keine gute Idee.»
«Und weshalb nicht?»
«Zum einen, weil ich selbst dann für ein paar Jahre ins Gefängnis wandern würde.»
«Nein, ich werde aussagen, dass du mir das Leben gerettet und mir geholfen hast. Habt ihr hier nicht so eine Kronzeugenregelung für Mafiosi, die aussteigen?»
Savio grinste.
«Was die Dottoressa nicht alles weiß ... Es gibt aber noch einen viel wichtigeren Grund, weshalb wir nicht zur Polizei gehen sollten.»
«Und der wäre?»
«Unser Auftrag, diesen Papyrus aus dem Hotel zu holen, kam von einem römischen Polizeioffizier.»
«WAS?»
«Tja. Wenn du jetzt zur Polizei gehst und deine Geschichte erzählst, wirst du mit Sicherheit in den nächsten vierundzwanzig Stunden einen tödlichen Unfall haben. Du hättest keine Chance.»
«Ist das dein Ernst? Oder willst du mich einschüchtern, weil du Angst vor dem Gefängnis hast!»
«Nein, das Gefängnis kenne ich. Kein schöner Ort, aber auch

keine Katastrophe. Ich habe Angst, einen sehr plötzlichen Tod zu sterben. Und genau das würde passieren. Was wir über diese Handschrift inzwischen alles wissen, kann weder die Polizei noch die Familie hinnehmen. Es ist völlig egal, wer von denen uns erwischt – wir sind in jedem Fall tot.»
«Und was machen wir jetzt?»
«Fürs Erste versuchen wir, einfach zu überleben.»
«Wo sind wir denn dann überhaupt sicher, wenn wirklich deine Mafiafreunde und die Polizei hinter uns her sind? Die können doch nach dem Auto suchen und uns zur Fahndung ausschreiben.»
«Genau das werden sie tun.»
«Aber dann finden sie uns doch überall.»
«Wir haben ein paar Stunden Vorsprung: Toto wird zum Don gehen, und dann werden sie feststellen, dass der Papyrus weg ist. Dann muss der Don den Bullen informieren, kann aber sein, dass er versucht, Zeit zu gewinnen. Sampiero und Umberto werden zurückkommen und das Haus leer vorfinden. Die werden erst mal nicht wissen, was los ist, und auch das bringt uns ein Stück weiter weg von Rom.»
«Mit diesem Auto sind wir jedenfalls nicht besonders schnell.»
«Chi va piano, va sano e lontano.»
«Was sagst du da?»
«Meine Großmutter sagt das immer: Wer langsam geht, geht sicher und kommt weit.»
«Und wohin gehen wir jetzt?»
«Zu meiner Großmutter.»

Kapitel 22 – Die Fahndung

Tremante wählte die Nummer von Alessandro Levantino.
«Pronto?»
«Ich brauche heute Nachmittag die Handschrift. Wo kann sie übergeben werden?»
«Ah, die Stimme der Gerechtigkeit.»
«Lassen Sie Ihre Witze. Wo also ...?»
«Die Handschrift ist weg.»
«Sie sollen sich Ihre Witze sparen!»
«Es gibt Probleme.»
«Das ist mir völlig egal. Sie wissen, was geschieht, wenn Sie mir nicht die Handschrift übergeben.»
«Sie blöder Bulle! Wenn Sie einen ordentlichen Preis für diesen Job bezahlt hätten, dann wäre die Handschrift jetzt bei Ihnen.»
«Was soll das heißen? Ich warne Sie, Levantino!»
«Ein paar meiner Leute sind durchgedreht. Sie haben von der Amerikanerin erfahren, dass sie mit den Informationen in dieser Handschrift Millionen machen können. Jetzt sind sie wahrscheinlich gerade dabei, sich abzusetzen, um auf eigene Faust nach dem Schatz zu suchen.»
«Was reden Sie da? Sind Sie verrückt geworden?»
Tremante schlug mit der Faust auf den Schreibtisch, so dass man es noch im Nebenzimmer hörte. Levantino blieb völlig ruhig.
«Wenn Sie bezahlt hätten, was die Sache wert ist, wäre das alles nicht passiert.»

«Wo sind Ihre Leute jetzt mit der Handschrift?»
«Keine Ahnung. Aber ich werde sie erwischen, und sie werden für diesen Verrat bezahlen. Aber jetzt passen Sie gut auf: Sie müssen mir helfen, die Männer zu finden!»
«So weit kommt es noch!»
«Wo ist das Problem? Polizei und Regierung fordern seit Jahren die Hilfe der Mafia an, wenn sie Schwierigkeiten nicht anders aus der Welt schaffen können. Wir hatten in diesem Land schon Ministerpräsidenten, die nicht so altmodisch gedacht haben wie Sie. Ihre Probleme sind unsere Probleme, und unsere Probleme sind Ihre Probleme. Also hören Sie zu! Ich gebe Ihnen jetzt die Namen der Männer und die Autonummer, nach denen Sie fahnden müssen. Straßen, Flughäfen und so weiter. Sobald Sie sie entdeckt haben, geben Sie mir Bescheid. Ich warte mit meinen Leuten in unserem Hauptquartier. Dann erledigen wir den Rest, und Sie bekommen Ihre Handschrift.»
Tremante presste die Zähne aufeinander. Wut und Verzweiflung hielten sich die Waage. Seine Gedanken überschlugen sich, aber er hatte keine andere Wahl.
«Geben Sie mir die Namen und die Autonummer! Aber wenn die Sache mit der Handschrift schiefgeht, garantiere ich Ihnen, dass ich Ihre ganze Scheißfamilie hochgehen lasse. Also?»
«Umberto Goldoni, Sampiero Casale, Savio Napoletano. Dann ist da noch die Frau dabei, Jackey oder so ähnlich. Ihren Nachnamen weiß ich nicht.»
«Den kennen wir, weil Ihre unfähige Truppe ja heute Nacht ein Massaker in dem Hotel angerichtet hat.»
«Jetzt der Wagen: Es ist ein dunkelgrüner BMW, Siebener Klasse.»
Er nannte ihm das Kennzeichen.
«War das alles?»
«Bis auf eine Kleinigkeit: Wenn jemand meinen kleinen Bruder auch nur anrührt, werde ich Sie töten.»
Tremante brach das Gespräch ab. Mit Grauen sah er dem Telefonat mit dem Orden entgegen. Er knetete seine Hände, dann straffte er sich und rief Ispettore Rossi und ein paar weitere Be-

amte zu sich ins Büro. Er erklärte ihnen, dass in dem heute Morgen von Ispettore Rossi entdeckten Mordfall in Prenestino eine Großfahndung eingeleitet werden müsse. Möglicherweise reichten die Wurzeln dieser Tat bis ins organisierte Verbrechen. Er erläuterte den Fahndungsplan und schärfte ihnen ein, dass die Gesuchten zwar aufzuspüren seien, aber unter keinen Umständen ein Zugriff erfolgen dürfe. Er selbst, Tremante, müsse sofort informiert werden, wenn Resultate eingingen. In den nächsten Stunden wurden alle Polizeistationen Italiens und die Sicherheitskräfte an den Häfen, Flughäfen und Grenzstationen instruiert.

In einer Bar am Rande der Landstraße südlich von Velletri hatten sich Sampiero und Umberto niedergelassen. Wer sie dort, im Schatten eines alten Olivenbaums, sitzen sah, hätte sie für zwei Müßiggänger halten können, die sich Zeit ließen auf ihrem Weg nach Süden. Die Schmerzen in Umbertos Arm hatten nachgelassen, nachdem Sampiero ihn verarztet hatte. Das frische Hemd verdeckte den Verband; die Wunde hatte aufgehört zu bluten. Als er einen Espresso trinken wollte, hatte Sampiero die nächste Bar angesteuert.
«Also, weshalb glaubst du, dass wir nach Süden fahren sollten?»
«Ich habe das Gefühl, dass Savio hinter der Sache steckt und sich mit der Dottoressa davongemacht hat. Nachdem Toto schon dagegen war, den Don abzuservieren, hätte er sicher keinen zweiten ...»
«... keinen zweiten Verrat begangen – aber diesmal an uns beiden.»
Umberto nickte.
«Das wäre viel zu kompliziert für ihn. So was könnte er nicht mal denken. Sie müssen ihn ausgetrickst haben. Was nicht allzu schwer gewesen sein dürfte. Es war ein Fehler, ihn mit den beiden zurückzulassen. Ich hab schon heute Nacht gemerkt, dass Savio irgendwie auf der Seite von dieser Schlampe stand. Aber ich war einfach zu müde, um die Folgen zu überreißen.»

«Was glaubst du, was passiert ist?»
«Es war nirgendwo Blut – außer meinem eigenen. Scheiße. Und das verstehe ich nicht, nachdem die Hunde frei herumliefen. Was immer da gelaufen ist: Ich bin sicher, dass Toto zurück ist zum Don und der jetzt Bescheid weiß. Er wird versuchen, uns umzubringen. Aber vorher will ich Savio und die Frau erledigen.»
«Meinst du, sie wollen die Sache auf eigene Rechnung durchziehen?»
«Vielleicht. In jedem Fall aber brauchen sie Zeit und einen sicheren Ort, um ihre Flucht zu organisieren. Und ich ahne, wo sie stecken könnten.»
«Wo?»
«Ich habe Savio schon eine Weile gekannt, bevor ich den Don gefragt habe, ob er einen guten Fahrer braucht. Damals hat Savio mir mal erzählt, dass er bei seiner Großmutter in einem Kaff östlich von Neapel aufgewachsen ist – Bosagro. Er hat ihr immer noch ab und zu Geld geschickt. Wenn ich Savio wäre und hätte eine Braut dabei und die würde von den Bullen und ich von der Familie gesucht, dann würde ich in eine Gegend abhauen, wo ich mich verdammt gut auskenne. Außerdem würde ich versuchen, bei jemandem unterzutauchen, der mich sicher nicht verrät.»
«Hm. Vielleicht hast du recht. Und wenn wir die beiden finden und sie diesen verdammten Papyrus noch haben, dann hätten wir auch etwas in der Hand, falls wir mit jemandem verhandeln müssen, um am Leben zu bleiben.»

«Nola! Schau mal, Savio! Das ist das Ortsschild von Nola!»
«Ja, und?»
«Hier ist 14 nach Christus Augustus gestorben, der erste römische Kaiser.»
«Von mir aus. Solange wir da nicht sterben. Vor allem nicht heute!»
Jackey schaute neugierig aus dem Fenster des Cinquecento.

«Dass ich hier mal durchkommen würde ... Ist es noch weit bis zu deiner Großmutter?»

«Sind gleich da.»

«Und du meinst, bei ihr sind wir erstmal in Sicherheit?»

«Sicherer als sonstwo. Sie wohnt am Ende ihres Dorfes – Bosagro. Aber da geht noch ein Feldweg zwei Kilometer raus. Dann kommt eine alte Schäferhütte. Ich habe früher oft da oben mit Freunden gespielt. Kein Mensch kommt dahin, weil dahinter die Welt aufhört. Wir nehmen von meiner Großmutter was zu essen und zu trinken mit und verstecken uns erst einmal. Von dort kann ich Leute anrufen, die uns helfen können.»

«Savio.»

«Hm?»

«Du hast mir das Leben gerettet. Und wenn dir das Märchen von dem Schatz zu gefährlich geworden wäre, hättest du mich jederzeit den anderen ausliefern können – und mit dem Papyrus könntest du es wahrscheinlich immer noch.»

«Bring mich nicht auf dumme Gedanken!»

«Vielen Dank!»

«Da vorn ist es. Das kleine Haus, da, am Ende der Straße. Dort wohnt meine Großmutter.»

«Wie heißt sie überhaupt?»

«Genauso wie ich – Napoletano.»

Das Haus, auf das Savio zusteuerte, war mit braungrauem Mörtel verputzt, der an ein paar Stellen abblätterte. Hinter dem Haus stand ein Holzschuppen; davor lag ein lehmiger, mit grobem Kies bestreuter Hof, über den ein paar rotbraune Hühner liefen. Überall wucherte Unkraut. Die Fensterrahmen hätten einen Anstrich vertragen können. Die massive Holztür war im Laufe ihres Lebens so oft geschrubbt worden, dass sie alle Farbe verloren hatte. Ein Teil des gelblichroten Ziegeldaches, das ein wackliger Schornstein krönte, bildete eine Schräge, der andere verlief auf Firsthöhe flach. Savio fuhr das Auto auf den Hof.

«Siehst du das komische Dach?»

«Ja.»

«Als meine Eltern starben, hat meine Großmutter da oben eine Kammer aufstocken lassen. Da war mein Zimmer.»
Savio war kaum ausgestiegen, als eine kleine alte Frau mit Kopftuch und in einer geblümten Schürze aus dem Haus kam. Man sah, dass ihr das Gehen schwerfiel. Aber sie strahlte über ihr faltiges Gesicht.
«Savio! Savio mio! Il mio caro orsacchiotto! Che bello che sei venuto a trovare la nonna!»
Savio küsste die alte Frau und drückte sie fest an sich.
«Cara nonna! Come stai? Come stai?»
Auch Jackey war ausgestiegen und beobachtete etwas verschämt die Familienszene. Sie wusste nicht recht, was sie tun sollte. Da drehte sich die alte Frau zu ihr um und klopfte Savio auf den Rücken.
«Sto bene, grazie! Presentami la tua ragazza. Se no, cosa penserà lei di noi? Signorina, benvenuta fra noi!»
Damit ging Savios Großmutter auf Jackey zu und umarmte sie gleichfalls, und Jackey blieb nichts anderes übrig, als die drei herzlichen Küsse zu erwidern, die ihr die alte Frau auf beide Wangen drückte. Die Großmutter fasste ihren neuen Gast bei der Hand und führte ihn ins Haus, während sie Savio mit dem Finger drohte und ihm zuzwinkerte.
«Wie heißen Sie, Signorina, und wo kommen Sie her?»
«Jackey O'Connor, Signora Napoletano. Ich bin aus Berkeley... in Amerika.»
«Amerika! Und da kommen Sie von so weit her, um mich mit Savio zu besuchen? Wie lieb von Ihnen!»
«Ja, stell dir vor, nonna, Jackey ist eine richtige Dottoressa! Sie ist in Italien, weil sie sich für die Geschichte der Römer interessiert. Sie hat mir gerade erzählt, dass hier in Nola, gleich um die Ecke, der erste römische Kaiser gestorben ist.»
«Nola ist ein ungesundes Pflaster! Signora Altobelli, die den Laden in Beato hat, hat mir erzählt, dass dort weder die Ärzte noch das Krankenhaus etwas taugen. Aber kommen Sie doch herein! Sie müssen müde sein, wenn Sie von so weit herkommen.»

Im Haus roch es nach feuchtem Mauerwerk. Es bestand praktisch nur aus einem Raum. Den vorderen Teil bildete eine Küche mit einem Spülbecken, einem alten Gasherd und einem Kühlschrank; dahinter ein Küchentisch mit vier Stühlen. Weiter hinten stand ein großes rotes Sofa, über das eine Häkeldecke gebreitet war. Darüber hing ein Holzkreuz, und der Gottessohn schaute auf einen großen, modernen Flachbildschirm, der auf einer alten Holztruhe stand. Am Ende des Raumes befand sich ein Bett mit einer goldfarbenen Steppdecke, und darauf wiederum lag ein großes Plumeau, das mit Spitzen eingefasst war. Auf einem Küchenregal spielte ein altes Transistorradio.
«Kommt, Kinder! Ihr habt sicher Hunger. Signorina, bitte, setzen Sie sich!»
«Bitte, nonna, wirklich nur eine Kleinigkeit!»
«Ach, was! Ihr jungen Leute esst alle nicht richtig! An Signorina Jackey ist ja kaum etwas dran. Immer nur in der Bar essen – schnell, schnell! So ist das doch bei euch.»
Mit diesen Worten verscheuchte sie ein paar Fliegen, die um eine Salami schwirrten, die von einem Holzbalken hing. Sie nahm die Wurst und zog einen Brotlaib aus dem Kasten, strich mit dem Messer das Kreuz darüber und schnitt ein paar dicke Scheiben herunter.
«Savio! Steh nicht rum! Hol den Käse und die Tomaten und deck den Tisch! Ach, Signorina, mein Savio ist ein guter Junge, aber sehen Sie, man muss ihm immer noch alles sagen. Das war früher genauso. Na, Sie werden das schon richtig mit ihm machen. Ich war nie streng genug mit ihm. Aber er ist doch mein einziger Enkel. Nach dem Unfall seiner Eltern wollten ihn die Leute vom Amt ins Waisenhaus stecken. Aber ich hab ihnen den Jungen nicht gegeben. Als der Bürgermeister mit zwei Carabinieri zu mir kam, habe ich ihm gesagt: ‹Rico, du kennst mich lange genug. Wenn ihr mir den Jungen wegnehmt, zünde ich das Dorf an.› Dann sind sie gegangen, und ich habe nie wieder was von ihnen gehört. Aber natürlich hat ihm der Vater gefehlt. Doch schauen Sie nur: Diesen wunderbaren Fernseher hat mir mein Savio geschenkt. Eines

Tages kam Fabrizio aus dem Nachbardorf und hat ihn mir hier aufgestellt. Dann wollte er dieses komische runde Ding auf dem Dach montieren. Das habe ich ihm verboten. So was zieht den Blitz an. Er sagte, so würde der Fernseher nicht funktionieren. Ist mir doch egal. Ich höre sowieso nur Radio. Aber ist es nicht ein prächtiger Fernseher? Fabrizio hat mir gesagt, er hat über tausend Euro gekostet. Oh, Savio, orsacchiotto mio! Solch eine Freude hast du mir damit gemacht! Wissen Sie, Signorina Jackey, seit er klein war, habe ich ihn immer mein Bärchen genannt, weil er so ein kugelrundes Kerlchen war. Er war unser aller Sonnenschein. Wir waren ganz verrückt mit ihm. Und dann ist der Traktor mit seinen Eltern an der Böschung umgekippt.»
Die alte Frau wandte sich rasch um und griff nach den Weingläsern auf dem Regal. Sie wischte sie mit ihrer Schürze aus, aber Jackey sah, wie sie sich vorher mit dem Schürzenzipfel die Augen trocknete. Schließlich saßen sie um den gedeckten Tisch.
«Nonna, gibt es noch die alte Schäferhütte hinter dem Hügel?»
«Sicher! Als der Winter vorbei war, bin ich oben gewesen und hab einmal ausgefegt. Das Dach ist dicht geblieben. Warum?»
«Nonna, Jackey und ich haben ein Problem. Es könnte sein, dass jemand nach uns sucht.»
«Savio, sag mir die Wahrheit! Habt ihr etwas Unrechtes getan?»
«Nein, nonna, sicher nicht. Aber in Rom, da gibt es Leute ...»
«Du hättest nie nach Rom gehen dürfen! Dort hast du schlechten Umgang. Du hättest bei mir bleiben sollen, hier im Dorf, und die Felder deines Vaters bestellen! Aber ich habe sie all die Jahre immer nur verpachtet. Sie sind immer noch dein. Wir können sie jederzeit wieder für uns haben.»
«Schon gut, Nonna. Bitte lass uns ein andermal darüber sprechen! Jackey und ich wollen nur für ein paar Tage in die Schäferhütte. Wir kommen aber immer wieder bei dir vorbei. Doch sag niemandem etwas davon, dass wir hier sind. Ich stelle nachher das Auto in den Schuppen.»
«Ja, da drin steht schon Gastone, der Esel; zu dem passt du gut! Savio, was machst du für Sachen? Signorina Jackey, Sie müssen

mir versprechen, dass Sie darauf aufpassen, dass er keine Dummheiten macht. Ich bin eine alte Frau und kann hier nicht mehr weg. Ach, Gott, straf es an mir, was ich an dem Jungen versäumt habe! Aber mach, dass ihm nichts passiert! Ich würde es nicht überleben.»
«Bitte, nonna, reg dich nicht auf. Es ist nichts passiert, und es wird nichts passieren. Wir wollen wirklich nur ein paar Tage in die Hütte.»
Savio griff über den Tisch nach der Hand seiner Großmutter. Die alte Frau schüttelte den Kopf und seufzte.
«Ja, ja, mir kannst du viel erzählen. Der Schlüssel für die Hütte ist in der Schublade neben dem Spülstein. Du musst ein paar Decken mitnehmen, damit die Signorina nicht friert, und ein Kissen und Petroleum für die Lampe. Steht unter der Spüle. Dann braucht ihr etwas zu essen; ihr könnt mitnehmen, was ich hier habe. Morgen gehe ich ins Dorf einkaufen.»
«Signora Napoletano?»
«Ja, Signorina?»
«Gibt es in Ihrem Haus vielleicht eine Bibel?»
«Sicher habe ich eine Bibel – warum?»
«Ich würde gern etwas hineinlegen, was ich so nicht länger mit mir herumtragen kann. Es ist ein sehr alter Brief... der noch dazu in einer Bibel am besten aufgehoben wäre.»
«Warten Sie, Signorina! Savio, komm, heb mal den Fernseher von der Truhe!»
Signora Napoletano nahm ein paar Tischdecken aus der Truhe. Und mit einem Stöhnen hob sie eine große Bibel heraus und trug sie zum Tisch. Jackey blätterte vor, bis sie zu der Stelle im Johannesevangelium kam, da Jesus am Kreuz Maria seinem Lieblingsjünger anvertraut. Dort legte sie den Papyrus ein.
«Hier liegt er gut. Ich danke Ihnen, Signora Napoletano.»
Eine Viertelstunde später brachen sie auf, nachdem Savio den Cinquecento in den Schuppen rangiert hatte, ohne den Esel zu überfahren, der seinen neuen Stallnachbarn skeptisch beäugte. Auf dem rauen Feldweg, der zur Schäferhütte führte, konnte man

mit einem Traktor, aber nicht mit einem Auto fahren; die Schlaglöcher waren zu tief. So fröhlich der Besuch begonnen hatte, in so bedrückter Stimmung endete er. Signora Napoletano stand unter der Tür und sah den beiden besorgt nach, wie sie bepackt den Weg zur Schäferhütte hinaufstiegen, der sich in einer langen Kurve um den Hügel zog. Als sie hinter der Wegbiegung verschwunden waren, ging sie wieder ins Haus.

Kapitel 23 – Der Orden

«Gianni, ich habe mich entschieden. Ich werde so schnell wie möglich nach Ephesos aufbrechen und auch ohne den Papyrus nach dem Grab suchen. Nur der Kardinal und wir beide kennen den Inhalt des ganzen Briefes. Das ist mein letzter Vorteil. Und ich werde nicht warten, bis jemand versucht, mir auch noch in Ephesos zuvorzukommen. Nach allem, was Ispettore Bariello gesagt hat, wäre es das Beste, wenn du mitkommst.»
Oakbridge saß im Wagen, den Montebello durch den immer dichter werdenden römischen Mittagsverkehr steuerte.
«Wer auch immer jetzt die Handschrift hat, wird alles daransetzen, aus Jackey herauszuholen, was es mit dem Papyrus auf sich hat. Das sind Leute, die vor Mord und Totschlag nicht zurückschrecken. Du bist also hier so wenig sicher wie ich. In Ephesos haben wir auf jeden Fall einen Vorsprung, weil wir einigermaßen genau wissen, wo wir suchen müssen. Wenn wir Glück haben, das Grab finden und damit gleich an die Öffentlichkeit gehen, ist die Sache für die anderen verloren. Dann hat es für die auch keinen Sinn mehr, etwas gegen uns zu unternehmen. Heute endet Achims Kongress im DAI, und morgen besorge ich mir die Kopien von den Plänen des Geländes.»
«Ich weiß nicht, ob das klug ist, Bill. Und außerdem ... vielleicht wirst du hier ja auch noch gebraucht, um Signora O'Connor zu helfen.»
Oakbridges Züge verhärteten sich.

«Niemand hat sie gezwungen, mir hinterherzufliegen und mich zu überfallen. Ohne sie wäre Hockney nie und nimmer auf diese Wahnsinnsidee gekommen. Sie trifft die Hauptschuld. Ich empfinde weder Verantwortung für sie, noch habe ich die geringste Lust, ihr zu helfen.»

«Bill, das ist doch nicht dein Ernst. Sie hat einen schlimmen Fehler gemacht, aber jetzt ist sie in der Hand von Mördern. Ihr ging es um den Papyrus. Jetzt geht es um ein Menschenleben!»

«Ich bin nicht der Weltgeist, der für alles und jeden Verantwortung trägt.»

«Aber du bist auch mein Freund, und ich bitte dich als dein Freund! Sowenig man Christ sein kann ohne Frömmigkeit, die uns vor Gottvergessenheit und Gefühllosigkeit schützt, so wenig kann man der Freund eines anderen sein, wenn man ein Herz aus Stein hat. Bill, versteh mich doch! Ich will dir gar nicht ausreden, nach dem Grab zu suchen. Aber jetzt geht es doch um ganz andere Fragen. Lass uns noch einmal mit Sua Eminenza sprechen. Und ich verspreche dir, dass ich mit dir gehen werde, wenn er dazu rät, dass du in die Türkei aufbrechen sollst.»

Sie hatten die Straße erreicht, in der Montebellos Wohnung lag. In dem Moment, da sie die Wohnungstür öffneten, klingelte das Telefon. Es war Ambroso.

«Monsignor Montebello, wie geht es unserem Patienten?»

«Vielen Dank für Ihren Anruf, Eminenza! Professor Oakbridge steht neben mir.»

Montebello verdeckte mit einer Hand den Hörer und flüsterte Oakbridge zu: «Sua Eminenza; er fragt, wie es dir geht.»

Oakbridge nahm den Hörer entgegen.

«Eminenza, vielen Dank, es geht mir ganz gut; der Arm tut noch weh. Nicht weiter schlimm. Doch ich halte die Anspannung kaum aus.»

«Es freut mich, dass es Ihnen besser geht, Professore. Und ich hoffe sogar, dass ich Ihre Aufregung zumindest ein klein wenig mildern kann. Heute Vormittag habe ich erfahren, dass die Aufzeichnungsgeräte in der Vaticana es erlauben, selbst am Monitor

die Handschriften zu lesen, mit denen ich in der Bibliothek hantiert habe. Ich habe einen Vertrauten gebeten, mir die Aufzeichnung zu besorgen. Er wird sie mir morgen vorbeibringen. Dann existiert nur noch das Original – und das, was wir darüber wissen. Von dieser Seite wird Ihnen bei der Verwirklichung Ihrer Pläne niemand dazwischenfunken.»
Oakbridge war bass erstaunt.
«Eminenza, ich weiß nicht, was ich dazu sagen soll, dass Sie sich in dieser Weise für meine Interessen einsetzen! Ich danke Ihnen vielmals und finde mich immer tiefer in Ihrer Schuld! Sie werden verstehen, dass es mich natürlich trotzdem beunruhigt, den Papyrus in den Händen von Verbrechern zu wissen. Aber ich möchte Sie fragen, ob Sie sich noch einmal Zeit für mich nehmen würden. Ich habe volles Vertrauen zu Ihnen. Und im Übrigen gibt es inzwischen neue Informationen, die auch Sie interessieren werden.»
«Selbstverständlich, Professor Oakbridge! Kommen Sie doch heute Abend nach acht mit Monsignor Montebello wieder bei mir vorbei. Dann können Sie mir alles berichten. Aber vorher muss ich mich noch um den interreligiösen Dialog bemühen – ein Arbeitskreis von ebensolchen Querköpfen aus allen Weltreligionen, wie ich einer bin. Mühsam, aber unausweichlich.»
«Ja, Gian Carlo hat mir davon erzählt.»
«Also. Ich freue mich darauf, Sie wiederzusehen, und seien Sie unbesorgt: Alles wird gut!»
«Haben Sie vielen Dank, Eminenza!»
«Wir sehen uns heute Abend.»
Bill Oakbridge gab den Hörer an Montebello zurück.
«Dieser Kardinal ist wirklich großartig! Stell dir vor, er hat daran gedacht, die Aufzeichnungen der Überwachungskameras von seinem Besuch in der Bibliothek, mit deren Hilfe man meinen Papyrus hätte lesen können, verschwinden zu lassen. Er scheint sich geradezu in mich hineinversetzen zu können! Wir werden heute Abend mit ihm das weitere Vorgehen beraten. Das war eine gute Idee von dir.»
Montebello schätzte die oft unkonventionelle Art von Sua Emi-

nenza, aber dass er in dieser Weise in die Belange der Bibliothek eingriff, überraschte ihn. Doch die Hauptsache war, dass Bill jetzt nichts Unüberlegtes tat.

Um halb fünf war es so weit. Das cellulare Tremantes läutete, und der Commissario nahm das Gespräch entgegen.
«FOEDUS.»
«Nulla salus extra ecclesiam.»
«Bestätigen Sie unser Treffen, Tremante!»
«Signore, es ist etwas Furchtbares geschehen. Die Männer, die für uns die Handschrift besorgen sollten ... Es gab einen Verrat. Eine Gruppe hat die Handschrift an sich gebracht und ist damit auf der Flucht.»
«Sagen Sie das nochmal!»
«Diejenigen, die den Papyrus besorgen sollten, haben wohl herausgefunden, was da drinsteht. Es geht um das Grab der heiligen Jungfrau in der Türkei und eben um diesen Schatz, der darin liegt. In der Gewalt dieser Leute befindet sich Dr. Jacqueline O'Connor, die ihren Entführern den Inhalt des Papyrus übersetzt hat. Danach fanden sie, dass wir ihnen zu wenig geboten hätten. Und nun arbeiten sie auf eigene Rechnung. Aber ich habe bereits mit dem Chef gesprochen, Levantino. Er wird diesen Verrat nicht auf sich sitzen lassen. Die Polizei fahndet überall nach den Männern und dem Auto, in dem sie unterwegs sind. Sobald wir wissen, wo sie stecken, wird Don Levantino die Verräter zur Rechenschaft ziehen und uns die Handschrift übergeben. Er wartet nur auf mein Kommando. Ich denke, in vierundzwanzig Stunden ...»
«Halten Sie den Mund, Tremante! Ich kann Ihr dummes Gewäsch nicht mehr ertragen. Sie bleiben jetzt, wo Sie sind, und warten auf meine Anweisungen! Ich melde mich in den nächsten Stunden.»
Der Anrufer brach das Gespräch mit Tremante ab und wählte eine andere Nummer.
«FOEDUS.»

«Nulla salus extra ecclesiam.»
«Oberstleutnant, wir haben ein großes Problem.»
Der Anrufer berichtete, was er von Tremante erfahren hatte.
«Wie sollen wir jetzt weiter vorgehen?»
«Die Sache erfährt Weiterungen, die mir missfallen und die auch dem Inquisitor missfallen werden. Wer außer Ihnen weiß noch von dem Inhalt des Papyrus?»
«Außer uns noch Tremante, die Amerikanerin und die Mafiosi und dann natürlich noch Oakbridge, Montebello und Sua Eminenza Ambroso.»
«Im Orden sind also der Inquisitor und wir beide, Tremante ausgenommen, die Einzigen?»
«Ja, Oberstleutnant.»
«Dabei muss es bleiben! Es ist zwar absurd, dass das Wissen von hochheiligen Sachverhalten droht, von der Mafia verbreitet zu werden, während unsere Würdenträger im Dunkeln tappen. Aber im Moment ist es besser so als andersherum. Einigen von uns würden wahrscheinlich nicht nur die Augen übergehen, wenn sie davon erführen, sondern auch der Mund. Wenn das alles mit dem Grab der Gottesmutter an die Öffentlichkeit gelangen sollte, wäre die Kirchenführung dem Spott der Massen preisgegeben. Der Orden wird nun das Seinige tun, damit aus diesem satanischen Feuer kein Flächenbrand wird, in dem das ganze Gebäude der heiligen Kirche in Flammen aufgehen könnte. Haben Sie die Möglichkeit, die Fahndung nach den Flüchtigen auch vom Viminal aus zu steuern?»
«Sicher, Oberstleutnant.»
«Gut. Wir müssen diesen Papyrus finden und dafür sorgen, dass er nie wieder in falsche Hände gerät. Beschaffen Sie ihn also! Jedes Mittel ist recht. Denken Sie aber bei allem, was Sie tun, daran, dass nicht der Schatten eines Verdachts auf die Kirche fallen darf! Und jetzt rufen Sie sofort wieder diesen Tremante an und ...»

Es klopfte an der Tür des Vizepräsidenten der Intertelitalia.
«Avanti! Ah, Zanolla. Was gibt's?»
«Vicepresidente, bitte entschuldigen Sie die Störung. Aber ... ich arbeite an dem Abhörauftrag von Commissario Capo Filippo Tremante.»
«Ja, ich weiß. Es gibt doch nicht etwa Probleme mit der richterlichen Anordnung?»
«Nein, nein, Vicepresidente. Es ist vielmehr ...»
«Was denn nun?»
«Sie wissen ja, dass es ein zweiteiliger Auftrag war. Den einen Teil hatten wir rasch erledigt. Dabei ging es nur um die Ortung eines cellulare in der Nacht von Montag auf Dienstag. Aber es gab ja noch eine Nummer, um die wir uns kümmern sollten. Der Commissario wollte wissen, von welchem Apparat die Anrufe auf dieser Nummer kommen und wer sonst noch mit diesem Anschluss in Verbindung steht. Nur die Kontakte interessierten ihn. Und nun habe ich ein Problem.»
«Zanolla, bitte! Zur Sache!»
«Also, ich habe diese Kontakte ermittelt und dabei sozusagen gezwungenermaßen auch die Gespräche gehört. Aus vielem bin ich gar nicht schlau geworden. Immer wieder war da die Rede von irgendeinem Orden. Alle meldeten sich mit FOEDUS, so dass ich zuerst dachte, das sei ein Familienname. Aber dann merkte ich, dass das ein Codewort war ...»
«Und weiter?»
«Hier ist erst mal die Liste mit den Kontakten, Vicepresidente.»
Rotolo, der bis dahin lässig in seinem Chefsessel gelümmelt hatte, warf sich mit einem Ruck nach vorne, als er die Namen las.
«Maledizione – tutti pezzi grossi! Reden Sie weiter, Zanolla!»
«Vicepresidente – in dem letzten Anruf wurde eine kurzfristig anberaumte Aktion gegen eine Mafiafamilie hier in Rom besprochen, die noch heute Nacht durchgeführt werden soll.»
«Na ja – bei ein paar der Namen auf dieser Liste ist das nicht so überraschend. Da sind auch Leute aus dem Innenministerium dabei.»

«Sicher, Vicepresidente, aber ... das Haus dieser Familie soll gestürmt werden, während Commissario Capo Tremante sich darin aufhält. Es soll keine Überlebenden geben – auch nicht den Commissario Capo.»
«WAS? Sind Sie wahnsinnig, Zanolla?»
«Vicepresidente, das ist noch nicht alles.»
«Um alles in der Welt, was denn noch?»
«Das cellulare, dessen Nummer und dessen Besitzer Sie ganz unten auf der Liste finden, von dem diese Weisung kam, befand sich, als ich es geortet habe, im Vatikan.»
Rotolo wurde blass.
«Haben Sie außer mit mir mit irgendjemandem über diese Geschichte gesprochen?»
«Nein, Vicepresidente!»
«Gut! Weder Sie noch sonst jemand hier im Hause hat jemals etwas von diesem Überwachungsauftrag gehört. Sie wissen nichts davon, gar nichts! Alle Notizen, die Sie angefertigt haben, werden sofort vernichtet! Dann gehen Sie nach Hause. Ich persönlich gebe Ihnen vier Wochen bezahlten Sonderurlaub, nein: sechs Wochen. Sie fahren noch heute Nacht ... egal wohin, auf jeden Fall aber raus aus Italien! Und nehmen Sie Ihre Familie mit. Verstanden, Zanolla?»
«Sicher, Vicepresidente! Aber ...!»
«Kein Aber – raus jetzt! Machen Sie, dass Sie hier wegkommen! Ich kümmere mich um alles andere.»
Nachdem Ingegnere Zanolla das Büro verlassen hatte, faltete Rotolo die Liste zusammen, steckte sie in die Jacke und lief zu seinem Wagen. Keine zehn Minuten später – es ging auf acht – parkte er in der Nähe des Polizeipräsidiums. An der Pforte stellte er sich dem diensttuenden Beamten als Vicepresidente der Intertelitalia vor. Er überbringe persönlich die Ergebnisse eines Überwachungsauftrags, die Commissario Capo Filippo Tremante sofort benötige. Es dauerte eine Weile, ehe der Polizist seinen Chef an den Apparat bekam, und es dauerte noch ein wenig länger, bis der Commissario herunterkam, da Rotolo sich weigerte, die Ergebnisse einem Hausboten

zu übergeben oder sie persönlich hinaufzubringen. Als Tremante mit hochrotem Kopf am Eingang erschien, war er sehr aufgebracht.
«Bernardo, hast du sie noch alle? Ich habe heute Abend noch einen Auftrag von höchster Wichtigkeit zu erledigen!»
«Da es der letzte Auftrag ist, den du in diesem Leben ausführen wirst, kannst du dir ruhig Zeit für mich nehmen.»
«Was redest du da?»
Rotolo zog Tremante ein paar Meter weg vom Eingang des Präsidiums und stellte sich mit ihm dicht an die belebte Straße, um sicherzugehen, dass niemand bei dem Gespräch würde mithören können. Dann sagte er ihm, was er von Zanolla erfahren hatte. Tremante wurde bleich.
«Sie wollen mich umbringen. Das ist der Lohn.»
«Filippo, ich weiß nicht, was das für eine FOEDUS-Sache ist, in der du da steckst. Und ich will es auch gar nicht wissen! Aber damit eines klar ist: Der Auftrag, den du uns erteilt hast, ist nie durchgeführt worden! Ja, er ist nicht einmal entgegengenommen worden! Für das, was ich dir gerade erzählt habe, gibt es keinen Zeugen, und es gibt nirgendwo und bei niemandem in der Gesellschaft Notizen darüber. Die Intertelitalia hat mit dieser Sache nichts zu tun; sie weiß nichts davon – niemand, keiner meiner Mitarbeiter und auch ich selbst nicht. Ich will nicht, dass du in dieser Sache noch einmal auf mich zukommst! Sollte ich jemals befragt werden, werde ich alles abstreiten. Ich bin nur hierhergekommen, um dich zu warnen.»
Tremante stand vor ihm, ließ den Kopf hängen und nickte.
«Ein Letztes kann ich noch für dich tun, Filippo.»
Mit diesen Worten zog Rotolo die Liste aus seiner Jacke und schob sie Tremante in die Hand.
«Hier! Darauf findest du die Namen und Anschlüsse all der Leute, von denen in den letzten Stunden mit der Nummer telefoniert worden ist, die Zanolla für dich herausgefunden hat. Das war's. Ciao, Filippo. Pass auf dich auf!»
Rotolo wartete den Gegengruß nicht ab, ging zu seinem Wagen, stieg ein und fuhr davon.

Kapitel 24 – Der Aufschub

Oakbridge und Montebello brachen um acht Uhr auf zu Sua Eminenza Ambroso. Suora Devota hatte diesmal mehr Zeit, den Besuch der beiden Gäste vorzubereiten, so dass der Imbiss, liebevoll angereichert mit allerlei Antipasti, noch weit üppiger ausfiel als beim ersten Mal. Und so hellte sich trotz der bedrückenden äußeren Bedingungen die Stimmung der Besucher bald auf.
«Nun erzählen Sie, Professor Oakbridge! Was gibt es Neues?»
Oakbridge berichtete dem Kardinal, was sie von Bariello erfahren hatten und dass sich Jackey O'Connor sehr wahrscheinlich in den Händen der Mafia befand.
«Tja, und dann hat man dem Inspektor den Fall entzogen, nachdem er Fortschritte gemacht hatte und glaubte, ihn im Laufe des folgenden Tages abschließen zu können. Bariello vermutet, dass es einflussreiche Leute im Hintergrund gibt, die von dem Papyrus wissen und zu allem bereit sind, um ihn sich zu verschaffen. Er hat keine Ahnung, wer das sein könnte, hält es aber für möglich, dass jeder, der Näheres über diesen Papyrus weiß, in Gefahr ist.»
«Lieber Professor Oakbridge, selbst unter italienischen Polizisten wird manchmal dicker aufgetragen, als es den schlichten Tatsachen entspricht. Vielleicht hat Ispettore Bariello mit seiner erfolgreichen Arbeit einfach ein wenig übertrieben, und sein Vorgesetzter hat das realistischer eingeschätzt und ihm deshalb den Fall weggenommen. Und der musste das dann vor Ihnen mit einer Ver-

schwörungstheorie rechtfertigen, als Sie ihn sprechen wollten. Ich würde das alles nicht überbewerten.»

«Ich hatte nicht den Eindruck, dass Bariello zu dick aufgetragen hat.»

«Haben Sie ihn über den Inhalt der Handschrift in Kenntnis gesetzt?»

«Es blieb uns nichts anderes übrig. Er versprach uns aber im Gegenzug, weiter zu ermitteln, wenn auch verdeckt. Das sollen wir zwar strikt vertraulich behandeln, aber für Sie gilt das natürlich nicht. Wissen Sie, Eminenza Ambroso, ich habe große Angst, dass mir jemand bei der Suche nach dem Grab zuvorkommt. Und deshalb habe ich auch einen Entschluss gefasst.»

«Ach ja? Konnten Sie die Stelle ausmachen, wo das Grab liegt?»

«Um ehrlich zu sein, nein. Achim Zangenberg hat mir wenig Hoffnungen gemacht. Aber ich möchte jetzt so rasch wie möglich in die Türkei aufbrechen. Im Moment wissen allein wir einigermaßen genau, in welchem Areal wir suchen müssen. Diesen letzten Vorteil will ich mir nicht auch noch nehmen lassen. Meine Hoffnung ist, das Grab vor denen zu finden, die vielleicht jetzt bereits über den Inhalt meines Papyrusfragments Bescheid wissen, wenn sie Jackey in ihre Gewalt gebracht haben. Sie kann die Handschrift ebenso gut lesen wie Sie und ich. Aber noch können diese Leute nicht wissen, wo sie suchen sollen. Vielleicht ahnen sie, dass ich hier in Rom auf der Suche nach weiteren Informationen bin. Falls Polizisten mit ihnen unter einer Decke stecken, könnten sie jeden meiner Schritte rekonstruieren, und dann würde der Weg zu Gian Carlo und sogar zu Ihnen führen. Wenn Bariello recht hat, dann wären wir hier alle in großer Gefahr. Sollte es mir aber gelingen, mit der Entdeckung des Grabes an die Öffentlichkeit zu gehen, ehe die anderen mehr wissen, so kann das unser aller Rettung sein.»

Der Kardinal schwieg eine Weile; dann nickte er bedächtig.

«Das alles ist wenig erfreulich, klingt aber, wie ich zugeben muss, nicht ganz unwahrscheinlich. Aber worüber wollten Sie dann eigentlich noch mit mir beraten? Sie verfügen ja über alle Informationen, die Sie brauchen, um in die Türkei zu fahren.»

Montebello schaltete sich in das Gespräch ein.

«Eminenza, ich versuche, Signor Oakbridge zurückzuhalten, weil es niemanden hier gibt, der so viel über Signora O'Connor weiß wie er. Und vielleicht wird er noch gebraucht, um der Polizei zu helfen, ihr Leben zu retten.»

Oakbridge zog die Mundwinkel herunter.

«Und ich finde das, Eminenza, gelinde gesagt, zu viel von mir verlangt: Sie steckt offenbar hinter dem Überfall auf mich. Daher fühle ich wenig Neigung, auch nur den kleinen Finger für sie zu rühren, zumal ich damit vielleicht wertvolle Zeit verliere.»

«Tja, Monsignor Montebello ist eben nicht nur ein guter Bibliothekar, sondern auch ein guter Priester. Er gehört zu jener seltenen Spezies, die über eine Weisheit verfügt, die aus der Liebe zum Menschen entspringt und zugleich vor menschlichen Torheiten schützt. So kann ich ihm nur beipflichten. Aber wissen Sie, Professor Oakbridge, das muss nicht unbedingt Ihren Interessen entgegenstehen. Sie werden doch ohnehin nicht morgen Vormittag einfach in ein Flugzeug steigen, sondern müssen Ihre Reise vorbereiten. Daher schlage ich vor, dass Sie morgen regeln, was zu regeln ist, und einen Flug für die nächsten Tage buchen. In der Zwischenzeit bleiben Sie mit Ispettore Bariello in Kontakt – ob er recht haben mag oder nicht. Sie können ihn dann über alles unterrichten, was vielleicht helfen kann, Signora O'Connor zu finden. Sollte sich in den nächsten sechsunddreißig Stunden nichts Neues ergeben, wird man wohl kaum mehr mit einer Wende zum Guten rechnen können. Dann wird kleinteilige Polizeiarbeit erforderlich sein, bei der Sie ohnehin nicht allzu viel helfen könnten. In dem Fall aber können Sie auch Ihr Flugzeug in die Türkei besteigen und sich vor etwaigen Nachstellungen in Sicherheit bringen. Wäre das nicht ein Kompromiss?»

«Das klingt vernünftig und bedeutet nur eine kleine Verzögerung. Ich würde übrigens gern Gian Carlo mitnehmen. Und wollen nicht auch Sie, Eminenza, Rom lieber zur Sicherheit verlassen?»

Der Kardinal lachte und schüttelte den Kopf.

«Professor Oakbridge, vielen Dank für Ihre freundliche Anteilnahme an meinem Schicksal! Aber in meinem Alter gibt es nicht mehr viel, was ich fürchte – kriminelle Machenschaften gehören jedenfalls nicht dazu. Nein, ich werde auf jeden Fall hierbleiben. Vielleicht kann ich Ihnen sogar von Rom aus nützlich sein. Aber ich bin sehr dafür, dass Monsignor Montebello Sie begleitet. Was Ihre priesterlichen Pflichten hier betrifft, Monsignore, so werde ich das für Sie regeln. Fahren Sie unbedingt! Immerhin geht es um das Grab der Jungfrau – falls es gefunden wird, sollte ein Geistlicher in der Nähe sein.»

Jackey und Savio hatten in der Schäferhütte alles so vorgefunden, wie Savios Großmutter es beschrieben hatte. Ein kleiner Tisch, ein Stuhl, eine spartanische Schlafstätte, die aus nichts als einer dünnen, aber sauberen Strohmatte bestand, und ein steingemauerter Herd, auf dem ein alter Wasserkessel vor sich hin rostete, bildeten den ganzen Komfort. Vor dem kleinen Haus war ein Brunnen, aus dem der Schäfer für sich und seine Tiere Wasser heraufziehen konnte.

Sie legten ihre Habseligkeiten ab, und nachdem Savio in dem Herd ein Feuer in Gang gebracht hatte, setzten sie sich ins Freie. Draußen stand ein alter Holzblock, auf dem Brennholz gescheitelt wurde. Darauf setzte sich Jackey, während Savio sich auf der Türschwelle niederließ. Allmählich fiel die Dämmerung.

«Wie friedlich es hier ist. Nach den letzten Tagen habe ich das Gefühl, dass es eine Ewigkeit her ist, seit ich solch eine Ruhe empfunden habe.»

«Als Junge habe ich oft hier gesessen, abends – manchmal habe ich im Sommer hier sogar geschlafen. Ab und zu hat dann im Dorf ein Hund gebellt. Sonst hast du nur die Zikaden gehört, und die Nachtigallen. In Rom habe ich fast vergessen, wie schön es bei uns ist.»

«Vielleicht kommst du ja wieder zurück? Deine Großmutter wäre glücklich.»

«Ich weiß, ich habe sie unglücklich gemacht, als ich weggegangen bin. Aber was sollte ich hier in diesem armseligen Dorf? Es gab nichts außer diesem kleinen Haus und ein paar kleinen Feldern. Das ist kein Leben, wenn man achtzehn ist. Dann bin ich nach Neapel gegangen.»

«Was hast du gearbeitet?»

«Aushilfsjobs – mal als Ladengehilfe, dann mal auf Baustellen. Ich konnte kaum die Miete für mein Zimmer bezahlen. Es war noch elender als in Bosagro. Ohne Geld ist selbst Neapel ein teures Pflaster. Dann habe ich Leute kennengelernt, für die das kein Problem war. Ein bisschen Taschendiebstahl bei Touristen, ein paar Diebereien in Läden – so was eben. Irgendwann hatte ich genug Geld für eine Vespa. Fahren, fahren, immer nur fahren, und der Traum, irgendwann richtig wegzukommen von hier, weg für immer aus diesem Kaff und aus diesem ganzen Elend in Neapel. Ich fing an, Kurierfahrten zu machen mit meinem Moped; da habe ich gut verdient. Nach einem Jahr hatte ich ein Auto. Wenn wir loszogen, stand von vornherein fest, dass ich nichts mit Waffen mache – war auch nicht nötig. Ich war mit dem Auto viel nützlicher. Niemand kannte die Straßen besser als ich – wie breit sie waren, wo sie aufgerissen wurden, wo vorspringende Treppen eine Verfolgung erschwerten. Jeder Polizeistreife bin ich entkommen, wenn ich Sachen oder Leute im Auto hatte, die man besser nicht finden sollte.»

«Waren das dieselben Typen, mit denen du bis heute zusammengearbeitet hast?»

«Nein, wir waren nicht organisiert, aber manchmal ganz erfolgreich. Und damit sind wir irgendwann den Camorra-Bossen auf die Nerven gegangen. Und Don Levantino hat dann Umberto geschickt, um uns klarzumachen, dass wir stören. Der hat furchtbar hingelangt. Aber er hat mir imponiert – ein Kerl wie ein Stier, mutig und kaltblütig. Es war toll, als er mich dem Don vorstellte. Mit einem Mal hatte ich richtig Geld, weil ich die Jungs nach Einbrüchen oder einem Banküberfall in Sicherheit brachte. Aber dann hat mir irgend so ein Idiot die Vorfahrt genommen, als ich

mit Beute unterwegs war. Ich war allein im Wagen. Es hat gekracht, und ich kam erst wieder im Polizeikrankenhaus zu mir. Ich habe niemanden verpfiffen. Deshalb bekam ich vier Jahre; davon habe ich drei abgesessen. Aber in dieser Zeit stand die Familie zu mir, und sie hat auch meiner Großmutter Geld geschickt. Ich wäre in den Norden gegangen, haben sie ihr erzählt. Da hätte ich eine sehr anstrengende, aber gut bezahlte Arbeit gefunden. Als ich wieder rauskam aus dem Knast, brauchte ich mich um nichts zu kümmern. Ich war sofort wieder in der Familie, weil ich dichtgehalten hatte. Als dann Don Levantino entschieden hat, dass hier im Süden die Konkurrenz zu groß geworden war und die Geschäfte zu schlecht gingen, ist er mit dem ganzen Clan vor sieben Jahren nach Rom gegangen und hat sich dort Respekt verschafft.»
«Und wieso bekommt ihr Aufträge von einem Polizisten?»
«Als wir nach Rom kamen, gab es in der Anfangszeit harte Kämpfe mit anderen Familien. Bei einer Razzia sind sich der Don und dieser komische Bulle begegnet. Ich weiß nicht, was für Geschäfte die beiden gemacht haben, aber seitdem kamen wir gut voran, wenn wir andere Familien ausschalteten, und hatten kaum jemals wieder ernste Probleme mit der Polizei – und wenn, dann waren sie schnell erledigt. Ich weiß, dass Umberto, Toto und noch ein paar andere aus der Familie seit dieser Zeit Leute so bearbeitet haben, dass sie dem Bullen und dessen Hintermännern nicht mehr in die Quere kamen. Das war der Preis dafür, dass wir ungestört arbeiten konnten. Von diesem Commissario kam dann auch der Auftrag, die Handschrift zu besorgen. Und es wäre wohl auch alles reibungslos gelaufen, wenn dieser Hockney nicht geschrien hätte und Toto nicht solch ein Idiot wäre. Nachdem der Amerikaner tot war, hätten sie dich in irgendeiner Baustelle einzementiert. Aber mir gefiel diese Vorstellung nicht.»
Jackey riss die Augen auf.
«Das war der Plan?»
«Du musstest für immer verschwinden, wegen der Geschichte, die Sampiero sich für die Bullen ausgedacht hatte. Da gibt es nicht so viele Möglichkeiten.»

Inzwischen war es dunkel geworden, und Savio merkte es zunächst nicht. Erst als das Zucken in dem Körper vor ihm heftiger wurde, erkannte er, dass sie zitterte. Er stand auf. Sie hatte die Knie hochgezogen und ihren Kopf in den Armen vergraben. Nun hörte er auch, wie ihre Zähne aufeinanderschlugen. Er beugte sich vor, legte beide Arme um sie und zog sie an sich.
«Komm, lass uns reingehen!»
Er hielt sie fest, bis das Zittern nach ein paar Minuten nachließ. Schließlich nickte sie und ließ ihre Füße wieder auf den Boden sinken. Sie legten sich nebeneinander auf die Strohmatte und zogen die Decken über sich.

Kapitel 25 – Die Rache

Bis sich Sampiero und Umberto in der hereinbrechenden Dunkelheit und dem Gewirr der Landstraßen um Neapel orientiert und schließlich Bosagro gefunden hatten, waren ein paar Stunden vergangen. An der Tankstelle am Ortseingang sagte man ihnen, wo Signora Napoletano wohnte. Durch die Fenster des kleinen Bauernhauses sahen sie, dass Licht brannte. Sampiero stieg aus und klopfte. Kurz darauf öffnete Savios Großmutter.
«Guten Abend, Signora Napoletano. Bitte entschuldigen Sie, wenn wir Sie so spät noch stören. Ich bin Luigi Ercolano und das ist Marcello Pescatore. Wir sind alte Freunde von Savio. Er hat oft von Ihnen erzählt. Und als wir jetzt auf der Durchreise hier in der Gegend waren, haben wir uns gesagt: Jetzt schauen wir bei Savios Großmutter vorbei und fragen, wo er steckt. Wir haben ihn ewig nicht gesehen!»
Savios Großmutter betrachtete den großgewachsenen, gut aussehenden Mann im Lichtschein, der durch die offene Haustür fiel.
«Das ist aber nett, dass Sie sich nach meinem Savio erkundigen. Seine Freunde sind mir immer willkommen. Bitte, kommen Sie herein – und Ihr Freund im Auto natürlich auch!»
Sampiero winkte Umberto.
«Buonasera, Signora!»
«Buonasera! Kommen Sie!»
Die alte Frau bat die beiden, am Tisch Platz zu nehmen, und setzte jedem ein Glas Rotwein, etwas Brot und Oliven vor. Nein, Savio

habe sie schon lange nicht mehr gesehen. Er habe auch nicht geschrieben, dass er sie besuchen kommen wolle. Von woher sie ihn denn kennen würden und wohin sie unterwegs seien? So saß man eine halbe Stunde beisammen und plauderte, bis Sampiero sich erhob und für die Gastfreundschaft dankte. Es war ein herzlicher Abschied. Signora Napoletano wünschte ihnen eine gute Reise und bat sie, wenn sie Savio treffen sollten, ihm zu sagen, wie sehr seine Großmutter ihn vermisste.

Sie fuhren ein Stück weit vor das Dorf. Umberto war wütend.

«Ich hätte wetten können, dass Savio zu ihr geht.»

«Er war bei ihr, und sie weiß, wo er steckt. Und ich auch.»

«Was ist los?»

«Hast du nicht gemerkt, wie sie immer wieder zum Fenster geschaut hat? Ich denke, sie hatte Angst, dass Savio hereinspazieren könnte.»

«Ist mir nicht aufgefallen. Und woher weißt du, wo er ist?»

«Sie hat immer nur durch das Fenster geschaut, das auf den Feldweg geht – nie durch das andere runter zum Dorf. Ich wette mit dir, Savio und Jackey stecken dort oben. Und heute Nacht werden wir sie besuchen, wenn die Alte schläft. Lass uns noch ein paar Stunden warten. Wir gehen dann den Weg rauf. Der sah nicht so aus, als ob wir da mit dem Auto weit kämen. Außerdem würden sie uns vielleicht kommen hören, und wir wollen ihnen doch eine Überraschung bereiten.»

Sampiero schaute zu Umberto hinüber und sah, wie es im Gesicht des anderen zuckte.

Nachdem Commissario Capo Tremante das Präsidium verlassen hatte, war als Stallwache Ispettore Achille Rossi zurückgeblieben, falls die Fahndung nach dem BMW des Clan dei Maranesi etwas ergeben sollte. Gegen elf Uhr abends kam die Meldung herein, dass bei der Ermittlung im Umfeld eines Hauses in den Albaner Bergen, das gleichfalls zum Besitz von Don Levantino gehörte, die Nachbarn Seltsames wahrgenommen hatten: Tagsüber hatten auf dem rings ummauerten Grundstück wiederholt die Hunde angeschlagen, es gab Geräusche, die wie Schüsse geklungen hatten. Immer wieder waren Leute gekommen und gegangen, nachdem man vorher tagelang niemanden gesehen hatte bis auf den seltsamen kleinen Mann mit der Glatze, der öfter kam, um die Hunde zu füttern. Der sei dann mit einem Mal offenbar ganz außer sich gewesen und davongerannt. Kurz darauf sei ein junges Paar in einem hellgrünen Cinquecento weggefahren. Die Frau hatte man noch nie zuvor in der Gegend gesehen. Und dann hatte auch noch der große BMW, der sonst immer auf das Grundstück gefahren war, diesmal vor dem Tor geparkt, mit dem seien später zwei andere Männer weggefahren, von denen einer immer ganz besonders unfreundlich war, auch wenn man nur mal guten Tag gesagt habe.

Die Quelle dieser Beobachtungen war ein Rentner, der tagein, tagaus auf ein kleines Kissen gelehnt aus dem Fenster seiner Wohnung schaute. Er hatte sich sogar die Nummer des alten Cinquecento gemerkt, der inzwischen selbst im römischen Straßenverkehr zu einer Seltenheit geworden war.

In der Nacht, als diese Meldung im Präsidium eintraf, wuchs Ispettore Rossi über sich hinaus, indem er den Fiat Cinquecento in die Fahndung aufnahm. Und weil sein geschulter Instinkt als Polizist ihn ahnen ließ, dass der Mann, der mit diesem Wagen von dem Grundstück des Mafiapaten Don Alessandro Levantino gefahren war, vielleicht das Nummernschild zwischenzeitlich wechseln würde, ordnete Rossi an, außer auf die eingetragene Nummer auf alle hellgrünen Cinquecentos zu achten, in denen ein junges Paar saß. Als Rossi die entsprechende Weisung ausgegeben hatte, steckte er sich eine Zigarette an und nahm einen tiefen Zug. Dabei verengten sich seine Augen zu Schlitzen. Er stieß den Rauch in einem dünnen Strahl zwischen den zusammengepressten Lippen aus. Sollten sie nur kommen, die Kriminellen dieser Stadt! In ihm würden sie einen unerbittlichen Gegner finden!

Es ging auf zwei Uhr morgens, als Umberto Sampiero an der Schulter rüttelte.

«Komm, los jetzt! Ich will hier wieder weg sein, wenn die Sonne aufgeht.»

Sampiero streckte sich und stieg aus, während Umberto bereits eine Lampe aus dem Kofferraum holte. Er schaltete sie kurz ein, um sich zu überzeugen, dass sie funktionierte. Als er sich ein zweites Mal hinabbeugte, griff er nach einem Schlachtermesser. So machten sich die beiden über die Dorfstraße auf bis zur Abzweigung zum Haus von Signora Napoletano. Sie warfen einen Blick auf den kleinen Hof und gingen daran vorbei, als sie sahen, dass dort alles dunkel war. Für die zwei Kilometer, die sie den von Schlaglöchern und Steinen übersäten Weg hügelaufwärts stolperten, brauchten sie eine halbe Stunde, um sich nicht die Beine zu brechen. Aber sie scheuten sich, Licht zu machen. Als sie endlich auf der Hügelkuppe um die Kurve kamen, fasste Umberto Sampiero am Arm.

«Ich wette, da drin sind sie!»

In der sternklaren Nacht hatte er die schattenhaften Umrisse der Schäferhütte ausgemacht. Sie gingen weiter – noch leiser und noch vorsichtiger als zuvor, bis sie schließlich vor der niedrigen Holztür standen. Sampiero zog seine Beretta aus dem Holster, während Umberto die Lampe einschaltete. Dann trat er mit aller Gewalt gegen das Schloss. Er hätte gar nicht so viel Kraft aufwenden müssen, denn weder war die windschiefe Tür abgeschlossen, noch hätten die rostigen Angeln eines solchen Stoßes bedurft, um aus der Wand zu brechen. Mit lautem Krachen fiel die Tür zu Boden, und geblendet vom Licht der Lampe fuhren Jackey und Savio hoch. Als Jackey im nächsten Augenblick erkannte, wer da vor ihnen stand, stieß sie einen Schrei aus und klammerte sich an Savio. Sampiero lächelte ihnen zu.

«Was für eine rührende Szene, die wir leider stören müssen. Damit habt ihr beiden nicht gerechnet, dass ihr uns so schnell wiederseht – nicht wahr? Savio, du kleines Arschloch, hast du ernsthaft geglaubt, du könntest uns austricksen? Du bist ja noch blöder als

Toto. Ich habe immer gewusst, dass du nichts im Kopf hast außer Autofahren. Aber die Fahrt zu deiner nonna war deine letzte.»
«Was ist mit meiner Großmutter?»
«Nichts, was soll mit ihr sein? Eine freundliche alte Dame. Sie hat uns hereingebeten und uns ein Glas Wein vorgesetzt. Ach ja, sie hat uns gebeten, dir auszurichten, wie sehr sie dich vermisst. Das, was wir heute Nacht von dir übriglassen, wird sie künftig immer in ihrer Nähe haben können.»
Umberto lachte.
«Und du, Jackey, weißt du noch, was ich dir gestern Morgen versprochen habe? Du wirst sehen, dass ich ein Mann bin, der seine Versprechen hält – aber erst, wenn Umberto mit dir fertig ist.»
«Sampiero, ich hab sie gezwungen mitzukommen! Ich habe ihr drohen müssen und ihr gesagt, dass ich die Hunde auf sie hetze, wenn sie sich weigert, mit mir abzuhauen. Die Handschrift ist hier in Bosagro, und ihr könnt die Sache noch immer zu dritt mit ihr durchziehen!»
Umberto schnaubte höhnisch.
«Savio, für wie blöd hältst du uns? So einer Nutte wie der brauchst du nicht zu drohen. Ich hoffe, es hat sich heute Nacht für dich gelohnt, denn als Erstes werde ich dir die Eier abschneiden. Falls du Jackey tatsächlich mit Gewalt hierher verschleppt hast, dann wird sie das doch ziemlich gut finden. Und hinterher darf sie sich auf mich als den Rächer ihrer Unschuld freuen.»
Mit diesen Worten hob er das Messer und machte einen Schritt auf Savio zu. Im nächsten Moment gab es einen ohrenbetäubenden Knall. Pulverdampf zog durch den kleinen Raum. Sampiero riss es nach vorn. Umberto fuhr herum und starrte entsetzt in die Mündungen eines abgesägten Flintendrillings, der auf seinen Kopf gerichtet war.
«Figlio di puttana! Maledetto bastardo!»
Signora Napoletano stand mit dem immer noch rauchenden Gewehr in der Tür der Schäferhütte.
«Da, Kinder schaut ihn euch an, den Mörder! Sporco assassino! Kommst hierher mit deinem sauberen Freund, um meinen Savio

umzubringen und sein Mädchen zu entehren! Ihr Dreckskerle habt mir meinen Savio weggenommen. Ich konnte nur noch weinen und beten, dass er nicht eines Tages ein Messer in die Rippen oder eine Kugel ins Herz bekommt. Und jetzt kommt ihr hierher und wollt ihn auf meinem Grund und Boden ermorden. Was wolltest du mit ihm machen? Meinem Savio die Eier abschneiden? Vaffanculo!»
Und dann senkte die alte Frau die Mündung und drückte ab. Wieder ein ungeheures Krachen und diesmal das viehische Brüllen Umbertos, der mit weitgespreizten Oberschenkeln auf die Knie gestürzt war und aus dessen Unterleib Blut und Eingeweide quollen. Ein Anblick, bei dem es Jackey den Magen umdrehte.
«Da, schau, was Signorina Jackey von dir hält. Zum Kotzen findet sie dich!»
Die alte Frau machte noch einen Schritt auf Umberto zu.
«Hör schon auf, hier rumzubrüllen! Das hält ja kein Mensch aus.»
Mit diesen Worten stieß sie die Lupara in Umbertos aufgerissenen Mund. Seine Augen traten aus den Höhlen, und das Schreien steigerte sich noch einmal. Dann drückte sie zum dritten Mal ab. Und nach diesem Schuss herrschte Stille. Den Schädel Umbertos hatte es zerrissen, seinen Körper nach hinten geschleudert. Die alte Frau schaute noch ein paar Sekunden auf den Kadaver. Dann spuckte sie darauf und wandte sich an Savio.
«Komm, bring die Signorina hier raus! Ihr schlaft heute Nacht in deinem alten Zimmer.»
Allmählich fand Savio die Sprache wieder.
«Nonna, wie ... wie kommst du hierher? Woher hast du die Flinte?»
«Die beiden kamen heute Abend zu mir und fragten nach dir. Ich konnte den Mord in ihren Augen lesen – vor allem in dem Gesicht von dem da!»
Bei diesen Worten stieß sie mit dem Fuß gegen Umbertos Leiche.
«Als sie fort waren, habe ich hinter dem Fenster gesessen und gewartet. Dann sind sie wiedergekommen. Sie haben das Haus gesehen, aber mich nicht. Sie sind den Weg hier raufgestolpert. Als sie ein Stück weg waren, bin ich mit Gastone auf dem Ziegenpfad

über den Hügel geritten. Wir sind zwar alt, aber auf der Abkürzung haben wir es geschafft.»
«Aber die Lupara?»
«Ah, mein kleiner Savio. Die hat schon deinem Großvater gehört. An unserem Hochzeitsabend hat er sie mir gezeigt, bevor er mich ins Bett getragen hat. Er hat gesagt: ‹Du musst nie Angst haben, solange ich bei dir bin. Die hier ist für die Wölfe und für das Gesindel. Damit werde ich dich beschützen, solange ich lebe.› So war mein Andrea. Ein guter Ehemann. Er hat das Ding in die Truhe gelegt. Da lag sie fast sechzig Jahre lang ganz unten drin, unter der Bettwäsche. Gerade so, wie Andrea sie hineingelegt hatte. Sie war immer geladen, und manchmal habe ich sie geputzt und geölt. Aber hier in Bosagra hat es nie Gesindel gegeben – bis heute.»
Die alte Frau seufzte.
«Komm jetzt, Savio, hilf Signorina Jackey! Morgen gehe ich zu Alfredo. Er hat einen Traktor mit einer kleinen Baggerschaufel. Er wird diesen Dreck hier in die Schlucht werfen. Das Viehzeug, was da unten haust, und die Vögel werden fressen, was von ihnen übrig ist. Wenn Alfredo da war und ihr wieder weg seid, mach' ich hier oben sauber.»
Sie schaute sich um.
«Eine neue Matratze werde ich brauchen und eine neue Tür. Signorina Jackey, bitte, Sie müssen jetzt keine Angst mehr haben! Unten bei mir können Sie sich waschen. Wir finden schon irgendwas für Sie zum Anziehen. Kommen Sie!»
Savio zog Sampiero und Umberto alles aus den Taschen, womit man sie hätte identifizieren können. Dann machten sie sich auf den Weg zum Dorf. Vorneweg ritt Signora Napoletano auf Gastone, und hinter ihr gingen Jackey und Savio.
Sie wuschen sich im Haus, während Signora Napoletano den Esel versorgte, der wie schon lange nicht mehr zwischen den Ohren gekrault wurde. Jackey bekam ein weites Nachthemd aus Leinen, das nach Kernseife roch. Dann verschwand sie in dem altmodischen, weichen Bett im Obergeschoss. Bald darauf kam Savio und legte sich neben sie.

«Savio?»
«Hm?»
«Glaubst du, dass es jetzt vorbei ist?»
«Nein. Was wir getan haben, ist unverzeihlich. Der Don und die anderen, die die Handschrift wollen, werden uns früher oder später töten.»
«Aber ...»
«Als ich ein kleiner Junge war, sind meine Eltern und meine Großmutter einmal über Ostern mit mir zu Verwandten nach Trapani auf Sizilien gefahren. Am Karfreitag war die Stadt voll von Menschen. Wir haben uns wie alle anderen an die Straße gestellt und auf die Misteri di Trapani gewartet – ein riesiger Umzug mit großen Figurengruppen aus Holz, die die Passion darstellen. Er zieht sich durch die ganze Stadt. Die Prozession geht langsam. Die Leute pendeln beim Gehen hin und her. Blaskapellen von überall laufen mit. Sie gehen mit ihren Pauken und Posaunen hinter den Gruppen her und spielen von Freitagnachmittag an, die ganze Nacht über bis Samstagnachmittag unaufhörlich ihre Passionsmusik. Erst hörst du sie ganz leise in der Ferne. Dann kommen sie näher, und die Musik wird immer lauter, und wenn sie bei dir ist, ist sie ohrenbetäubend. Die Hunde werden verrückt. Die Mauersegler kreischen. Leute werden ohnmächtig. Wir hatten einen guten Platz direkt am Straßenrand, ganz nah bei der Prozession. Und auf einmal sehe ich den Tod hinter einer Gruppe. Die Gestalt muss gemerkt haben, dass ich erschrocken bin. Sie kommt auf mich zu. Da stellt sich mein Vater vor mich, und im nächsten Augenblick ist sie schon weiter mit ihrer Kapelle. Mein Vater hat mir über den Kopf gestrichelt und gelacht: ‹Du musst keine Angst haben! Siehst du, wenn der Tod kommt, schicke ich ihn einfach weg.› Ein paar Monate später hatten meine Eltern den Unfall. Ich habe immer gedacht, sie sind gestorben, weil mein Vater den Tod weggeschickt hat, als er mich holen wollte. Seit damals bin ich nie mehr rausgekommen aus der Prozession. Der Tod ist immer um mich. Du und dieser Hockney, ihr seid in den Umzug geraten, als ihr den Überfall gemacht habt. Der Tod hat auf dich in Prenes-

tino gewartet, dann hat er dich in den Colli Albani gesucht, und heute Nacht hat er nach uns beiden gegriffen. Nein, Jackey, es ist nicht vorbei – es geht nie mehr vorbei. Wenn wir morgen Abend noch leben, wäre das ein Wunder.»

Während er sprach, hatte sie sich zu ihm umgedreht. Sie schaute ihm im fahlen Morgenlicht in die Augen, und mit einem Mal war ihr, als hörte sie Musik. Er hatte leise zu summen begonnen, und auch wenn sie die klagende Melodie noch nie gehört hatte, erkannte sie sie doch sogleich.

«Wenn von morgen an immer der Tod um uns ist, dann will ich heute Nacht noch leben mit dir!»

Sie streifte ihr Hemd über den Kopf, und sie wurden eins im großen Totentanz von Trapani – bevor sie, des Todes müde, in einen traumlosen Schlaf sanken.

Kapitel 26 – Der Untergang

Jackey erwachte so, wie sie auf Savio eingeschlafen war. Sie sah, dass er bereits die Augen offen hatte. Die Sonne stand schon hoch am Himmel. Unten spielte das Radio, und Kaffeeduft zog zu ihnen hinauf. Sie gab Savio einen Kuss und schwang sich von ihm herunter. Dann schlüpfte sie wieder in das Nachthemd und stopfte es irgendwie in ihre Hose, bevor sie die Treppe hinabstieg.
«Signora Napoletano! Ich weiß nicht, wie ich Ihnen danken soll! Was die uns angetan hätten, will ich mir gar nicht ausmalen! Aber auf jeden Fall wären wir jetzt tot.»
«Sprechen Sie nicht mehr davon, Signorina! Ihr Schutzengel hat Sie und Savio hierhergeführt.»
«Sie waren unser Schutzengel!»
«Oh nein, Signorina ...»
«Bitte, nennen Sie mich Jackey!»
Die alte Frau lächelte.
«Gut, Jackey! Dann nenn du mich nonna. Ich bin so froh, dass ihr beide hier seid. Heute Morgen habe ich bei Alfredo vorbeigeschaut. Er ist ein alter Freund von meinem Sohn Paolo, weißt du, dem Vater von Savio. Ich habe ihm alles erzählt. Er war zwar ein bisschen erschrocken, aber er ist ein guter Junge und wird das da oben erledigen. Im Dorf hat man nichts gehört. Jetzt lass uns frühstücken! Wo bleibt denn nur Savio? Er hat sich überhaupt nicht geändert, dieser Faulpelz. Savio! Savio! Jackey und ich möchten frühstücken, und zwar mit dir zusammen. Savio!»

Man hörte, wie Savio aufstand. Eine Kommode wurde aufgezogen, und kurz darauf sahen die beiden Frauen Savio barfuß die Treppe herunterkommen. Mit seinen dunklen, ungekämmten Haaren, die in sein schmales Gesicht fielen, und einem zu engen Unterhemd aus viel früheren Tagen, das er oben hervorgekramt haben musste, hatte er immer noch etwas von einem Schüler, der verschlafen hatte. Jackey und Signora Napoletano lachten bei seinem Anblick, aber der alten Frau entging nicht, wie Jackey ihren Savio anschaute.

Es war ein fröhliches Frühstück, bis Savio mit einem Male ernst wurde.

«Ruhe! Seid mal still!»

Die Frauen merkten, dass Savio irgendwas im Radio gehört haben musste. Er stand auf und drehte es lauter.

«... es zu einer gewaltsamen Erstürmung des Hauptquartiers des Clan dei Maranesi in Rom gekommen. Es war kurz nach Mitternacht, als eine Sondereinheit des Innenministeriums gemeinsam mit regulären Polizeikräften auf das Grundstück vordrang und die Bewohner des Hauses im Bezirk Prati aufforderte, mit erhobenen Händen herauszukommen. Die Verdächtigen eröffneten sofort das Feuer. Die Beamten erwiderten zwar den Beschuss, zogen sich jedoch an die Grundstücksgrenze zurück. Kurz darauf kam es zu einer schweren Explosion in dem Gebäude, das vollständig einstürzte und in Flammen aufging. Vermutlich hatten die Kriminellen große Mengen Sprengstoff im Haus gelagert. Ein Sprengstoffexperte der Carabinieri äußerte, dass anders ein solcher Zerstörungsgrad nicht zu erklären sei. Rettungskräfte, die den Polizeieinsatz absichern sollten, gehen davon aus, dass niemand im Haus diese Detonation überlebt hat.

Meine Damen und Herren, soeben erreicht uns die Meldung, dass unter den Trümmern auch der Polizeioffizier Commissario Capo Filippo Tremante vermutet wird, der die Aktion vor Ort geleitet hat. Unser Reporter, Felice Rizzoli, befindet sich im Innenministerium auf dem Viminalshügel. Felice, können Sie mich hören?»

«Hallo, Tiziana, ja, ich kann Sie hören. Vor mir steht der Staatssekretär im Innenministerium, Emilio Bonaventura, der sich bereitgefunden hat, uns über die Polizeiaktion Auskunft zu geben. Herr Staatssekretär, was können Sie über die Ereignisse der vergangenen Nacht sagen?»

«Signor Rizzoli, Sie werden verstehen – und ich bitte auch die Öffentlichkeit um Verständnis –, wenn ich im Augenblick nur sehr summarisch dazu Stellung nehmen kann, was heute Nacht im Kampf gegen das organisierte Verbrechen geschehen ist. Die Sondereinsatzkräfte des Innenministeriums und die Polizia di Stato hatten diese Aktion lange geplant und sorgfältig vorbereitet. Aus Gründen, über die ich gegenwärtig noch Stillschweigen bewahren muss, befand sich heute Nacht der gesamte Clan dei Maranesi, eine der berüchtigtsten und gefährlichsten Mafiafamilien Roms, in dem Gebäude, das wir stürmen wollten. Commissario Capo Filippo Tremante war es in monatelanger Vorbereitung gelungen, diese Situation zu arrangieren. Er hat sich dann auf das Grundstück des Mafiabosses Alessandro Levantino begeben, um dessen Familie darüber zu informieren, dass das Gebäude umstellt und alle Straßen abgeriegelt seien. Er hatte gehofft, dass es ihm durch sein persönliches Auftreten gelingen würde, die Kriminellen zur Aufgabe zu bewegen. Wäre ihm das gelungen, so hätte es sich mit Sicherheit strafmildernd für die Bande ausgewirkt. Darüber, wie und weshalb die Situation dann eskaliert und es zu dem Schusswechsel mit den bekannten, verheerenden Folgen gekommen ist, liegen gegenwärtig noch keine sicheren Informationen vor. Dies zu ermitteln, wird die Aufgabe der Polizei in den kommenden Tagen sein. Wenn die Vermutung zur traurigen Gewissheit werden sollte, dass Commissario Capo Filippo Tremante heute Nacht sein Leben verloren hat, so wäre dies ein trauriger Tag für die italienische Polizei und für ganz Italien, dessen Tragweite sich nur mit dem Verlust der Mafiajäger Falcone und Borsellino vergleichen ließe. Doch wer, wie ich, Filippo Tremante aus vielen Jahren vertrauensvoller Zusammenarbeit kannte, der weiß, dass dieser Mann Tag für Tag im Bewusstsein seiner Gefährdung lebte und

dieser Gefahr mutig wie kaum ein Zweiter ins Auge gesehen hat. In diesem Moment sind unsere Gedanken bei ihm, seiner Frau und seiner Tochter, und unsere Gebete begleiten sie.»
«Meine Damen und Herren, das war der Staatssekretär Emilio Bonaventura. Ich gebe damit zurück ins Studio.»
«Danke, Felice! Meine Damen und Herren, sobald wir Neues über die Ereignisse um den Untergang des Clan dei Maranesi und über das Schicksal von Commissario Capo Filippo Tremante erfahren, werden wir Sie sofort informieren. Doch zunächst weitere Nachrichten des Tages ...»
Savio starrte vor sich hin.
«Sie sind tot. Alle sind sie tot. Don Levantino, Giacomo, Toto, Piero, Antonio, Luigi und all die anderen. Begraben unter dem Haus. Und oben in der Hütte liegen Sampiero und Umberto.»
«Du wirst wohl gleich noch um sie weinen, was? Dummer Junge! Was redest du da, Savio? Oder waren das da etwa deine Freunde? Männer, die Polizisten ermorden? Savio, muss ich mich so für dich schämen?»
«Lass gut sein, nonna. Ich muss an die frische Luft.»
Savio erhob sich und verließ ohne ein weiteres Wort das Haus. Jackey schaute ihm nach, bis er die Tür geschlossen hatte. Dann sah sie Signora Napoletano an.
«Mach dir keine Sorgen! Ich rede mit ihm.»
Sie lief vor das Haus, und als sie Savio nirgends entdecken konnte, ging sie nach hinten zum Schuppen. Dort stand er in der Sonne und lehnte mit geschlossenen Augen an der Bretterwand. Jackey fuhr ihm mit der Hand über die Wange.
«Savio, was ist?»
«Das verstehst du nicht. Vor zwei Tagen hätte ich noch alles für diese Männer getan und sie alles für mich. Jetzt sind sie alle tot. Sie waren meine Familie.»
«Nein, Savio, das waren sie nicht! Und das weißt du! Du hättest nicht alles für sie getan, sonst wäre ich nicht hier, sondern läge inzwischen einbetoniert im Fundament irgendeines Hauses. Und die anderen hätten auch nicht alles füreinander getan, sonst wären

sie nicht auf den Gedanken gekommen, den Papyrus behalten zu wollen. Das waren Mörder. Du bist kein Mörder. Dieses ganze Gerede der Mafia von Familie und Ehre glaubt nur ein armer Kerl, wie dieser Toto einer war. Im Übrigen hält dieses Mafiagewäsch von der ‹Familie› genau so lange, wie einer Nutzen vom anderen hat – und keinen Tag länger. Dann ist es vorbei mit der Familie. Dann bringt einer den anderen um – schlimmer als Haifische. So funktioniert keine wirkliche Familie, Savio. Weißt du, was eine Familie ausmacht? Savio? Schau mich an! SCHAU MICH SOFORT AN!»
Jackey hatte ihn bei den letzten Worten angeschrien. Er öffnete die Augen und blickte in ihr zornrotes Gesicht.
«Liebe und Verantwortung! Savio! Das, was deine Großmutter all die Jahre für dich getan hat – das ist Familie. Und das, Savio, ist der einzige Grund, warum du nicht so geworden bist wie die, die jetzt tot sind. Weil du jahraus, jahrein bei ihr Liebe und Verantwortung erfahren hast. Und das ist der einzige Grund, weshalb ich noch lebe. Weil du daraus den Willen und die Kraft gezogen hast, mich in den letzten zwei Tagen zu schützen. Und weshalb du noch heute Nacht bereit warst, dich für mich zu opfern.»
Sie packte mit beiden Händen seinen Kopf, zog ihn zu sich heran und presste ihre Lippen auf die seinen. Er gab ihr nach. So standen sie lange, ehe sie sich wieder voneinander lösten.
«Savio, die da waren nicht deine Familie. Dort in diesem kleinen Haus sitzt deine Familie. Und ich stehe vor dir, und nach dem, was du für mich getan hast... Die Männer, die dich von hier weggelockt und versucht haben, dich zu einem der Ihren zu machen, sind tot, und du bist jetzt frei und kannst einen neuen, einen eigenen Weg gehen.»
«Einen neuen Weg...»
«Ja, einen neuen Weg. Ich habe das alles satt, was ich in den letzten Tagen erlebt und was ich selbst angezettelt habe. Es war nur für eines gut: dich kennenzulernen, einen Menschen, wie ich noch keinen getroffen habe. Aber jetzt muss Schluss sein mit all dem, was ich heraufbeschworen habe. Ich werde diesen Papyrus Bill

Oakbridge zurückgeben. Halt mich für naiv, aber ich habe das Gefühl, dass das ein heiliger Text ist, der Menschen, die nichts Gutes damit bezwecken, in Unglück und Todesgefahr bringt. Ich will ihn so schnell wie möglich seinem rechtmäßigen Besitzer zurückgeben, und das ist Bill. Savio, bringst du mich zu ihm?»
«Hast du vergessen, dass wir aus Rom geflohen sind, weil dort die Polizei und die Leute aus der Familie hinter uns her waren? Und wenn jetzt keiner mehr von Don Levantinos Leuten lebt, so leben immer noch die, die ihn und die anderen getötet haben. Und die warten dort nur auf uns und deinen wunderbaren Papyrus. Jackey, wir sind jetzt hier im Süden, und ich kann wahrscheinlich in Neapel oder in Bari eine Möglichkeit finden, wie wir hier wegkommen, weg aus Italien.»
«Und dann, Savio? Wohin dann? Und für wie lange? Wenn diejenigen, die euren Mafiaclan erledigt haben, so mächtig und so verbissen hinter der Handschrift her sind, dann werden sie uns finden, wo auch immer wir uns verstecken. Wir würden nie eine ruhige Minute haben, sondern müssten dauernd damit rechnen, getötet zu werden, so wie wir heute Nacht beinahe umgebracht worden wären. Nein! Ich werde zu Bill Oakbridge gehen und die Sache hinter mich bringen. Er hat in Rom einen Freund, bei dem er sich möglicherweise noch aufhält. Der ist Priester. Vielleicht kann er mir bei dem Gespräch mit Bill helfen. Vielleicht gibt es dann einen Weg raus aus diesem Teufelskreis von Gewalt und Tod. Und wenn du mit mir gehst, verspreche ich, dir zu helfen – denn du wirst dich stellen müssen, aber nach dem, was du für mich getan hast, werde ich für dich da sein. Was immer dich in Zukunft erwartet!»
Savio lachte heiser.
«Jackey, du hast überhaupt keine Ahnung, wovon du redest. Oder willst du nicht verstehen, was ich gesagt habe? Begreif doch endlich, dass der Auftrag, diesen Papyrus zu besorgen, von einem Bullen kam – er kam von diesem Schwein Tremante. Was heute Nacht in Rom passiert ist, bedeutet nichts anderes, als dass da jemand aufgeräumt hat. Und wenn dieser Jemand die Macht hat, einen

Commissario Capo und mit ihm unsere ganze Familie in so einer Aktion auszulöschen, dann spielen Leute wie du und ich überhaupt keine Rolle. Ich weiß nicht, wieso, aber irgendwie stören wir alle jemanden ganz gewaltig, und der wird uns umlegen, weil wir irgendwas mit dieser Handschrift zu tun haben. Hinter dem, was hier geschieht, steckt nicht mehr dein Signor Oakbridge. Diese Sache ist auf den Radarschirm von jemandem geraten, der diese Handschrift auf Leben und Tod haben will. In einem Punkt hast du recht: Sie bringt offenbar jeden in Gefahr, der mit ihr zu tun hat, auch wenn es diesen komischen Schatz gar nicht gibt, den du erfunden hast. Ich weiß nicht, wie man ein so mörderisches Interesse an dem Ding entwickeln kann, aber wenn du es Oakbridge zurückgibst, wird er auch in Gefahr kommen – dessen bin ich mir völlig sicher.»

«Dann werden wir ihn warnen und ihm sagen, was inzwischen geschehen ist. Aber das ändert nichts daran, dass diese Handschrift ihm gehört und er allein das Recht hat zu entscheiden, was damit geschehen soll. Also, was ist? Fährst du mich nach Rom?»

«Das wird uns das Genick brechen. Aber gut, wenn du für dich keinen anderen Ausweg siehst, dann bringe ich dich hin. Aber damit habe ich nicht gesagt, dass ich mich stellen werde. Damit du dir im Klaren darüber bist: Bis gestern wurde nicht nach mir gefahndet. Was soll ich denn den Bullen erzählen? ‹Wissen Sie, ich bin der Letzte vom Clan dei Maranesi, und vor drei Tagen hab ich das Auto von Leuten gefahren, die eigentlich nur einen Raub begehen wollten, dann aber auch noch versehentlich einen Amerikaner umgelegt haben. Dafür konnte ich aber nichts. Jetzt will ich reinen Tisch machen, und die Frau, die ich mit verschleppt habe, fand das alles auch nicht so schlimm. Ach ja, und in einer Vesuvschlucht liegen übrigens noch zwei Tote, die meine Großmutter abgeknallt hat.› Jackey, wenn ich Glück habe, fahre ich fünf, sechs Jahre ein. Aber viel wahrscheinlicher ist, dass ich bei einem Verhör aus dem Fenster falle, weil ich genau den Leuten in die Hände laufe, die heute Nacht das Massaker angerichtet haben. Und dann heißt es mal wieder, dass ein Verdächtiger versucht hat, durch einen Sprung aus dem Fenster im vierten Stock zu entkommen. Das alles hat es schon gegeben. ... Ich bringe dich nach Rom zu deinem Oakbridge, aber mehr nicht.»

«Okay! Fahr mich einfach nur nach Rom! Dann sehen wir weiter. Ich werde jetzt versuchen, den Freund von Bill anzurufen.»

Kapitel 27 – Die Bibel

Die Nummer des Anschlusses von Monsignor Montebello in Rom war rasch herausgefunden. Jackey war darauf eingestellt, dass sich ein Anrufbeantworter melden würde. Aber zu ihrer Überraschung hob jemand ab, nachdem es zweimal geläutet hatte.
«Pronto?»
«Spreche ich mit Monsignor Montebello?»
«Ja, am Apparat!»
«Monsignore, Sie werden mich nicht kennen, und mein Name wird Ihnen nichts sagen, aber ...»
Montebello schaltete sofort, als er den amerikanischen Akzent hörte.
«Sind Sie Signora O'Connor?»
«Ja, aber woher ...»
«Gott sei Dank, Sie leben noch! Wo sind Sie? Können Sie frei sprechen?»
«Ja, aber ...»
«Das ist ein Wunder! Werden Sie bedroht? Können Sie mir ungefähr sagen, wo Sie sich aufhalten? Ich werde versuchen, Ihnen so schnell wie möglich zu helfen!»
«Nein, Monsignore. Vielen Dank! Ich war in Gefahr, aber im Moment bin ich es nicht. Ich habe Leute gefunden, die mir geholfen haben. Es würde zu lange dauern, das alles jetzt zu erklären. Aber ich will nach Rom kommen und Bill Oakbridge etwas zurückgeben, das ihm gehört.»

«Haben Sie etwa noch den Papyrus?»
«Sie wissen davon?»
«Oh, Signora, ich kann kaum glauben, dass sich alles auf diese Weise auflösen soll. Das ist wunderbar! Bill hat mir alles erzählt. Er weiß auch, dass Sie und der arme Mr Hockney ...»
«Sprechen Sie es ruhig aus: Wir haben ihn überfallen und ihm die Handschrift weggenommen. Was danach geschehen ist, ist eine lange Geschichte. Aber meinen Sie, Bill würde mich anhören und mir Gelegenheit geben, ihm ...»
«Sicher, Signora O'Connor. Sicher! Ich werde mit ihm sprechen. Vielleicht wäre es das Beste, Sie kämen zu mir. Bill wohnt bei mir.»
«Danke, Monsignore, das wäre mir sehr lieb. Würden Sie ihn vorbereiten?»
«Gern, Signora. Wann könnten Sie hier sein?»
«Wenn alles gut geht, vielleicht zwischen sechs und acht.»
«Wunderbar! Meine Adresse ist: Via Stefano Porcari 1, Ecke Via Mascherino. Wir werden auf jeden Fall auf Sie warten! Alles wird gut, wenn Sie nur zu uns kommen. Gott schütze Sie!»
«Vielen Dank, Monsignor Montebello. Hoffentlich bis heute Abend!»
Jackey, die ein Stück den Feldweg hinaufgegangen war, kam wieder zu Savio zurück, der noch immer an der Scheune lehnte.
«Savio, ich habe den Freund von Bill erreicht. Er wird uns helfen und erwartet uns heute Abend bei sich zu Hause in Rom. Glaubst du, du schaffst es, uns rechtzeitig dorthin zu bringen?»
Savio sah sie mitleidig an.
«Wenn uns niemand versucht aufzuhalten, wird das eine meiner leichtesten Übungen.»
«Dann komm! Wir müssen uns von deiner Großmutter verabschieden. Das wird eine deiner schwierigeren Übungen!»
Sie gingen hinein, wo Signora Napoletano mit dem Abwasch beschäftigt war.
«Nonna, wir müssen jetzt wieder fahren. Aber wir fahren, um in Rom in Ordnung zu bringen, was das Durcheinander in Savios

Leben verursacht hat. Und ich verspreche dir, dass ich auf ihn aufpasse.»
Die alte Frau beugte sich vornüber, und ihre Hände umklammerten den Rand des Spülsteins.
«Jackey! Dass alles so kommen musste! Wenn Savio etwas passiert, bin ich ganz allein. Ich bin alt und habe niemanden, der an meinem Grab weinen wird. Dass ihr jetzt geht, bricht mir das Herz. Ich hatte gehofft, dass nun alles vorüber ist.»
«Nein, nonna, es wird erst vorüber sein, wenn Savio und ich denen, die es angeht, bekannt haben, welche Fehler wir begangen haben. Deshalb müssen wir jetzt nach Rom.»
Signora Napoletano wandte sich ihr mit geröteten Augen zu.
«Du bist ein gutes Mädchen! Pass auf ihn auf! Er ist ein dummer Junge, der sich immer nur in Schwierigkeiten bringt. Ich werde für euch beten.»
Sie zeichnete mit dem Daumen das Kreuz auf Jackeys Stirn und drückte sie fest an sich. Dann wandte sie sich an Savio, der die Szene von der Tür aus beobachtet hatte.
«Komm her, Savio!»
Er löste sich vom Türrahmen und kam auf die alte Frau zu, die ihm sorgenvoll über das Haar fuhr.
«Versprich mir, dass du auf dich und Jackey aufpasst!»
Die Szene war Savio unangenehm, aber er entzog sich nicht.
«Sicher, nonna! Ich versprech's dir.»
«Ach, Savio. Du hättest niemals nach Rom gehen dürfen. Jetzt musst du gehen, wohin du nicht willst. Ich spüre das. Aber es hilft nichts. Ich vertraue Jackey. Vertrau du ihr auch!»
Dann bekreuzigte sie auch ihren Enkel, während ihr die Tränen über die Wangen liefen. Er schloss sie in die Arme und wiegte sie ein wenig wie ein Kind.
«Geht jetzt! Ihr habt noch einen weiten Weg vor euch.»
«Nonna, ich brauche noch einmal die Bibel. Weißt du, ich habe doch gestern den alten Brief dort hineingelegt. Den muss ich jetzt wieder mitnehmen.»
«Sicher, Jackey, warte!»

Sie öffnete die Truhe und hob wieder die schwere Bibel heraus.
«Was ist denn das für ein Brief, dass er so wichtig ist?»
Jackey zögerte, dann gab sie sich einen Ruck.
«Er ist fast zweitausend Jahre alt, und es ist ein Brief, den der heilige Apostel Johannes an den Evangelisten Markus geschrieben hat über ... über die heilige Jungfrau Maria.»
Die alte Frau bekreuzigte sich.
«Jackey, sag mir die Wahrheit!»
«Es ist die Wahrheit!»
«Zeig mir den Brief!»
Jackey schlug die Stelle auf, wo sie den Brief in die Bibel gelegt hatte. Lange betrachtete Signora Napoletano den Papyrus, strich dann zärtlich darüber und küsste ihn.
«Gebt gut auf ihn acht! Die Heiligen und die Jungfrau Maria werden auf euch achtgeben. Lasst den Brief in der Bibel, damit er nicht kaputtgeht, wo er doch schon so alt ist. Fahrt jetzt!»
Savio fuhr den kleinen Fiat vors Haus, und Jackey stieg mit der Bibel ein. Sie lächelte Signora Napoletano zu, als diese ihnen winkte und wie schon am Abend zuvor mit ihrem Schürzenzipfel die Augenwinkel wischte. Dann bogen sie auf die Hauptstraße. Das kleine Haus entschwand ihren Blicken, und während der nächsten Viertelstunde hingen beide ihren Gedanken nach.
«Du fährst eine andere Strecke, als wir gekommen sind.»
«Ich bleibe auf der Landstraße.»
«Weshalb? Nicht, dass wir zu spät nach Rom kommen!»
«Besser spät als gar nicht.»
«Wie meinst du das?»
«Mit dem alten Cinquecento ist es egal, ob wir auf der Landstraße oder auf der Autostrada fahren, weil er sowieso nicht viel mehr als sechzig hergibt. Außerdem frage ich mich nach allem, was heute Nacht los war – hier und in Rom –, ob nicht ein paar Leute nach uns Ausschau halten, denen ich lieber nicht begegnen möchte.»
«Aber die Leute von Don Levantino sind doch alle tot. Und dieser Polizist, der das alles angezettelt hat, auch.»
«Seit vorgestern Nacht hörst du mir nicht mehr zu: Ich habe dir

jetzt oft genug erklärt, dass anscheinend noch jemand anders hinter diesem Massaker in Rom steckt. Und der ist so mächtig, dass er offenbar über die gesamte Artillerie der römischen Polizei verfügt. Ich könnte mir vorstellen, dass die Polizei eher die Autobahnen überwacht. Für all die Landstraßen gibt es nicht genug Streifen. Aber selbst wenn wir mit heiler Haut in die Stadt reinkommen, sind wir noch lange nicht bei deinem Boss und seinem Priesterfreund.»

Um die Mittagsstunde klopfte Padre Luis an die Tür des Büros von Kardinal Angermeier.
«Avanti!»
«Eminenza, bitte entschuldigen Sie die Störung, aber dürfte ich Sie einen Augenblick sprechen?»
Angermeier schaute ungnädig auf seinen Sekretär.
«Padre Luis, Sie sehen, dass ich beschäftigt bin ...»
Zu seiner Überraschung zog sich der kleine Dominikaner daraufhin nicht sofort zurück, sondern schien sich im Gegenteil ein wenig aufzurichten, blieb im Zimmer und schloss die Tür.
«Padre Luis, wie darf ich dieses Verhalten verstehen? Sind denn hier alle verrückt geworden?»
«Eminenza, bitte verzeihen Sie, aber ich habe vorgestern, ohne es zu wollen, Ihren Disput mit Monsignor Montebello und ebenso mit Sua Eminenza Ambroso mitbekommen ... es wurde laut gesprochen.»
«Sie wissen, dass Sie zu striktem Stillschweigen verpflichtet sind über alle Vorgänge, die Ihre Arbeit betreffen!»
«Selbstverständlich, Eminenza! Nichts liegt mir ferner, als gegen dieses Gebot zur Verschwiegenheit zu verstoßen. Aber ich glaube, ich sollte Sie auf etwas aufmerksam machen.»
«Und was sollte das sein?»
«Mir sind heute Nacht die Überwachungskameras eingefallen.»
«Was ist damit?»

«Wenn ich das, was ich gehört habe, richtig deute, dann sind Sie doch sehr daran interessiert zu erfahren, was in dem Papyrus dieses Amerikaners steht?»
Angermeier stieg neuerlich die Zornesröte ins Gesicht.
«Auf jeden Fall muss die Abdichtung der Türen hier verbessert werden. Was also wollen Sie sagen, Padre Luis?»
«Die Aufzeichnungsgeräte in der Bibliothek, Eminenza, leisten Erstaunliches. Ich habe das zufällig einmal mitbekommen. Kurzum, es scheint mir möglich, dass sie die Handschrift des Amerikaners, die Sua Eminenza Ambroso mit hierhergebracht hat, erfasst haben und man in den Aufzeichnungen vielleicht eine Einstellung findet, die es erlaubt, den Text zu lesen.»
Im nächsten Moment stand Kardinal Angermeier senkrecht hinter seinem Schreibtisch.
«Padre Luis, wenn das stimmt, was Sie vermuten, dann wird Ihre Laufbahn nicht in meinem Vorzimmer enden. Bitte gehen Sie jetzt! Ich muss telefonieren.»
«Danke, Eminenza!»
Und damit verwandelte sich Padre Luis wieder in den subalternen Dominikanermönch, der sich vornübergeneigt, rückwärts mit trippelnden Schritten entfernte und die Tür zum Büro seines Vorgesetzten schloss.
Angermeier zog sein cellulare aus dem Schreibtisch und wählte eine Nummer.
«FOEDUS.»
«Nulla salus extra ecclesiam.»
«Oberstleutnant, es ist eine Situation eingetreten, in der ich mit dem Inquisitor sprechen muss.»
«Eminenza, Sie wissen, dass das nicht möglich ist. Ihre Kontakte zum Inquisitor laufen im Interesse der Kirche einzig und allein über mich. Und das wird auch so bleiben.»
«Ihr Verhalten ist anmaßend, Oberstleutnant. Auch wenn Sie die rechte Hand des Inquisitors sind, dürfen Sie nicht vergessen, dass Sie ein Sohn der Kirche und mithin ihrer Hierarchie unterworfen sind.»

Die Stimme des Oberstleutnants blieb unverändert ruhig.
«Ich werde bei nächster Gelegenheit mit dem Inquisitor darüber sprechen. Vorläufig sollten Sie mir sagen, was von so großer Bedeutung sein könnte, dass Sie vermuten, er könnte deswegen mit Ihnen persönlich zu sprechen wünschen.»
Angermeier beherrschte sich mühsam.
«Ich habe herausgefunden, wie wir wahrscheinlich sehr schnell und zuverlässig erfahren können, was in der Handschrift steht, die diesem Amerikaner gestohlen worden ist.»
Einen Moment lang herrschte Schweigen.
«Warten Sie, Eminenza! Darüber sprechen wir nicht am Telefon. Ich bin in ein paar Minuten bei Ihnen.»
Das Gespräch wurde unterbrochen, und bald darauf klopfte es an der Tür. Auf das «Avanti!» seines Herrn hin trat Padre Luis ein.
«Der Oberstleutnant der Schweizergarde, Walter Behringer, wünscht Sie zu sprechen. Er sagt, dass Sie ihn erwarten.»
«Ich lasse bitten.»
Mit einer angedeuteten Verneigung und einer entsprechenden Handbewegung bedeutete Padre Luis dem Gast einzutreten. Als er die Tür wieder geschlossen hatte, durchquerte der Oberstleutnant den Raum, öffnete ein Fenster zur Straße und winkte den Kardinal herbei.
«Herr Oberstleutnant! Ich muss sagen, dass mich Ihr Verhalten aufs Äußerste befremdet.»
«Eminenza, ich möchte mit Ihnen an einer Stelle dieses Büros sprechen, wo niemand mithören kann. Ich traue keinem Raum im Vatikan, in dem ich nicht selbst die Wanzen eingebaut habe.»
Kardinal Angermeier erhob sich mit indigniertem Gesichtsausdruck und trat zu dem Schweizer.
«Also, Eminenza, wie glauben Sie, könnten Sie herausfinden, was in dem verschwundenen Papyrus steht?»
«Wir haben, Oberstleutnant, besonders hochwertige Überwachungskameras für die Bibliothek angeschafft.»
«Das ist mir bekannt.»

«Die Aufnahmen werden einige Zeit gespeichert.»
«Ich verstehe.»
«Ich halte es für möglich, dass auf den Aufzeichnungen der verschwundene Papyrus nicht nur zu sehen, sondern auch zu lesen sein könnte. Ich möchte mich davon in Ihrem Beisein überzeugen. Und wenn ich recht behalten sollte, bestehe ich auf einem Gespräch mit dem Inquisitor persönlich.»
«Schauen wir doch erst einmal, ob Ihre Überlegungen zutreffen, Eminenza.»
Die Miene des Oberstleutnants blieb unbewegt. Angermeier nahm diese Regungslosigkeit als unmissverständlichen Kommentar zu seiner Forderung und drehte sich brüsk um. Er ging zum Schreibtisch und wählte die Nummer von Monsignor Angelosanto.
«Pronto?»
«Monsignore, wo werden die Aufzeichnungen der Überwachungskameras in der Bibliothek aufbewahrt?»
«Ich glaube, im Raum der Wachen, Eminenza.»
«Was heißt: ‹Sie glauben›?»
«Wissen Sie, Eminenza, es war noch nie notwendig, diese Aufzeichnungen zurate zu ziehen ...»
«Dann bringen Sie augenblicklich in Erfahrung, wo diese Aufzeichnungen tatsächlich sind! Ich will in der nächsten Viertelstunde die Bilder vom Besuch Kardinal Ambrosos in der Bibliothek vom letzten Samstag sehen. Ich warte!»
«Gewiss! Ich kümmere mich sofort darum, Eminenza!»
Angermeier ging, die Hände auf dem Rücken verschränkt, in seinem Büro auf und ab. Der Schweizer blieb gelassen am Fenster stehen und schaute hinaus. Es vergingen keine fünf Minuten, da läutete der Apparat auf dem Schreibtisch des Präfekten.
«Pronto?»
«Eminenza, die Aufzeichnungen werden im Wachraum aufbewahrt, wie ich gesagt hatte.»
«Gut, ich komme sofort.»
«Eminenza, da ist noch etwas.»

«Was denn noch?!»
«Leider ist die Aufzeichnung vom vergangenen Samstag nicht aufzufinden.»
«WAS?»
«Es ist ...»
«DAS IST SABOTAGE! Ich bin in zwei Minuten im Wachraum. Versammeln Sie dort das gesamte Wachpersonal!»
«Gew...»
Angermeier hatte den Hörer auf den Apparat geknallt.
«Die Aufzeichnungen vom Samstag sind verschwunden. Kommen Sie, Oberstleutnant. Wir werden die Sicherheitsleute verhören. Die sollen mich kennenlernen!»
Im Sturmschritt ging Angermeier dem Schweizergardisten voraus, so dass Besucher und Mitarbeiter den beiden einigermaßen irritiert nachschauten. Wenig später stieß der Kardinal die Tür zum Raum der Wachen auf, in dem mehrere Monitore das Geschehen in der Bibliothek zeigten. In dem Raum herrschte drangvolle Enge. Kardinal Angermeier ließ kurz seinen Blick über die Gesichter der Anwesenden schweifen.
«Wo werden die Aufzeichnungen aufbewahrt?»
«Hier, Eminenza!»
Monsignor Angelosanto machte zwei Schritte auf einen großen Metallschrank zu. Er öffnete ihn und zeigte auf ein Gestell, in dem etwa zwanzig DVDs standen. Jede trug als Aufschrift das Tagesdatum, an dem die Aufzeichnung entstanden war.
«Sehen Sie, Eminenza, hier ist die Lücke. Es fehlt die DVD für den letzten Samstag.»
«Wer hat hier seit Montag Dienst getan?»
Vier Männer traten vor.
«Wie heißen Sie?»
«Eufemio Grossi.»
«Paolo Colleone.»
«Alberto Manfredi.»
«Giuseppe Baroso.»
«Können Sie mir erklären, wieso diese Aufzeichnung fehlt?»

Die vier schauten betreten zu Boden und murmelten kopfschüttelnd ihr «Nein».
«Ich habe den Eindruck, Sie sind sich nicht im Klaren darüber, wie ernst dieser Vorgang ist. Jemand hat offenbar die Bibliothek bestohlen. Der Diebstahl ist hier im Wachraum erfolgt. Entweder es war jemand von Ihnen, oder Sie haben den Diebstahl geduldet; jedenfalls haben Sie ihn nicht verhindert. Das disqualifiziert SIE ALLE als Wachhabende und würde Ihre Entlassung rechtfertigen.»
Der letzte Satz sorgte für erhebliche Unruhe.
«SCHWEIGEN SIE! Wie können Sie es wagen zu protestieren angesichts dieses Beweises Ihrer völligen Unfähigkeit? Aber vielleicht sind Sie ja gar nicht unfähig, vielleicht sind Sie ja einfach nur Verräter Ihrer Kirche, deren Schätze Sie hier hüten sollen.»
Dieser Satz wirkte noch heftiger als der vorangegangene.
«RUHE! Sie können noch nicht einmal auf einen Schrank in Ihrem Wachraum aufpassen. Wieso sollte ich solchen Männern länger heiligste Güter der Kirche anvertrauen?»
«In diesen Raum kommen gelegentlich auch andere Mitarbeiter der Bibliothek. Die können wir doch nicht alle untersuchen.»
Es war Eufemio Grossi, der diese Verteidigung gewagt hatte.
«Und wer ist in den letzten Tagen sonst noch hier hereingekommen?»
«Da waren zum Beispiel ein paar vom Reinigungstrupp, aber auch jemand aus der Technikabteilung. Und dann war auch Enzo Baldassare noch einmal hier, um seine Sachen aus dem Schrank zu...»
«Wie bitte? Meinen Sie diesen Baldassare, den ich entlassen habe?»
«Ja. Er war doch am Montagmorgen sofort gegangen, nachdem Sie ihn... Jedenfalls hatte er wie wir alle noch ein paar private Sachen im Schrank. Und heute Morgen kam er eben und hat das alles in seinen kleinen Rucksack gesteckt und mitgenommen.»
«Woher wissen Sie das?»
«Ich habe hier zusammen mit Paolo – Signor Colleone – Dienst gehabt. Enzo hat gegen neun Uhr angerufen, ob er seine Sachen

abholen könne. Und da haben wir natürlich ‹Ja› gesagt. Er war doch viele Jahre unser Kollege.»
Angermeier rang sichtlich um Fassung.
«Haben Sie ihn beobachtet?»
«Nein. Die Situation war uns peinlich. Wir wollten nicht zusehen, wie er ...»
Da ermannte sich Paolo Colleone.
«Wir wollten nicht zusehen, wie dieser Mann, mit dem wir lange Jahre zusammengearbeitet haben und der sich nie etwas hat zuschulden kommen lassen, jetzt mit seiner Familie ins Elend geht.»
«WAS WISSEN SIE, WAS SICH DIESER LUMP HAT ZUSCHULDEN KOMMEN LASSEN? Jetzt liegt es doch wohl klar zutage, dass er ein Dieb war, der das Vertrauen der Kirche missbraucht hat.»
«Enzo Baldassare ist kein Lump, und er hat nie irgendwas gestohlen. Ich hätte ihm alles anvertraut, was mir wichtig ist, und würde es immer noch tun. Sie haben einem anständigen Menschen die Existenzgrundlage geraubt, Eminenza!»
«Das ist doch unerhört, dass ich mir so etwas in diesem Haus anhören muss. Sie können sicher sein, dass ich disziplinarisch gegen Sie vorgehen werde.»
«Und Sie können sicher sein, dass ich keine Angst vor Ihnen habe. Ich habe keine Familie wie Enzo, und wenn Sie etwas gegen mich unternehmen, dann wird die Öffentlichkeit davon erfahren, was Sie unter einem christlichen Umgang mit Ihren Mitarbeitern verstehen.»
Angermeier war bleich vor Zorn und wollte gerade zu einer neuen Tirade ansetzen, als sich Oberstleutnant Behringer einschaltete.
«Ich denke, wir haben erfahren, was wir wissen sollten. Kommen Sie, Eminenza! Wir haben Wichtigeres zu tun.»
Er öffnete die Tür, und schwer atmend ging der Kardinal hinaus, gefolgt von dem Schweizer. Als sie wieder im Büro des Präfekten waren, steuerte Behringer neuerlich auf das Fenster zu, und Angermeier trat neben ihn.
«Die Sachlage ist völlig klar: Baldassare hat die Aufzeichnung mitgenommen, und es kommt nur ein Auftraggeber in Frage. Dieser

Wachmann steckt doch unter einer Decke mit Kardinal Ambroso. Mein Vorgänger hat in diesem Haus doch alle moralisch korrumpiert, sonst wäre ein solch respektloses Verhalten, wie wir es gerade erlebt haben, gar nicht möglich. Ich kämpfe seit Jahren gegen solche Insubordination. Und ich verspreche Ihnen, wenn ich einst dieses Haus meinem Nachfolger übergeben werde, werde ich diese Geisteshaltung mit Stumpf und Stiel ausgerottet haben. Dann wird es hier niemand mehr wagen, gegen einen Geistlichen, geschweige denn gegen einen Kardinal die Stimme zu erheben!»
«Lassen wir das Sentiment einmal beiseite. Sie meinen also, dass Eminenza Ambroso Baldassare beauftragt hat, diese Aufzeichnung zu besorgen? Aber welchen Grund hätte Baldassare, so etwas für ihn zu tun?»
«Baldassare verehrt diesen Kardinal Ambroso. Er hat, wenn ich das richtig verstanden habe, dessen Kind getauft.»
«Kindstaufe hin oder her – eine solche Verehrung, dass man für jemanden etwas stiehlt, begründet das allein noch nicht. Was wissen Sie sonst noch über diesen Baldassare?»
«Oberstleutnant, ich habe keine Zeit, mich um den Lebenslauf eines jeden Angestellten in diesem Haus zu kümmern. Hier stellen sich andere Aufgaben.»
Behringer lächelte.
«Mitunter ist es hilfreich, die Motive von Menschen zu kennen. Aber im Augenblick soll es uns genügen zu wissen, wer die Aufzeichnung gestohlen hat – und für wen. Sie dürfen sicher sein, Eminenza, dass ich mich persönlich um beide kümmern werde – um den Dieb und um den Auftraggeber.»

Jackey und Savio kamen langsam voran, aber sie blieben unbehelligt. Auf einem größeren Parkplatz hatte Savio im Vorübergehen ein paar andere Nummernschilder für den Cinquecento organisiert. Doch konnte man ihm ansehen, wie seine Anspannung mit jedem Kilometer wuchs, den sie der Stadt näher kamen.

«Das gefällt mir nicht. Das geht zu glatt.»
«Vielleicht haben sie diesen Oldtimer nicht auf der Rechnung. Vielleicht haben wir einfach Glück.»
«Wie weit es damit her ist, werden wir merken, wenn wir nach Rom kommen.»
Sie fuhren über die Via Tuscolana auf die Stadt zu. Als sie Tor di Mezzavia passierten, zuckte Savio zusammen.
«Jetzt wird es ernst!»
«Was meinst du?»
«In der letzten Seitenstraße stand ein Wagen der Carabinieri. Wenn die Ausschau nach uns halten, dann wissen sie jetzt, dass wir kommen.»
Noch blieb alles ruhig. Aber Savio hatte sich nicht getäuscht. Der eine der beiden Beamten in dem Polizeiwagen hatte den Cinquecento bemerkt, auf den die Beschreibung ebenso passte wie auf das Paar, das darin saß. Auch wenn das Kennzeichen ein anderes war als das gesuchte, meldete er seine Beobachtung ans Präsidium – wo man sie sofort an Ispettore Achille Rossi weiterleitete. Niemand hatte dem Staatssekretär im Innenministerium, Emilio Bonaventura, gesagt, wie es um die Qualitäten dieses Mitarbeiters von Commissario Capo Tremante bestellt war. Der Staatssekretär hatte sich persönlich mit Rossi verbinden lassen, um sich über den Stand der Fahndung zu informieren. Rossi hatte ihm eröffnet, dass er von Anfang an in die Aktion einbezogen gewesen und mit allen Teilen der angelaufenen Fahndung vertraut sei. Er habe nach dem Tod Tremantes angeordnet, dass die Polizeizentralen der einzelnen Regionen in halbstündigen Abständen eine Kurzmeldung an das Präsidium in Rom schickten – sollten sie etwas entdecken, würden sie sich sofort melden. Der Zugriff dürfe nur auf ausdrückliche Weisung aus Rom erfolgen. Ein Hubschrauber stehe bereit, ihn bei Bedarf an den Ort des Geschehens zu bringen. Das Netz sei dicht gewebt. Der schneidige Rapport des Inspektors verfehlte nicht seine Wirkung auf den Staatssekretär. Er selbst war in sein Amt allein wegen des Parteienproporz gekommen; früher war er für die Abwasserordnungen der Kommunen zuständig

gewesen, so dass er selbst keine klare Vorstellung davon hatte, wie eine erfolgversprechende Fahndung aufgezogen sein musste. Aber das, was er gerade gehört hatte, klang sehr professionell. Zu Tremante hatte er nie großes Vertrauen gehabt – schon weil er um die Gründe wusste, weshalb der für den Orden gearbeitet hatte. Aber dieser Rossi schien aus anderem Holz geschnitzt.

«Sehr gut, Ispettore Rossi! Wenn Sie diese Fahndung erfolgreich abschließen, wird Sie das in Ihrer Karriere entscheidend voranbringen. Ich nehme persönlich größtes Interesse am Ausgang dieser Aktion. Sie wissen ja, dass die Gesuchten eine Handschrift haben, in der es um die Grundlage von allem geht, was uns heilig ist – sozusagen um die moralischen Grundlagen unserer Gesellschaft. Wir müssen diese Handschrift bekommen, und zwar so, dass möglichst wenige Leute auch nur etwas von ihrer Existenz erfahren.»

«Sie können sich auf mich verlassen, Herr Staatssekretär! Ich werde alles daransetzen, Ihnen die Handschrift wohlbehalten auszuhändigen!»

«Viel Erfolg, Ispettore!»

«Danke, Herr Staatssekretär!»

Rossi war während des Gesprächs aufgestanden und hatte Haltung angenommen – und er nahm in dieser Haltung bereits seinen beruflichen Erfolg vorweg, den ihm dieser hohe Amtsträger in Aussicht gestellt hatte. Jetzt musste er nur noch warten. Als ihm die Meldung hereingereicht wurde, dass die Gesuchten offenbar an der Stadtgrenze gesichtet worden und auf dem Weg ins Zentrum Roms waren, atmete Rossi tief durch. Das war seine Chance – eine Chance, wie man sie vielleicht nur einmal im Leben bekam. Er gab Weisung, dass Zivilfahnder in ihren Fahrzeugen die Observierung übernehmen sollten. Dann forderte er für sich ein Fahrzeug mit Fahrer an und gab Order, dass alle Beobachtungen über Funk sofort an ihn weiterzugeben seien. Bereits vom Auto aus informierte er den Staatssekretär.

Savio fuhr unterdessen mit Jackey über die Via Tuscolana und die Via Appia Nuova in Richtung der Metrostation Vittorio Emanuele am Esquilin. Der Verkehr wurde dichter. Einerseits konnte er sich mit dem Cinquecento überall problemlos durchschlängeln, andererseits würde es Fahndern ein Leichtes sein, ihn mit einem Mal an einer Ampel zu stellen, ohne dass er eine Chance hätte, ihnen zu entkommen. Wenn sie hinter ihnen her waren, würden sie nicht mit Tatütata auftauchen, sondern mit Zivilfahrzeugen. Er sprach kein Wort mehr, sondern versuchte, in jeder Sekunde seine Umgebung und den um sie her fließenden Verkehr im Auge zu behalten. Auch Jackey war still geworden. Savios Anspannung hatte sich auf sie übertragen.

Sie näherten sich der Piazza della Repubblica. Rechts neben ihnen fuhr ein dunkelblauer Alfa Romeo 159, in dem zwei Männer mit Sonnenbrillen saßen. Gerade in dem Moment, da sie aus der Viale Luigi Einaudi in den Kreisverkehr einbiegen wollten, lief ein kleiner Hund auf die Straße. Beide Wagen bremsten scharf. Aus dem Augenwinkel erfasste Savio, wie von der Hutablage im Alfa eine Zeitung nach vorn rutschte und auf den Sitz fiel. Darunter kam die Dienstmütze eines Carabiniere zum Vorschein.

Savio reagierte im Bruchteil einer Sekunde. Er zog den Cinquecento nach links, rumpelte damit über den Bordstein und fuhr durch den kleinen Park in die entgegengesetzte Richtung zurück. Die Viale Luigi Einaudi war eine Einbahnstraße, und die Bäume, die den Park begrenzten, waren so eng gepflanzt, dass die Verfolger mit ihrem Wagen nicht hinterherkommen konnten.

«Was ist los?»

«Sie sind da!»

«Was machen wir jetzt?»

«Wart's ab!»

Savio suchte sich möglichst kleine Straßen, in denen Polizeiwagen ihn nicht würden überholen und dann blockieren können. Andererseits konnte der Ausgang solch einer kleinen Straße leicht abgeriegelt werden. Er musste so oft wie möglich die Straßen wechseln, aber grob die Richtung beibehalten. Dann hörte er sie kommen. Nachdem den Jägern klar war, dass ihre Beute erkannt hatte, dass sie gejagt wurde, brauchten sie sich nicht weiter zu verstellen.

Rossi hatte geflucht, als er gehört hatte, was geschehen war, und dann den Befehl gegeben, alle Einsatzkräfte zusammenzuziehen, um zu verhindern, dass ihnen die Gesuchten im Gewirr der Straßen entkamen. Savio riskierte, in eine Falle zu fahren, als er in die kleine Via Friuli fuhr. Und als er an deren Ende wieder herausschoss, hörten Jackey und er Sekundenbruchteile später hinter sich einen Knall. Fahnder in zwei Polizeiwagen – einer aus der Via Sallustiana, einer aus der Via Leonida Bissolati kommend – hatten denselben Gedanken gehabt und versucht, das Sträßchen abzuriegeln. In dem Moment, als sie den Sack zumachen wollten, erkannten sie ihr Problem, doch da war es bereits zu spät. Sie waren einfach zu schnell und stießen an der Ecke zusammen. Savio wusste, dass er mit diesem Intermezzo nur Zeit gewonnen, aber seine Verfolger nicht abgeschüttelt hatte. Ein paar waghalsige Richtungswechsel später beugte sich Jackey nach vorn.
«Diese Sträßchen hier kenne ich doch!»
«Kann sein. Wir fahren geradewegs auf die Spanische Treppe zu.»
Die Idee Savios war gut, denn die kleine Via Gregoriana war für größere Fahrzeuge immer ein Problem, weil viele Touristen darin unterwegs waren und weil immer ein paar Autos garantiert so parkten, dass sie den Verkehr behinderten. Ein kleiner Fiat kam mühelos durch.
«Das war's.»
«Was meinst du?»
«Da vorn stehen sie.»
Savio schaute noch einmal in den Rückspiegel, aber auch von hinten näherte sich langsam ein Polizeiwagen. Auf der Höhe der Spanischen Treppe, nach der Einmündung der Via Sistina, bremste er ab. Dann schlug er mit einem Mal auf der Piazza Trinità dei Monti den Lenker nach links ein und rief Jackey zu:
«Halt dich fest!»
«Nein! Savio?!»
Er steuerte den Cinquecento langsam über die erste Stufe, der Wagen kippte leicht nach vorn, dann immer stärker, und im nächsten Moment hoppelte er die Treppe hinunter. Rechts und links

sprangen Passanten fluchend zur Seite, aber irgendwie gelang es Savio, weder jemanden umzufahren noch die Mauern der Treppe zu touchieren.
«Wir ... werden ... einen ... anderen ... Wagen ... brauchen, ... wenn ... wir ... unten ... sind.»
Sie hüpften in dem Auto unsanft auf und ab, so dass ihre Zähne aufeinanderschlugen. Schließlich kamen sie unter dem Gejohle der Zuschauer tatsächlich heil auf der Piazza di Spagna an. Ihr kleines Auto hatte zwar tapfer alles mitgemacht, sich aber dabei offenbar beide Achsen gebrochen. Einen Moment lang atmeten Jackey und Savio durch; dann wollten sie aussteigen. Doch eine Sekunde später jagte ein dunkler Wagen mit aufgesetztem Blaulicht auf dem Dach heran. Heraus sprang Ispettore Achille Rossi und rannte mit gezogener Waffe auf sie zu. Aus seinen Augen blitzte der Triumph. Er selbst – Achille Rossi – würde diese Fahndung erfolgreich zu Ende, die Gesuchten hinter Gitter und die Handschrift dem Staatssekretär bringen. Er war ein gemachter Mann.
«Rauskommen! Beide sofort rauskommen!»
Jackey und Savio wussten, dass sie verloren hatten, und stiegen langsam aus. Sie wollten dem Polizisten keinen Vorwand liefern, sie hier zu erschießen. Und so, wie er aussah, würde er keine Sekunde zögern, genau das zu tun.
«Hände hoch!»
Als Jackey die Arme heben wollte, merkte sie, dass sie die Bibel immer noch in Händen hielt – gerade so wie während der ganzen Fahrt. Sie beugte sich ein wenig nach unten, um sie auf den Sitz zu legen. Aber Rossi brüllte sie an.
«Hochkommen, sofort!»
«Aber die ...»
«Maul halten! Hände hoch! Wird's bald! Und jetzt ganz langsam um den Wagen herum. Stellen Sie sich neben den da!»
Jackey dachte noch, was für ein absurdes Bild sie abgeben musste, wie sie mit der großen Bibel über dem Kopf um den Cinquecento herumging. Aber sie reckte den mächtigen Folianten wie befohlen

über sich in den Himmel. Rossi kam, leicht in die Knie gebeugt, in perfekter Combathaltung auf sie zu, beide Hände um die Waffe gelegt. Er hielt sie weit vor sich ausgestreckt, wobei er den Lauf mal auf Savio, dann wieder auf Jackey richtete. Er war keine drei Schritte mehr von Savio entfernt und hielt den Hahn der Pistole gespannt. Sein Fahrer war beim Wagen geblieben.

«Wenn Sie ihm jetzt in die Brust schießen, dann zerstören Sie die Handschrift, die er unter dem Hemd trägt.»

Rossi blickte kurz zu Jackey hinüber. Dann zielte er etwas höher auf Savio, löste die linke Hand vom Griff der Waffe und begann, an dessen Hemd herumzunesteln. Das Hemd stammte noch aus Savios Jugendtagen und spannte sich stramm über seinen muskulösen Oberkörper. So bekam Ispettore Rossi, nur mit der Linken allein und ohne hinzusehen, den mittleren Knopf nicht auf. Also richtete er für eine Sekunde den Blick auf Savios Knopfleiste. In diesem Augenblick schlug Jackey dem Polizisten mit voller Wucht die schwere Bibel auf den Schädel. Rossi machte einen formvollendeten Kniefall vor Savio. Der griff blitzschnell nach der Pistole und zog mit der anderen Hand Rossi zu sich empor. Er drückte die Pistole an Rossis Schläfe und brüllte zugleich den Polizisten an, der bei dem Wagen geblieben war.

«Weg da! Weg vom Auto! Und die Waffe an deiner Seite – runter damit! Eine falsche Bewegung, und dein Kollege ist tot.»

Die Touristen auf der Piazza di Spagna, die das Abenteuer mit dem Cinquecento lachend beobachtet hatten, schrien auf und stoben auseinander. Der andere Polizist zog sehr vorsichtig die Pistole aus dem Holster.

«Wirf sie ins Auto! Jetzt dreh dich um! Hinlegen! Gesicht auf den Boden!» Jackey und Savio bewegten sich mit Rossi, der immer noch weiche Knie hatte, auf das Polizeiauto zu. Savio überzeugte sich, dass der Schlüssel steckte. Er nickte zu Jackey hinüber.

«Steig ein! Jetzt wird gleich alles sehr schnell gehen.»

Er ging mit Rossi um den Wagen herum bis zur Fahrertür. Dann gab er dem taumelnden Inspektor einen harten Stoß in den Rücken, der ihn zu Boden warf, sprang selbst ins Auto, drehte den

Schlüssel um und jagte im nächsten Augenblick die Piazza di Spagna in Richtung Via del Babuino hinunter.
«Hast du das auch beim Umgang mit Tieren gelernt, wie du einen Bullen k. o. haust?»
«Gar nicht schlecht! Der Mann war so auf sein Pistolenballett konzentriert, dass ich irgendwie gespürt habe, dass in seinem Kopf kein Platz für einen zweiten Gedanken ist. Tatsächlich hat er auf den einzigen Reiz reagiert, den ich setzen konnte. Wenn er allerdings nichts von der Handschrift gewusst hätte, hätte ich Pech gehabt.»
«Der Typ hätte mich erschießen können, als du ihm eine übergezogen hast.»
«Nach dem, was du mir heute Morgen erzählt hast, wärst du doch auf jeden Fall dran gewesen. Da schien mir deine Chance etwas größer, wenn ich den Versuch mit der Bibel mache.»
Savio warf ihr einen Seitenblick zu, sah, wie sie zu ihm herübergrinste, und schnappte nach Luft. Drei Minuten später fuhren sie über die Ponte Cavour auf das andere Tiberufer. In der Via Orazio parkten sie den Polizeiwagen ordentlich und gingen den letzten knappen Kilometer zu Fuß. Sie sahen ebenso unauffällig auffällig aus wie viele dieser Touristenpärchen, die in einem der zahllosen Antiquariate irgendeinen billigen alten Schinken erworben hatten und nun stolz mit ihrer Trophäe durch die Stadt liefen. Niemand schenkte ihnen Beachtung.

Kapitel 28 – Die Zuflucht

Es war kurz vor acht, als sie bei Montebello läuteten. Sie stiegen die Treppe hinauf und sahen in einer offenen Tür einen Geistlichen im dunklen Habit.
«Signora O'Connor?»
«Monsignor Montebello?»
«Ja. Seien Sie willkommen!»
Mit einer Handbewegung winkte er sie in die Wohnung.
«Sie ahnen nicht, wie glücklich ich bin, Sie wohlbehalten hier zu sehen, Signora O'Connor und ...»
«Das ist Signor Napoletano. Er hat mir das Leben gerettet und mich jetzt nach Rom gebracht.»
«Gott segne Sie dafür, Signor Napoletano!»
«Danke, Monsignore.»
Die beiden Männer gaben sich die Hand.
«Vielleicht gehen wir erst in mein Arbeitszimmer. Bitte hier entlang!»
Montebello setzte sich hinter seinen Schreibtisch, während die Besucher auf einer kleinen Couch unter einem Kreuz an der Wand Platz nahmen. Jackey legte die Bibel auf den Couchtisch. Einen Moment lang herrschte verlegenes Schweigen. Montebello erinnerte die Situation an Augenblicke, wie er sie mit jungen Paaren erlebt hatte, die sich von ihm trauen lassen wollten. Er verscheuchte den Gedanken und wandte sich an Jackey.
«Signora O'Connor, ich habe mit Professor Oakbridge gespro-

chen. Er wartet im Wohnzimmer. Ich denke, Sie werden verstehen, dass er... angespannt ist. Er hat Schlimmes durchgemacht; bitte, nehmen Sie es ihm nicht übel, wenn er zunächst vielleicht etwas gereizt reagiert! Ich kann Ihnen jedoch versichern, dass er sich sehr freut, dass Sie ihm den Papyrus zurückgeben – nach allem, was geschehen ist. Was Sie durchgemacht haben, Signora O'Connor, wage ich mir nicht vorzustellen, aber nun, da es vorbei ist...»
«Es ist nicht vorbei!»
Montebello schaute überrascht zu Savio hinüber.
«Verzeihung? Ich verstehe nicht...»
«Das Problem, dass keiner versteht, was ich sage, kenne ich bereits von Jackey. Es scheint niemand zu begreifen, dass es hier um mehr geht als darum, dem Amerikaner seine Handschrift zurückzugeben. Haben Sie mitbekommen, was heute Nacht in Rom passiert ist? Die Familie des Paten Don Levantino, für den ich gearbeitet habe, wurde ausgelöscht. Zugleich hat man bei dieser Aktion einen hohen Polizeioffizier geopfert, der seit langem mit der Mafia zusammengearbeitet hat. Für den sollten wir diesen Papyrus besorgen. Das hat er aber garantiert nicht auf eigene Rechnung gemacht, sondern für seine Hintermänner. Und ich wette, dass diese Hintermänner ihre Absichten nicht aufgegeben haben. Und deshalb ist hier nichts vorbei – gar nichts.»
Montebello nickte. Es war nicht lange her, dass Ispettore Superiore Bariello ihm und Bill das Gleiche angedeutet hatte.
«Signor Napoletano, es... es kann durchaus sein, dass Sie recht haben. Aber ich denke, wir sollten jetzt ein Problem nach dem anderen lösen. Zuerst sollte Signora O'Connor...»
«... bitte nennen Sie mich Jackey!»
«Also gut. Zuerst sollten Sie, Jackey, mit Bill sprechen. Dann sollten wir gemeinsam beraten, was jetzt am besten zu tun ist, um Ihren Bedenken gerecht zu werden, Signor Napoletano. Soll ich bei dem Gespräch dabei bleiben, Jackey?»
«Ja, Monsignore, das wäre mir sehr lieb. Savio, würdest du uns zuerst allein mit Bill sprechen lassen?»
«Sicher, geht nur!»

«Und du versprichst mir, dass du am Ende unseres Gesprächs noch hier bist?»
«Ich habe dir versprochen, dich hierherzubringen. Nicht mehr! Ich habe eben einen Polizisten als Geisel genommen. Sämtliche Polizeibeamte der ganzen Stadt sind jetzt hinter uns her und ganz besonders hinter mir. Ich denke ...»
«Verzeihen Sie bitte, wenn ich mich einmische, Signor Napoletano! Aber hinter mir ist kein Polizist her, und auch nicht hinter Signor Oakbridge. Ich glaube, in Rom ist die Wohnung eines Priesters kein ganz schlechtes Asyl für einen Flüchtling. Und da Sie Signora Jackey das Leben gerettet haben, ist auf jeden Fall so viel Gutes in Ihnen, dass ich kein Problem damit habe, wenn Sie mein Gast sind.»
Montebello lächelte Savio zu.
«Savio, Monsignor Montebello hat recht! Bitte ...»
Savio nickte.
«Gut. Ich bleibe ... vorerst.»
«Danke!»
Montebello erhob sich und ging hinaus, während Jackey ihm mit der Bibel folgte.
«Danke, Monsignore!»
«Danken Sie mir nicht zu früh!»
«Ich danke Ihnen dafür, was Sie zu Savio gesagt haben.»
Montebello öffnete die Wohnzimmertür. Bill Oakbridge stand am Fenster. Als er die Tür hörte, drehte er sich um. Sein Gesicht war maskenhaft, als er Jackey eintreten sah. Sie ging auf ihn zu.
«Bill, ich bringe hier, was dir gehört. Was ich dir angetan habe, tut mir leid – sehr leid! Ich bin gekommen, um mich bei dir zu entschuldigen.»
Sie legte die Bibel auf den Tisch und schlug die Seiten auf, zwischen denen die Handschrift zum Vorschein kam.
Oakbridge schaute von Jackey auf den Papyrus und trat mit zwei Schritten an den Tisch. Er legte beide Hände auf die Tischplatte und beugte sich über die Handschrift. In dieser Haltung blieb er fast eine Minute stehen. Dann hob er den Kopf.

«Kein besonders professioneller Aufbewahrungsort, aber mit Sinn für Dramatik gewählt.»
«Ich hatte keine große Auswahl und war dankbar, dass eine alte Frau mir ihre Familienbibel dafür gegeben hat.»
Auf Oakbridges Gesicht erschien ein bitteres Lächeln.
«Du wirst es mir nicht übelnehmen, wenn ich weder vor Dankbarkeit noch vor Rührung zerfließe. Das hier war alles unnötig. Um genauer zu sein, es war ein Verbrechen. Und jetzt ist Simon Hockney tot. Zwei Menschen, denen ich vertraut habe, haben sich zusammengetan, um mir eines der größten Zeugnisse der Antike zu rauben. Ich verstehe das nicht, Jackey, und was ich nicht verstehe, kann ich schlecht verzeihen!»
Die letzten Worte hatte er heftig hervorgestoßen.
«Bill, nach dem, was hinter mir liegt, habe ich keinerlei Bedürfnis, unseren Streit mit dir fortzusetzen – darüber, wie weit du dich entfernt hattest von uns allen am Institut. Und auch nicht darüber, dass wir eigentlich nur noch die Arbeit machen durften, für die du allenthalben die Lorbeeren geerntet hast. Als ich dich darauf angesprochen habe, hast du mir damit gedroht, mich rauszuwerfen. Und dann bist du mit diesem einzigartigen Papyrus, kaum dass Cyrill tot war und ohne auch nur ein Wort zu erklären, nach Europa aufgebrochen. Simon und ich haben darin den Beweis gesehen, dass du dieses Institut nur noch zur Befriedigung deines persönlichen Ehrgeizes führen würdest und dass meine Zeit dort ein für alle Mal abgelaufen war.
Was Cyrill immer als Gemeinschaftswerk gesehen und gestaltet hatte, würde zum Spiegel deiner Großartigkeit verkommen. Das war der Tropfen, der das Fass zum Überlaufen gebracht hat. Aber ... der Schluss, den Simon und ich daraus gezogen haben, war trotz allem falsch. Simon machte sich schon am Abend nach dem Überfall Vorwürfe. Du hast ihn gekannt – er wollte so wenig wie ich, dass du ernstlich verletzt würdest. Und die Katastrophe, die dann eingetreten ist, hatten Simon und ich gewiss nicht geplant. Was immer du jetzt von mir denkst, du sollst wissen, dass ich aufrichtig bereue, was ich getan habe. Und dass Simon dafür mit dem

Leben bezahlt hat, wird mir bis ans Ende meiner Tage nachgehen. Wenn ich es könnte, würde ich alles ungeschehen machen, aber das kann ich nicht. Ich kann nur zu dir kommen, dir den Papyrus zurückgeben und dich um Verzeihung bitten.»
Oakbridge hatte an sich halten müssen, als er hörte, wie Jackey im Beisein von Gian Carlo seinen Führungsstil in Berkeley zur Sprache brachte. Aber als sein Blick auf Montebello fiel, der ihm begütigend zunickte, riss er sich zusammen.
«Was immer ihr mir angetan habt – mit dem Tod von Simon habt ihr ... einen zu hohen Preis bezahlt. Stimmt es, dass du Kriminellen in die Hände gefallen bist?»
«Ja. Sie wollten mich töten, und nur dem Mann, der im Nebenzimmer sitzt und der sich, um mich zu retten, gegen dieselben Mafiosi gestellt hat, mit denen er jahrelang zusammengearbeitet hat, ist es zu verdanken, dass ich jetzt nicht einbetoniert im Fundament irgendeiner Baustelle liege. Er kann dir die Hintergründe auch besser erklären als ich.»
«Es ... es tut mir leid, was du durchgemacht hast.»
Jackey ließ den Kopf hängen. Und dann lösten sich Entsetzen und Anspannung der letzten Tage, und sie begann zu weinen. Montebello wollte sie gerade zu einem Sessel führen, als die Tür aufflog und Savio darin erschien.
«Was ist hier los? Sie haben ihre beschissene Handschrift wieder. Müssen Sie jetzt noch die Frau fertigmachen? Komm, Jackey, lass ...»
Aber in dem Moment hob Jackey die Hand und schüttelte den Kopf.
«Nein, Savio. Es ist alles in Ordnung. Ich habe nur plötzlich ...»
Da schaltete sich Montebello ein.
«Signor Napoletano, beruhigen Sie sich, bitte! Es ist nichts passiert – Signora O'Connor ist einfach vollkommen erschöpft. Die Ereignisse der letzten Tage waren einfach zu viel für sie – so wie für uns alle. Darf ich übrigens vorstellen: Dies ist Signor Oakbridge. Er ist mein Freund. Bill, dies ist Signor Napoletano, der Jackey das Leben gerettet hat.»
Oakbridge straffte sich, ging auf Savio zu und gab ihm die Hand.

«Signor Napoletano, ich danke Ihnen für das, was Sie für Jackey getan haben! Sie hat uns gesagt, dass Sie mir das, was nach dem Überfall geschehen ist, vielleicht erklären können? Ich denke, das würde uns allen sehr helfen.»

Jackey schaute zu Savio hinüber und streckte die Hand nach ihm aus.

«Bitte, Savio! Wenn es stimmt, was du vermutest, dann sitzen wir sowieso alle im selben Boot – dann sind wir alle in Gefahr.»

Sie setzten sich um den Tisch, und Savio begann zu erzählen. Nach wenigen Sätzen war klar, dass er jahrelang Teil der Mafia gewesen war. Was er über diese Zeit andeutete, blieb nicht ohne Wirkung auf Montebello und Oakbridge. Doch umso mehr glaubten sie ihm, was er über die Zusammenarbeit von Tremante mit der Familie Don Levantinos sagte – und darüber, welche Art von Aufträgen sie von ihm erhalten hatte. So wussten sie zwar immer noch nicht, wer hinter dem konkreten Auftrag stand, die Handschrift zu besorgen, aber sie zweifelten nicht mehr daran, dass die Hintermänner aus der Elite der römischen Gesellschaft kamen.

Als Savio geendet hatte, blieb es eine ganze Weile still. Montebello fand als Erster seine Sprache wieder.

«Signor Napoletano, haben Sie vielen Dank für Ihre Offenheit und für Ihren Mut. Ich glaube Ihnen, was Sie gesagt haben, und daher will ich mir auch nichts vormachen über unsere Lage. Wir werden hier nicht allein herauskommen. Und ich denke, es ist nur eine Frage der Zeit, bis die Polizei – oder wer auch immer – hier auftauchen wird.»

«Auf die, Gian Carlo, werden wir nicht lange warten müssen», sagte Oakbridge. «Ein Polizeiwagen steht unten keine fünfzig Meter vom Haus entfernt. Den habe ich vorhin schon gesehen.»

Savio fuhr auf.

«Ich muss hier weg. Sofort! Gibt es über die Treppe einen Weg zum Dach?»

«Savio, sei vernünftig! Wenn sie wirklich das Haus bewachen, hast du nicht den Hauch einer Chance. Wenn du fliehst, werden sie dich bei der ersten Gelegenheit erschießen.»

«Signora Jackey hat recht. Ich glaube, ich weiß, wer uns jetzt noch helfen kann.»
«Wer sollte mir noch helfen?»
«Ein ... ein Polizist.»
Savio schaute den Priester an. Er schüttelte den Kopf.
«Das reicht! Jackey, jetzt muss ich sehen, dass ich hier irgendwie lebend wegkomme. Ich weiß einfach zu viel über die Zusammenarbeit der Polizei mit den Maranesi. Sie können mich nicht am Leben lassen, wenn sie mich kriegen.»
Montebello schüttelte ruhig, aber bestimmt den Kopf.
«Signor Napoletano, bitte hören Sie mir zu! Der Polizist, von dem ich spreche, weiß ebenfalls, dass in diesem Fall etwas nicht mit rechten Dingen zugeht. Nach dem Überfall auf Signor Oakbridge hat Ispettore Superiore Bariello die Ermittlungen geführt – und dann hat man sie ihm ohne jeden Grund entzogen. Er kennt die ganze Geschichte, und er weiß auch, was in diesem Papyrus steht. Er hat uns selbst gesagt, dass hier Gefahren lauern, die nichts mehr mit einem einfachen Diebstahl zu tun haben. Wir haben ausgemacht, einander zu informieren, wenn wir etwas Neues erfahren. Ich bin sicher, er wird uns allen – auch Ihnen – helfen. Wir sind noch nicht am Ende, aber wir dürfen jetzt nicht die Nerven verlieren!»
«Monsignore, Sie haben Ihr Gottvertrauen, und ich habe meine Erfahrungen mit der Polizei.»
«Und? Gesetzt den Fall, es trifft alles zu, was Sie vermuten – welche Chance haben Sie dann, wenn Sie jetzt hier rausgehen? Weder gegen mich noch gegen Signor Oakbridge liegt irgendetwas vor. Wer hier hereinwill, braucht also zumindest einen richterlichen Beschluss oder wie das heißt. Bis dahin haben wir Ispettore Superiore Bariello erreicht, und der wird mit Sicherheit nicht zulassen, dass Lynchjustiz geübt wird. Ich bitte Sie, vertrauen Sie mir!»
«Bitte, Savio!»
Savio wusste, dass die anderen recht hatten, aber die Vorstellung, in der Wohnung abzuwarten, wie das Haus umstellt wurde, war für ihn schwer zu ertragen.

«Das ist das erste Mal, dass ich mir wünsche, ich hätte eine Waffe.»
«Und es ist nicht das erste Mal, dass ich dankbar dafür bin, dass du keine hast.»
Jackey lächelte Savio an, stand auf und küsste ihn. Oakbridge schaute Montebello mit hochgezogenen Augenbrauen an, aber der Priester lächelte.
«Gut, das wäre geklärt. Ich rufe Ispettore Bariello an.»
Es dauerte länger, als die anderen erwartet hatten, bis er wieder ins Wohnzimmer trat, doch machte er einen sehr zufriedenen Eindruck.
«Der Ispettore wird in ein paar Minuten hier sein. Dann habe ich Sua Eminenza Ambroso angerufen ...»
«Monsignore, wollen Sie der ganzen Stadt erzählen, dass ich hier bin?»
«... und der Kardinal hatte eine sehr interessante Idee. Signor Napoletano, Sie sind ein wenig schlanker als ich, aber Sie haben ungefähr meine Größe. Vielleicht würden Sie sich gern ein wenig frisch machen und umziehen?»
«Was soll das nun wieder?»
«Sie könnten dann zum Beispiel einen von meinen Anzügen tragen, in dem Sie wohl einen ganz passablen Priester abgeben würden.»
Savio schaute so überrascht drein, dass Montebello sich ein Grinsen nicht verkneifen konnte.
«Wenn Sie und Signora Jackey umgezogen sind, sollen wir alle zu Sua Eminenza Ambroso fahren.»
«Ich auch? Mich werden Sie doch wahrscheinlich nicht in eine Priestermontur stecken.»
«Nein, das war nicht meine Absicht. Aber meine Haushälterin hat hier immer eine Garnitur zum Wechseln. Das ist sicher nicht der letzte Schrei aus San Francisco, aber für unsere Zwecke sollte es genügen. Sie müssen sich nur noch einigen, wer zuerst ins Bad möchte.»
Jackeys Gesicht leuchtete auf bei dem Wort «Bad».

«Das wäre herrlich. Ich werde mich beeilen, Savio!»
Jackey war kaum im Bad verschwunden, als es an der Haustür läutete. Montebello trat ans Fenster und schaute nach unten zum Eingang. Tatsächlich stand ein paar Häuser oberhalb ein Streifenwagen. Doch vor der Haustür war nur Ispettore Bariello zu sehen – allein. Der Priester atmete auf.
Keine Minute später stand Ispettore Superiore Bariello im Wohnzimmer. Der Polizist wandte sich an Savio.
«Sie sind der Fahrer des Clan dei Maranesi?»
«Ja – oder besser: ich war es. Denn jetzt dürfte es die Familie wohl nicht mehr geben.»
«Wo ist Signora O'Connor?»
«Im Bad.»
«Sehr gut. Wenn sie zurückkommt, werde ich sie allein vernehmen. Erzählen Sie mir jetzt, was in der Nacht zum Montag passiert ist und wie die Geschichte weitergegangen ist.»
«Was heißt hier ‹vernehmen›? Der Priester hat gesagt, Sie würden uns helfen!»
«Das werde ich, wenn Sie mir die Wahrheit sagen. Aber wenn ich den geringsten Verdacht haben sollte, dass Sie eine krumme Tour reiten, dann ...»
Und mit einer fließenden Bewegung zog Bariello seine Pistole unter der Jacke hervor und richtete sie auf Savio.
«Sie haben zugegeben, Mitglied der Mafia zu sein. Überzeugen Sie mich, dass Sie selbst kein Schwerkrimineller sind. Dann sehen wir weiter! Setzen Sie sich, und lassen Sie die Hände auf den Sessellehnen.»
Savio nickte. Ein Bulle ist ein Bulle ist ein Bulle ... Er berichtete Bariello alles bis zur Flucht durch Rom und dem, was an der Spanischen Treppe passiert war.
«Und Signora O'Connor hat Ispettore Rossi tatsächlich mit einer Bibel k. o. gehauen?»
«Ja – mit der da auf dem Tisch. Sie gehört meiner Großmutter.»
Bariello stand auf und ging zum Tisch hinüber. Dann hob er den Folianten an, nickte, als er dessen Gewicht spürte, und für einen

Moment hatte es den Anschein, als huschte ein Lächeln über sein Gesicht.
«Und das hier – er deutete auf den Papyrus – ist diese ominöse Handschrift?»
«Ja, wir haben sie in der Bibel hierhergebracht.»
Bariello nickte wieder.
«Gut. Napoletano – ich glaube Ihnen. Aber ich werde zuerst mit Signora O'Connor sprechen. Bis dahin werde ich Sie mit Handschellen an diesen Sessel fesseln. Wenn Signora O'Connor bestätigt, was Sie mir erzählt haben, werde ich Ihnen helfen. Also strecken Sie Ihre rechte Hand aus!»
Savio tat, was man von ihm verlangte, und Bariello ließ die Handschellen über Handgelenk und Sessellehne einrasten. In dem Moment trat Jackey in der Montur von Montebellos Haushälterin ins Wohnzimmer. Als sie sah, wie Savio angekettet wurde, fuhr sie Bariello an.
«Was tun Sie da? Man hat uns versprochen, Sie würden uns helfen! Denken Sie, Sie treffen leichter, wenn Sie auf einen Wehrlosen schießen, den Sie erst gefesselt haben?»
«Ich nehme an, Sie sind Signora O'Connor?»
«Das bin ich, und ich frage Sie nochmals, was das soll? Ohne diesen Mann wäre ich tot.»
«Signora O'Connor, ich habe nach dem Gespräch mit Napoletano ...»
Jackey fiel ihm ins Wort.
«Mit Signor Napoletano!»
«... mit Signor Napoletano eine Vorstellung von dem, was in den letzten Tagen passiert ist. Wissen Sie, dass Sie unter Mordverdacht stehen und in ganz Italien nach Ihnen gefahndet wird? Ich halte diesen Mordverdacht für Unsinn, und was ich gerade erfahren habe, bestätigt meine Auffassung. Aber ich möchte die Geschichte noch einmal von Ihnen hören, und zwar nicht in Gegenwart von ... Signor Napoletano. Monsignor Montebello, wo kann ich ungestört mit Signora O'Connor sprechen?»
Montebello ging ihnen voran ins Arbeitszimmer. Als Bariello und

Jackey wieder zurückkamen, ging der Inspektor zu Savio und schloss die Handschellen auf. Als Montebello das sah, sagte er: «Fein, dann sollten Sie jetzt ins Bad gehen, Signor Napoletano, und sich umziehen. Kurz ehe Sie kamen, Ispettore, hatten wir beschlossen, dass Signora Jackey und Signor Napoletano ihre Kleidung wechseln sollten. Ich werde ihm einen meiner Anzüge geben. Darin wird man ihn nicht so leicht erkennen. Das war die Idee von Sua Eminenza Ambroso. Wir sollen alle zu ihm kommen, wenn wir so weit sind. Er sagte, er habe einen Plan, wie er uns aus Rom hinausbringen könne. Aber zuerst einmal brauchen wir jemanden, der uns sicher zu ihm geleitet. Vielleicht könnten Sie ...? Sie haben bestimmt gesehen, dass fünfzig Meter die Straße hinauf Kollegen von Ihnen stehen.»

«Na ja, das sind Carabinieri.»

«Jedenfalls Polizei. Ich vermute, sie beobachten dieses Haus.»

Als Savio hinausgegangen war, setzte sich Bariello in dessen Sessel und schloss die Augen. Minutenlang sagte niemand ein Wort. Dann begann der Inspektor langsam mit beiden Händen auf die Lehnen zu trommeln, bis der Rhythmus immer schneller wurde.

«So könnte es funktionieren! Wo steht Ihr Wagen, Monsignore?»

«Gleich vor dem Haus.»

«Gut. Ich werde, sobald Nap... Signor Napoletano sich umgezogen hat, runtergehen zu den Polizisten und ihnen erzählen, dass Signor Oakbridge sich immer noch bedroht fühlt. Er hat mich deshalb gerufen und wird noch heute Nacht mit Ihnen und einem befreundeten Amtsbruder an einen sicheren Ort übersiedeln, ich werde Ihnen Geleitschutz geben. Um das zwei Carabinieri klarzumachen, brauche ich ein wenig Zeit. Kommen Sie in etwa fünf Minuten nach und steigen Sie sofort in das Auto. Ich werde in meinem Wagen sitzen, und sobald ich sehe, dass Sie eingestiegen sind, fahre ich voraus, und Sie folgen mir.»

«Und was wird aus mir?»

Jackey wirkte leicht verstört, als sie bis zu diesem Punkt in den Plan eingeweiht worden war.

«Ich denke, man hat den Carabinieri gesagt, dass sie es mit zwei

Flüchtigen zu tun haben – einem Mann und einer Frau. Sie werden nicht ohne weiteres in der Lage sein, sich vorzustellen, dass die beiden sich getrennt haben und einer von ihnen als Priester verkleidet und unter Polizeischutz das Haus verlässt. Wichtig ist, dass diese Wohnung dunkel bleibt, wenn wir hier rausgehen. Sie, Signora O'Connor, warten zwanzig Minuten. Es kann sein, dass die Carabinieri dann bereits abgerückt sind. Aber das muss Sie gar nicht interessieren. Sie verlassen das Haus und schauen auf keinen Fall in Richtung der Carabinieri. Sie gehen völlig ruhig die Straße runter zur Piazza del Risorgimento, wo immer Taxis stehen. Sie nehmen eines und fahren zum Haus des Kardinals am Parco di Traiano. Monsignor Montebello wird Ihnen die genaue Adresse geben. Trauen Sie sich das zu?»
«Sicher – aber ich habe überhaupt kein Geld.»
Oakbridge zog seine Brieftasche hervor und reichte ihr ein paar Geldscheine.
«Danke, Bill!»
«Schon okay.»
Als Savio wieder hereinkam, sah er in seiner Priesterkluft so überzeugend aus, dass er bei den Carabinieri keinen Verdacht erregen würde. Bariello nickte beifällig. Dann erklärte er ihm den Plan.
«Wir sollten keine Zeit mehr verlieren. Ich gehe jetzt zu den Carabinieri. Dann also bis in fünf Minuten!»
Als die drei Männer die Wohnung verließen und das Licht löschten, blieb Jackey im Dunkeln zurück. Sie hörte, wie sich die Schritte über die Treppe entfernten, die Haustür ins Schloss fiel und kurz darauf erst ein und dann ein zweiter Motor gestartet wurde, dann nur noch das ferne Brausen des römischen Verkehrs. Zwanzig Minuten später machte sie sich auf den Weg. Sie atmete noch einmal tief durch, als sie die Haustür öffnete. Dann zwang sie sich, nicht die Straße hinaufzuschauen, ob dort noch die Polizisten warteten, sondern ging, so ruhig sie konnte, zur Piazza del Risorgimento, wo ein paar Taxis standen. Niemand war ihr gefolgt, und das sollte auf der Fahrt zum Parco di Traiano auch so bleiben.

Kapitel 29 – Der Plan

Ispettore Rossi saß in seinem Büro im Präsidium. Es ging auf ein Uhr, und er blätterte Berichte der verschiedenen Streifen durch, die unablässig nach den beiden Flüchtigen fahndeten.
Noch immer brummte Rossi der Schädel. Aber der Schmerz, der wegen der erlittenen Demütigung in seiner Seele wütete, war viel grausamer: Kurz vor dem Ziel seiner Hoffnungen, als er die Hand bereits nach der nächsten Sprosse der Karriereleiter ausgestreckt hatte, hatte eine Frau ihn, Achille Rossi, in aller Öffentlichkeit mit einem Buch niedergeschlagen. Es war ihm nichts anderes übrig geblieben, als den Staatssekretär zu informieren, der ihn am Telefon zusammengefaltet hatte.
Die Fahndung war fortgesetzt worden. Eine Stunde nach den Ereignissen an der Spanischen Treppe hatte man den gestohlenen Polizeiwagen ordentlich geparkt auf der anderen Seite des Tiber gefunden. Aber von den Gesuchten fehlte jede Spur. Als Rossi auf dem Stadtplan die Umgebung der Gegend studierte, wo das Fahrzeug wieder aufgetaucht war, stellte er fest, dass diese Stelle nicht besonders weit vom Haus des Bibliothekars entfernt lag. Dort wohnte auch dieser amerikanische Professore, dem man die gesuchte Handschrift geraubt hatte. Wahrscheinlich hatte zwar das eine mit dem anderen gar nichts zu tun, und nach der furchtbaren Schlappe an der Spanischen Treppe traute sich Rossi am selben Abend auch keine weitere spektakuläre Aktion zu. Aber immerhin beorderte er einen Streifenwagen in die Straße. Die Männer soll-

ten die Augen offenhalten, ob das Pärchen auftauchen würde. In dem Fall sollten sie sofort Meldung machen. So waren Stunden vergangen, aber er hatte nichts gehört.
Gegen Mitternacht waren die Carabinieri abgelöst worden und hatten kurz darauf ihren knappen Bericht über die Vorgänge während der letzten Stunden in der Via Stefano Porcari geschrieben, den Rossi jetzt in Händen hielt. Er stutzte, als er las, dass Ispettore Superiore Bariello aufgetaucht und was dann abgelaufen war ... Rossi bekam feuchte Hände. Das, was er schemenhaft zu erahnen glaubte, durfte einfach nicht wahr sein! Seine Finger zitterten ein wenig, als er die Nummer Bariellos eintippte.
«Pronto?»
«Ispettore Superiore Bariello, bitte entschuldigen Sie die späte Störung! Hier Rossi.»
«Ah, Ispettore Rossi, wie geht es Ihnen? Ich habe gehört, man hat Ihnen ein Buch auf den Kopf gehauen. Mit so etwas ist nicht zu spaßen!»
Wäre Rossi nicht ohnehin entmutigt gewesen, so hätte ihm dieser unverhüllte Spott den letzten Wind aus den Segeln genommen. Er machte gute Miene zum bösen Spiel.
«Danke der Nachfrage. Es geht schon wieder. Sie waren gestern Abend in der Via Stefano Porcari 1 bei diesem Professor Oakbridge und haben ihn und zwei Geistliche durch Rom eskortiert. Das lese ich hier in dem Bericht der beiden Carabinieri, die ich in der Nähe des Hauses postiert hatte.»
«Das stimmt, Ispettore. Wissen Sie, dieser Amerikaner hat angefangen zu spinnen. Das haben Sie sicher auch schon erlebt, dass Leute selbst nach einem harmlosen Überfall auf einmal durchdrehen und sich bedroht fühlen.»
«Sicher, sicher.»
«Jedenfalls hatte Oakbridge noch meine Nummer, weil ich ja die Ermittlungen geführt habe, bis sie in Ihre bewährten Hände gelegt wurden. Ich habe gehört, Sie haben sie dann sehr souverän in der folgenden Nacht fortgesetzt.»
Das war der zweite Schlag, härter noch als der erste. Was Bariello

sagte, bedeutete nichts anderes, als dass alle Kollegen im Präsidium wussten, dass er beim Anblick von Hockneys Leiche am Tatort gekotzt und damit die Arbeit der Spurensicherung unmöglich gemacht hatte.

«Hallo? Ispettore Rossi? Sind Sie noch dran?»

«Ja, bitte sprechen Sie weiter, Ispettore Superiore! Ich höre.»

«Es gibt nicht viel mehr zu erzählen. Damit die liebe Seele Ruhe hat, bin ich also in die Via Stefano Porcari gefahren. Da war dieser Monsignor Montebello und ein mit ihm befreundeter Geistlicher. Sie wollten gemeinsam mit Oakbridge zum Bahnhof Termini. Ich habe sie sicher dorthin eskortiert. Sagen Sie, Rossi, warum interessiert Sie das überhaupt?»

«Ach, nur so, Ispettore Superiore. In dem Bericht der Carabinieri steht, dass später noch eine Frau aus dem Haus gekommen ist.»

«Und das finden Sie seltsam, Ispettore? Dass abends eine Frau ein Mehrfamilienhaus verlässt?»

«Tja, ich dachte nur ...»

«Kommen Sie, Rossi! Sie scheinen ja immer noch ganz durcheinander. Die ganze römische Polizei ist da draußen auf Streife. Die beiden werden Ihnen nicht entkommen. Kopf hoch, Rossi – aber nicht zu toll!»

«Na ja, wenn Sie meinen. Haben Sie vielen Dank für Ihre Informationen.»

«Keine Ursache. Gute Nacht, Rossi!»

Rossi legte auf und starrte auf das Telefon. Er hatte sich nicht getraut, Bariello zuzusetzen, obwohl der sich eigentlich in seinen Fall eingemischt hatte. Die Angst vor einer neuerlichen Blamage war zu groß. Ein paar Stunden Schlaf, und er wäre wieder der Alte. Aber daran war jetzt nicht zu denken. Falls sich noch eine Chance auftun sollte, dann wollte er hier sein. Hier, im Zentrum des Geschehens, und nicht zu Hause im Bett, während andere den Ruhm kassierten!

Bariello hatte mit einem Knopfdruck das Gespräch beendet. Er schaute in die Runde und grinste.

«Das war die Zierde der römischen Polizei in Gestalt von Ispettore Achille Rossi. Sie müssen aufpassen, wem Sie etwas auf den Kopf hauen, Signora O'Connor! Es schwant ihm offenbar, dass Sie und Signor Napoletano in der Via Stefano Porcari waren. Solche Erkenntnisfortschritte bei einem Mann wie ihm sind geradezu beängstigend. Wenn Sie ihm noch eine verpassen, erwächst Ihnen vielleicht in Rossi ein gefährlicher Gegner.»

Alle, der Kardinal und seine Gäste, lachten. Zuerst waren Montebello, Oakbridge und Savio bei ihm eingetroffen, kurz darauf Bariello, und eine Viertelstunde später war Jackey gekommen. Suora Devota hatte einen späten Imbiss aufgefahren, der die Lebensgeister aller Beteiligten weckte, aber nach den Aufregungen der letzten Tage auch beruhigte und sie in geradezu gelöste Stimmung versetzte. Zum ersten Mal seit Wochenbeginn schien es möglich, die Probleme ohne weitere Katastrophen zu lösen. Die Autorität Ambrosos und die Hilfe Bariellos waren der Grund für diesen gedämpften Optimismus.

«Wie sind Sie auf die Idee mit der Verkleidung als Priester gekommen, Eminenza?»

Bariello griff nach seinem Glas und schaute den Kardinal an.

«Vor vielen Jahren, als ich in Asunción gearbeitet habe, stand Paraguay noch unter der Stroessner-Diktatur. Tausende verschwanden in den Folterkellern seines Regimes und starben unter der Gewaltherrschaft des Generals. Er war ein paranoider Antikommunist. Das brachte ihm die Gunst der USA ein und die Freundschaft zahlreicher anderer Diktatoren in Brasilien, Uruguay, Argentinien und Chile. Es war schwer für mich unter diesen Verhältnissen, zwischen meinem Missionsauftrag und der Hilfe für die politisch Verfolgten zu unterscheiden. Eines Abends läutete es Sturm an meiner Tür. Ein junger Mann stand davor. Es hatte wieder einmal eine Razzia gegeben, und im Hinterzimmer einer Cantina war eine subversive Versammlung gesprengt worden. Die Polizei war hinter dem Mann her. Ich habe ihn reingelassen, ihm meinen zweiten Anzug gegeben

und ihn auf mein Sofa gesetzt mit einem Brevier in der Hand. Bald darauf klopfte es, und als ich öffnete, stand Polizei vor mir. Man suche einen flüchtigen Terroristen; ob ich etwas bemerkt hätte. Ich drehte mich um und rief nach hinten zu meinem Gast, den die Polizei durch die Tür sehen konnte: Ob er, Bruder Santos, während unserer Gebete etwas gehört habe. Er schüttelte den Kopf, und die Schergen zogen sich zurück. Zumindest diese Nacht hat der Mann überlebt. Ich habe ihn nie wiedergesehen – so wenig wie meinen zweiten Anzug, was dazu führte, dass ich ein paar Monate ziemlich streng gerochen habe. Diese Geschichte fiel mir heute Abend wieder ein, als Monsignor Montebello hier anrief.»
«Das hat uns sehr geholfen bei unserem Abgang.»
«Danke, Ispettore Bariello – der Geist weht, wo er will. Ich bin froh, wenn ich Ihnen habe helfen können.»
«Bitte verstehen Sie mich nicht falsch, Eminenza, aber wenn der Heilige Geist noch ein wenig weiterwehen würde, wäre ich sehr erleichtert. Es macht mich nervös, dass das Innenministerium dermaßen an dieser Geschichte interessiert ist. Und dann die jahrelange Zusammenarbeit Tremantes mit der Mafia... Wir haben nicht den geringsten Beweis außer dem Wort von Signora O'Connor, die unter Mordverdacht steht, und dem von Signor Napoletano, der für die Mafia gearbeitet hat. Wenn ich auf dieser Grundlage versuchen sollte, gegen einen Polizeioffizier zu ermitteln, der gestern Nacht den ‹Heldentod› gestorben ist, und gegen dessen Hintermänner, bei denen es sich offenbar um große Nummern handelt, wird man mich vierteilen. Wenn herauskommt, dass ich polizeilich Gesuchten auf der Flucht geholfen habe, lande ich mit Sicherheit im Gefängnis oder ende gleich im Tiber. Kurzum, ich kann keinen von den beiden länger hier in Rom gebrauchen. Am liebsten wäre mir, wenn auch Sie, Monsignor Montebello, und Sie, Professor Oakbridge, von hier verschwinden würden, damit ich den Rücken frei habe. Als wir bei Monsignor Montebello waren, hat er angedeutet, Sie hätten vielleicht einen Plan, wie man sie alle aus Rom herausbringen könnte. Das wäre jetzt eine gute Gelegenheit, uns einzuweihen.»

«Was Sie getan haben, Ispettore Superiore Bariello, bewundere ich aufrichtig. Sie haben vollkommen recht, dass wir zuerst diejenigen in Sicherheit bringen müssen, die am stärksten gefährdet sind. Ich habe folgende Idee: Morgen Abend geht um halb acht ein Flugzeug der Vatican Airlines nach Izmir. Der Vatikan hat sich gewissermaßen eine eigene Fluglinie zugelegt, die Gläubige zu wichtigen Pilgerstätten der Christenheit bringt – Lourdes, Fátima oder nach Santiago di Compostela. Aber es gibt auch komplexere Angebote wie jenes, bei dem man auf den Spuren des heiligen Apostels Paulus durch die Türkei wandeln kann. Ich denke, es sollte völlig problemlos sein, Professor Oakbridge und Monsignor Montebello an Bord zu bringen, da gegen sie nichts vorliegt. Unter den gegebenen Umständen gedenke ich allerdings, selbst mitzureisen und Signor Napoletano getarnt als meinen Privatsekretär mitzunehmen, während Suora Devota zu ihrer Unterstützung von ‹Suora› Jackey begleitet wird. Ich habe schon einmal vorgefühlt, und es wäre ohne weiteres möglich, das entsprechende Reisearrangement mit *Viaggi Apostolici* morgen noch zu treffen. Rechnen Sie es mir bitte in meiner Eitelkeit nicht an: Der Veranstalter war geradezu beglückt, als ich ihm sagte, dass ich erwäge, spontan mit einer kleinen Entourage an dieser Reise teilzunehmen, auch wenn wir uns dann in der Türkei selbständig machen müssten, weil die gesamte Reise für einen Greis wie mich zu anstrengend würde. Er sagte, das alles sei gar kein Problem, und er sei sehr gern bereit, mir zuliebe dies noch zu organisieren. Wenn wir dann erst einmal in der Türkei sind, werde ich sagen, dass ich die klimatischen Belastungen unterschätzt hätte, und fliege am nächsten Tag mit Suora Devota zurück nach Rom. Was halten Sie davon?»
Ein paar Sekunden lang herrschte Schweigen. Dann stieß Bariello einen anerkennenden Pfiff aus.
«Nicht schlecht! Das könnte funktionieren. Bleibt nur die Frage, wie wir Signora O'Connor und Signor Napoletano zu ihren Papieren verhelfen.»
«Ich hatte gehofft, dass Sie uns bei der Lösung dieses Problems helfen könnten.»

Bariello wiegte den Kopf.

«Ziemlich riskant. Ich könnte aus der Asservatenkammer zwei Ausweise besorgen. Aber ich weiß nicht, wer sie für unsere Zwecke bearbeiten könnte.»

«Wenn's weiter nichts ist.» Savio zuckte mit den Schultern. «Der beste Fälscher in Rom ist Riccardo, la mano d'oro. Ich kenne ihn gut, aber er ist nicht billig, und er will cash. Wenn er so schnell etwas machen soll, wird es teuer.»

Bariello sah zu Kardinal Ambroso hinüber.

«Was meinen Sie, Eminenza? Ich glaube, wir haben nicht die Zeit, Vergleichsangebote einzuholen.»

«So ist es. Signor Napoletano, meinen Sie, Sie könnten noch heute Nacht Ihren ... Spezialisten anrufen?»

«Sicher.»

Montebello beugte sich vor.

«Warten Sie bitte, Signor Napoletano! Vielleicht wäre es nicht so gut, wenn diese Art von Gesprächen über einen Apparat von Sua Eminenza geführt würde. Ich gebe Ihnen dafür lieber mein cellulare.»

Kardinal Ambroso kniff ein Auge zu und lächelte zu Montebello hinüber.

«Oh, Monsignore, was ich nächst Ihrer Loyalität am meisten an Ihnen schätze, ist Ihr Feingefühl.»

Jackey zog das cellulare hervor, und Savio wählte, ohne eine Sekunde nachdenken zu müssen, eine Nummer, die ihm sehr vertraut schien. Es dauerte eine Weile, bis er sich etwas anspannte.

«Riccardo? Savio hier. – Ich weiß, wie spät es ist! Aber es ist dringend. Du weißt, was gestern Nacht in Rom los war? Genau. Und die Leute, die unsere Familie ausgelöscht haben, sind auch hinter mir her. Ich muss hier weg und brauche Papiere. Nein, dringend heißt morgen! Ich muss morgen Abend weg. Was heißt unmöglich? Unmöglich heißt bei dir immer nur teuer. Was kostet es, wenn du bis morgen zwei Pässe so bearbeitest, dass wir durch die Passkontrolle am Flughafen kommen? – Riccardo, das ist mehr als der Preis für komplett neue Pässe! – 20 000 bis morgen?»

Hilfesuchend schaute Savio in die Runde. Als sein Blick Kardinal Ambroso traf, nickte dieser.
«Riccardo? Also gut, 20 000. Ich schicke einen Kurier. 10 000 sofort und 10 000 am Nachmittag, wenn du die Pässe übergibst. – Okay, bis morgen Vormittag also.»
Savio hatte das Gespräch beendet.
«Wie bekommen wir jetzt das Geld so schnell zusammen?»
Alle Blicke richteten sich auf Kardinal Ambroso.
«Die Pilgerflüge sind nicht teuer. Das ist Teil der Vereinbarung des Vatikans mit der Fluggesellschaft. Wir werden zu sechst auf jeden Fall mit rund 3000 Euro auskommen. Signora O'Connor und Signor Napoletano brauchen aber über die Flugkosten hinaus genügend Barmittel, um sich in der Türkei eine Weile aufhalten zu können. Fürs Erste sollten für beide zusammen 4000 reichen. Und was das Übrige betrifft, so haben mich besonders engagierte Christen so gestellt, dass ich in solch einer Situation auch mit einem größeren Betrag aushelfen kann.»
Als Montebello und die anderen dem Kardinal danken wollten, wehrte er ab.
«Nein, bitte, das ist wirklich nicht der Rede wert. Wir sollten keine Schätze auf Erden sammeln, wo Motten und Rost sie zerfressen. Kommen Sie, lassen Sie uns lieber überlegen, was noch zu tun ist!»
Oakbridge nickte.
«Achim Zangenberg! Ich werde ihn morgen früh aufsuchen, um noch ein paar Pläne der Ausgrabungen in Ephesos zu kopieren. Sollte ich ihn einweihen?»
Ambroso schüttelte den Kopf.
«Lieber Professor Oakbridge, wir müssen wohl wirklich davon ausgehen, dass Ispettore Bariello recht hat. Deshalb ist es besser, wenn der Kreis derer, die Bescheid wissen, so klein wie möglich bleibt. Was hilft es, auch noch Ihren Freund in Gefahr zu bringen? Sollten Sie in Ephesos eine entsprechende Entdeckung machen, wird es immer noch früh genug sein, ihn zu informieren.»
Die Passbilder sollten mit einer Digitalkamera Montebellos ge-

macht werden. Als Unsicherheit darüber herrschte, wer als Kurier zu Riccardo, la mano d'oro, geschickt werden sollte, schlug Eminenza Ambroso vor, Suora Devota mit diesem Auftrag zu betrauen. Sie sei die perfekte Botin in dieser Situation. Hundertprozentig loyal und absolut unauffällig. Dann verließ Bariello das Haus des Kardinals; die anderen wurden für die Nacht auf die Gästezimmer verteilt.

Kapitel 30 – Die Pilger

Die kurzen Nachtstunden im Hause des Kardinals waren rasch vorüber, und um halb sieben waren alle längst wieder auf den Beinen. Suora Devota war bereits zwei Stunden früher aufgestanden und völlig in ihrem Element.
«Das ist wie früher im Orden, als ich in der Küche für dreißig Schwestern das Frühstück gemacht habe. Ach, wie ich das in den letzten Jahren vermisst habe ...»
Trotz der Hektik, die allenthalben herrschte, erfuhr sie reichlich Lob für ihr Frühstück, ehe sie als Erste das Haus verließ. Sie fuhr zum Mutterhaus der Töchter vom heiligsten Herzen Jesu und übergab der erstaunten Oberin ein paar Zeilen Kardinal Ambrosos. Die Nonne zeigte sich ein wenig verstört, doch da Sua Eminenza dank der Tätigkeit von Suora Devota zu den großzügigen Förderern ihrer Einrichtung gehörte, verließ sie den Raum und kam wenige Minuten später mit einem Beutel zurück, in dem sich eine komplette Ordenstracht in der gewünschten Größe befand. Suora Devota dankte ihr und traf noch vor neun Uhr morgens wieder im Hause von Sua Eminenza ein. Kurz darauf war Jackey eingekleidet und wurde ebenso wie Savio von Montebello in voller Montur photographiert. Der Priester war unbehelligt in seine Wohnung gefahren und bald wieder zurückgekehrt. Unter den vielen Bildern, die sich nun auf dem Chip befanden, würde Riccardo «mit der goldenen Hand» auf jeden Fall etwas finden, mit dem er arbeiten konnte.

Etwa eine Stunde später traf Bariello ein, den ein Kollege, der die Asservatenkammer leitete und der dem Inspektor wegen einer früheren Gefälligkeit besonders gewogen war, mit zwei Original-Pässen versorgt hatte. Kardinal Ambroso hatte in der Zwischenzeit die finanziellen Fragen durch einen Anruf bei der Vatikan-Bank geregelt, die es sich nicht hatte nehmen lassen, ihm einen Boten mit dem gewünschten Betrag in bar vorbeizuschicken; außerdem erledigte die Bank sofort ein Blitzgiro an den Reiseveranstalter *Viaggi Apostolici*. Diesem hatte Sua Eminenza kurz zuvor die Teilnahme an der Reise bestätigt. Als der Mann, der die Pilgerflüge mit Vatican Airlines und die Programmgestaltung für die Gläubigen vor Ort organisierte, hörte, dass er tatsächlich einen solch renommierten Teilnehmer für seine Reise nach Izmir bekommen sollte, war er begeistert. Und dass Kardinal Ambroso auch noch eine kleine Reisegruppe mitbringen würde, traf sich umso besser, als sich nicht genügend Interessenten gefunden hatten, um die Maschine ganz zu füllen. Er versprach, alle Formalitäten rasch zu erledigen. Gern würde er am späten Nachmittag außer Kardinal Ambroso auch Suora Devota von den Töchtern vom heiligsten Herzen Jesu, eine weitere Nonne desselben Ordens namens Suora Maddalena, Monsignor Gian Carlo Montebello, einen Reverendo Paolo Donatello und einen amerikanischen Wissenschaftler, einen gewissen Professor William Oakbridge, am Flughafen erwarten. Diesen Namen glaubte der Reiseveranstalter seltsamerweise in den letzten Tagen schon einmal irgendwo gehört zu haben, konnte sich aber des Zusammenhangs nicht mehr entsinnen.

Oakbridge war am längsten ausgeblieben. Achim Zangenberg hatte ihm berichtet, dass mächtige Kreise in das Verschwinden des Papyrus verwickelt sein sollten. Ob denn die Entdeckung – worin auch immer sie bestehen mochte – die großen Gefahren wirklich wert sei? Oakbridge bat ihn um Verständnis, dass er jetzt noch nicht darüber sprechen könne, versprach ihm aber, der Erste zu sein, der alles erfahren würde, sollte er Erfolg mit seiner Suche haben. So trugen sie Pläne zusammen und fertigten Kopien an, mit denen Oakbridge zum Parco di Traiano zurückkehrte.

Dort erhielt Suora Devota, die die gespannte Atmosphäre des Tages und ihre eigene Rolle sichtlich genoss, Geld, Pässe, den kleinen Chip mit den Fotos und den Segen von Sua Eminenza. Dann wurde ein Taxi gerufen, das sie zu Riccardo, dem Fälscher, und eine knappe Stunde später wieder nach Hause brachte. Sie beschrieb amüsiert das verdutzte Gesicht dieses seltsamen Herrn, dem sie alles übergeben hatte. Er war völlig verwirrt, als eine alte Ordensfrau bei ihm auftauchte. So verhielt er sich gleichermaßen linkisch und ehrerbietig und versprach, die Bestellung bis um halb vier zu erledigen. Er hatte sie zur Tür gebracht, wo ihr Taxi immer noch wartete. Sie hatte sich noch einmal umgedreht und dabei beobachtet, wie der Mann sich am Kinn gekratzt und zugleich den Kopf geschüttelt hatte, als er wieder ins Haus ging.
Kurz darauf trafen die Unterlagen des Reisebüros ein. Der Kardinal schaute die Papiere durch und legte sie zufrieden auf seinen Schreibtisch.

In der Abflughalle des Flughafens Fiumicino erreichte nachmittags um fünf der Lautstärkepegel seinen Höchststand. Nicht wenige Berufstätige nahmen das Flugzeug, um aus der Hauptstadt rauszukommen und noch am Abend bei ihren Familien zu sein. Wochenendurlauber und Touristen aus dem Ausland hasteten durch die Gänge und versuchten, sich mit Hilfe von Informationstafeln und Lautsprecherdurchsagen zu orientieren, wo genau ihre Gates lagen und welche Maschine wie viel Verspätung hatte. Der Organisator der *Viaggi-Apostolici*-Reisegruppe, die in weniger als drei Stunden nach Izmir aufbrechen sollte, hatte seine vielfach schon etwas betagten Schäflein zeitig herbestellt, um letzte Probleme durch persönliche Intervention noch kurzfristig lösen zu können. Heute Abend sah alles gut aus. Keiner seiner Pilger war im Stau steckengeblieben. Alle gaben an, ihre Papiere griffbereit zu haben, so dass er sie geschlossen zum Check-in lotsen konnte, wo der Flug VA 3902 abgefertigt wurde.

Aus der Gruppe um Kardinal Ambroso reichten als Erster Bill Oakbridge, danach Suora Devota und Suora Maddalena ihre Papiere dem jungen Mann hinter dem Schalter. Suora Devota bat ihn, ihre Mitschwester möge doch einen Platz neben ihr bekommen. Es sei heute auf ihre alten Tage das erste Mal, dass sie fliege, und es würde sie beruhigen, wenn Suora Maddalena neben ihr säße. Der Beamte warf einen kurzen Blick auf die beiden, und als er hinter ihnen den lächelnden Kardinal sah, nickte er nur. Die Kontrolle der Papiere dauerte keine Minute, und sie erhielten sofort ihre Bordkarten. Dann traten Sua Eminenza und Savio nach vorn.
«Ach, bitte, Signore, da Sie den beiden Schwestern liebenswürdigerweise zwei Plätze nebeneinander gegeben haben, wäre ich Ihnen sehr dankbar, wenn Sie auch mir und meinem Sekretär hier, Reverendo Donatello, den gleichen Gefallen täten!»
Mit diesen Worten reichte der Kardinal beide Pässe über das Pult. Der junge Mann schaute neuerlich nur kurz auf, dann noch einmal auf die Unterlagen, dann nickte er.
«Selbstverständlich, Eminenza!»
Mano d'oro hatte für sein reichliches Honorar exzellente Arbeit abgeliefert. Der Austausch der Ausweise gegen die noch ausstehenden 10 000 Euro war um halb vier erfolgt. Suora Devota hatte einen Umschlag übergeben und dafür einen anderen in Empfang genommen. Auf die Frage Riccardos, ob sie sich denn seine Arbeit gar nicht ansehen wolle, hatte sie ihm geantwortet, er sei doch gewiss ein guter Christ und habe ihr am Morgen gute Arbeit versprochen. In ihrem langen Leben habe sie gelernt, dem Wort der Menschen zu vertrauen. Worin auch immer seine Arbeit bestehe, so habe sie doch keinen Zweifel, dass alles damit in Ordnung sei. Daraufhin hatte Riccardo ihr die Hände geküsst und sie zur Haustür begleitet, wo sie ihm noch einmal zugewinkt hatte, während er auf der Schwelle stehen geblieben war und ihr mit gerührtem Lächeln hinterhergeschaut hatte. Und Suora Devota hatte recht gehabt, wie sich nun bei der Kontrolle am Flughafen zeigte. Reverendo Donatello wurde ebenso schnell und problemlos abgefer-

tigt wie der Kardinal. Als Letzter checkte Monsignor Montebello ein. Und so warteten sie bei einem Espresso in der Abflughalle, dass auch die letzte halbe Stunde bis zum Boarding vorübergehen würde.

Kapitel 31 – Die Toten

Als die Gruppe des Kardinals am Flughafen eintraf, saß Bariello an seinem Schreibtisch im Präsidium. Im Laufe des Nachmittags hatte er mit Montebello telefoniert, um sich zu vergewissern, dass alles nach Plan lief.
Der Tod Tremantes hatte eine neue Aufgabenverteilung im Präsidium erforderlich gemacht. So saß Bariello über den Dienstplänen für die folgenden Tage – ein Teil der Arbeiten, die bislang der Commissario Capo erledigt hatte. Ohne aufzublicken, griff er zum Telefon, als es läutete.
«Pronto?»
«Bariello, sind Sie's?»
«Mit wem spreche ich?»
«Sie wissen, wer ich bin, Bariello! Ich brauche Ihre Hilfe. Lange kann ich mich nicht mehr verstecken. Helfen Sie mir, sonst bringen die mich um!»
«Commissario Capo Tremante?! Wo sind Sie?»
«Ich bin auf dem Ruinengelände der ehemaligen Industria Chimica Tuscolana. Wissen Sie, wo das ist?»
«Ich habe eine ungefähre Vorstellung.»
«Es gibt dort ein Gebäude, in dem früher die Büros waren, gleich hinter der Fertigungshalle. Kommen Sie so schnell wie möglich! Aber kommen Sie allein. Und nehmen Sie Ihren Privatwagen – keinen von der Polizei. Die, die hinter mir her sind, beobachten alles.»

Bariello schaute auf seine Uhr.
«Ich werde etwa eine Dreiviertelstunde brauchen. Gegen sechs sollte ich bei Ihnen sein.»
«Gut. Wenn ich sicher bin, dass Ihnen niemand gefolgt ist, komme ich aus meinem Versteck.»
Damit hatte Tremante auch schon aufgelegt. Bariello griff seine Jacke, verließ das Büro und lief zu seinem Wagen. Während er sich durch den Feierabendverkehr schlängelte, überschlugen sich seine Gedanken. Wie war Tremante diesem Inferno entkommen? Er selbst war noch in der Nacht zu dem eingestürzten Hauptquartier des Clan dei Maranesi gefahren und hatte die Trümmer und die Flammen gesehen. Unmöglich, dass da noch jemand lebend rausgekommen sein sollte. Und wieso versteckte sich Tremante jetzt? Wer war hinter ihm her? Hatte es vielleicht noch andere Überlebende gegeben, die jetzt den Commissario Capo jagten? Als er so weit gekommen war, überlegte er, ob es nicht doch klüger wäre, noch ein paar Männer zur Verstärkung anzufordern. Aber wenn Tremante recht hatte, wartete vielleicht irgendjemand genau darauf. Im Moment schien ihm niemand zu folgen. Um sicherzugehen, fuhr er durch ein paar Nebenstraßen und nahm dann, als er sicher war, dass keiner hinter ihm her war, den direkten Weg Richtung Zona Industriale Appia Nuova. Zwanzig Minuten später stellte er in einem heruntergekommenen Gewerbegebiet ein paar hundert Meter vor dem Tor der ehemaligen Chemiefabrik seinen Wagen ab. Er ging an einer graugelben Mauer entlang, die ein verrosteter Stacheldraht krönte. Schließlich gelangte er an ein Schiebetor, das so weit offen stand, dass sich ein Mann mit etwas Mühe durch den Spalt zwängen konnte. Ehe er das tat, warf er noch einmal einen Blick über die Schulter – aber außer einem mageren Hund, der den Bordstein entlangschnüffelte, war nichts zu sehen. Ein paar hundert Meter entfernt erkannte er auf dem großen Areal eine langgezogene Halle, deren einstmals weißer Verputz abbröckelte. Fensterscheiben waren zerbrochen, in anderen spiegelte sich die tief stehende Sonne. Zwischen Gleisen, auf denen früher Chemiecontainer der Eisenbahn an die Laderampe gerollt waren,

leuchtete aus dem Unkraut orangeroter Mohn. Wie viel Dreck auch immer hier im Erdreich lagern mochte – wenigstens war es nicht so viel, dass gar nichts mehr darauf wuchs. An die Halle schloss sich ein niedriger Klinkerbau an; das konnte der einstige Bürotrakt sein, von dem Tremante gesprochen hatte. Doch als der Inspektor davorstand, war nichts von seinem Vorgesetzten zu sehen. Bariello schob die Eingangstür auf. Etwas huschte über den Boden des dämmrigen Flurs davon. Bariello rief Tremantes Namen und lauschte. Nichts – nur das Echo seiner Stimme ließ ihn zusammenfahren. Er knipste eine kleine LED-Lampe an, die er am Schlüsselbund trug, und leuchtete in die einzelnen Räume. Nichts. Bariello ging wieder zurück, öffnete die Eingangstür und erstarrte. Er blickte in die Mündung einer Waffe.
«Bariello!»
Tremante ließ die Pistole sinken und steckte sie in sein Holster.
«Fast achtundvierzig Stunden halte ich mich jetzt schon hier versteckt. Außer einer Flasche Wasser habe ich nichts mehr getrunken. Kommen Sie. Da hinten ist ein ehemaliges Laborgebäude. Es gibt einen Notfallraum, wo ich geschlafen habe.»
Bariello schaute seinen Vorgesetzten fassungslos an. Tremante, der sonst stets aussah wie aus dem Ei gepellt, wirkte auf ihn wie ein Gespenst. Das Haar hing ihm fettig in die Stirn, ein dunkler Bartschatten lag über dem Gesicht, in dem das linke Augenlid flatterte. Sein blauer Anzug war verknittert, und sein helles Hemd zeigte dunkle Flecken.
«Soll ich Sie nicht besser in die Stadt bringen, Commissario Capo?»
«Nein, Bariello! Es ist alles in Ordnung mit mir. Aber ich brauche Ihre Hilfe!»
Bariello folgte Tremante in das Nebengebäude, wo sich der Commissario auf einen Stuhl im Erste-Hilfe-Raum fallen ließ. Der Inspektor sah sich um und setzte sich auf eine Liege, auf deren Kunststoffbezug sich Stockflecken gebildet hatten.
«Ist Ihnen jemand gefolgt?»
«Nein.»

«Sind Sie sicher?»
«Absolut sicher; ich hätte es sonst gemerkt.»
«Gut!»
Tremante strich sich mit beiden Händen die Haare zurück.
«Commissario Capo – wir alle dachten, Sie wären tot. Wie sind Sie da rausgekommen? Die Flammen, die Trümmer – alles ...»
Tremante schüttelte den Kopf.
«Ich war nicht in dem Gebäude.»
«Aber man hat Sie doch hineingehen sehen ...»
«Das hat der Mistkerl zumindest gehofft.»
«Ich verstehe nicht ... Wenn nicht Sie, wer von uns war dann in dem Haus von Don Levantino?»
Der andere senkte den Kopf; es verging fast eine Minute.
«Pellicano.»
«WER?»
«Agente Pellicano.»
Bariello war aufgesprungen und ging auf seinen Vorgesetzten zu. «Was? Wieso war Agente Pellicano in diesem Haus? Weiß jemand im Präsidium davon? Und dass er jetzt ...?»
«Bariello, das verstehen Sie nicht.»
«DANN ERKLÄREN SIE ES MIR!»
Bariello baute sich drohend vor Tremante auf.
«Was hatte er mit diesem Einsatz zu tun?»
Was Tremante über Pellicano gesagt hatte, hatte die Situation von einer Sekunde zur anderen verändert. Die Kontrolle war auf Bariello übergegangen, und sein Vorgesetzter machte gar keine Anstalten, sie wieder an sich bringen zu wollen.
«Bariello, bitte! Da stecken Leute dahinter, die ...»
«Wohinter stecken Leute? Wovon reden Sie überhaupt?»
«Man will mich umbringen, Bariello! Ich habe es unmittelbar vor dem Einsatz erfahren. Mir blieb keine andere Wahl, oder ...»
Bariello griff nach hinten in seinen Hosenbund, zog seine Waffe heraus und richtete sie auf sein Gegenüber.
«Commissario Capo Tremante! Ich frage Sie jetzt noch ein einziges Mal, und wenn Sie mir dann nicht sofort erklären, was vor-

gestern Nacht geschehen ist, werde ich Sie auf der Stelle verhaften und ins Präsidium bringen!»

Tremante schaute Bariello an. Er war am Ende – an dem Ende, das er immer hatte kommen sehen und vor dem er sich immer gefürchtet hatte. Nun war es da, und er empfand nur dumpfe Erleichterung.

«Gut. Ich werde Ihnen alles erzählen. Von Anfang an. Es wird ... es wird Zeit brauchen, aber dann werden Sie es verstehen.»

Vielleicht half es Tremante, dass es in dem Raum allmählich dämmerig wurde und er schließlich das Gesicht des anderen nicht mehr genau sehen konnte und zugleich wusste, dass auch der andere sein Gesicht kaum mehr erkennen konnte. Er brauchte fast eine Stunde, um alles zu erzählen, was seit damals geschehen war, als man ihn in dem Kinderpuff in Tor Bella Monaca aufgegriffen hatte. Bariello unterbrach ihn nur selten mit Fragen. Nur als es um den Orden ging, fasste er mehrmals nach.

«FOEDUS bedeutet *Fidelium Ordo Ecclesiae Defensorum Unicae Sanctae*. Orden der gläubigen Verteidiger der einen heiligen Kirche. Ich habe in jener Nacht von den Männern, die mit mir sprachen, erfahren, dass das eine Vereinigung strenggläubiger Katholiken ist. Sie tun alles, um den Verlust an Bedeutung, Ansehen und Einfluss der katholischen Kirche in der Welt aufzuhalten. Und ‹alles› bedeutet in diesem Fall auch wirklich ‹alles›. Es ist eine Gemeinschaft, die sich in der Tradition der Kreuzritter sieht. FOEDUS ist das Schlüsselwort, mit dem sich die Ordensmitglieder untereinander erkennen – auch wenn sie einander noch nie gesehen oder gesprochen haben. Und jeder, der es hört, antwortet darauf: Nulla salus extra ecclesiam – kein Heil außerhalb der Kirche. Man hat mich als bußfertigen Sünder in die Reihe der Soldaten des Ordens aufgenommen, und so habe ich für den Glauben und für die Kirche gekämpft.»

Bariello hatte Mühe, an sich zu halten.

«Sie haben gekämpft? Sie haben Schläger und Mörder engagiert, sie haben Menschen ins Elend gestoßen und umbringen lassen, weil Sie ein verkommener Hurensohn sind! Was war vorgestern Abend?»

«Ich habe erfahren, dass der Orden mich loswerden will, weil ich versagt hatte, als es darum ging, die Handschrift wiederzubeschaffen. Als ich den Überwachungsauftrag für Hockneys cellulare gab, habe ich dafür gesorgt, dass auch die Telefonnummer ermittelt und angezapft wurde, von der aus ich immer meine Weisungen erhalten habe. Ich hatte gehofft, dass ich, wenn ich wüsste, wer dahintersteckt, die Möglichkeit bekäme, meine Situation zu verbessern. Ich hätte Aufgaben zurückweisen können mit der Drohung, alles auffliegen zu lassen, wenn sie mich nicht in Frieden ließen. Der Mann, der den Überwachungsauftrag ausgeführt hat, hat den Anschluss, seinen Inhaber und auch die Nummern und Teilnehmer herausgefunden, die ihn in dieser Zeit angerufen haben. Fragen Sie mich nicht, wie ihm das gelungen ist, aber er hat es geschafft. Vielleicht sind ein paar Leute aus dem Orden im Laufe der Jahre leichtsinnig geworden und haben statt eines nicht angemeldeten cellulare doch ein registriertes benutzt. Was weiß ich. Dies hier ist jedenfalls die Liste.»
Tremante griff in seine Jacke und schob den gefalteten Zettel durch die immer dichter werdende Dunkelheit Bariello zu. Der steckte das Blatt ein.
«Aber der Mann von der Überwachung hat auch erfahren, was sie mit mir vorhatten. Mir hatte man gesagt, Don Levantino und seine Familie seien zu einer unkontrollierbaren Gefahr geworden, die ein für alle Mal beseitigt werden müsse. Um die Meuterer wolle man sich mit Hilfe der Polizeifahndung kümmern. Aber die restlichen Mafiosi müssten mit einem Schlag in ihrem Hauptquartier unschädlich gemacht werden. Dafür, dass die erforderlichen Mittel zur Verfügung stünden, würde ein Mitglied des Ordens aus dem Innenministerium sorgen. Aber es müsse schnell geschehen. Es dürfe keine Schießerei geben, bei der Leute von Don Levantino eventuell noch lebend rauskommen oder sich stellen könnten. Deshalb sollte ich Levantino Folgendes erklären: Um zu verhindern, dass seine Familie möglicherweise auseinanderfällt und dadurch auch der neue Plan gefährdet wird, würden wir ihm eine halbe Million zur Verfügung stellen. Ich selbst würde den Koffer

mit dem Geld und weiteren Instruktionen überbringen. Der Koffer, so sagte man mir, enthalte zwar tatsächlich diesen Betrag, aber das sei besonders hochwertiges Falschgeld. Im Übrigen bestand der ganze Koffer aus einem Sprengstoff, der einen extremen Wirkungsgrad besitzt; er stammte aus den Beständen des Servizio Segreto. Diese Bombe sollte per Funk gezündet werden, sobald ich das Haus des Clan dei Maranesi wieder verlassen hätte. Hätte man später Reste des Falschgelds gefunden, so wäre das ein zusätzlicher Beweis für die staatsgefährdenden Umtriebe dieser Mafiabande gewesen, die das entschiedene Vorgehen der Polizei und der Sondereinheiten auch im Nachhinein noch rechtfertigen würden. Die Analyse der Sprengstoffreste würde zudem ergeben, dass es sich bei diesem Clan um eine besonders hochgerüstete Verbrecherorganisation handelte. Ich selbst würde nach der Aktion als Held der italienischen Polizei in der Öffentlichkeit stehen, und der Orden würde künftig darauf verzichten, mich mit weiteren Aufgaben zu belasten. Ich hätte mich dann bewährt und würde in den Rang eines Offiziers im Orden aufsteigen.

Daraufhin war ich bereit, bei der Aktion mitzumachen. Aber als ich mit einem Mann aus dem Innenministerium in meinem Büro saß und die Einzelheiten besprach, wurde ich plötzlich vom Vizepräsidenten der Intertelitalia, Bernardo Rotolo, verlangt, der an der Pforte des Präsidiums wartete und nicht bereit war heraufzukommen. Er erzählte mir, sobald ich das Haus betreten hätte, sollten Sondereinheiten des Innenministeriums das Feuer auf das Gebäude eröffnen. Die Mafiosi sollten meinen, dass ich in ein Komplott gegen sie verwickelt sei, und mich erschießen. Dann sollte per Funk der Koffer gesprengt werden, wobei das Gebäude komplett verwüstet würde. – Keiner sollte die Aktion überleben. Ich war außer mir. Es blieben nur ein paar Minuten Zeit, mir einen Plan auszudenken, wie ich aus dieser Sache lebend herauskommen könnte. Ich war völlig allein und diesen Leuten aus dem Orden ausgeliefert.»

«Was haben Sie dann getan?»

«Ich bin wieder rauf zu dem Beamten des Innenministeriums und

habe ihm gesagt, dass alles genau so ablaufen werde, wie von ihm angeordnet. Dann ging der Verbindungsmann. Und dann ...»
«Was dann?»
«Bariello, wissen Sie, Pellicano war nicht das Unschuldslamm, für das Sie ihn vielleicht halten. Er hat Informationen aus dem Präsidium an die Presse verkauft.»
«Was geschah weiter?»
«Ich ... ich habe Pellicano in mein Büro kommen lassen und ihm gesagt, dass er jetzt eine erste Gelegenheit erhält, einen Teil seiner Schuld wiedergutzumachen. Er müsse einen Kurierauftrag erledigen ...»
«Weiter!»
«Er müsse um Mitternacht in meinem Mantel und mit meinem Hut zum Hauptquartier von Don Levantino fahren, wo er erwartet würde. Es sei eine Geheimaktion, die zwischen dem Innenministerium und der Polizeiführung vereinbart worden sei. Er solle sich bereithalten, bis ich ihn rufe. Danach habe ich mit Levantino telefoniert. Er schien ganz froh über diesen Fortgang. Er hoffte wohl, mit dem Geld seine Autorität in der Familie zu stabilisieren. Ich habe ihm gesagt, dass der Kurier mit dem Geld und weiteren Instruktionen um Mitternacht bei ihm eintreffen würde. Pellicano hat dann mein Büro gegen halb zwölf verlassen. Wer ihn in dem fahlen Licht auf dem Gang mit meinem Hut und Mantel mit hochgeschlagenem Kragen gesehen hat, konnte ihn mit mir verwechseln ...»
Dafür, dass Bariello seinen Vorgesetzten in der Dunkelheit mehr nach dem Klang seiner Stimme lokalisierte, saß sein Faustschlag erstaunlich gut. Er brach damit Tremante das Nasenbein, der mit einem gurgelnden Aufschrei nach hinten stürzte. Bariello trat nach dem Etwas, das sich zu seinen Füßen bewegte. Und jeder Schmerzenslaut des anderen verschaffte ihm Erleichterung. Als er sich einigermaßen sicher war, wo der Oberkörper des anderen war, hockte er sich über ihn und ohrfeigte ihn so lange, bis seine Hände schmerzten. Tremante wimmerte nur noch.
«Wer steckt hinter dem Auftrag gegen den Clan dei Maranesi?»

Und als Tremante nicht sofort antwortete, schlug Bariello noch einmal mit der Faust zu.
«WER?»
«Der Staatssekretär im Innenministerium, Emilio Bonaventura. Als ich den Namen las, war mir klar, dass er der Mann war, der mich immer angerufen hat – im Nachhinein habe ich seine Stimme erkannt.»
«WER STEHT NOCH AUF DER LISTE?»
Tremantes Antworten kamen halb verschluckt, und man merkte, dass er durch die zugeschwollene Nase keine Luft mehr bekam. Bariello erhob sich und zog den anderen an den Aufschlägen seines Jacketts nach oben, bis er wieder auf den Beinen stand. Dann stieß er ihn gegen die Liege.
«WER NOCH?»
«Der letzte Auftrag kam von einem Mann aus dem Vatikan, einem Oberstleutnant der Schweizergarde, Walter Behringer. Ob er derjenige ist, den sie den Inquisitor nennen, weiß ich nicht. Aber ich denke, er kennt das Oberhaupt des Ordens. Wer immer das ist, wird auch die Handschrift wollen.
Bariello, es hat keinen Sinn, gegen diese Leute vorzugehen! Schauen Sie doch auf die Liste: Banker, Chefärzte, Richter, Geistliche, Politiker, Geheimdienstler, hohe Militärs! Das ist die Spitze der Gesellschaft, und sie alle haben mit Bonaventura telefoniert und das Codewort FOEDUS verwendet. Sie alle sind im Orden. Man kann nicht gegen sie kämpfen. Sie sind der Staat!»
Der Inspektor dachte fieberhaft nach. Wenn Tremante recht haben sollte – und er zweifelte keine Sekunde daran –, dann waren der Kardinal und die anderen ihres Lebens nirgendwo mehr sicher. Bonaventura schreckte offenbar vor nichts zurück. Das Beste wäre, wenn es ihm gelänge, sie alle in Polizeigewahrsam zu nehmen und unter Polizeischutz zu stellen, noch ehe sie Rom verließen. Er schaute auf seine Uhr. Inzwischen war es kurz nach halb acht. Vielleicht erreichte er sie noch, ehe sie das Flugzeug bestiegen. Er tippte Montebellos Nummer ein, danach diejenige von Oakbridge. Aber unter beiden meldete sich nur noch die Mailbox. Die

Maschine war also bereits gestartet, oder der Start stand unmittelbar bevor.
Er gab Tremante einen Stoß.
«Los, kommen Sie. Wir fahren ins Präsidium. Ich werde Sie unter Bewachung in eine Arrestzelle stecken und dann zu Ihrem Freund Bonaventura fahren. Sie werden all das, was Sie mir erzählt haben, vor Gericht bezeugen, und wenn Sie das nicht tun, dann werde ich weder das Innenministerium noch die Mafia bemühen, um Ihre lausige Existenz zu beenden.»
Tremante schüttelte den Kopf.
«Machen Sie mit mir, was Sie wollen. Wir sind beide schon tot.»

Kapitel 32 – Die Ratten

Tremante war Bariello widerstandslos zu dessen Wagen gefolgt, wo sein Untergebener ihn auf die Rückbank gestoßen und mit Handschellen an die Kopfstütze des Beifahrersitzes gefesselt hatte. Während der Fahrt hatte Bariello seine Kollegen vorgewarnt, was für eine Überraschung er ihnen gleich bereiten würde. Er hatte sie angewiesen, für ihren totgeglaubten Chef eine Zelle freizumachen, wo sie ihn rund um die Uhr bewachen müssten. Im Präsidium beorderte er Bertani, Graziano und Assistente Di Lauro zu sich, um zum Innenministerium weiterzufahren.

«Di Lauro, ich brauche für meinen Überraschungsbesuch bei Staatssekretär Bonaventura ein kleines, aber leistungsstarkes Aufzeichnungsgerät, das ich in meiner Uniformjacke verstecken und dessen Mikrofon ich irgendwie unauffällig am Revers anbringen kann!»

«Am einfachsten wäre es, Sie nähmen mein iPhone; für das hab ich noch zusätzlich ein kleines Mikrofon.»

«Und das funktioniert?»

«Normalerweise geht es auch ohne Mikrofon. Mit dem zeichne ich sogar in der Polizeischule die Vorlesungen auf. Dafür ist es jedenfalls stark genug.»

«Wenn du recht hast, sag ich nie wieder etwas, wenn ich dich mit deinen blöden Ohrstöpseln rumlaufen sehe. Und wenn du nicht recht hast, hast du morgen keinen Kopf mehr, wo du die Dinger reinstecken kannst. Also – wie funktioniert das?»

«Ich schalte es Ihnen gleich ein. Sie brauchen dann gar nichts mehr damit zu machen und können vergessen, dass es da ist.»
«Wie lange zeichnet das auf?»
«Auf jeden Fall die ganze Nacht.»
«Gut, los jetzt!»
Zehn Minuten später fuhren sie mit Blaulicht und Sirenengeheul am Viminalshügel vor. Dort stoppte der diensthabende Offizier die Polizisten, die die Treppe hinaufstürmten.
«Was soll dieser Auftritt, meine Herren? Wer sind Sie überhaupt?»
«Ispettore Superiore Vincenzo Bariello, Polizia di Stato. Ist Staatssekretär Bonaventura im Hause? Ich muss ihn sofort sprechen.»
«Tenente Alessandro Barberi. Um was geht es?»
«Darüber werde ich den Staatssekretär persönlich unterrichten.»
Die Antwort des Offiziers kam ebenso schmallippig.
«Der Staatssekretär leitet gerade eine Sitzung des Innenausschusses. Es geht um die Ausstattung der italienischen Feuerwehren.»
«Wenn Sie nicht wollen, dass dieser Staat von einem Brand aufgefressen wird, den alle Feuerwehren Italiens nicht löschen können, dann rufen Sie jetzt bitte den Staatssekretär aus dieser Sitzung!»
«Ich bedaure, Ispettore Superiore, das ist unmöglich.»
«Gut. Passen Sie auf! Ich gebe Ihnen einen Zettel, auf den ich zwei Wörter schreiben werde. Sie gehen in den Sitzungssaal und legen ihn auf das Pult des Staatssekretärs. Wenn er dann rauskommen sollte, bringen Sie mich zu ihm. Wenn nicht, ziehe ich mit meinen Kollegen ab. Aber wenn Sie mir auch das verweigern sollten, dann mache ich Sie morgen früh in der Öffentlichkeit für alle Konsequenzen verantwortlich. Und ich verspreche Ihnen, Tenente Barberi, dass die Nachrichten, die dann über alle Rundfunk- und Fernsehstationen in diesem Land gehen, Sie unsterblich machen werden.»
Der Offizier war verunsichert. Dann nickte er. Bariello griff zu seinem Notizblock und schrieb auf das oberste Blatt «FOEDUS / Behringer», riss es heraus und gab es dem Zerberus, der damit im Gebäude verschwand. Keine fünf Minuten später trat er wieder heraus.

«Die Sitzung wurde für ein paar Minuten unterbrochen. Der Herr Staatssekretär erwartet Sie.»

Bariello folgte dem Mann, der ihn durch die Marmorgänge des klassizistischen Gebäudes führte. Er öffnete ein paar hohe Flügeltüren, und hinter der letzten, am Ende eines großen, stilvoll eingerichteten Raumes, stand an einem Schreibtisch der Mann, den Bariello schon so oft im Fernsehen gesehen hatte.

«Herr Staatssekretär, dies ist Ispettore Superiore Bariello.»

«Danke, Tenente. Bitte warten Sie draußen! Es wird nicht lange dauern. Dann können Sie den Beamten wieder nach unten begleiten.»

Der Offizier schloss die Tür, und der Politiker musterte Bariello von Kopf bis Fuß.

«Sie warten sicher darauf, dass ich das Codewort FOEDUS sage, um Ihrerseits darauf mit nulla salus extra ecclesiam zu antworten.»

«Sie plappern dummes Zeug! Sind Sie sich der Tatsache bewusst, dass Sie gerade eine wichtige Sitzung des Innenausschusses gestört haben? Und sind Sie sich im Klaren darüber, dass dies massive disziplinarische Konsequenzen für Sie haben wird, Ispettore?»

«Ich bin sicher, Herr Staatssekretär, dass die Aussagen von Commissario Capo Tremante für Ihre Zukunft folgenreicher sein werden.»

Bonaventura zuckte mit keiner Wimper.

«Falls Sie heute im Laufe des Tages einmal Nachrichten gehört hätten, statt Parksünder aufzuschreiben, dann wüssten Sie, dass dieser großartige Polizist heute Nacht im Kampf gegen das organisierte Verbrechen gefallen ist.»

«Es wird Sie sicher freuen zu hören, dass es diesem großartigen Polizisten ganz gut geht – sieht man einmal von der gebrochenen Nase und ein paar ausgeschlagenen Zähnen ab, die er mir verdankt. Er sitzt im Präsidium unter scharfer Bewachung. Sie sollten erst gar nicht versuchen, ihm im Namen des FOEDUS eines Ihrer Killerkommandos zu schicken.»

«Sie wissen doch gar nicht, wovon Sie reden.»

Bariello merkte, dass seine Information über den lebenden Tremante bei seinem Gegenüber Wirkung zeigte.

«Wenn Sie dieser Auffassung sind, Herr Staatssekretär, dann werde ich jetzt wieder gehen und der Presse eine Liste mit Namen führender Mitglieder Ihrer Organisation – des *Fidelium Ordo Ecclesiae Defensorum Unicae Sanctae* – übergeben, die ich freundlicherweise von Tremante erhalten habe. Ich werde den Leuten berichten, wie Sie Tremante seit Jahren unter Druck gesetzt haben und im Namen des Ordens nicht nur zu schweren Dienstvergehen, sondern zu Verbrechen angestiftet, ja, genötigt haben. Ich werde weiter der Öffentlichkeit mitteilen, dass Sie und Ihre Gesinnungsgenossen gestern Nacht auf Order des Oberstleutnants der Schweizergarde, Walter Behringer, versucht haben, Tremante im Zuge des Massakers am Clan dei Maranesi zu beseitigen. Und ich werde schließlich die Medien informieren, dass dies alles geschehen ist, weil Ihnen die Aktion zur Wiederbeschaffung der Handschrift des amerikanischen Wissenschaftlers Professor William Oakbridge völlig aus dem Ruder gelaufen ist. Als Zugabe liefere ich dann noch die Nachricht, dass gestern Nacht ein junger Polizist, Agente Pellicano, hat sterben müssen, weil ihn Commissario Capo Tremante geopfert hat, nachdem er erfahren hat, dass Sie seine Hinrichtung geplant hatten.»

«Nichts davon, Bariello, können Sie beweisen. Was glauben Sie, was wir mit der Aussage eines Kinderschänders machen?»

«Ja, Sie haben recht. Tremante ist nicht die Art von Zeuge, die sich ein Staatsanwalt wünscht, der gegen führende Vertreter unserer Gesellschaft vorgeht. Aber wissen Sie, da gibt es noch diesen ehrbaren Fernmeldeingenieur und einen nicht weniger ehrbaren Spitzenmanager eines großen italienischen Fernmeldekonzerns, die jedes Wort von Commissario Capo Tremante bestätigen werden und jedes Wort aufgezeichnet haben, das Sie mit Ihren Bundesbrüdern in den letzten achtundvierzig Stunden gewechselt haben. Mir liegen eidesstattliche Erklärungen der beiden vor, dass Oberstleutnant Behringer den Mordbefehl gegeben hat und Sie ihn entgegengenommen haben.»

Das war zwar eine faustdicke Lüge, aber unter ihrer Wucht brach die Verteidigungslinie des Staatssekretärs zusammen. Bonaventura knetete seine Hände.

«Ispettore Superiore Bariello ... der Orden ... ist nicht das, als was er Ihnen erscheint. Wir tragen maßgeblich zur Stabilisierung der staatlichen Ordnung und zur Bewahrung der moralischen Basis unserer Gesellschaft bei. Und diese Basis wiederum ruht auf den unverbrüchlichen Glaubensgewissheiten, die unsere heilige katholische Kirche vertritt und die es zu schützen gilt. Bariello, ich beschwöre Sie! Sie sind offenbar ein Mann von großen Verstandesgaben, sonst hätten Sie das alles nicht herausgefunden. Jemanden wie Sie in unseren Reihen zu haben, würde uns im Kampf um die sittliche Erneuerung unseres geliebten Italien und für die dauerhafte Festigung der von Ungläubigen und Perversen angegriffenen Kirche sehr helfen. Kommen Sie zu uns! Tremante ist immer ein charakterloser Schwächling gewesen, um den es nicht schade wäre. Sie sind eine andere Persönlichkeit, und ich garantiere Ihnen, dass Sie ganz andere Möglichkeiten haben werden als er. Aber lassen Sie sich nicht zum Werkzeug von Schwulen und Atheisten machen! Oder wollen Sie schuld sein, wenn das Konzil zu einem Fiasko wird und Sie gleichzeitig auch noch den Staat zum Einsturz bringen?»

«Dieser Staat ist eine Kloake, und je höher hinauf ich schaue, umso fettere Ratten sehe ich, die sich darin mästen. Aber ich bin nicht hier, um mit Ihnen über moralische und politische Werte zu diskutieren. Ich bin Polizist und werde dafür bezahlt, Menschenleben zu schützen – bezahlt von Leuten, die täglich, ohne eine scheinheilige Moral vor sich herzutragen, ihrer Arbeit nachgehen und einfach versuchen, halbwegs anständig durchs Leben zu kommen. Doch Sie und Ihre Ordensbrüder maßen sich an, besser zu sein als all die anderen, und rechtfertigen damit jedes Verbrechen, das Sie im Namen Ihres Glaubens begehen. Ich weiß, dass Ihre Organisation auch nicht davor zurückschreckt, Menschen umbringen zu lassen. Sie wissen, wen ich meine: Monsignor Montebello, Kardinal Ambroso, Professor William Oakbridge, die Assistentin

des Professore, Dr. Jacqueline O'Connor, und einen kleinen Mafioso, der im Vergleich mit Ihnen die Heiligsprechung verdient hätte. Ich warne Sie also, wenn auch nur einem von ihnen etwas zustößt, dann wird es mir völlig gleichgültig sein, wenn ich bei meinen Ermittlungen Staat und Kirche zum Teufel schicke – es geht dann einfach nur ein bisschen schneller als mit Ihrer Methode.»
«Ich kenne die Leute nicht, von denen Sie sprechen.»
«Herr Staatssekretär, ich habe dieses Büro nicht betreten, ohne mich vorher abzusichern. Wenn ich eines unnatürlichen oder auch nur eines allzu plötzlichen natürlichen Todes sterbe, so wird all das, was ich Ihnen gerade gesagt habe, innerhalb von zwölf Stunden öffentlich werden. Und ich habe meinen Gewährsleuten aufgetragen, sehr genau auf das Schicksal jener Leute zu achten, die ich Ihnen gerade genannt habe. Da Sie so besondere Beziehungen zum lieben Gott unterhalten, sollten Sie künftig uns alle in Ihre inbrünstigen Gebete einschließen. Leben Sie wohl!»
Bariello wandte sich zur Tür. Er wusste nicht, ob sein Bluff etwas bewirken, ja nicht einmal, ob er auch nur den Ausgang noch lebend erreichen würde. Wenn der andere sich besinnen sollte, könnte er die Schwachpunkte seiner Argumentation erahnen und es einfach darauf ankommen lassen. So versuchte er bloß, die paar Meter bis zur Tür des Büros möglichst unverkrampft zurückzulegen. Er hatte sie schon fast erreicht, als ihn die heisere Stimme Bonaventuras zurückrief.
«Warten Sie, Bariello! Gehen Sie nicht!»
Der Inspektor drehte sich langsam um.
«Das Flugzeug...»
«Herr Staatssekretär?»
«Das Flugzeug, in dem Ihre Freunde sitzen... es wird seinen Bestimmungsort nicht erreichen.»
«WAS?»
Bonaventura ließ sich in seinen Sessel fallen und begrub das Gesicht in den Händen. Als er nach ein paar Sekunden die Arme sinken ließ, war alle Selbstherrlichkeit von ihm abgefallen; seine vorher rosige Gesichtsfarbe war einer grauen Blässe gewichen.

«Ich weiß, dass Sie gerade versuchen, sie mit einem Flugzeug außer Landes zu bringen... mit der Vatican Airlines nach Izmir. Aber in der Maschine... ist eine Bombe.»
Bariello spürte, wie ihm heiß wurde.
«Wie kommt eine Bombe in die Maschine?»
«Letzte Nacht hat in den frühen Morgenstunden Oberstleutnant Behringer bei mir angerufen und mir befohlen, dass das Flugzeug der Vatican Airlines nach Izmir nie sein Ziel erreichen dürfe. Glauben Sie mir, Bariello, ich habe auf die unschuldigen Opfer hingewiesen. Aber es war zwecklos. Behringer hat die Worte des Inquisitors wiederholt, dass besser einige Unschuldige für das Heil der Kirche sterben, als dass die Kirche schwersten Schaden nimmt. Das Blut der Opfer solle allein über ihn, den Inquisitor, kommen. Ich solle alles so arrangieren, dass es bei dem Flugzeugabsturz so aussähe, als sei es ein Anschlag mit islamistischem Hintergrund – Fundamentalisten, die verhindern wollten, dass christliche Pilger heilige Stätten in einem islamischen Land besuchen.»
«Wen haben Sie damit beauftragt?»
«Einen Major des Servizio Segreto, gleichfalls Ordensmitglied.»
Die Gedanken in Bariellos Kopf überschlugen sich.
«Was für eine Bombe ist das? Wo befindet sie sich? Wie wird sie gezündet?»
«Das... das weiß ich nicht. Darum...»
Bariello machte ein paar Schritte auf den Schreibtisch zu und zog zugleich seine Dienstwaffe. Er hielt sie auf den Kopf Bonaventuras gerichtet.
«DANN FRAGEN SIE DIESES SCHWEIN, UND ZWAR SOFORT, ODER ICH ERSCHIESSE SIE AUF DER STELLE!»
Der Staatssekretär öffnete mechanisch seinen Schreibtisch und zog ein cellulare heraus, in das er eine Nummer tippte. Das Gespräch wurde sofort entgegengenommen.
«FOEDUS... Ja, schon gut, ich weiß. Darum geht es. Es haben sich... es haben sich dramatische Veränderungen ergeben. Wir müssen die Aktion abbrechen... Was heißt das?... Nein, ich kann Ihnen das jetzt nicht erklären, aber ich habe Weisung... Weisung

von ganz oben. Es kommt auf jede Sekunde an. Wie wird die Bombe gezündet?... Ein Funkzünder... und wodurch wird er ausgelöst?... Durch das Funksignal der Luftraumkontrolle des Adnan Menderes Airport Izmir?... Verstehe.»
Bariello trat so dicht an Bonaventura heran, dass seine Stimme nicht von dem Mikrofon des cellulare erfasst werden konnte, und flüsterte ihm ins Ohr:
«Er soll Ihnen das Signal nennen!»
«Können Sie mir das Signal durchgeben? Ich schreibe es auf... mehrere Funkfrequenzen?»
Der Staatssekretär zog einen Block zu sich heran und griff nach einem Kugelschreiber.
«Menderes – APP – 376.625 / ATIS – 129.2 / GND – 121.9 / RAMP – 121.7 / TWR – 181.1 / TWR – 257.8. Wann immer auf diesen Frequenzen ein Signal... dann wird die Maschine gesprengt... Später... Ja, ich werde Ihnen später alles erklären. Wo befindet sich die Bombe?... Container für Bordverpflegung? Gut. Verstanden... Später... später...»
Bonaventura legte auf und schob den Block zu Bariello hinüber.
«Sobald die Maschine...»
«Ich habe es gehört... Wir schaffen es von hier aus nicht mehr rechtzeitig mit dem Wagen zum Flughafen... Aber Sie... Sie haben doch bestimmt eine Möglichkeit, sich so was wie eine privilegierte Verbindung herstellen zu lassen. REDEN SIE SCHON, MANN!»
Bonaventura war völlig eingeschüchtert.
«Ja, ja... Ich... ich kann aus unserem Lagezentrum im Keller jederzeit mit allen Flughäfen im Land kommunizieren.»
«Dann los!»
Bariello zerrte den Staatssekretär zur Tür. Er riss sie auf und stürmte mit ihm an dem immer noch wartenden Tenente Barberi vorbei, der ihnen hinterherrief:
«Ist alles in Ordnung, Herr Staatssekretär?»
«Ja, ja... alles in Ordnung.»
Dann standen sie vor dem Aufzug, der sie drei Stockwerke tief unter die Erde in ein hochmodernes Kontrollzentrum brachte.

Während sie durch einen hell erleuchteten Gang hasteten, wandte sich Bonaventura an Bariello.

«Hier arbeiten unsere Leute rund um die Uhr, falls es zu einer nationalen Krisensituation kommen sollte.»

«Wie schön. Wir haben eine nationale Krise. Aber wenn Sie viel Glück haben, wird vielleicht keine internationale Katastrophe daraus.»

Sie bogen ab in einen rundum verglasten Raum, der bis zur Decke mit Technik vollgestopft war und in dessen Mitte ein langer Besprechungstisch stand. Ein halbes Dutzend Männer und Frauen arbeitete an Rechnern oder saß vor Kontrollmonitoren, die sich an den Wänden entlangzogen. Sie sahen erstaunt auf, als ein sichtlich gezeichneter Staatssekretär die Tür öffnete. Er trat auf einen Uniformträger zu.

«Capitano Pavese, ich habe keine Zeit für Erklärungen. Dies hier ist Ispettore Superiore Bariello von der Polizia di Stato. Wir haben ... wir haben Grund zu der Annahme, dass sich an Bord eines Flugzeugs der Vatican Airlines mit Ziel Izmir eine Bombe befindet. Sie wird detonieren, wenn die Maschine von der Luftraumkontrolle Izmir erfasst wird. Verbinden Sie mich sofort mit dem Chef vom Dienst der ENAV in Rom.»

Der Capitano reagierte, ohne zu zögern, und innerhalb von einer Minute hatte er die Verbindung zur Nationalen Gesellschaft für Flugassistenz hergestellt, die die Flugsicherheit in Italien kontrollierte.

«Herr Staatssekretär, die Flugsicherheit. Sie müssen nicht durch das Mikrofon sprechen. Ihre Stimme wird von jedem Punkt dieses Raumes aus erfasst.»

«Hier ... Hier Staatssekretär Bonaventura. Wir haben ... es ist eine Krisensituation eingetreten ...»

Bariello konnte dem Gestammel nicht länger zuhören.

«Hier spricht Ispettore Superiore Bariello von der Polizia di Stato. Ich befinde mich im Lagezentrum des Innenministeriums in Begleitung von Staatssekretär Bonaventura. Im Rahmen von ... Ermittlungsarbeiten haben sich Hinweise ergeben, dass sich an Bord

der Maschine der Vatican Airlines, die heute Abend um 19.30 Uhr von Fiumicino aus gestartet ist, eine Bombe befindet. Wahrscheinlich in einem Container mit Bordverpflegung. Die Bombe ist mit einem Funkzünder ausgestattet. Er wird aktiviert, sobald er Signale von der Luftraumkontrolle des Flughafens Izmir empfängt. Dabei handelt es sich um folgende Kennungen.»
Er wiederholte die Kürzel und Funkfrequenzen.
«Können Sie feststellen, wo sich das Flugzeug jetzt befindet? Können Sie es noch erreichen? Es darf unter keinen Umständen nach Izmir weiterfliegen!»
Ein paar Sekunden herrschte völlige Stille. Dann meldete sich die ENAV, Rom.
«Hier spricht Ugo Sparacio, heute Abend Chef vom Dienst der Flugsicherheit in Fiumicino. Wir haben Sie verstanden, Ispettore Superiore Bariello. Die Maschine, die Sie meinen, hat die Flugnummer VA 3902 und ist hier mit einer halbstündigen Verspätung gegen 20.00 Uhr Ortszeit gestartet. Das heißt, dass sie mit Sicherheit längst den italienischen Luftraum verlassen hat. Vermutlich befindet sie sich jetzt in der Luftraumüberwachung von Athen. Wir können sie von hier aus nicht mehr unmittelbar erreichen. Wir setzen uns jedoch sofort mit der Greek Air Traffic Control Association, EEEKE, in Verbindung. Bleiben Sie auf Empfang.»
Im Besprechungsraum des Innenministeriums herrschte jetzt atemlose Stille. Nur das gleichförmige Rauschen der Computerkühlungen war zu hören. Bonaventura lehnte mit dem Rücken an der Tür, Schweiß stand ihm auf der Stirn, während Bariello eine Stuhllehne so fest umklammert hielt, dass seine Fingerknöchel weiß wurden. Es schien eine kleine Ewigkeit zu vergehen, ehe sich die römische Flugsicherheit wieder meldete.
«Wir haben Kontakt mit den Kollegen in Athen. Tatsächlich fliegt die Maschine gerade etwa über Korinth. Es besteht Funkkontakt.»
«Gott sei Dank! Haben Sie die Piloten informiert? Sie sollen in Athen landen!»
«Darüber habe ich bereits mit den Kollegen von EEEKE gespro-

chen. Aber in Athen ist derzeit nur eine Notbesetzung in der Luftraumkontrolle tätig. Der gesamte öffentliche Dienst in Griechenland streikt wegen der aktuellen politischen Situation. Die Flughäfen in ganz Griechenland sind geschlossen. Es gibt zudem nicht genügend Einsatzkräfte, die im Notfall Rettungsmaßnahmen durchführen könnten, falls es zu einer Katastrophe käme. Mit anderen Worten: Es gibt in Griechenland derzeit keine Landemöglichkeit für Flug VA 3902.»
«Können sie nicht einfach umdrehen und nach Italien zurückfliegen?»
«Das wird derzeit geprüft. Bleiben Sie auf Empfang!»
Wieder vergingen Minuten. Schließlich wandte sich Capitano Pavese an Bonaventura.
«Verzeihen Sie, Herr Staatssekretär, aber wäre es nicht an der Zeit, den Innenminister und den Ministerpräsidenten zu informieren und den Krisenstab einzuberufen, angesichts der auftretenden Weiterungen der Ereignisse?»
Bonaventura schaute zunächst den Offizier an, als habe er nicht verstanden, was dieser gesagt hatte. Dann wandte er den Blick zu Bariello, der ihm zunickte, ohne eine Miene zu verziehen.
«Ja, ja natürlich. Bitte veranlassen Sie das Notwendige! Ich bleibe mit Ispettore Superiore Bariello hier.»
Pavese verließ den Raum. Unmittelbar danach meldete sich die italienische Flugsicherheit wieder.
«Das sieht nicht gut aus. Der Pilot und die Crew sind jetzt informiert. Die Passagiere wissen von nichts. Die Bombe ist tatsächlich an Bord; eine Stewardess hat sie entdeckt. Es ist ein Metallkasten – etwa vierzig Zentimeter breit und fünfzehn Zentimeter hoch. Wie tief er ist, wissen sie nicht, weil nicht klar ist, was passiert, wenn jemand versucht, ihn herauszuziehen. Vorne gibt es eine Art von kleinem Display, auf dem sich sehr schnell Buchstaben und Zahlenkombinationen abwechseln. Ich bin mir nicht sicher, aber ich halte das für den Suchmechanismus des Empfängers der Bombe. Sobald er die richtige Kennung hat, wird er die Sprengung auslösen. Aber es kommt noch schlimmer: Die Maschine ist

aus Kostengründen nur so weit betankt worden, dass es gerade für den Hinflug reicht. Mit geringerem Gewicht hat sie weniger Verbrauch. Es gibt nur eine kleine Notreserve. Angesichts der jetzt erreichten Entfernung ist es daher nicht möglich, dass VA 3902 nach Italien zurückkehrt. Der nächste Ausweichflughafen wäre Tirana, aber selbst bis dahin scheinen die Reserven zu knapp und das Risiko zu hoch, zumal sich im Luftraum Nordwestgriechenland-Südalbanien eine massive Schlechtwetterfront aufgebaut hat. Murphys Gesetz... Der Pilot fliegt daher im Moment mit verringerter Geschwindigkeit weiter Richtung Osten. Immerhin haben die Kollegen der griechischen Luftraumüberwachung die türkischen Behörden und die Luftraumüberwachung in Izmir verständigt. Aber dort kann man nicht einfach den Sendebetrieb auf allen Frequenzen einstellen, weil das Luftverkehrsaufkommen über dem östlichen Mittelmeer zu groß ist, das von Izmir aus auf diesen Frequenzen bewältigt werden muss.»

«Aber man kann doch die Maschine nicht sehenden Auges in eine Katastrophe fliegen lassen! Wie viel Zeit bleibt noch, bis sie in die Erfassung von Izmir eintritt?»

«Schwer zu sagen – sicher nicht mehr als zehn Minuten. Aber ich habe vielleicht eine Idee für eine andere Lösung. Doch kann ich Ihnen nicht garantieren, dass sie funktioniert.»

«Wie sieht die aus?»

«Luftlinie 56 Kilometer südlich von Izmir gibt es einen kleinen Flughafen in der Stadt Selçuk. Es handelt sich bei dem Flugzeug der Vatican Airlines um eine Boeing 737. Und für eine Maschine dieses Typs würde die dortige Landebahn ausreichen. Wenn VA 3902 noch genug Sprit hat, um jetzt erst einmal etwas weiter nach Süden auszuweichen und dann Selçuk anzufliegen und die Kollegen in Izmir ihr Funkfeuer im südlichen Sektor für eine Viertelstunde oder etwas mehr aussetzen oder zumindest in seiner Reichweite reduzieren können, könnte es klappen. Natürlich müssen vorher alle anderen Flugzeuge in diesem Gebiet gewarnt werden. Der Vatican-Airliner müsste dann blitzschnell nach der Landung geräumt werden, weil der Sendebereich so schnell wie

möglich wieder von Izmir aus versorgt werden muss. Dann wird wahrscheinlich die Zündung erfolgen. Aber vielleicht reicht die Zeit ja auch, so dass das Militär vor Ort die Bombe entschärfen kann, nachdem man weiß, wo sie versteckt ist und was für einen Zünder sie hat. Doch ehe ich diese Empfehlung weitergebe, möchte ich dafür die Zustimmung des Staatssekretärs.»
Bariello schaute zu Bonaventura hinüber, der immer noch wie gelähmt an der Tür lehnte. Dann kam Bewegung in ihn.
«Ja... ich... ich weiß nicht... Vielleicht sollten wir auf den Krisenstab...?»
Der Polizist schnappte nach Luft.
«So viel Zeit bleibt uns nicht! Oder wollen Sie warten, bis sich die Situation da oben von allein klärt?»
«Nein... natürlich nicht. Also... dann: Ja, bitte versuchen Sie das, Signor Sparacio!»
Es vergingen nur wenige Minuten, bis sich die römische Flugsicherheit wieder meldete. Die Griechen hatten den türkischen Kollegen den Vorschlag weitergeleitet, und die waren darauf eingegangen. Der Kapitän hatte mit der Kurskorrektur begonnen. Unmittelbar nach dieser Meldung trafen die ersten Mitglieder des Krisenstabes ein. Als der Innenminister den Raum betrat, hatte VA 3902 bereits den größten Teil des Landeanflugs auf Selçuk hinter sich gebracht. Erleichterung zeichnete sich auf allen Gesichtern ab, als kurz darauf die Landung durchgegeben wurde. Und als Ugo Sparacio mitteilte, die Maschine sei, ohne dass es zu einer Panik gekommen wäre, evakuiert worden und das türkische Militär habe mit der Entschärfung der Bombe begonnen, schob sich Bariello durch die Grüppchen aus heftig diskutierenden Politikern, Militärs und Sicherheitsbeamten hindurch, packte den Staatssekretär von hinten am Jackett und zog ihn aus dem Raum.
«Wo sind hier die Toiletten?»
Bonaventura schaute ihn überrascht an.
«Da hinten, am Ende des Ganges links.»
Bariello zog den anderen mit sich und schob ihn durch die Tür zu den Waschräumen. Dort war niemand. Dann stieß er den Staats-

sekretär vor die Brust, so dass er mit dem Kopf gegen die Wandfliesen schlug.
«Sie haben Glück, dass jetzt nicht noch mehr Blut an Ihren Händen klebt. Aber die Geschichte ist für Sie noch lange nicht vorbei. Sie werden mir jetzt sagen, wer der Chef Ihres Ordens ist!»
«Ich weiß es nicht.»
«Bonaventura, ich warne Sie! Ich werde keine Sekunde zögern, Sie und Ihre saubere Sippschaft der Öffentlichkeit preiszugeben. Im Präsidium sitzt Tremante, der alles zugeben wird, wenn wir ihm nur den Schutz seiner miesen Existenz garantieren. Er wird uns mit Sicherheit noch von anderen Verbrechen berichten, die zu begehen Sie ihn erpresst haben und von denen wir noch gar nichts wissen. Sie sagen mir jetzt auf der Stelle, wer dieser Inquisitor ist!»
«Ich schwöre Ihnen, Bariello, ich weiß es nicht. Ich habe alle Weisungen immer nur von Oberstleutnant Behringer bekommen. Er allein kennt den Inquisitor.»
«Ich will mit Behringer sprechen – jetzt sofort! Rufen Sie ihn an!»
«Von hier unten geht das nicht. Mit einem cellulare können Sie aus den abgeschirmten Räumen nicht raustelefonieren. Wir müssen noch einmal in mein Büro. Aber drüben im Besprechungsraum wird man mich bereits vermissen.»
«Es wird nichts ausmachen, wenn Sie erst wieder in einer Viertelstunde dazustoßen, um den dort Versammelten zu erklären, dass Ihnen keinerlei Verdienst an der Rettung der Maschine zukommt, sondern dass sie einzig Signor Ugo Sparacio zu verdanken ist.»
Mit diesen Worten zog Bariello den Staatssekretär hinter sich her zu den Aufzügen, und kurz darauf standen sie wieder in seinem Büro.
«FOEDUS ... Oberstleutnant, der Orden ist ... nicht länger geheim. Vor mir steht Ispettore Superiore Bariello ... Ja, und er hat Beweise. Tremante lebt noch und hat ausgesagt. Es existiert eine Liste mit Namen und gesellschaftlicher Stellung zahlreicher Mitglieder des Ordens, darunter auch Ihr Name und Ihre Funktion im Orden ... So hören Sie doch: Es gibt noch mehr Zeugen, die die Abhöraktion durchgeführt und alles beeidet haben. Auch die versuchte

Sprengung.... Und sie wurde vereitelt... Es ist vorbei, Oberstleutnant. Der Ispettore will Sie sofort sprechen, oder er wird binnen zwölf Stunden alles veröffentlichen... Ja, alles – auch die Rolle der Kirchenvertreter im Orden.»
Bariello nahm dem Staatssekretär das cellulare aus der Hand.
«Hier Ispettore Superiore Vincenzo Bariello. Spreche ich mit Walter Behringer, Oberstleutnant der Schweizergarde?»
«Ja.»
«Ich fordere Sie auf, sich umgehend zu stellen! Die Beweislage für die Verbrechen, die auf Ihre Veranlassung geschehen sind, reicht aus, um Sie zu verhaften und vor Gericht zu stellen. Unter unseren Zeugen befindet sich zum Beispiel auch jener Commissario Capo Tremante, den Sie beseitigen lassen wollten. Er sitzt bei mir im Präsidium, und seine Aussagen würden jetzt schon jedem Staatsanwalt genügen. Aber morgen wird er ein umfassendes Geständnis ablegen... Wenn Sie sich weigern, lasse ich Sie zur Fahndung ausschreiben und werde noch heute Nacht weitere Verhaftungen vornehmen lassen – auch im hohen Klerus. Wir werden gegen Sie alle wegen Hochverrats und Gründung einer kriminellen Vereinigung vorgehen. Und jetzt sagen Sie mir, wer Ihr sogenannter Inquisitor ist!»
Behringer lachte.
«Nicht so schnell, Ispettore! Ich mache Ihnen einen Vorschlag. Kommen Sie zu mir in mein Büro in die Città del Vaticano, wo wir über alles sprechen können.»
«Und dort werden Sie mich dann mit ein paar von Ihren Killern erwarten. Nein, danke! Sie werden sich stellen, Behringer, oder ich werde Sie so lange verfolgen, bis ich Sie habe.»
«Sie schauen zu viel Fernsehen! Aber ich verstehe Ihre Besorgnis, da Sie das Wesen und das Anliegen des Ordens offenbar noch nicht verstanden haben. Gut, Sie müssen nicht zu mir ins Quartier der Schweizergarde kommen, wenn Sie mit mir sprechen möchten, und Sie müssen auch nicht allein kommen. Aber Sie werden verstehen, dass ich angesichts Ihres Übereifers nicht das Gelände des Vatikanstaats verlassen möchte. Kommen Sie mit

oder ohne Begleitung morgen früh um acht Uhr an die Treppe des Petersdoms, wo ich Sie erwarten werde. So in aller Öffentlichkeit und unter dem Schutz Ihrer Kollegen werden Sie Ihre Ängste wohl im Griff behalten können!»
Behringer hatte das Gespräch abgebrochen. Bariello gab das cellulare an den Staatssekretär zurück.
«Sie wissen, Bonaventura, was wir gegen Sie in der Hand haben. Sie werden die Stadt nicht verlassen, andernfalls mache ich sofort alles publik! Wir sprechen uns morgen wieder.»
Als Bariello an der Flügeltür angelangt war, drehte er sich noch einmal um, betrachtete den respektgebietenden Raum und den in den letzten zwei Stunden merklich gealterten Staatssekretär.
«Hier werden Sie jedenfalls nicht mehr allzu oft noch jemanden empfangen.»
Dann verließ er das Gebäude, vor dem immer noch seine Kollegen warteten.
«Entschuldigt! Es hat etwas länger gedauert.»
«Was war denn los, Vincenzo?»
«Wir fahren ins Präsidium, aber haltet vorher noch irgendwo an einer Bar. Ich brauche jetzt einen Grappa.»

Kapitel 33 – Der Held

Bariello saß im Fond des Polizeiwagens und massierte sich die Stirn. Es fiel ihm schwer, das, was er in den letzten sechs Stunden erfahren hatte, auch nur halbwegs zu verarbeiten. Nur eines war ihm klar – dass er im Moment einen Tiger ritt, indem er ihn an den Ohren festhielt. Aber er hatte keine Ahnung, was er tun sollte, wenn der Tiger den Kopf drehte und den Rachen aufsperrte.
Gaspare Bertani steuerte eine Bar an. Bariello berichtete ihnen in groben Zügen, was sich während der letzten Tage ereignet hatte. Über Tremante erfuhren sie, dass seine intensiven Kontakte zur Mafia ihn in Lebensgefahr gebracht hatten, weshalb er Bariello zu Hilfe gerufen hatte. Und dass Bariello nur durch das Geständnis von Tremante auf Staatssekretär Bonaventura und den geplanten Anschlag auf die Maschine der Vatican Airlines aufmerksam geworden war. Schließlich erzählte er ihnen von seinem Telefonat mit Oberstleutnant Behringer.
«Jetzt erst mal zurück ins Präsidium. Und morgen früh brauche ich euch um halb acht für eine Visite beim Petersdom.»
Als sie gegen Mitternacht auf der Polizeidienststelle eintrafen, herrschte dort helle Aufregung. Avvocato Arturo Borgogno, Seniorpartner einer der größten Anwaltskanzleien des Landes und renommierter Strafverteidiger, war kurz zuvor mit zwei Mitarbeitern eingetroffen und verlangte, augenblicklich Commissario Capo Filippo Tremante zu sehen. Die Gattin des Commissario hatte ihn beauftragt, die Rechtsvertretung ihres Mannes zu über-

nehmen. Bariello hatte nicht erwartet, dass der Orden so rasch reagieren würde. Bonaventura kam für diese Intervention nicht in Frage; den hatte er zu sehr eingeschüchtert. Doch vermutlich hatte Behringer sofort nach Beendigung des Telefonats mit dem Ispettore Superiore Alarm geschlagen.

Die diensttuenden Polizisten im Präsidium hatten das Ansinnen des Avvocato unter Hinweis auf laufende Ermittlungen Bariellos tapfer abgewiesen, bis dieser selbst eintraf. Borgogno wurde sofort zu ihm geführt. Als er die Tür zu Bariellos Büro öffnete, wehte ein aparter Hauch von teurem Rasierwasser zum Schreibtisch des Inspektors herüber. Wahrscheinlich hatte man den elegant gekleideten Anwalt aus einer Abendgesellschaft gerufen. Der Polizeibeamte hatte den Eindruck, als ob sein Gegenüber gar nicht den billigen Linoleumboden des Reviers berührte, sondern mit seinen maßgeschneiderten Schuhen wie auf einem eigenen Kraftfeld ein wenig darüber schwebte.

«Avvocato, was verschafft uns zu so später Stunde die Ehre?»
«Sie sind Ispettore Superiore Bariello?»
«In eigener Person.»
«Es freut mich, Sie kennenzulernen. Ich habe bereits von Ihrer Heldentat heute Abend gehört. Ich gratuliere Ihnen! Das müssen aufregende Stunden für Sie gewesen sein. Deswegen bin ich selbstverständlich gern bereit, Ihre kleinen Formfehler unbeachtet zu lassen, als Sie Commissario Capo Tremante festgesetzt haben. Vermutlich war er in sehr angegriffenem Zustand, so dass es sogar ganz gut war, dass Sie ihn in Gewahrsam genommen haben. Wer weiß, was ihm hätte zustoßen können. Aber auch Helden, lieber Ispettore Superiore, müssen sich in unserem Land an Recht und Gesetz halten. Und jetzt bin ich hier im Auftrag von Signora Tremante und möchte ihren Gatten gern mitnehmen, wenn Sie gestatten. Es sei denn, es sprächen triftige Gründe dagegen.»
«Ich fürchte, Avvocato Borgogno, das wird nicht gehen. Es besteht der dringende Verdacht, dass sich Commissario Capo Tremante in der Ausübung seines Amtes schwerer Dienstvergehen und sogar veritabler Verbrechen schuldig gemacht hat.»

«Ach! Was genau werfen Sie ihm vor?»
«Er hat im Rahmen einer Vernehmung eingeräumt, vorsätzlich den Tod eines Untergebenen, Agente Luca Pellicano, herbeigeführt zu haben.»
«Dürfte ich bitte das von Commissario Capo Tremante unterzeichnete Vernehmungsprotokoll sehen?»
«Wir haben die Ausfertigung des Protokolls auf morgen verschoben.»
«Welcher Ihrer Kollegen hat denn der nicht protokollierten Vernehmung beigewohnt und könnte Ihre Angaben bestätigen?»
«Keiner. Das Geständnis hat er mir unter vier Augen gemacht.»
«Ispettore Superiore Bariello, bitte! Sie machen es mir wirklich nicht leicht. Haben Sie denn wenigstens die Leiche des Toten ... wie war doch gleich sein Name?»
«Agente Luca Pellicano.»
«Richtig. Nun – welche Hinweise hat denn der Pathologe an dem Toten entdeckt, aus denen Sie so zwingend folgern, dass Commissario Capo Tremante den Tod des bedauernswerten Agente verursacht oder doch zumindest verschuldet hat?»
«Wir haben die Leiche noch nicht geborgen. Sie liegt unter den Trümmern des Hauses, das bei der Aktion gegen die Mafiafamilie der Maranesi eingestürzt ist. Sobald sie geborgen ist, wird man Agente Pellicano in Hut und Mantel von Commissario Capo Tremante finden. Dies zusammen mit seiner eigenen Aussage wird genügen, ihn vor Gericht zu stellen. Aber Sie dürfen sicher sein, dass es nicht bei dieser Tat bleiben wird, die wir beweisen werden.»
Avvocato Borgogno schüttelte den Kopf.
«Sonst noch etwas, Ispettore Superiore Bariello?»
«Nein.»
«Tja, wenn das so ist, dann wird es mir eine Freude sein, morgen persönlich mit Commissario Capo Tremante wieder hier vorbeizukommen, um ihm bei der Vernehmung den ihm verfassungsmäßig zustehenden Rechtsbeistand zu gewähren. Sollte er im Laufe der Vernehmung Ihren Vorwurf bestätigen, so ist gegen seinen Verbleib unter Ihrer Obhut nichts einzuwenden. Einstweilen

verlange ich, dass Sie ihn augenblicklich freilassen, da Ihre Anschuldigungen offensichtlich jeder Beweisgrundlage entbehren!»
«Ich glaube, Avvocato, dass Commissario Capo Tremante lieber in meiner Obhut bleibt, als mit Ihnen das Präsidium zu verlassen.»
«Finden Sie nicht, dass wir ihn das selbst fragen sollten?»
«Bitte.»
Bariello wählte die Nummer des Aufsichtsbeamten im Arresttrakt und bat ihn, den scharf bewachten Tremante umgehend in sein Büro zu bringen.
Zehn Minuten später führte ein Beamter Tremante herein. Man sah, dass irgendetwas mit seiner Nase nicht stimmte und das Gesicht verquollen wirkte. Sein Anzug war schmutzig und auf dem Hemd waren ein paar Blutflecken.
«Commissario Capo Tremante, dies ist Avvocato Arturo Borgogno. Ihre Frau hat ihn beauftragt, sich als Ihr Rechtsbeistand um Ihre sofortige Freilassung zu bemühen. Sie wissen, was ...»
Doch weiter kam Bariello nicht. Der Rechtsanwalt unterbrach ihn.
«Commissario! Es gibt keinerlei Beweise für irgendetwas, das Ispettore Superiore Bariello Ihnen vorwirft. Ich empfehle Ihnen dringend, keinerlei Aussage zu machen, ehe Sie sich mit mir beraten haben! Es hat den Anschein, als hätte man Sie heute Abend – womöglich unter Anwendung von unmittelbarem körperlichem Zwang – zu irgendwelchen Äußerungen verleitet, die dahingehend misszuverstehen waren, dass Sie mitschuldig am Tod eines Untergebenen sein sollen. Ich bin sicher, dass sich das zu Ihren Gunsten aufklären lässt, wenn Sie in einer anderen Umgebung in Ruhe über das alles nachdenken und mir Ihren Fall als Rechtsbeistand übertragen.»
Tremante war sichtlich mitgenommen. Doch wenn auch die letzten Stunden in der Arrestzelle ihn weiter demoralisiert haben mochten, so hielt ihn doch sein Misstrauen hellwach.
«Ich kenne Sie, Avvocato Borgogno. Meine Frau, sagen Sie, hat Sie beauftragt, zu mir zu kommen?»
«Ja, sie hat mich vor einer knappen Stunde angerufen. Ich habe

nur einen Assistenten bei ihr vorbeigeschickt wegen der Mandantschaftserklärung und bin dann sofort hierhergeeilt.»
«Ich danke Ihnen sehr, dass Sie sich meinetwegen herbemüht haben. Zu so später Stunde, zu einem so unbedeutenden Mann wie mir... Avvocato, verzeihen Sie, aber wir werden Ihr Honorar nie zahlen können.»
«Machen Sie sich deswegen keine Gedanken!»
Falls der Avvocato mit diesem Satz versucht hatte, die Sorgen Tremantes zu zerstreuen, so erreichte er das genaue Gegenteil. Der Commissario Capo erhob sich und machte eine kleine Verbeugung in Richtung des Anwalts.
«Das ist sehr großzügig von Ihnen, und ich danke Ihnen nochmals, dass Sie gekommen sind, aber ich möchte gern hierbleiben, bis... bis alle Fragen geklärt sind.»
Tremante wandte sich dem Polizisten zu, der ihn hereingeführt hatte. Bariello zuckte mit den Schultern.
«Sie sehen, verehrter Avvocato Borgogno, Commissario Capo Tremante hat nicht...»
Doch ehe er seinen Satz vollenden konnte, fuhr ihm der Anwalt erneut dazwischen.
«Das ist außerordentlich bedauerlich, Commissario. Ihre Tochter hätte Sie sicher sehr gern gesehen. Sie wird wohl gerade aus ihrem Schweizer Internat abgeholt, um dann nach Rom gebracht zu werden und Ihnen in dieser schweren Stunde beizustehen.»
Tremante fuhr herum und schaute entsetzt auf den Anwalt. Avvocato Borgogno griff indessen, scheinbar ohne ihn zu beachten, nach seiner Aktentasche.
«Gut, ich habe dann hier weiter nichts...»
«Nein, Avvocato, warten Sie! Ich... ich habe es mir anders überlegt. Wenn das Honorar für Sie... nicht so wichtig ist, dann würde ich sehr gern Ihre Hilfe in Anspruch nehmen. Wenn es Ihnen als meinem Rechtsbeistand möglich ist, dies zu erreichen, dann... möchte ich jetzt sofort mit Ihnen das Präsidium verlassen!»
Borgogno schaute von Tremante zu Bariello.
«Ispettore Superiore Bariello, Sie haben gehört, dass Commissario

Capo Filippo Tremante mich soeben mit der Wahrnehmung seiner Rechte beauftragt hat. Wie wir bereits festgestellt haben, gibt es keinerlei Gründe, die es erforderlich machten oder Sie berechtigen würden, ihn hier länger festzuhalten. Mein Mandant möchte das Präsidium verlassen. Morgen werden wir beide Ihnen sehr gern zur Klärung aller weiteren Fragen zur Verfügung stehen.»
Bariello ahnte, was hier gerade vor sich ging, und wandte sich direkt an Tremante.
«Commissario Capo, was immer Sie befürchten: Wir können Sie, Ihre Tochter, Ihre ganze Familie beschützen, wenn Sie bedroht werden. Aber ich beschwöre Sie, bleiben Sie hier und arbeiten Sie mit uns zusammen! Ein Wort von Ihnen und ...»
Tremante straffte sich.
«Ich weiß gar nicht, wovon Sie sprechen, Bariello. Sie werden morgen von mir und meinem Anwalt hören.»
Avvocato Borgogno hielt seinem Mandanten die Tür auf, nickte knapp in Richtung Bariello und verließ mit Tremante das Präsidium.
Bariello war allein in seinem Büro zurückgeblieben, als es klopfte. Bertani, Graziano und Di Lauro betraten den Raum.
«Warum hast du ihn gehen lassen?»
«Was hätte ich denn machen sollen? Ich habe nichts in der Hand. Es gibt kein Protokoll der Vernehmung von Tremante. Und als ich wieder hier war, musste ich so schnell wie möglich ins Innenministerium. Ich war mir zu sicher, dass Tremante mit uns zusammenarbeiten würde, weil er nur hier Schutz vor dem Orden findet. Aber dieser Avvocato Borgogno wusste genau, wo er ansetzen musste. Er hat Tremante einfach mit dem Hinweis auf seine Tochter gedroht, dass die Familie für seinen Verrat würde bezahlen müssen. Und dann ist Tremante eingeknickt.»
«Und die Liste?»
«Die ist ohne Bestätigung durch Tremante nichts wert. Sie war gut, um Bonaventura heute Abend zu überrumpeln. Doch was beweist sie schon, für sich genommen? Das sind einfach nur Namen und Telefonnummern.»

«Aber Tremante ist doch ein wichtiger Zeuge für den Kontakt zu Bonaventura, und der ist immerhin in einen Bombenanschlag verwickelt. Das geht doch aus der Aufzeichnung auf dem iPhone von Di Lauro hervor.»

«Salvatore, du weißt selbst, dass eine reine Tonaufzeichnung – noch dazu, wenn sie ohne Wissen des Betreffenden angefertigt wurde – vor Gericht praktisch keinen Beweiswert besitzt. Jeder halbwegs geschickte Anwalt stellt mich damit in den Regen.»

«Die Bombe, die jetzt in der Türkei gefunden wurde?»

«Die wird man natürlich sehr sorgfältig untersuchen. Aber es waren Leute vom militärischen Geheimdienst, die sie gelegt haben. Kaum Hoffnung, dass man da verwertbare Spuren finden wird!»

«Das heißt, wir haben wirklich gar nichts in der Hand?»

«Jedenfalls nichts, womit wir jemanden hinter Gitter bringen könnten. Aber immerhin etwas, womit man ein paar Leuten ziemliche Angst vor einem Skandal machen kann. Wenn ich nur wüsste, wer an der Spitze des Ordens steht! Ich verspreche mir zwar jetzt nicht mehr allzu viel davon, doch vielleicht kommt ja morgen im Gespräch mit diesem Behringer etwas heraus. Aber wir müssen vorsichtig sein, auch wenn man wohl kaum versuchen wird, auf den Stufen des Petersdoms einen Mord zu begehen. Wir fahren morgen hin, aber, Di Lauro, du bleibst dann auf jeden Fall im Wagen und hältst die Türen verriegelt. Wenn du Schüsse hören oder irgendetwas Verdächtiges bemerken solltest, sobald wir in der Vatikanstadt sind, nimmst du Reißaus. Dann fährst du sofort ins Krankenhaus zu Luca Mutolo, übergibst ihm diese Liste hier, die Aufzeichnung meines Gesprächs mit Staatssekretär Bonaventura und berichtest ihm, was ich euch erzählt habe. Luca Mutolo – er allein, hast du mich verstanden? – soll dann entscheiden, was er mit diesen Informationen macht. Ist das klar?»

«Völlig klar, Ispettore Superiore! Vielleicht wäre es gut, wenn Sie mein iPhone auch für das Gespräch mit Behringer behalten würden, wenn Sie es aufzeichnen möchten?»

«Wenn du noch ein paar Stunden damit leben kannst, ohne Ohrstöpsel herumzulaufen. Aber ich hatte ja versprochen, keine Be-

merkungen mehr darüber zu machen, wenn die Aufzeichnung funktioniert hat. Lass uns mal reinhören!»
Di Lauro nahm das kleine Gerät und schaltete auf Wiedergabe. Die Stimmen waren einwandfrei zu verstehen, und Bariello nickte zufrieden.

Die vier Polizisten verabschiedeten sich für eine kurze Nacht, um sich nach ein paar Stunden Schlaf um halb acht wieder im Präsidium zu treffen. Sie fuhren zur Vatikanstadt, ließen Gennaro Di Lauro im Wagen zurück, den sie im Borgo Santo Spirito abstellten, und gingen in der noch frischen Morgenluft und im strahlenden Sonnenlicht über die Piazza San Pietro. Ihr Weg führte vorbei an dem Obelisken, den vor zweitausend Jahren Kaiser Caligula hatte aus Ägypten nach Rom schaffen lassen. Aber von dort würde ihnen kaum Unheil drohen – eher schon aus Berninis Kolonnadengängen, die rechts und links den Petersplatz rahmten und Heckenschützen gute Deckung boten. Doch alles blieb ruhig, und so näherten sie sich der Treppe vor dem Petersdom. Bariello schaute auf die Uhr; es war kurz vor acht, und noch verliefen sich erst ein paar hundert Touristen auf der riesigen Fläche. Hätte jemand auf der Treppe gestanden und sie erwartet, hätte er ihnen schon von Weitem auffallen müssen. Als sie an den marmornen Kolossalstatuen der Apostelfürsten Petrus und Paulus vorbeikamen, die seit dem fünfzehnten Jahrhundert die Besucher der Kirche grüßten, stieß Bertani Bariello an und deutete nach links. Ungefähr auf einer Linie mit dem Monument des heiligen Petrus saß auf der Treppe, vornübergebeugt, ein Mann, der sich an die Basis eines Pfeilers lehnte. Er trug einen Hut und einen blauen Trenchcoat mit hochgeschlagenem Mantelkragen. Sein Gesicht war durch eine große Sonnenbrille halb verdeckt. Die drei ließen noch einmal den Blick über die Treppe schweifen, ob vielleicht noch ein anderer in Frage käme, der auf sie wartete; aber es war niemand zu sehen. So traten sie auf den Fremden zu.

«Oberstleutnant Behringer?»
Keine Reaktion. Vielleicht hatte er sie nicht gehört. Bariello sprach ihn noch einmal an.
«Verzeihen Sie bitte, Signore, sind Sie Oberstleutnant Behringer?»
Graziano schüttelte den Kopf.
«Komm, lass, Vincenzo! Das ist sicher nicht Behringer; der hier hat einfach noch genug von letzter Nacht und schläft seinen Rausch aus!»
Doch Bariello kam die Sache seltsam vor; er ging noch einen Schritt näher und fasste den anderen an der Schulter.
«Signore, bitte ...»
In dem Moment kippte der Mann zur Seite, und sie sahen, dass Kinn, Hals und Hemd blutüberströmt waren. Im nächsten Moment fiel seine Sonnenbrille zu Boden.
«Heilige Muttergottes ... Tremante!»
Bertani legte seine Hand an die Wange des Commissario Capo; dann streifte er dessen Ärmel ein Stück nach oben und tastete nach dem Puls. Nach ein paar Sekunden schüttelte er den Kopf.
«Er ist tot, aber noch nicht lange; seine Haut ist noch nicht kalt. Wieso hat er so viel Blut im Gesicht? Ich sehe gar keine Verletzungen am Kopf.»
Er drückte Daumen und Mittelfinger in die Wangen des Toten, so dass sich der Mund öffnete, und prallte zurück.
«Sie haben ihm die Zunge herausgeschnitten.»
Graziano wandte sich ab. Bariellos Blicke irrten über den Petersplatz. Dann sah er, was er gesucht hatte – ein kleines Fahrzeug vom Corpo di Gendarmeria, der für die innere Sicherheit des Vatikanstaats zuständig war. Kurz darauf war die Stelle, wo Tremante lag, abgesperrt und mit Planen abgehängt, so dass die Spurensicherung ihre Arbeit machen konnte. Es dauerte Stunden, bis Bariello und seine Kollegen wieder im Präsidium eintrafen. Als sie das Gebäude betraten, wandte sich der Beamte an der Loge an Bariello.
«Ispettore Superiore Bariello, Sie werden bereits erwartet. Hoher Besuch! Sie sollen sofort in den Konferenzraum kommen.»
Bariello schwante nichts Gutes.

«Fangt ihr drei schon mal mit dem Bericht an. Ach ja: Und findet heraus, wo Avvocato Borgogno sich aufhält. Ich will wissen, wann er Tremante zuletzt gesehen hat. Bis später!»
Dann ging er die Treppen hinauf zum Besprechungsraum. Als er die Tür öffnete, fand er den Dirigente Generale und den Primo Dirigente der Polizia di Stato bei einem Kaffee ins Gespräch vertieft.
«Ah, Bariello! Sie waren ja bereits früh auf den Beinen, wie wir gehört haben. Aber wir haben gern auf Sie gewartet. Schließlich sind Sie unser Held des Tages. Kommen Sie, setzen Sie sich zu uns! Sie haben gestern Abend, wie uns der Staatssekretär berichtet hat, ein furchtbares Verbrechen verhütet. Wir kommen gewissermaßen als Vorhut, um Ihnen zu danken und zu gratulieren. Aber Sie dürfen sicher sein, dass da noch ganz andere kommen werden!»
Bariello war sprachlos. Er hatte mit allem gerechnet, als er den Raum betrat, aber nicht mit einer Anerkennung durch ranghohe Vorgesetzte.
«Verzeihen Sie bitte, Dirigente Generale, Primo Dirigente, aber ich verstehe nicht ganz ...»
«Nicht doch so bescheiden, Ispettore Superiore Bariello! Aber eigentlich ... doch das soll Ihnen jetzt der Dirigente Generale selbst sagen.»
«Ja, mein lieber Bariello. Wir sind ungemein stolz auf Sie! Sie sind ein Vorbild für die Kollegen, insbesondere für unseren Nachwuchs. Und Beamte wie Sie sind ungemein wichtig für das Bild der Polizei in der Öffentlichkeit. Natürlich ist das, was ich Ihnen jetzt sage, noch inoffiziell. Sie sind ein exzellenter Beamter und ein kritischer Geist. Solche Leute brauche ich in meinem Stab. Wir, die wir uns vor allem um die Organisation der Polizei und die Koordination der verschiedenen Einheiten kümmern müssen, sind allzu weit weg von der Truppe. Kurzum, Sie werden in den Rang eines Commissario Capo befördert und sollen künftig dem Vice Questore Aggiunto in unserem Stab zuarbeiten. Ihr besonderes Aufgabenfeld wird fortan die Innenrevision sein. Wenn in ein paar Jahren der Vice Questore in Pension geht, sollen Sie in seine Position aufrücken!»

Bariello wurde blass.

«Dirigente Generale ... ich fühle mich ... sehr geehrt und bin sprachlos, aber wissen Sie denn, dass heute Nacht das Gespräch mit dem Herrn Staatssekretär ...»

«Ja, natürlich. Aber ich bitte Sie! Das ist doch ganz verständlich in der Aufregung, die heute Nacht geherrscht hat. Da gab es Missverständnisse. Aber das alles ist ja, wie wir wissen, ohne jede Grundlage. Staatssekretär Bonaventura ist Ihnen, lieber Bariello, auch gar nicht gram deswegen. Das Entscheidende ist doch Ihrer beider hervorragende Zusammenarbeit – und Ihre Zusammenarbeit sogar mit ausländischen Behörden! Ein regelrechtes diplomatisches Meisterstück, die ungemein effektive Kooperation der Griechen und der Türken in einer Krisensituation zu veranlassen! Das schafft nun wirklich nicht jeder.»

«Offen gestanden hatte ich gestern Abend keine Zeit, darüber nachzudenken. Ich war zu beschäftigt, das zu verarbeiten, was mir Commissario Capo Tremante über seine Verstrickungen in das organisierte Verbrechen gestanden hat, und damit, die Gefahren für bestimmte Personen zu beseitigen, die sich in dem Flugzeug befanden und denen meines Erachtens letztlich der Anschlag galt.»

Ein paar Sekunden herrschte völlige Stille in dem Raum.

«Mein lieber Bariello, da ist noch etwas. Es hat den Anschein, dass ein Mitarbeiter der Polizia di Stato zwei gesuchten Schwerkriminellen – einer Amerikanerin und einem hiesigen Mafioso – geholfen hat, sich vorgestern Abend einer Fahndung der römischen Polizei zu entziehen. Derselbe Beamte scheint darüber hinaus aus der Asservatenkammer unserer Polizei Pässe entnommen und sie den beiden Verbrechern zugespielt zu haben, um ihnen die Flucht ins Ausland zu ermöglichen. Falls sich das bewahrheiten würde, so hätte es für den Betreffenden nicht nur schwerste disziplinarische, sondern auch ganz erhebliche strafrechtliche Konsequenzen. Es könnte zudem der Eindruck entstehen, dass sein Einsatz bei der Verhinderung eines furchtbaren Verbrechens vor allem dem Schutz der beiden Kriminellen gegolten hat, was selbst seine unbestreitbaren Verdienste in einem problematischen Licht erscheinen lassen würde. Aber all das, lieber Bariello, wollen wir nicht überbewerten und auch gar nicht genauer untersuchen. Doch sollte man uns nicht zwingen, die erwähnten Vorgänge von ihrer dunkelsten Seite betrachten zu müssen! Kommen Sie, Bariello, freuen wir uns miteinander über die Ehre, die Sie in der Öffentlichkeit für die Polizia di Stato eingelegt haben! Das ist wahrlich ein Grund zum Feiern!»

Bariello war wie vom Donner gerührt. Sie wussten alles, und sie reagierten blitzschnell. Er nickte langsam.

«Sicher... sicher haben Sie recht, aber... bitte verstehen Sie, wenn ich... jetzt nicht feiern kann. Ich komme gerade mit Kollegen vom Petersplatz, wo wir die Leiche von Commissario Capo Tremante gefunden haben. Nachdem er gegen Mitternacht das Präsidium in Begleitung von Avvocato Borgogno verlassen hat, muss ihm irgendjemand die Zunge herausgeschnitten haben. Er ist verblutet. Und ich vermisse auch meinen jungen Kollegen Agente Luca Pellicano, den ich unter den Trümmern des Hauses des Clan dei Maranesi vermute, wo man das, was von ihm noch übrig ist, in Hut und Mantel von Filippo Tremante finden wird. Sicher können Sie nachvollziehen, dass ich den Verlust zweier Kollegen erst verarbeiten und verkraften muss, ehe ich... ehe ich daran denken kann, wieder zu feiern.»

Der Dirigente Generale und der Primo Dirigente wurden ihrerseits bleich, schüttelten den Kopf und murmelten etwas von «grauenhaft» und «schrecklicher Verlust». Dann fasste sich der Primo Dirigente.

«Natürlich, Bariello. Das alles ist furchtbar. Sie sollten eine Zeitlang ausspannen...»

Bariello wollte etwas sagen.

«Nein, nein, unterbrechen Sie mich nicht! Das alles war zu viel für Sie. Es wäre zu viel für jeden von uns gewesen. Sie machen jetzt Sonderurlaub; den haben Sie sich redlich verdient. Das ist ein dienstlicher Befehl! Fahren Sie ans Meer oder in die Berge, jedenfalls weg von Rom. Und erst nach dem Ferragosto melden Sie sich in Ihrer neuen Dienststelle beim Dirigente Generale.»

«Zu Befehl, Primo Dirigente. Wer übernimmt ... die weiteren Untersuchungen wegen Tremante und Pellicano?»
«Sie haben doch da einen Kollegen, einen gewissen Ispettore Rossi. Der hat sich ja vor ein paar Tagen nicht gerade mit Ruhm bekleckert an der Spanischen Treppe. Man sollte ihm die Chance geben, diese Scharte wieder auszuwetzen. Übergeben Sie ihm alle Unterlagen, und weisen Sie ihn in den Stand der Ermittlungen ein. Und dann ab in den Urlaub!»
Bariello deutete eine Verbeugung an und wollte den Raum verlassen.
«Nein, Bariello. Warten Sie! Wir gehen. Da ist noch jemand, der mit Ihnen sprechen möchte.»
Als seine Vorgesetzten gegangen waren, langte Bariello über den Tisch nach der Kaffeekanne und zog eine Tasse zu sich heran. Dann hörte er hinter sich eine vertraute Stimme.
«Vincenzo!»
Der frischgebackene Commissario Capo fuhr herum.
«Carla? Was machst du hier?»
«Heute Morgen kam jemand aus dem Innenministerium vorbei. Er hat mir von deiner Heldentat erzählt und mir gesagt, dass man dich befördern wird. Und dass du nie mehr würdest auf der Straße Dienst tun müssen, sondern künftig in der Innenrevision arbeiten könntest. Ob ich mit ihm ins Präsidium kommen möchte.»
Bariello starrte sie an. Er hatte seine Frau vor vielen Jahren kennengelernt, als das Juweliergeschäft, in dem sie arbeitete, überfallen worden war. Bariello, der damals die Ermittlungen leitete, war von dem Tatort so fasziniert, dass er, nachdem er die junge Frau das erste Mal gesehen hatte, jeden Tag vorbeikam. Nach zwei Wochen hatte er sie gefragt, ob sie, um den Schock des Überfalls zu überwinden, nicht vielleicht lebenslangen Polizeischutz haben wolle. Er wolle diese Arbeit sehr gern übernehmen. Bald darauf hatten sie geheiratet. Ihre Ehe war kinderlos geblieben. Dann hatte Carla im Laufe der Jahre immer größere Ängste entwickelt, dass ihr Mann eines Tages von Verbrechern ermordet würde. Sie fuhr nachts schreiend auf, weil sie träumte, dass seine Kollegen bei

ihr klingelten und ihr sagten, Vincenzo sei tot. Ihre Furcht entwickelte sich zu einer nicht mehr zu beherrschenden fixen Idee. Anfangs hatte Bariello versucht, seine Frau zu beruhigen; dann kam es zu Auseinandersetzungen, die immer heftiger wurden. Sie verlangte kategorisch von ihm, sich in den Innendienst versetzen zu lassen. Aber dazu war er nicht bereit. Schließlich hatte sie ihn vor über einem Jahr verlassen, weil sie die Angst nicht mehr aushielt. Und jetzt stand sie wieder vor ihm. In Bariellos Kopf drehte sich alles. Die anderen wussten demnach auch, wie sehr er darunter litt, dass seine Frau sich von ihm getrennt hatte. Jetzt brachte man selbst sie in Stellung.

«Vincenzo, ich war so glücklich, als ich das mit deiner neuen Stelle erfahren habe. Du weißt, ich bin nur gegangen, weil ich ...»

«Ja, ich weiß – weil du Angst hattest, dass Verbrecher mich bei meiner Arbeit umbringen würden. Und jetzt glaubst du ...»

«Es ist kein Tag vergangen, an dem ich nicht an dich gedacht habe, Vincenzo. Ich habe so gehofft, dass du eines Tages zu mir kommen würdest, um mir zu sagen, dass du eine neue Arbeit hast und dass wir wieder zusammen sein können.»

«Vertraust du mir noch, Carla?»

«Ich habe dir immer vertraut.»

«Dann hör mir jetzt gut zu: Diejenigen, die dich haben hierherbringen lassen, sind dieselben, vor denen du Angst hast. Wenn ich mich darauf einlasse, was sie tun, werde ich ein Teil des Verbrechens – dann werde ich ein Teil von dem, was uns beide auseinandergebracht hat. Vor ein paar Tagen haben dieselben Leute einen jungen Kollegen von mir, Agente Pellicano, umgebracht; gestern Nacht haben sie versucht, ein Flugzeug in die Luft zu sprengen, und heute Morgen haben sie Commissario Capo Tremante geschlachtet wie ein Stück Vieh.»

«Vincenzo!»

«Versteh mich doch, Carla! Ich kann nicht mit ihnen zusammenarbeiten. Sie sind der Inbegriff von allem, was ich bekämpft habe, seit ich zur Polizei gegangen bin. Sie sind die schlimmste Sorte Verbrecher, die es gibt. Willst du, dass ich mich auf ihre Seite stelle?

Willst du wirklich, dass ich über all das hinwegsehe – über Raub, Entführung, Mord? Soll das die Grundlage dafür sein, dass wir wieder zusammenkommen? Was würdest du künftig von mir denken?»
«Aber wenn die anderen so mächtig sind, dann ...»
«Dann was? Sie sind nicht einfach nur mächtig. Sie sitzen an Schaltstellen dieses Staates, und wenn wir nicht aufpassen, dann werden sie ihn sich ganz unterwerfen. Aber Verbrecher bleiben Verbrecher, auch wenn sie hohe Beamte, Kirchenfürsten oder Minister sind. Es gibt nichts Richtiges im Falschen. Und ich werde niemals mit ihnen zusammenarbeiten oder aufhören, sie zu bekämpfen. Wenn du das von mir erwartest, bist du umsonst gekommen. Aber wenn du bei mir bleibst, auch wenn ich weiter gegen sie kämpfe, dann ... Carla, du fehlst mir jeden Tag ...»
«Das schaffe ich nicht, Vincenzo – heute so wenig wie damals.»
«Carla, bitte! Ich liebe dich heute nicht weniger als damals. Komm zu mir zurück!»
Bariello stand auf und ging auf sie zu.
«Nein, Vincenzo! Es hat keinen Sinn. Mir geht es nur um dich und um uns. Aber dir geht es nicht um mich, sondern um Recht und Gerechtigkeit. Das ist etwas Abstraktes.»
«Der tote Pellicano hatte eine Frau und ein kleines Kind. Das ist nichts Abstraktes!»
Bariellos Stimme war scharf geworden. Er wandte sich brüsk ab. Sie waren nach nur fünf Minuten wieder genau dort angelangt, wo sie vor über einem Jahr aufgehört hatten. So starrte er eine Weile auf den Konferenztisch. Als er sich wieder umdrehte, war seine Frau gegangen.
Er musste sich am Treppengeländer festhalten, als er hinunter zum Büro von Graziano und Bertani ging.
«Was ist denn mit dir los? Haben sie dich fertiggemacht?»
Die beiden maßen ihren Vorgesetzten mit besorgten Blicken.
«Ja ... ja, das haben sie. Ruft Di Lauro! Ich brauche was zu trinken und muss irgendwo mit euch reden.»

«Jetzt erzähl schon! Was haben sie zu dir gesagt?»
Die vier Polizisten saßen ein paar Querstraßen weiter in einem kleinen Lokal. Bariello hatte eine Karaffe Wein bestellt.
«Eigentlich noch ein bisschen früh, Vincenzo. Findest du nicht?»
«Eigentlich ja ... aber so ... Sie haben mich befördert. Ich bin ab August Commissario Capo.»
Graziano pfiff durch die Zähne.
«Donnerwetter! So schnell geht das. Sie machen dich zum Nachfolger von Tremante, noch ehe seine Leiche kalt ist.»
«Nicht ganz. Mich haben sie kaltgestellt. Ich soll in die Innenrevision und fortan dem Vice Questore in der Verwaltung zuarbeiten. Und dreimal dürft ihr raten, wer die Ermordung von Tremante und das Verschwinden von Pellicano untersuchen soll ...»
«Das ist nicht dein Ernst?»
«Leider doch – Rossi.»
Die anderen ließen die Köpfe hängen.
Di Lauro brachte die Sache auf den Punkt.
«Das bedeutet, dass die Fälle nie geklärt werden. Und wenn ich Sie richtig verstanden habe, auch all das andere nicht, was sich um den Papyrus dreht.»
«Der Papyrus!»
Mit einem Mal saß Bariello pfeilgerade auf seinem Stuhl.
«Über allem, was gestern Nacht und heute Morgen passiert ist, habe ich Montebello, Oakbridge und die anderen völlig vergessen. Wartet einen Moment!»
Er stand auf und lief aus dem Lokal. Draußen zog er sein cellulare und wählte die Nummer von Montebello. Ein paar Freizeichen, und dann wurde sein Anruf entgegengenommen.
«Pronto?»
«Monsignor Montebello, ich bin's, Bariello. Wie geht es Ihnen und den anderen?»
«Oh, Ispettore Superiore Bariello! Vielen Dank, dass Sie sich nach uns erkundigen! Es geht uns gut. Wir sind sogar schon seit gestern Nacht in Selçuk. Stellen Sie sich vor, das Flugzeug ist umgeleitet worden. Es muss wohl irgendwelche Schwierigkeiten in

Izmir am Flughafen gegeben haben, so dass wir ein Stück weiter südlich landen mussten, weil wir nicht so viel Treibstoff an Bord hatten, um nach Istanbul auszuweichen. Uns konnte das nur recht sein, weil wir ja ohnehin nach Selçuk wollten.»
«Monsignore – das war kein technisches Problem. Jemand hatte eine Bombe an Bord des Flugzeugs geschmuggelt. Ich kann Ihnen jetzt nicht alles im Einzelnen erklären, aber ich bin absolut sicher, dass dieser Anschlag Ihrer Gruppe gegolten hat. Die Gefahr ist noch nicht vorüber!»
«Was sagen Sie da? Aber davon hätten wir doch etwas merken müssen, wenn die Besatzung... Warten Sie... doch... Jetzt, da Sie es sagen, verstehe ich... Was sich nach der Landung abspielte, war in der Tat verwirrend und auch etwas ärgerlich. Wir wurden zu größter Eile angetrieben, als wir die Maschine verlassen sollten. Wir mussten alles an Bord lassen, und dann hat es bis in die frühen Morgenstunden gedauert, ehe wir endlich unser ganzes Gepäck bekamen. Aber man sprach immer nur von technischen Schwierigkeiten... Jetzt wird mir auch klar, weshalb wir beim Aussteigen so viele Militärfahrzeuge und Rettungsfahrzeuge am Rand der Landebahn gesehen haben. Wir wurden dann gleich in das Flughafengebäude gebracht, und von dort aus haben wir nichts mehr mitbekommen. Aber... eine Bombe sagen Sie? Und Sie meinen ernsthaft, Ispettore, der Anschlag hätte uns gegolten?»
«Haben Sie schon einmal etwas von einer Geheimorganisation namens FOEDUS gehört?»
«Foedus ist lateinisch und bedeutet ‹Bündnis›. Aber von einer Organisation, die so heißt, weiß ich nichts.»
«In unserem Fall ist FOEDUS die Abkürzung für einen verbrecherischen Orden – für *Fidelium Ordo Ecclesiae Defensorum Unicae Sanctae.*»
«Eine kirchliche Geheimorganisation? Die Bomben legen und uns verfolgen soll? Bei allem Respekt, aber das ist doch wieder irgend so eine antiklerikale Hetze! Schreibt das die TUTTA LA VERITÀ?»
«Monsignore, Sie können das so lange zurückweisen, wie Sie wollen. Ich habe gestern Nacht zwei Männer verhört, die eine maß-

gebliche Rolle bei den gewalttätigen Vorgängen der letzten Woche gespielt haben und die beide zugegeben haben, dass es diese Organisation gibt und sie darin aktiv sind – bzw. waren. Den einen der beiden, meinen ehemaligen Vorgesetzten, hat man sehr wahrscheinlich wegen seines Geständnisses heute Morgen ermordet. Außerdem habe ich eine Liste, auf der aber sicher nur der kleinste Teil der Leute steht, die mit FOEDUS zu tun haben. Bei ihnen handelt es sich ausnahmslos um Persönlichkeiten der gesellschaftlichen Elite – darunter auch Männer und Frauen in hohen Positionen in Staat und Kirche. Ich kann das alles jetzt nicht ausführlich erläutern, aber Sie müssen mir unbedingt glauben! Sie, Professor Oakbridge, Dottoressa O'Connor, Eminenza Ambroso, Suora Devota und Napoletano sind nach wie vor in größter Gefahr. Wenn ich das richtig sehe, dann wird es für die, die Sie umbringen wollen, keinen Unterschied machen, ob Sie hier oder in der Türkei sind. Ich beschwöre Sie, seien Sie vorsichtig bei allem, was Sie tun und wohin Sie gehen! Falls Ihnen irgendetwas oder irgendjemand auch nur seltsam erscheinen sollte, dann verständigen Sie sofort die Polizei und rufen mich an! Haben Sie mich verstanden?»

«Sicher... sicher... ja, ich habe Sie verstanden, Ispettore!... Nun bin ich aber doch sehr froh, dass Kardinal Ambroso und Suora Devota nicht mitgeflogen sind. Diese Aufregung wäre für die beiden sicher zu viel gewesen. Aber Sie sollten Sua Eminenza auf jeden Fall informieren und ihn... beschützen!»

«Was heißt das: Die beiden sind nicht mitgeflogen?»

«Ach ja – das können Sie natürlich noch nicht wissen: Wir saßen schon in der Maschine, als auf einmal Suora Devota zu weinen begann, weil sie schreckliche Angst hatte. Es war eine richtige Panikattacke. Sie ist ja noch nie geflogen. Es ging ihr furchtbar schlecht. Jedenfalls herrschte große Aufregung an Bord, und Kardinal Ambroso hat sich kurz mit mir und den anderen verständigt, dass er sie in dieser Verfassung nicht allein lassen könne. Er war sehr ritterlich und hat mit den Stewardessen gesprochen, dass er seine Haushälterin in dieser Lage nicht im Stich lassen dürfe. Er wolle

für alle Umstände und Kosten aufkommen, die durch die Situation entstünden. Kurz und gut: Man hat die Maschine noch einmal aufgemacht, und die beiden wurden dann mit einem kleinen Lieferwagen zurückgebracht. Natürlich hat man auch noch ihr Gepäck wieder aus dem Flugzeug holen müssen. Es gab also ein ziemliches Durcheinander. Doch da die Insassen samt und sonders Pilger waren, waren sie sehr geduldig, und auch das Bordpersonal war in dieser Situation ganz reizend. Aber wir sind deswegen eine halbe Stunde später abgeflogen als geplant.
Als wir anderen dann endlich in Selçuk unser Gepäck hatten, sind wir mit einem Taxi zu einem kleinen, hübschen Hotel gleich oben auf dem Hügel Ayasoluk gefahren, wo wir übernachtet haben. Bill Oakbridge wollte unbedingt nur direkt dort oben Quartier nehmen und nirgendwo anders ... Ispettore? ... Hallo? ... Hören Sie mich noch? ... Ispettore, hallo?»
Bariello hatte sich auf den Mauervorsprung des großen Fensters vor der Trattoria gesetzt, als er verstanden hatte, was Monsignor Montebello ihm gerade erzählt hatte. Seine Stimme war belegt, als er wieder antwortete.
«Ja ... ja, Monsignore, ich höre Sie noch. ... Aber ich muss jetzt Schluss machen. Bitte seien Sie vorsichtig ... vorsichtiger denn je! Ich melde mich wieder.»
Mit allem hatte er gerechnet, aber nicht damit. Bertani streckte seinen Kopf aus der Tür der Trattoria.
«Du siehst aus, als wäre dir ein Geist begegnet.»
«Ich wäre froh, es wäre ein Geist.»

Kapitel 34 – Das Grab

Montebello blinzelte gegen die Sonne zu seinen Gefährten hinüber. Sie hatten sich gleich nach dem Frühstück von ihrem Hotel, das auf dem Hügel Ayasoluk an der St.-Jean-Caddesi lag und einen reizvollen Ausblick auf die Ruinen der spätantiken St.-Johannes-Basilika und die Reste des byzantinischen Aquädukts bot, in die Ebene aufgemacht. Zunächst hatten sie sich mit Hilfe von Oakbridges Plänen im Gelände orientiert. Er hatte ihnen beschrieben, wie sich der Grundriss eines kleinen Grabmals im Boden abzeichnen könnte.

Nach und nach hatten sich ihrer aller Abenteuerlust und Entdeckerfreude bemächtigt, und in gehobener Stimmung waren sie darangegangen, das in Frage kommende Areal abzusuchen. Tatsächlich war die Fläche, um die es ging, nicht besonders groß. Wenn man den Spielraum zwischen dem kleinsten und dem größten möglichen Maß einer antiken Stadie zugrunde legte, so musste das Grab etwa 250 bis 300 Meter nördlich vom einstigen Tempel der Artemis von Ephesos entfernt liegen. So hatten sie die Seitenlänge der Fläche, die sie absuchen wollten, auf 200 bis 400 Meter Entfernung vom Artemis-Tempel festgelegt. Damit sollten sie auf jeden Fall Ungenauigkeiten im Brief des Apostels ausgleichen können. Und ebenso groß hatten sie die Strecke, die sie absuchen wollten, in ostwestlicher Richtung bestimmt.

Aber wie nicht anders zu erwarten, war dieser Landstrich entlang der Anton-Kallinger-Caddesi – einer Straße, die nach einem Mäzen der Arbeiten an der Celsus-Bibliothek in Ephesos benannt war – inzwischen stark überbaut worden. Daher hatten sie auch in viele Vorgärten und Innenhöfe von Privathäusern geschaut. Die Einheimischen waren an seltsames Verhalten von Touristen gewöhnt und hatten sie kopfschüttelnd gewähren lassen. Ab und zu hatte man sie sogar auf ein Gläschen Tee eingeladen und freundlich gefragt, woher sie kämen und was sie denn gerade in dieser Gegend interessierte, die doch ein ganzes Stück abseits der weltberühmten Ruinen von Ephesos – nicht zuletzt von der Bibliothek des Celsus – lag. Diese Plaudereien verschafften ihnen ihrerseits Gelegenheit, sich in einem bunten Kauderwelsch nach antiken Überresten in den Gärten und vor allem in den Kellern der Umgebung zu erkundigen. Aber so reizend sich ihre Gespräche mit den Leuten auch gestalteten, so wenig ergab sich daraus ein handgreiflicher Hinweis auf das, was sie eigentlich suchten.

Als sie am frühen Nachmittag die Fläche bis weit hinter die Isa-bey-Moschee schon zum dritten Mal abgeschritten hatten, war die Hoffnung auf eine große Entdeckung bei allen außer bei Oakbridge verflogen. Wenn sie sich selbst gegenüber ehrlich waren, mussten sie sich eingestehen, dass es eigentlich nichts mehr zu tun gab, wenn sie nicht aufs Geratewohl irgendwo mit einem Spaten die Erde aufgraben wollten. So hatte Montebello den Anruf des Ispettore zunächst als angenehme Ablenkung empfunden. Dann verdüsterte sich seine Stimmung im Laufe des Gesprächs. Hatte er doch wie die anderen geglaubt, dass sie sich alle in der Türkei in Sicherheit befinden würden – und auf einmal sollte ausgerechnet eine kirchliche Geheimorganisation hinter ihnen her sein? Er rief Bill, Jackey und Savio zusammen und berichtete ihnen, was er von Bariello erfahren hatte. Die anderen konnten so wenig wie Montebello fassen, welcher Gefahr sie nur knapp entronnen sein sollten. «Der Ispettore hat eindringlich gewarnt, dass wir auch hier absolut nicht sicher sind ... Bill, reg dich nicht auf, aber vielleicht sollten wir so schnell wie möglich nach Rom zurückkehren. Bariello meinte, am liebsten würde er uns alle vorläufig in Polizeigewahrsam nehmen, um uns zu schützen.»

«Wir sind gerade erst angekommen und haben ...»
«... und haben nichts gesehen, was einigermaßen dem entspricht, was du uns beschrieben hast.»
Oakbridge wandte sich missmutig ab.
«Von mir aus könnt ihr zurückfliegen. Ich werde auf jeden Fall weitersuchen!»
«Monsignor Montebello, Sie vergessen, dass Savio und ich gar nicht zurück können. Man weiß offenbar, wo wir jetzt sind, und würde uns bei unserer Einreise bereits am Flughafen erwarten und sofort verhaften. Sie werden verstehen, dass wir also bleiben müssen, bis die Gefahr vorüber ist oder bis ...»
«... oder bis sie uns erwischt haben. Wir sollten uns nichts vormachen, Jackey. Im Grunde genommen ist es gleichgültig, ob wir hier weitersuchen oder nicht. Wenn sich jemand wirklich in den Kopf gesetzt hat, einen anderen zu töten, dann kann ihn kaum etwas auf der Welt daran hindern. Und dann ist es auch egal, ob wir in Rom oder in der Türkei sind. Falls aber die anderen aus Italien sein sollten, dann tun sie sich hier ebenso schwer wie wir. Ich denke, dass unsere Chancen zu überleben in Selçuk etwas größer sind als zu Hause.»
«Und was machen wir jetzt?»
Bill Oakbridge hatte es ein wenig aufgemuntert, dass mit Jackey und Savio der größere Teil ihrer kleinen Gruppe nicht vorhatte, die Suche wieder abzubrechen und nach Rom zurückzukehren.
«Es ist ziemlich warm geworden, und die Nacht war sehr kurz. Ich denke, wir sollten erst einmal ins Hotel zurückkehren und ausspannen. Der ummauerte Hof, wo wir gefrühstückt haben, ist doch ein ganz einladendes Fleckchen. Vielleicht kommt uns dort eine Idee, wo wir weitermachen könnten.»
Auch wenn kein anderer daran glaubte, dass ihnen etwas einfallen würde, wo sie das Grab sonst noch suchen könnten, schien die Aussicht auf eine Pause verlockend genug. Sie gingen den Ayasoluk hinauf, achteten aber mit einem Mal sehr genau auf Passanten und Autos, die ihnen entgegenkamen. Mitunter drehte sich auch einer von ihnen um. Doch alles blieb ruhig, und so betraten sie ein

paar Minuten später ihr Hotel und setzten sich auf dem gepflasterten Hof an eines der Tischchen. Einige wurden von Sonnenschirmen, andere von großen Palmen in Blumenkübeln beschattet.

Sie saßen noch nicht lange, als ein hübscher, pausbäckiger kleiner Junge zu ihnen kam und in seinen Händen ein Tablett trug, auf dem für jeden ein Gläschen Çay stand. Sie dankten ihm und schlürften ihren Tee – heiß und süß. Dann trat der Hotelier heran und begrüßte sie auf Englisch.

«Das ist Arkan – mein Enkel und mein ganzer Stolz. Er wird einmal Chef dieses Hotels.»

Er zwinkerte Arkan zu, der nun ein paar Meter entfernt neben der Frau des Hoteliers stand, und ein bisschen verlegen zu ihnen hinübergrinste.

«Wie war ihr erster Tag in Selçuk?»

«Oh, danke. Wir sind nur ein wenig in der Ebene rund um die Isa-bey-Moschee spazieren gegangen.»

«Ach, Sie waren heute noch gar nicht bei den Ruinen?»

«Noch nicht – wir haben uns das noch aufgespart. Heute wollten wir nur mal die Gegend hier am Ayasoluk erkunden.»

«Sie sollten unbedingt auch in die Moschee hineingehen! Ursprünglich stammt sie aus dem vierzehnten Jahrhundert, ist aber im siebzehnten durch ein Erdbeben stark zerstört und dann wieder aufgebaut worden, ein echtes Schmuckstück. Der Imam ist ein Freund von mir. Wenn Sie möchten, werde ich ihn bitten, für Sie eine kleine Führung zu machen.»

«Wunderbar! Ich interessiere mich sehr für den Islam und die islamische Kultur.»

Montebello freute sich über den Vorschlag des Hoteliers, der seinerseits beglückt war über das Interesse. Er versuchte stets, seinen neuen Gästen das Gefühl zu vermitteln, dass sie nicht nur in einer gemütlichen Atmosphäre umsorgt würden, sondern dass er sich auch gern für die Erfüllung ihrer besonderen Wünsche einsetzte. Jackey schaltete sich in das Gespräch ein.

«Stammen Sie selbst aus Selçuk?»

«Ja, Hanımefendi. Meine Familie lebt seit vielen Generationen hier. Ich wurde in diesem Haus geboren. Damals war es aber noch ein kleines Gasthaus, das ich nach dem Tod meines Vaters zu einem richtigen Hotel ausgebaut habe.»
Jackey ließ den Blick über die Fassade wandern.
«Ein malerisches Haus. Wie schön, dass uns der Taxifahrer heute früh gerade hierher gebracht hat! Aber dann kennen Sie sich doch auch bestimmt gut aus in der Stadt und ihrer Umgebung?»
Man hörte, wie am anderen Ende des Hofes der kleine Junge zu husten begann.
«Sie können mich alles fragen, was die Stadt und ihre Geschichte betrifft.»
«Das antike Ephesos im Tal ist eine großartige Ruinenstadt. Aber gibt es auch hier oben auf dem Ayasoluk noch römische Überreste?»
Der Husten des Jungen hatte nicht nachgelassen, doch jetzt veränderte er sich und klang mit einem Mal würgend und röchelnd. Dann hörten sie plötzlich die Großmutter irgendetwas auf Türkisch schreien, aber das Einzige, was sie verstanden, waren die Worte: Allah, Allah!
Sie wandten sich um und sahen, wie sie den Kleinen rüttelte, dessen Gesicht mit einem Mal rot und geschwollen war. Seine Augen waren vor Angst weit aufgerissen und traten schier aus den Höhlen. Alle sprangen auf und stießen dabei so heftig gegen den Tisch, dass die Teegläser zu Boden fielen und zersplitterten. Sie liefen hinüber, wo dem Kind in seiner Atemnot bereits die Beine versagten. Speichel lief ihm aus dem Mund. Das Heulen der Frau war in ein schrilles Kreischen übergegangen, und auch der Hotelier schrie in seiner Hilflosigkeit mit sich überschlagender Stimme immer wieder nur den Namen des Jungen. Savio erfasste die Situation als Erster. Er ging in die Hocke, packte das Kind, legte es mit dem Brustkorb auf seinen Oberschenkel und schlug ihm zwei-, dreimal kräftig mit der flachen Hand auf den Rücken.
Beim letzten Mal flog aus dem Mund des Jungen ein Zuckerwürfel. Im selben Moment hörte man, wie der Kleine mit einem pfei-

fenden Geräusch nach Luft japste. Das wiederholte sich ein paar Mal, dann begann er laut zu weinen. Der Schrecken stand ihm noch ins Gesicht geschrieben. Die Großmutter nahm ihn in die Arme und wiegte ihn hin und her, während sie selbst kaum weniger laut weinte als ihr Enkel. Der Hotelier, dem ebenfalls Tränen über die Wangen liefen, umarmte Savio und küsste ihn, während er immer wieder stammelte:
«Çok teşekkür ederim, Efendim, çok teşekkür ederim!»
Es dauerte eine ganze Weile, bis sich die Gefühlsaufwallungen wieder einigermaßen gelegt hatten. Die Frau des Hoteliers hatte sich mit dem weinenden Jungen ins Haus zurückgezogen, der Großvater wischte sich die immer noch geröteten Augen, und während alle wieder zu dem Tisch zurückgingen, klopfte er fortwährend Savio auf die Schulter. Als sich die Blicke von Jackey und Savio trafen, strahlte sie ihn an.
«Du scheinst der geborene Lebensretter zu sein.»
«Ich war ungefähr so alt wie der Junge, als mir genau das Gleiche mit einem Bonbon passiert ist. Und meine Großmutter hat mit mir das Gleiche gemacht wie ich mit Arkan.»
Der Hotelier war kurz im Haus verschwunden und kam mit einer Angestellten zurück, die die Scherben der Teegläser zusammenfegte. Als sie gegangen war, stand er bei ihnen am Tisch und hatte die Hand auf Savios Schulter gelegt.
«Sie alle logieren hier als meine persönlichen Gäste – solange Sie wollen und auf Kosten des Hauses. Allah hat Sie geschickt, damit mein Arkan diesen Tag überlebt. Und wenn er dereinst einmal dieses Hotel leitet, dann hat er das Ihnen, Efendim, zu verdanken. Er und wir alle, seine Familie, werden Ihnen nie vergessen, was Sie getan haben!»
Savio hob abwehrend die Hände und murmelte, das sei doch selbstverständlich gewesen. Aber es war unübersehbar, dass es dem Mann ernst war und dass ihn jede Weigerung, seine Einladung anzunehmen, in höchstem Maße verletzen würde. So dankten sie ihrem Gastgeber vielmals, der sie sogleich nach ihren Wünschen fragte. Sie bestellten ein paar kleine Erfrischungen, und

kurz darauf wurde ein zweiter Tisch herangeschoben, der sich unter Tellern mit frischem Obst, Käse, Oliven, Tomaten, Brot, Pistazien, Ayran und allen möglichen anderen Getränken bog, so dass ihnen angst und bange wurde, wie sie genügend davon würden verzehren können, ohne unhöflich zu wirken. Der Hotelier aber strahlte und nickte ihnen immer wieder aufmunternd zu, während sie aßen und tranken.
«Ich werde dafür sorgen, dass Sie alles zu sehen bekommen, was Sie wünschen. Sie sollen Ihren Aufenthalt hier nie vergessen! Wofür interessieren Sie sich besonders?»
«Dürfte ich Sie etwas fragen?»
Oakbridge blickte den Hotelier an.
«Aber natürlich, Efendim! Alles!»
«Wissen Sie, wir sind natürlich vor allem hierhergekommen, weil wir uns für die Geschichte und die Bauwerke des antiken Ephesos interessieren. Ich selbst arbeite in Amerika als Altertumswissenschaftler. Was uns besonders interessiert, ist, ob es auch hier am Ayasoluk – abgesehen von der Johannes-Basilika und dem Aquädukt – antike Bauwerke oder bemerkenswerte antike Steine oder etwas in der Art gibt. Wissen Sie, Sachen, die nicht jeder zu sehen bekommt... die man vielleicht gar nicht so leicht entdeckt... entdecken kann...»
Der Hotelier schaute den Amerikaner ein paar Sekunden sehr ernst an; dann nickte er und lachte.
«Warum lachen Sie?»
«Das werden Sie gleich sehen. Warten Sie ab!»
Er verschwand im Haus und kam mit einem Schlüssel zurück, mit dem er die Tür absperrte, die von der Straße zum Hof des Hotels führte. Dann schaute er zu Savio hinüber.
«Arkadaşım! Sie sind ein kräftiger junger Mann. Würden Sie mir bitte helfen?»
Savio schaute ein wenig ratlos drein – und erhob sich.
Ihr Gastgeber machte ein paar Schritte zu einer Gruppe von vier großen tönernen Blumenkübeln in der Mitte des Hofes, die auf einer schwarzen Teerpappe beieinanderstanden, und nickte Savio

zu. Beide packten an und zogen die schweren Pflanzen auseinander. Dann zog der Hotelier die Unterlage zur Seite, und darunter kam ein weißer Stein von etwa einem Meter Durchmesser zum Vorschein. Der Hotelier winkte die anderen heran. Sie gingen zu ihm hinüber und betrachteten genauer, was da im Boden eingelassen war. Es war eine nahezu kreisrunde Platte, die in regelmäßigen Abständen fingergroße Bohrungen aufwies, die aber alle mit Zement verschlossen waren.

«Was ist das?»

«Das ... ist der Eingang zur Unterwelt.»

Und als der Hotelier die ratlosen Gesichter seiner Gäste sah, strahlte er sie an.

«Eigentlich ist es mir ein wenig peinlich. Und von dem hier weiß niemand außer meiner Frau, meinem Sohn und ein paar von meinen Angestellten. Aber Ihnen will ich es zeigen, wenn es Sie interessiert, weil Sie jetzt gewissermaßen zur Familie gehören. Geben Sie acht! Sie waren heute sicher schon in ihren Badezimmern. Da werden Sie auch die kleinen Schilder gesehen haben, auf denen steht, dass die Gäste nichts in die Toiletten werfen sollen. Diese Hinweisschilder habe ich deshalb anbringen lassen, weil die städtische Abwasserleitung nicht besonders gut ist; sie verstopft schnell, und dann dauert es manchmal Tage, bis die Stadt wieder alles in Ordnung gebracht hat. Aber was soll ich in dieser Zeit mit meinen Gästen machen? Ich kann sie ja nicht auf die Straße oder runter in den Sumpf zum alten Artemis-Tempel schicken, wenn sie mal müssen. Aber ich weiß mir zu helfen. Wenn man hier runtersteigt, kommt man in einen unterirdischen Gang; der ist mehr als mannshoch gemauert und stammt noch aus römischer Zeit. An seinem Boden gibt es eine Rinne, die mit Platten abgedeckt ist, und darunter läuft ein kleiner Kanal, durch den man schon in der Antike den Schmutz bis ins Meer gespült hat. Zwar kann man in dem Gang selbst nur noch ein paar hundert Meter gehen, weil er dahinter eingestürzt ist, aber der kleine Kanal scheint freigeblieben zu sein, weil immer noch alles abfließt. Mein Vater hat mir das schon vor vielen Jahren gezeigt, als er noch die Herberge geführt

hat. Und er hat auch einen Schieber dort unten eingebaut, so dass ich heute, wenn die städtische Abwasserleitung mal wieder kaputt ist, einfach den Schieber an der Hauptleitung des Hotels umstelle und so allen Schmutz mit reichlich Wasser durch diesen alten Kanal ins Meer schicke. Natürlich darf ich das nicht, und es darf auch niemand wissen, die Stadt nicht und die Archäologen erst recht nicht. Die würden hier alles aufgraben, und ich bekäme nur ein paar tausend Lira als Ausgleich. Meine Gäste würden wegbleiben. Wer wohnt schon gern in einer Ausgrabung? Aber auch wenn der alte Kanal von mir immer gut durchspült wird, riecht es da unten natürlich nicht besonders frisch. Deshalb habe ich die Löcher hier mit Zement verstopft, die Teerpappe darübergelegt und die Blumenkübel daraufgestellt, damit die Touristen nicht belästigt werden. So sieht keiner was und riecht keiner was. Aber wenn die Saison vorbei ist, steige ich hinunter und sehe nach dem Rechten. Der Schacht ist nämlich schon ein wenig baufällig wegen der Erdbeben, die wir hier manchmal haben. Auch wenn sie selten wirklich schlimm sind, sind doch im Laufe der Zeit da unten Risse in den Mauern und der Decke entstanden, so dass ich sie wie schon mein Vater an ein paar Stellen mit Holzbalken abgestützt habe. Aber wenn man vorsichtig ist, kann nichts passieren. Und dieser Stein selbst ist so eine Art Kanaldeckel und trägt auf der Unterseite sogar eine Inschrift, und weiter den Gang runter gibt es an einer Stelle noch eine weitere Inschrift, aber nicht so schön wie die auf diesem Stein. Aber was das heißt auf diesen Inschriften, weiß ich nicht. Ich bin ja kein Gelehrter so wie Sie. Würden Sie sich das gern mal anschauen? ... Was ist denn? ... Ist etwas nicht in Ordnung?»
Der Hotelier war einigermaßen betroffen über die Wirkung, die er mit seiner Geschichte erzielt hatte. Die anderen starrten ihn an.
«Sie können alle wirklich ganz beruhigt sein. Die Hygiene in diesem Haus ist... auf europäischem Standard. Und seit ich die Löcher in diesem Stein zugemacht habe, riecht man doch auch nichts mehr – oder?»
Bill Oakbridge schüttelte den Kopf. Ihm war sofort klar, dass dieser antike Kanal die langgezogene Geländestruktur im Unter-

grund des Ayasoluk war, die das NATO-Flugzeug bei seinen geomagnetischen Untersuchungen erfasst und dessen Aufnahme ihm Achim Zangenberg gezeigt hatte.

«Nein, nein. Bitte! Sie missverstehen unsere Reaktion. Wir sind einfach sprachlos und völlig begeistert von dem, was Sie uns erzählt haben! Sie ahnen nicht, was es für uns bedeuten würde, wenn wir mit Ihnen hier hinuntersteigen dürften! Das stimmt doch – oder?»

Er schaute zu Montebello, Jackey und Savio, die eifrig nickten.

«Ja, das wäre ganz großartig! Zeigen Sie uns, was dort unten ist!»

Der Hotelier war sichtlich erleichtert.

«Natürlich, sehr gern! Ich hole nur ein paar Taschenlampen.»

Kurz darauf kehrte er zurück mit zwei Stemmeisen in der einen und einem Korb in der anderen Hand, in dem für jeden eine Lampe lag.

«Falls mal der Strom ausfällt, steht in jedem Zimmer so eine Lampe.»

Er stellte den Korb ab, gab Savio ein Stemmeisen und deutete auf eine Stelle am Rand des Steins, die schon merklich abgesplittert war, wo Savio die Spitze seines Eisens versenkte. Der Wirt schob sein Werkzeug einen halben Meter davon entfernt unter den Stein. Dann wuchteten die beiden den antiken Kanaldeckel zur Seite. Die Luft, die aus dem Schacht stieg, war kühl und etwas modrig; aber es war kein Gestank. Offenbar war es schon länger nicht mehr nötig gewesen, den Kanal entsprechend seiner alten Zweckbestimmung einzusetzen. Alle nahmen eine Lampe und leuchteten in die Tiefe. An der kreisrund gemauerten Wand lehnte eine große Holzleiter, die in ungefähr fünf Metern Tiefe auf dem Boden stand.

«Wollen Sie zuerst die Inschrift unter diesem Stein lesen? Sollen wir ihn umdrehen?»

Oakbridge schüttelte den Kopf.

«Danke, das wollen wir machen, ehe wir nachher den Eingang wieder verschließen. Jetzt sind wir einfach zu neugierig, wie es dort unten aussieht. In welche Richtung führt denn der Gang von hier aus?»

«Ziemlich genau auf die Moschee zu. Ich steige als Erster hinab. Bitte warten Sie, bis ich unten bin – und dann immer einer nach dem anderen. Und achten Sie darauf, dass Sie sich nicht an den Holzbalken stoßen.»
Während der Hotelier die Leiter hinunterkletterte, murmelte Oakbridge etwas vor sich hin.
«Was sagst du, Bill?»
Montebello schaute zu seinem Freund hinüber, der auf der anderen Seite des Schachtes stand.
«*Wir aber haben beschlossen, sie im Verborgenen zu bestatten.*»
«Du meinst wirklich ...?»
Ohne ein weiteres Wort begann Oakbridge, die Leiter hinabzusteigen. Ihm folgte Jackey, dann Savio; Montebello bildete den Abschluss. Als sie am Fuß der Leiter standen, wartete die nächste Überraschung auf sie: Der Gang schien trotz der Stützen, von denen sie einige im Halbdunkel erkennen konnten, in erstaunlich gutem Zustand. Wo keine Holzpfähle waren, konnten zwei Erwachsene nebeneinander gehen. Die Höhe mochte zwei Meter betragen, an einigen Stellen vielleicht noch etwas mehr. Die Wände wie die Platten am Boden bestanden aus bräunlichem, sorgfältig behauenem Stein. Manche der Steinblöcke waren bis zu einem Meter lang und fast einen halben Meter hoch. Die Erbauer des Ganges hatten sie ohne Mörtel geschichtet und zu einem Tonnengewölbe aufgetürmt. Die Luft war feucht. Das mochte der Grund dafür sein, dass sich auf den Ritzen des Mauerwerks stellenweise Moos und Flechten angesiedelt und im Laufe der Zeit über manche Steine ausgebreitet hatten. An ein paar Stellen blühte Salpeter aus dem Gemäuer. Auch auf einigen Stützen und Querstreben saßen Moos und Flechten. Mitunter knackte das Holz ein wenig. Sonst war außer ihrem eigenen Atem und einem leisen ‹Plopp›, wenn ab und zu ein Wassertropfen von der Decke auf die Platten fiel, nichts zu hören. Doch trotz der Feuchtigkeit stand kein Wasser am Boden. Entweder konnten die Steine es aufnehmen, oder es verschwand, bevor es eine Lache hätte bilden können, zwischen den Fugen. Aber die Steine unter ihren Sohlen schienen mit einem

rutschigen Film überzogen, so dass sie, als sie langsam den Gang hinunterschritten, achtgeben mussten, um nicht auszugleiten. Sonst lag kaum etwas auf dem Boden; hin und wieder fiel das Licht ihrer Lampen auf das Gerippe einer Ratte oder auf ein paar Schneckenhäuser. Als sie den Tunnel entlangleuchteten, erkannten sie, dass der Boden ein merkliches Gefälle hatte, so dass es sie nicht wunderte, dass das Wasser, das bis heute gelegentlich unter ihm hindurchfloss, alles mit sich zog und bis zum Meer transportierte.
«Gefällt es Ihnen?»
Die Stimme ihres Führers, der in normaler Lautstärke gesprochen hatte, hallte als Echo in dem Gewölbe wieder und wieder und verebbte erst nach ein paar Sekunden.
«Es ist unglaublich! So etwas habe ich noch nie gesehen.»
Jackey hatte ihre Antwort geflüstert, während sie mit ihren Fingern an den Steinfugen entlangfuhr.
«Und außer Ihnen kommt nie jemand hier herunter?»
«Wenn es nötig ist, hilft mir mein Sohn, ein paar neue Stützen einzuziehen; aber sonst war noch nie jemand hier – abgesehen von meinem Vater und wahrscheinlich schon seinem Vater.»
Langsam gingen sie den Gang weiter hinunter, doch reichte das Licht ihrer Lampen noch immer nicht bis an dessen Ende. Während der Hotelier nach vorn und Savio auf den Boden leuchtete, wanderte der Strahl der anderen die Wände auf und ab. Es war Oakbridge, der als Nächster das Schweigen brach.
«Sie meinten, als wir oben standen, dass es hier unten noch eine weitere Inschrift gibt?»
«Ja, ein Stück weiter vorn.»
Sie waren vielleicht zweihundert Meter den Gang hinuntergegangen, als der Hotelier stehen blieb und mit seiner Lampe die rechte Wand ableuchtete.
«Hier müsste es irgendwo sein... Ja, hier! Sehen Sie!»
Jetzt leuchteten auch die anderen in seine Richtung, und was sie sahen, verschlug Montebello, Oakbridge und Jackey den Atem. Für den Hotelier und Savio war es nur ein ungewöhnlich großer,

glatter Stein, bekrönt von einem zweiten, niedrigeren in Form eines kleinen Giebels. Aus der Ritze, die beide trennte, quoll handbreit eine Schicht Moos. Die anderen aber erkannten sofort, dass diese Steine sorgfältig bearbeitet waren und sich deutlich von dem Gefüge der übrigen Quader unterschieden – und es war ihnen klar, dass das, was sie sahen, einst eine besondere Funktion erfüllt hatte: Sie standen vor der Stirnseite eines antiken Sarkophags.

«Gianni, das ist es! Das Grab der Jungfrau!»

Oakbridges Stimme überschlug sich beinahe. Montebello sah zu ihm hinüber. Sein Freund war völlig außer sich; das Gesicht war verzerrt und die Augen flackerten. Mit einem unbehaglichen Gefühl wandte Montebello den Blick ab und betrachtete die Wand genauer. Tatsächlich konnte er, soweit nicht Moos und Flechten die Oberfläche bedeckten, einzelne griechische Buchstaben erkennen. Oakbridge trat vor und begann behutsam, den Bewuchs zu lösen. Noch während er damit beschäftigt war, wurde ihm klar, dass dies keine Inschrift war, die ein gelernter Steinmetz in der Antike eingraviert hatte. Dafür waren die Zeichen viel zu unregelmäßig und kunstlos. Erst als Oakbridge den Oberkörper ein wenig zurückbog, konnte er im Zusammenhang erfassen, was dort geschrieben stand. Mit einem Mal ging ihm der Sinn der Worte auf. Und während er völlig verwirrt wieder und wieder die beiden Zeilen las, zupfte er mechanisch weiter mit der Rechten an einem Placken Moos. Plötzlich blieb er ihm in der Hand und gab einen Hohlraum frei. Im nächsten Moment sprang Oakbridge mit einem Aufschrei zurück: Aus der offenen Spalte war ein großer, schwarzer Skorpion hervorgeschossen und lief über seine Hand und den Arm hinauf. Alle schrien durcheinander, und Oakbridge machte wilde Bewegungen, um das Tier abzuschütteln. Dabei schlug er mit voller Wucht gegen eine Holzverstrebung, die sich in Kopfhöhe quer durch den Gang spannte. Der alte Balken war morsch. Angefault in der Feuchtigkeit, brach er unter dem heftigen Schlag. Oakbridge stolperte rücklings über die beiden Teile, die hinter ihm zu Boden fielen, und stürzte. Ein knirschendes Geräusch kam aus den Wänden. Die beiden Steine, die der Balken

gehalten hatte, drängten, wie von unsichtbarer Hand geschoben, von rechts und links nach vorn. Im nächsten Moment gab das Gewölbe über ihm nach. Steinblöcke stürzten herab und begruben ihn unter sich. Das ganze Mauerwerk schien zusammenzubrechen. Die anderen rannten ein Stück weit den Gang hinauf und hörten hinter sich in dem Chaos aus berstenden Balken und hervorbrechenden Steinen die Schreie des Amerikaners. Es dauerte eine Ewigkeit, bis das Krachen und Dröhnen nachließ. Dann fielen nur noch vereinzelt Steine aus den Wänden und der Decke. Als der Staub sich legte, sahen sie im Licht ihrer Lampen einige Meter vor sich einen Steinwall, der den Gang in mehr als halber Höhe verschloss.
«BILL! HÖRST DU MICH? BILL!»
Montebello schrie nach dem Verschütteten. Dann lauschte er in die Dunkelheit hinein. Es vergingen ein paar Sekunden, aber dann glaubte er etwas zu hören.
«Ich klettere da rein und versuche, ihn rauszuholen.»
«Ich komme mit!», sagte Savio.
«Nein, der Schacht ist zu eng! Wir würden uns nur behindern. Und wenn die Decke nachgeben sollte ... Ich gehe allein. Passen Sie auf, ob noch weitere Steine runterkommen, während ich drin bin. Dann machen Sie, dass Sie alle so schnell wie möglich hier rauskommen!»
«Monsignore, ich ... ich glaube, ich ...»
Montebello schaute Savio an und schüttelte traurig den Kopf.
«Bitte ... Lassen Sie mich! Da hinten liegt mein Freund. Er braucht mich jetzt.»
Im nächsten Moment stieg Montebello bereits über das Geröll. In einer Hand die Lampe haltend, schob er sich langsam nach vorn. Der Zwischenraum bis zur Decke wurde nicht noch enger, so dass er gut vorankam. Immer wieder rief er Oakbridges Namen. Und dann hörte er ihn.
«Gianni ... Gianni ...»
«Bill, halt durch! Gleich bin ich bei dir!»
Er war vielleicht zehn, zwölf Meter über den Steinwall gekrochen, als er bemerkte, wie dieser leicht nach vorn abfiel. Dann sah er

über den Rand der Steine nach unten und erkannte Oakbridge. Er lag bis fast an die Schultern verschüttet unter einem Haufen von Quadern und Schutt. Montebello schob sich an den äußersten Rand des Ganges, um den Druck auf seinen Freund nicht durch sein eigenes Gewicht zu erhöhen. Er rutschte kopfüber die Schräge hinunter.
«Bill! Ich grab dich aus. Das geht ... das geht ganz schnell ...»
Montebello kniete sich neben Oakbridge und versuchte keuchend, einen Brocken, der direkt auf der Brust seines Freundes lag, anzuheben, als er die Stimme des anderen hörte.
«Nicht! Gianni, bitte! Es hat keinen Sinn.»
«Was redest du da, Bill! Ich lass dich doch nicht hier ...»
Doch während er weiter an dem Stein zog, merkte er, dass das Geröll dahinter sofort nachrutschte.
«Gianni, hör auf! Ich hab furchtbare Schmerzen, und die Bewegung macht sie noch schlimmer.»
«Aber ich kann dich doch nicht ...»
«Hör auf, bitte! ... Ich muss dir ... etwas sagen.»
Montebello war verzweifelt.
«Was musst du mir sagen, Bill?»
«Ich habe Angst.»
Montebello strich seinem Freund mit der Hand über die Stirn und nickte.
«Ich auch. Ich habe Angst um dich.»
Während sich Montebellos Augen mit Tränen füllten, zeigte sich auf Oakbridges Gesicht die Andeutung eines Lächelns.
«Gianni, du bleibst wirklich bis zum Schluss ...»
«Natürlich bleibe ich bei dir. Aber soll ich nicht doch ...»
«... Knightley ...»
«Was? Wieso Knightley?»
«Der Papyrus, Gianni ... Er wollte den Papyrus ... zurückgeben. Er hat gesagt ... man darf ... so etwas nicht mehr ... Völkern wegnehmen, denen es gehört. Unser Kauf war in Ordnung ... aber jetzt ... zurückgeben.»
«Bill, das ist doch ganz unwichtig.»

«Nein ... Ich habe ihn angefleht ... habe vor ihm auf den Knien gelegen ... Nicht dieses Stück! ... das Juwel unserer Sammlung geworden. Aber er ... war ... nicht umzustimmen. Dann ... habe ich es getan. Gianni ... ich habe ihn getötet.»
«Bill, du weißt doch nicht mehr, was du sagst. Das sind die Schmerzen! Du hast Cyrill Knightley nicht getötet. Du hast mir selbst erzählt, dass er an einem Herzinfarkt gestorben ist. Was ...»
«... meine exotischen Hobbys ... meine Terrarien ... Ich habe ... eine Schlange in Cyrills ... freigelassen. Er hatte ... graunhafte Angst vor Schlangen ... durfte sie nicht mal erwähnen, wenn er in der Nähe war ... Er hat sie gesehen ... ist tot zusammengebrochen. Ich habe hinter der Tür gestanden ... gehört, wie er starb.»
«O Gott, Bill ...»
«Ich wollte, dass er stirbt, Gianni ...»
Oakbridges Stirn war feucht. Er zitterte. Montebello zog ein Taschentuch hervor und wischte ihm den kalten Schweiß ab. Er erkannte, wie der Schmerz seinen Freund in immer kürzer anlaufenden Wellen marterte.
«... Angst, wenn ich sterbe, dass ...»
Montebello nickte.
«Bill, bereust du, was du getan hast?»
«Ja.»
«Willst du dich aus Liebe zu Gott von der Sünde abwenden und künftig die Sünde meiden?»
«Ja.»
«Hoffst du auf das Erbarmen des Herrn?»
«Ja.»
Montebello schloss die Augen und sprach ein kurzes Gebet.
«Ego te absolvo ...»
Als er das Kreuzzeichen über ihm geschlagen hatte, strich er ihm mit der rechten Hand die verklebten Haare aus dem von Schmerz und Angst verwüsteten Gesicht.
«Da ist noch ... die Inschrift ... Konntest du ... lesen?»
Die Stimme von Oakbridge wurde schwächer, aber seine Züge belebten sich noch einmal.

«Bill, der ganze Stein ist aus der Wand gebrochen. Alles... das Grab... die Inschrift... sie sind zerstört.... Ich hätte dich nie danach suchen lassen dürfen! Ich habe nichts gelesen, und es ist auch nicht wichtig. Sprich jetzt nicht mehr! Ich sehe, wie es dir Schmerzen bereitet...»
«Doch, Gianni, die Suche... wichtig... für *dich*. Komm näher!»
Oakbridges Stimme war kaum noch zu hören. Montebello beugte sich tief zu ihm hinunter, so dass der andere ihm ins Ohr flüstern konnte. Er hörte, was der Sterbende ihm sagte. Dann wandte er sich mit einer heftigen Bewegung zu ihm hin und schaute ihm in die Augen.
«Bill! Weißt du, was du da sagst? Bist du sicher?!»
«Ganz sicher...»
Im nächsten Moment kam aus Oakbridges Brust ein hohles Stöhnen, und dann erkannte Montebello, dass sein Freund tot war. Mit einer zärtlichen Bewegung schloss er ihm die Augen. Und er weinte so lange, bis er in der Ferne Rufe hörte, die immer lauter und aufgeregter wurden. Er erhob sich und lauschte in den verschütteten Gang hinein.
«Monsignore! Kommen Sie! Im ganzen Schacht geben die Stützen nach. Kommen Sie! Schnell!»
Montebello beugte sich noch einmal zu dem toten Oakbridge hinab, küsste ihn auf die Stirn und schlug das Kreuz über ihm. Dann stieg er den Wall hinauf und schob sich auf allen vieren kriechend in den Gang hinein.
«Laufen Sie voraus! Warten Sie nicht auf mich! Beeilen Sie sich!»
Er arbeitete sich langsam weiter nach vorn – ruhig, ohne Hast und ohne Angst. Es war ihm völlig gleichgültig, ob die Decke über ihm nachgeben würde oder nicht. Als er fast am Ende der Geröllstrecke angekommen war, hörte er auf der anderen Seite das Geräusch von brechendem Holz. Dann fühlte er, wie ihn jemand am Arm packte und nach vorn riss. Es war Savio, der auf ihn gewartet hatte und ihn jetzt aus dem Dunkel herauszerrte.
«So kommen Sie doch endlich, Monsignore! Jackey und der Hotelier sind schon fort. Schnell! Der ganze Gang stürzt ein!»

Er zog Montebello hinter sich her, während das Bersten und Krachen in ihrem Rücken immer lauter wurde und bedrohlich näher kam. Schließlich erreichten sie die Leiter, die Napoletano den Priester hinauftrieb. Kurz darauf standen sie zu viert staubbedeckt wieder in der Sonne – über dem Eingang zur Unterwelt.

Kapitel 35 – Der Inquisitor

Es war gegen neun Uhr abends, als Bariello an dem Gittertor am Parco di Traiano läutete. Die Gegensprechanlage summte, und eine Frauenstimme meldete sich.
«Pronto?»
«Ispettore Superiore Bariello.»
«Un momentino!»
Gleich darauf klickte das Schloss des Tores. Dann ging Bariello über den Kiesweg auf das Haus des Kardinals zu. Die Lampe über dem Eingang flammte auf, und kurz darauf öffnete sich die Tür.
«Guten Abend, Eminenza Ambroso!»
«Guten Abend, Ispettore Superiore. Kommen Sie, treten Sie ein! Ich hatte fast ein wenig mit Ihnen gerechnet.»
«Ach ja?»
Ohne große Umstände ging der Kardinal voraus zu seinem Arbeitszimmer.
«Bitte, nehmen Sie Platz! Ja, ich habe mir gedacht, dass Sie von Monsignor Montebello erfahren würden, dass Suora Devota und ich doch nicht haben mitfliegen können in die Türkei.»
«Wie geht es Suora Devota?»
«Danke, schon wieder ganz gut. Es war einfach ein bisschen zu viel für die Gute. Ich hatte unterschätzt, was das alles für sie bedeuten würde – Sie verstehen – die ganze Aufregung. Sie ist ja noch nie geflogen.»

«Und es hätte ja auch so leicht bei diesem einzigen Flug bleiben können.»
«Verzeihung, ich verstehe nicht?»
«Nun, es war doch diese Bombe an Bord, deren Explosion nur in letzter Minute hat verhindert werden können.»
«Das ist ja eine unglaubliche Geschichte! Wirklich eine Bombe? Davon hat Montebello heute Morgen bei seinem Anruf gar nichts erzählt.»
«Da waren Sie sicher sehr überrascht, Eminenza.»
«Wie bitte?»
«Dass Montebello Sie angerufen hat ... Das muss Sie doch sehr überrascht haben. Eigentlich hätte er doch zu diesem Zeitpunkt bereits mit den anderen bei den Fischen irgendwo in der Ägäis sein müssen. Das war doch der Plan von FOEDUS – oder unmittelbar von Ihnen selbst, Inquisitor?»
«Mein lieber Bariello, was reden Sie denn da? FOEDUS ... Inquisitor. Ich verstehe kein Wort.»
«Wie konnten die Attentäter wissen, dass Montebello, Oakbridge, die Dottoressa und Napoletano in dieser Maschine waren, da dies doch Ihr Plan war? Und wieso konnten meine Vorgesetzten heute Morgen wissen, dass ich die Papiere für Jackey O'Connor und Napoletano aus unserer Asservatenkammer besorgt hatte? Die, die es hätten weitergeben können, konnten kein Interesse daran haben, denn es hätte bedeutet, dass der Fluchtplan von vornherein zum Scheitern verurteilt gewesen wäre. Und sie konnten erst recht kein Interesse daran haben, mit der Pilgermaschine in die Luft gesprengt zu werden.»
«Ispettore Superiore, ich bitte Sie! Das müssen Sie herausfinden. Sie sind der Polizist von uns beiden.»
«Ich habe es herausgefunden, Eminenza Ambroso. Es wurde mir in dem Moment klar, als Monsignor Montebello mir heute Mittag eröffnet hat, dass Sie und Suora Devota gar nicht mitgeflogen sind.»
«Bariello, ich habe Verständnis dafür, wenn jemand wegen beruflicher Misserfolge frustriert ist, aber finden Sie nicht, dass Sie

etwas zu weit gehen? Ich denke, wir sollten dieses Gespräch beenden, sonst müsste ich wohl doch Ihre Vorgesetzten darüber informieren ...»
«Eminenza, ich bitte Sie! Die informieren Sie doch ohnehin. So wie Sie sie auch über die verschwundenen Pässe informiert haben. Das Dumme war nur, dass zufällig ich es war, der heute Nacht die Sprengung der Pilgermaschine vereitelt hat, und da wäre es ein wenig schwierig gewesen, wenn – bitte entschuldigen Sie den Ausdruck, aber meine Vorgesetzten haben ihn verwendet – ein Held wie ich bei einem Disziplinarverfahren oder gar vor einem ordentlichen Gericht erklärt hätte, was ich zu diesen Vorgängen von Tremante und Bonaventura erfahren habe. Das hätte doch ziemlichen Staub aufgewirbelt, selbst wenn ich nichts davon hätte beweisen können. Und das umso weniger, als Tremante heute Morgen ermordet worden ist. Wissen Sie übrigens, wie Ihre Schergen das gemacht haben? Sie haben ihm die Zunge herausgeschnitten.»
«Sie sind jünger als ich, Ispettore Superiore. Daher muss ich mich darauf beschränken, Ihnen zuzuhören, und kann Sie nicht in geeigneter Weise aus meinem Haus geleiten. Aber zumindest ist es interessant zu hören, was Sie zu erzählen haben. Und so danke ich Ihnen für die abenteuerliche Unterhaltung.»
«Nein, Eminenza, der Dank ist ganz meinerseits. Denn – und wenn das nicht auch wieder Ihr Plan war, so ist es doch das Ergebnis eines Ihrer Pläne – man hat mich heute Morgen befördert. Wenn ich im August aus dem Urlaub zurückkomme, werde ich fortan als Commissario Capo im Innendienst der Polizia di Stato arbeiten.»
«Wie erfreulich für Sie! Dann nimmt das Ganze ja doch wenigstens eine befriedigende Wende für Sie und Ihre Laufbahn.»
«Ja, so sehe ich das auch. Es ist zwar das einzig Befriedigende in meiner Lage, aber immerhin. Und deshalb komme ich auch. Eminenza, ich bin hier, weil ich verloren habe und Sie gewonnen haben. Sie haben sogar noch viel höher gewonnen, als Sie es im Moment auch nur ahnen können.»
«Ach? Sie machen mich direkt neugierig, Bariello.»

Bariello stand auf, ließ seinen Blick über den Schreibtisch des Kardinals schweifen, bis er entdeckt hatte, was er suchte; dann beugte er sich vor und griff nach einer Bibel.

«Wenn ich es Ihnen erzähle, Kardinal Ambroso – und ich schwöre als gläubiger Christ beim Heil meiner unsterblichen Seele und auf diese Bibel, dass es die Wahrheit ist, die Sie all Ihrer Sorgen um die Handschrift entheben wird –, werden Sie mir dann Ihrerseits die Wahrheit sagen?»

Ambroso fixierte sein Gegenüber.

«Was meinen Sie?»

«So wie ich es geschworen habe! Und ich schwöre weiter: Wenn ich dieses Haus heute Abend verlassen habe, werde ich niemals, solange ich lebe – und auch nicht in schriftlicher Form nach meinem Tod –, ein Wort von dem, was Sie mir anvertrauen, an andere weitergeben. Ich werde auch niemals gegen Sie ermitteln oder gegen Sie vorgehen. Wenn ich dieses Haus verlasse, endet die Geschichte vom Grab der Jungfrau ein für alle Mal.»

«Das schwören Sie?»

«Das schwöre ich!»

«Erzählen Sie!»

«Legen Sie mit mir die Hand auf die Bibel, und ich sage Ihnen, was ich weiß!»

Ambrosos Augen bohrten sich in die Bariellos – dann griff auch er nach der Bibel.

«Zufrieden jetzt? Dann fangen Sie an!»

«Heute Nachmittag wurde Professor Bill Oakbridge in Selçuk getötet, als er mit Monsignor Montebello, Jacqueline O'Connor, Napoletano und ihrem Führer in einem unterirdischen Gang aus römischer Zeit nach dem Grab der Jungfrau gesucht hat. Sie hatten tatsächlich das Grab gerade gefunden, als sich ein Stützbalken löste. Das Gewölbe ist über Oakbridge zusammengebrochen. Der ganze Gang, von dem bis dahin niemand etwas wusste außer dem Mann, auf dessen Grundstück er lag, ist fast auf voller Länge eingestürzt. Es ist völlig ausgeschlossen, dass die Leiche jemals geborgen werden kann, weil bei den erforderlichen Ausschachtungsarbeiten eine Moschee in unmittelbarer Nähe des Unglücksortes gleichfalls gefährdet wäre. Das Grab ist zerstört, und da Oakbridge sich auch heute nicht hat von dem Papyrus trennen können, ist die Handschrift mit ihm für alle Ewigkeit unter Hunderten Tonnen von Stein und Geröll begraben.»

Das Kinn des Kardinals sank auf die Brust. Er atmete tief durch. Dann schlug er mit einem Mal mit beiden Händen auf die Armlehnen seines Sessels.

«Das ist das Werk der Vorsehung! Sie hat den Mann zerschmettert, der in seiner Neugier nach heiligen Dingen geforscht hat, die er in heilloser Weise profanieren wollte. Die Kirche bleibt bewahrt vor einem weiteren Sturm von Zweifeln an ihrer Autorität. Ich habe es diesem Oakbridge auf den Kopf zugesagt, als wir zusammensaßen – er würde den Heilsplan nicht durcheinanderbringen. Bariello, was für ein Tag!»

Die Augen des Kardinals blitzten.

«Eminenza, ich darf Sie an unsere Abmachung erinnern. Nun sind Sie an der Reihe: Wenn Sie solche Angst vor der Verbreitung des Inhalts dieser Handschrift hatten, wieso haben Sie den Papyrus nicht verschwinden lassen, als Oakbridge Ihnen den für die Recherche in der Bibliothek überlassen hat? Weshalb haben Sie ihm sogar eröffnet, was in dem Fragment steht, das Sie für die Vatikanische Bibliothek erworben hatten?»

Der Kardinal schüttelte den Kopf.

«Obwohl Sie Kriminalist sind, sind Sie nicht viel klüger als Eminenza Angermeier, und der ist gewiss ein schlichtes Gemüt vor dem Herrn. Solange ich Leiter der Bibliothek war, war es mir immer wichtig zu wissen, was die Besucher des Hauses erforschten und welche Motive sie antrieben. Es war zu allen Zeiten die Kunst zu fragen, die den Inquisitor ausgezeichnet hat. Man muss das Vertrauen derer gewinnen, die man ausforschen will. Nur dann öffnen sie sich und weihen uns ein in ihre geheimen Gedanken und Pläne. So kann man sie mitunter lenken oder sie auf blinde Fährten locken. Aber dafür muss man immer wissen, was und wie der Gegner denkt, und dafür wiederum braucht man Zeit.

Und diese Zeit brauchte ich auch bei Oakbridge. Was wäre denn passiert, wenn auch ich in dieser Situation dem Amerikaner die Zusammenarbeit verweigert hätte, wie es Angermeier getan hat? Oakbridge musste beschäftigt werden – warum also nicht mit seiner törichten Suche nach dem Grab? Wenn er keine Chance mehr gesehen hätte, noch mehr herauszufinden, als schon in der Handschrift stand, wäre ihm doch gar nichts anderes zu tun geblieben als die baldige Veröffentlichung des Papyrus. Und wie hätte dann die Geistlichkeit dagestanden in den Medien? *Wissenschaftler widerlegt Dogmen, Kirche verweigert Dialog und Zusammenarbeit!* So hätte es geheißen. Und jetzt stellen Sie sich einmal vor, dass der mir anvertraute Papyrus auch noch abhandengekommen wäre! *Kardinal lässt Papyrus über Mariengrab verschwinden!* Der Skandal wäre noch viel größer ausgefallen, zumal Oakbridge in Montebello einen allzu integren Zeugen hatte.

Als ich dann meinen kleinen Text aus den Schatzkammern der Bibliothek hervorgeholt und gelesen hatte, war ich mir ziemlich sicher, dass der Amerikaner keinen Erfolg haben würde bei seiner Suche: Die Angaben waren nicht sonderlich genau, und außerdem war die Gegend, um die es ging, bereits gründlich erforscht, ohne dass etwas Spektakuläres zutage gekommen wäre. Und dann der lange Zeitraum von zweitausend Jahren und zu dem allen noch die moderne Bebauung des Geländes! Nein, ich hätte nie gedacht, dass das Grab überhaupt noch existieren, geschweige denn, dass Oakbridge es finden würde. Aber die Archäologie ist eben immer für Überraschungen gut. So muss ich heute zugeben, dass ich mich in diesem Punkt getäuscht habe.

Aber viel wichtiger war doch, dass ich Oakbridge für mich gewinnen konnte, indem ich ihm die heiß begehrte Information überlassen habe. Er hat mir fortan vertraut und sich mir offenbart. Und so konnte ich mir überlegen, wie die Veröffentlichung dieses Papyrus zu verhindern war. Das geschriebene Wort, Bariello, ist und bleibt das Gefährlichste, was die Menschheit hervorgebracht hat. Es ist die unvergleichliche Nahrung des Geistes – die Frucht vom verbotenen Baum. Alles Materielle ist nur ein Schaustück für die dumme Masse.

Der Geist will beschäftigt sein. Das zu verstehen und dann zu lenken, was den Geist des Menschen beschäftigt, bildet die eigentliche Grundlage der Macht. Das gilt für jedermann – im Umgang mit Gelehrten ebenso wie mit den Mitgliedern des Ordens. Auch sie haben ganz unterschiedliche Motive, weshalb sie sich für unsere Ziele engagieren. Der Glaube ist stets ein Teil davon, aber eben nur ein Teil. Warum auch nicht? Wenn ich nur zum Heil der Kirche über die Menschen verfügen kann und sie auf meinen Befehl handeln! Denken Sie etwa an Oberstleutnant Behringer – er genießt es, aus dem Dunkel Gewalt auszuüben. Wenn es darum ging, gelegentlich hartnäckige Kirchenfeinde beseitigen zu lassen, konnte ich mir gar keinen besseren Exekutor wünschen als ihn. Oder Bonaventura – im Grunde genommen eine einfache Beamtennatur, die vor allem Karriere machen will; erstaunlich ist nur, zu welchen Handlungen man ihn bringen kann, wenn man seine Motive versteht und ihn entsprechend zu lenken weiß.
Ja, Bariello, es stimmt: Alle Fäden des FOEDUS laufen in meiner Hand zusammen. Einzig Behringer weiß um meine Funktion als Inquisitor. Er muss sicherstellen, dass innerhalb des Ordens alles durch Befehl und absoluten Gehorsam funktioniert, zu dem sich die Mitglieder bei ihrem Eintritt bedingungslos verpflichten. Wem die angedrohte Seelenstrafe im Falle des Ungehorsams nicht reicht, den bringen Behringer und andere Gefolgsleute zur Raison. Ich hingegen operiere einzig dadurch, dass ich mir Vertrauen schaffe.»
«Aber mit Ihrer Vertrauensstrategie waren Sie bald am Ende, als es um den Papyrus ging.»
«Richtig. Jedoch nur deshalb, weil etwas geschehen ist, was nie hätte geschehen dürfen: Der Papyrus wurde Oakbridge gestohlen und damit wurde der Kreis derer, die davon Kenntnis erlangten, größer und damit auch die Wahrscheinlichkeit, dass etwas von seinem Inhalt publik wird. In dieser Situation musste ich handeln. Da durchkreuzte jemand meine Pläne, mit denen ich hätte Zeit gewinnen und vielleicht sogar ein milderes Mittel finden können, den Papyrus nicht an die Öffentlichkeit gelangen zu lassen.

Glauben Sie mir, ich empfinde nie Freude an der Ausübung physischer Gewalt. Sie ist die ultima ratio, aber wenn es erforderlich ist, so gebrauche ich die Macht, die mir gegeben ist. Die Idee, die einst Papst Gelasius entwickelt hat, besagt, dass Gott zur Leitung der Menschheit die weltliche Gewalt und die geistliche Autorität berufen hat. Jede dieser Gewalten sollte ihr Schwert für sich, doch mit dem gemeinsamen Ziel führen, die Welt im Sinne des Heilsplans zu regieren. Die Geistlichkeit aber hat seit dem Mittelalter bis heute immer wieder vergeblich auf die weltliche Macht vertraut, sie werde das ihr überlassene Schwert im gemeinsamen Interesse handhaben. Wir sind wieder und wieder enttäuscht worden, weil die weltlichen Machthaber nur ihre eigenen Ziele verfolgten. Sie haben im Laufe der Jahrhunderte immer unkontrollierter ihren Interessen gefrönt, statt vor den geistlichen Lehrern den Nacken zu beugen und deren Worte zu befolgen. In all den Jahren im Ausland, in denen die Nöte und Ängste der Menschen mich fast in den Wahnsinn trieben, denen ich gegen ihre weltlichen Unterdrücker nicht helfen konnte und die deshalb vom Glauben abfielen, wurde mir klar, dass die Kirche wieder an allen Fronten kämpfen muss – gegen die Hochmütigen und Skrupellosen, gegen die Feinde der Gläubigen und auch unmittelbar gegen die Feinde des Glaubens. Dafür aber muss sie bereit sein, selbst beide Schwerter kraftvoll und entschlossen zu führen, so wie ich es tue.
Und dieser Professor Oakbridge war ein solcher Glaubensfeind, gegen den das Schwert geführt werden musste. Der Inhalt des Papyrus hätte mit den Dogmen von der leiblichen Aufnahme Mariens in den Himmel und der Unfehlbarkeit des Papstes zugleich Autorität und Stellung der Kirche aufs Schwerste erschüttert – insbesondere in den gutkatholischen, aber durch steigende Kirchenaustritte gefährdeten Gemeinden in Südamerika, Afrika und Asien. Diese Bastionen katholischer Rechtgläubigkeit dürfen niemals in die Hand des Antichristen fallen. Ich denke, genau das aber war die Absicht des Versuchers, der dieses hochheilige Schriftstück Oakbridge in die Hände gespielt hat, um seinen Inhalt bekannt werden zu lassen – bekannt werden zu lassen noch vor oder

während des Konzils. Die ganze Welt hätte mit dem Finger auf den hohen Klerus und auf den Papst gezeigt und gelacht. Nichts, Bariello, wirkt tödlicher als Lächerlichkeit. Davor musste ich meine Kirche schützen.
Weil ich hinter dem Amerikaner den Bösen selbst erkannt habe, musste ich listiger sein als er. So habe ich zunächst alle Klugheit und Behutsamkeit, schließlich aber auch alle Entschiedenheit und Härte walten lassen, um eine Katastrophe für die Kirche zu verhindern.»
«Sie haben mit der Entscheidung, die Pilgermaschine der Vatican Airlines zum Absturz zu bringen, nicht nur Glaubensfeinde und Verbrecher aus dem Weg räumen lassen wollen.»
«Das sind keine leichten Entscheidungen, Bariello! Aber wenn Sie Verantwortung übernehmen, müssen Sie auch bereit sein, den Weg zu Ende zu gehen. Es war alles so organisiert, dass die Spuren auf einen islamistischen Anschlag gedeutet hätten. Mit der Sprengung einer Pilgermaschine wäre auch dieser ganze interreligiöse Zinnober ein für alle Mal vorbei gewesen. Wir müssen sowieso die Reihen der Christen fester schließen, wenn wir uns auf unser Armageddon und die Endzeitschlacht gegen den Islam vorbereiten wollen. Und glauben Sie mir, um dieses doppelte Ziel zu erreichen, wäre ich selbst an Bord der Maschine geblieben – wenn es unumgänglich gewesen wäre und wenn mir nicht klar vor Augen gestanden hätte, dass meine Arbeit hier noch lange nicht erledigt ist. So aber habe ich mit der treuen Suora Devota eine kleine Scharade aufgeführt. Als ich sie in ihrer perfekt gespielten Verzweiflung erlebt habe, habe ich sie bewundert – wie die große Duse! Sie hätte das Zeug für eine Bühnenkarriere gehabt.»
«Was hatten Sie sich denn für mich ausgedacht, da ich doch auch den Inhalt des Papyrus kannte?»
«Lieber Ispettore Superiore – oder soll ich schon sagen: Commissario Capo? –, Sie sind zwar ein guter Polizist, aber, bei allem Respekt... Wenn alle tot und der Papyrus zerstört gewesen wäre und Sie wären öffentlich aufgetreten und hätten gesagt, Sie wüssten, wo das Mariengrab in der Türkei zu finden sei, und die Pilger-

maschine sei wegen eines Briefes des heiligen Johannes mit der entsprechenden Information in die Luft gejagt worden, so hätte man Sie vermutlich auch befördert – aber in unsere bewährte Klinik für solche Fälle, Santa Maria della Pietà. Nein, mein lieber Bariello. Bitte nehmen Sie es nicht als Geringschätzung, aber Sie sind kein Gegner, und Sie waren nie ein Gegner für mich. Sie konnten gestern Abend ein wenig Unruhe verbreiten, aber Sie werden nie den Orden und seine Arbeit gefährden können. Sie werden völlig unbehelligt bleiben, und Sie werden einfach den Mund halten, so wie Sie es geschworen haben. Aber sollten Sie die Hölle in Kauf nehmen und es sich jemals anders überlegen, dann wissen Sie ja nun, wie wir mit einem Widersacher verfahren – und da wäre das Irrenhaus die gelindeste Lösung.»

«Ich denke, Sie haben auch in diesem Punkt recht, Eminenza. Aber nachdem Oakbridge tot und der Papyrus vernichtet ist, wie soll es weitergehen mit Montebello, Dottoressa O'Connor und Napoletano?»

«Ohne dass der Papyrus noch physisch vorhanden ist und gezeigt werden kann, glaubt denen doch kein Mensch, dass es ihn je gegeben hat. Der Orden hat jedenfalls kein Interesse an ihrer weiteren Verfolgung. Für Montebello freut es mich sogar. Er selbst hält sich für einen kritischen Geist. Dabei hat er nur einen klugen Kopf, ist aber im Übrigen ein solches Lämmchen! Ihm fehlt die notwendige Härte des Glaubensstreiters. So habe ich auch nie versucht, ihn für den Orden zu gewinnen. Dafür taugt er nicht.»

«Immerhin steht die Dottoressa zu Unrecht unter Mordverdacht. Sie dürfte also schon ein Interesse daran haben, dass ihr Name wieder reingewaschen wird.»

«Die Unschuld muss viel leiden auf dieser Welt. So ist das auch im Falle der Dottoressa. Aber sie ist jung, und mit Signor Napoletano hat sie vielleicht in der Türkei eine Zukunft.»

«Bleibt noch die Liste, Eminenza, die mir Commissario Capo Tremante gegeben hat in der Nacht, bevor er starb. Sie enthält wohl eine ganze Reihe mit Namen und Telefonnummern von Ordensmitgliedern. Hier ist sie. Kennen Sie sie?»

Bariello reichte dem Kardinal das Blatt, der es überflog und nickte.
«Ja, natürlich kenne ich diese Namen – alles anständige Leute, die treu dem Orden dienen. Was soll ich damit?»
«Sie können sie behalten. Dies ist nur eine Kopie ...»
In diesem Moment läutete irgendwo im Schreibtisch des Kardinals ein cellulare.
«Einen Moment bitte, Ispettore. Das könnte wichtig sein ...»
Der Kardinal öffnete eine Schublade, zog den kleinen Apparat hervor und nahm das Gespräch entgegen. Doch noch ehe er auch nur ein Wort sagen konnte, überflutete ihn offenbar der andere mit einem Wortschwall, und im nächsten Moment wich alle Farbe aus Ambrosos Gesicht. Er schaltete das cellulare ab und starrte den Polizisten an.
«Chi sei, Bariello? Da quale parte dell'inferno vieni tu? Tu sei il diavolo in persona! Che cosa hai fatto?»
Der Kardinal griff nach der Bibel, auf die Bariello geschworen hatte, und schleuderte sie mit aller Kraft nach dem Inspektor. Der aber fing das Wurfgeschoss mit einer Hand auf und legte es behutsam auf den Couchtisch.
«Ich verstehe, Eminenza. Das dürfte Oberstleutnant Behringer gewesen sein. Wissen Sie, falls ich wirklich aus der Hölle stammen sollte, dann gehöre ich zu den schlechtbezahlten Unterteufeln – nicht zu den Größen, mit denen Sie normalerweise Umgang haben. Aber das Internet – das denke auch ich gelegentlich –, das ist wirklich ein Teufelszeug. Was ich gemacht habe, nennt man *livestream*. Wissen Sie, wie das geht?»
Bei diesen Worten nestelte der Polizist das kleine iPhone aus der Jackentasche seiner Uniform. Er zog das Mikrofon aus dem Knopfloch seines Revers, in dem es wie ein Abzeichen neben anderen gewirkt hatte, und betrachtete es kopfschüttelnd.
«Es ist schon verblüffend, was diese kleinen Dinger können. Ich verstehe nicht viel davon – anders als unser Assistente Di Lauro, dieser Grünschnabel, dem das Gerät gehört. Er war es auch, der die Idee gehabt hat: Da draußen vor Ihrem Haus, Eminenza, steht ein Übertragungswagen der TUTTA LA VERITÀ. Luca Mutolo hat

vom Krankenbett aus, in das Ihr Schlägertrupp ihn gebracht hat, die Voraussetzungen dafür geschaffen, dass unser Gespräch in Echtzeit, wie das heute heißt, jetzt gerade auf dem Internetkanal der TUTTA LA VERITÀ mitgehört werden kann.
Das, Eminenza, nennt man dann *livestream*. Es scheint geklappt zu haben, wenn Oberstleutnant Behringer so beeindruckt war, dass er sie gleich angerufen hat. Trotzdem: Ich selbst hab's nicht so mit dem Internet, aber ich glaube ... ja, ich werde dieses Revolverblatt jetzt abonnieren. Leben Sie wohl, Eminenza!»
Ohne sich noch einmal nach Ambroso umzusehen, der immer noch wie erstarrt hinter seinem Schreibtisch stand, verließ Bariello das Haus des Kardinals. Als er an einem Kastenwagen vorbeiging, dessen Reklameflächen abgeklebt waren und unter dessen Heckklappe ein dünner bläulicher Lichtstreifen hervorleuchtete, klopfte er an die Seitentür. Gaspare Bertani streckte grinsend den Kopf heraus. Bariello nickte ihm zu und reichte ihm das iPhone.
«Hier – gib das dem Kleinen zurück! Wann habt ihr Behringer informiert?»
«Nachdem wir gemerkt haben, dass der Kardinal so richtig auspackt. Wir haben ihn dann angerufen und gesagt, er soll doch mal auf die Website der TUTTA LA VERITÀ gehen, wo Sua Eminenza gerade über FOEDUS spricht ... kurz darauf hat er das Gespräch abgebrochen.»
«Gut gemacht! Verschwindet jetzt hier! Das Haus des Kardinals wird heute Nacht nicht überwacht! Ich werd' noch ein paar Schritte laufen.»

Kapitel 36 – Die Inschrift

Bariello hielt seinen Schwur. Er sprach niemals darüber, was er über Sua Eminenza Ambroso, den Orden, dessen Mitglieder und ihre Aktivitäten in Erfahrung gebracht hatte.
Doch es war noch keine Stunde vergangen, nachdem er das Haus des Kardinals verlassen hatte, als Oberstleutnant Behringer am Parco di Traiano vorfuhr und dort mit fünf Schüssen aus seinem Revolver den Inquisitor tötete, dem er so viele Jahre bedingungslos gefolgt war. Die letzte Kugel aus seiner Waffe hatte er für sich selbst aufgespart. Suora Devota, die beide in ihrem Blut fand, starb bald darauf in geistiger Umnachtung im Mutterhaus ihres Ordens. Die Staatsanwaltschaft veröffentlichte im Einvernehmen mit dem Vatikan eine Presseerklärung, der zufolge die Bluttat Behringers das Resultat einer larvierten Psychose war. Die Beisetzung der Toten erfolgte wenige Tage später in aller Stille. Dies sei stets der Wunsch des Kardinals gewesen, ließ der Vatikan verlautbaren. So war es nur eine kleine Trauergemeinde, die an den Exequien für Sua Eminenza Leo Ambroso teilnahm, doch fanden sich trotz der frühen Morgenstunde Enzo Baldassare und seine Familie ein, die in aufrichtigem Schmerz den Heimgang ihres Gönners beweinten. Der Kardinal hatte ihnen gegenüber Wort gehalten und dafür gesorgt, dass der Familienvater bald darauf eine Stelle als Sicherheitskraft in einer Bank antreten konnte.
Weniger aussichtsreich sah wohl Staatssekretär Bonaventura seine Zukunft und erhängte sich unter der Ponte Milvio, nachdem eine

Sitzung des Parlaments anberaumt worden war, in der über die Aufhebung seiner Immunität abgestimmt werden sollte. Mit seinem Tod entfiel die Notwendigkeit einer strafrechtlichen Aufarbeitung seiner Rolle im FOEDUS.

Es dürfte jedoch diese Verkettung von Ereignissen gewesen sein, die den Innenminister veranlasste, sich mit dem Vatikan in Verbindung zu setzen. Gemeinsam wurde eine Krisensitzung anberaumt, zu der auch die Geschäftsleitung der TUTTA LA VERITÀ geladen wurde. Dabei stellte sich heraus, dass der Nachtredakteur des Internetdienstes, der auf Drängen Mutolos die Ausstrahlung des Gesprächs ermöglicht hatte, in weiser Voraussicht die Sendung nicht auch als Podcast ins Netz gestellt hatte, wo sie jederzeit hätte heruntergeladen werden können. Angesichts der zu erwartenden weitreichenden gesellschaftlichen Folgen und der Intervention allerhöchster staatlicher Stellen löschte die Zeitung – unter allseits gelobter Wahrnehmung ihrer gesellschaftlichen Verantwortung – die Datenträger mit der betreffenden Aufzeichnung vollständig. Und tatsächlich hatte es wohl nicht allzu viele Hörer gegeben, die das Gespräch in seiner vollen Länge verfolgt hatten; und von diesen hatten es nicht wenige für eine Art Hörspiel gehalten. Weitere Tonaufzeichnungen des Originals erschienen jedenfalls nie wieder im Internet.

Diejenigen aber, denen die ganze Tragweite dessen, was sie auf dem Online-Dienst von TUTTA LA VERITÀ gehört hatten, bewusst geworden war, bestürmten in den folgenden Tagen den Vatikan, aber auch das Innenministerium, den Skandal, die Morde und die Rolle des FOEDUS aufzuklären. Da jedoch keiner der unmittelbar Betroffenen bereit war, als Zeuge in dieser Sache auszusagen, entwickelte der sich zusammenbrauende Sturm kaum Zerstörungskraft. Und nach wenigen Wochen kochten zwar noch einige Verschwörungstheorien in der Gerüchteküche, zumal ein paar angesehene Persönlichkeiten öffentliche Ämter niedergelegt hatten oder vorzeitig in Pension gegangen waren und manche sogar – wie Avvocato Borgogno – das Land verlassen hatten. Aber es gab letztlich keine substantiellen Kollateralschäden in Kirche und Staat. Man kam nicht viel weiter, als dass der Vatikan wohl irgendein Geheimnis der frühen Kirchengeschichte verschleiert hatte, dessen theologische Konsequenzen ihm nicht in den Kram passten. In der Zentrale von TUTTA LA VERITÀ wusste man gleichwohl die Arbeit, den Mut und den Erfolg des Redakteurs Luca Mutolo zu würdigen, der das Wohlwollen offizieller Kreise für das Blatt enorm gesteigert hatte; so wurde er nach seiner Rückkehr aus dem Krankenhaus Stellvertretender Chefredakteur – mit eigenem Büro.

Dottoressa O'Connor, Signor Napoletano und Monsignor Montebello wurden unter Vermittlung Bariellos mit einer Regierungsmaschine aus der Türkei zurückgeholt und nach Rom gebracht. Alle jüngeren und älteren Straftaten, die im Hinblick auf Dottoressa Jacqueline O'Connor und Signor Savio Napoletano zu verfolgen gewesen wären, wurden von höchster Stelle als ein für alle Mal erledigt ad acta gelegt; eine entsprechende Weisung erging an die gesamte italienische Staatsanwaltschaft. Der Einzige, der das bedauerte, war Ispettore Achille Rossi. Aber sein neuer Vorgesetzter, Commissario Capo Vincenzo Bariello – den man auf eigenen Wunsch doch nicht zum Stab der Polizeiführung versetzt, sondern in seiner alten Dienststelle als Nachfolger des ermordeten Commissario Capo Filippo Tremante eingesetzt hatte –, tröstete seinen Untergebenen, indem er ihm exklusiv die Untersuchung einer Reihe von Kraftfahrzeugdiebstählen übertrug, die auf das Konto einer Bande von osteuropäischen Autoschiebern ging. Damit war der Inspektor für die nächsten Jahre ausgelastet.

Der Tod von Professor William Oakbridge war nach Aussage aller Augenzeugen ein tragischer Unglücksfall. Die Ermordung von Simon Hockney hingegen konnte abschließend als Folge eines missglückten Raubüberfalls durch eine besonders gewalttätige Bande – den sogenannten Clan dei Maranesi – geklärt werden. Die Waffe, mit der der Amerikaner umgebracht worden war, eine 92er Beretta, wurde auf dem Grundstück der Mafiafamilie gefunden, nachdem die Bergungsarbeiten abgeschlossen worden waren. Dabei hatte man auch die Leiche des Agente Luca Pellicano gefunden. Die Beisetzung seiner sterblichen Überreste erfolgte unter großer Anteilnahme der Öffentlichkeit und im Beisein hoher Vertreter aller Teilstreitkräfte der italienischen Polizei. Der junge Beamte wurde postum mit dem höchsten Orden für Tapferkeit im Dienst ausgezeichnet und um drei Rangstufen befördert; seine Witwe bekam in voller Höhe die Ruhebezüge, die ihr Mann bei Erreichen des Pensionsalters auf dieser Stufe erhalten hätte.

Einen Orden erhielt auch Signor Ugo Sparacio, der als Chef vom Dienst der Flugsicherheit in Fiumicino mit großer Umsicht verhindert hatte, dass eine Pilgermaschine der Vatican Airlines durch einen heimtückischen Anschlag zerstört worden war. Die polizeilichen Ermittlungen, die jedoch letztlich nicht zur Ergreifung der Täter führten, dauerten noch an, als Ugo Sparacio unter großem öffentlichem Beifall im Range eines Commendatore mit dem Ordine al Merito della Repubblica Italiana am Bande ausgezeichnet wurde.

Demgegenüber schaffte es eine andere Meldung nur in wenigen Zeitungen unter «Vermischtes»: Spaziergänger hatten die bereits weitgehend entfleischten Leichen zweier Männer in einer Schlucht unweit des Dorfes Bosagro südöstlich des Vesuv entdeckt. Zwar waren zu ihrer Untersuchung eigens Spezialisten aus Rom eingeflogen worden, doch konnte man die Toten nicht mehr identifizieren. Man vermutete, dass sie Opfer eines besonders tragisch verlaufenen Jagdunfalls geworden waren, und bestattete sie anonym auf einem Friedhof in Nola; die Kosten übernahm die Staatskasse. Auch der Tod des Commissario Capo Filippo Tremante konnte nie vollständig aufgeklärt werden, doch wurde von staatlicher Seite dafür gesorgt, dass die Hinterbliebenen keinerlei Einbußen ihres Lebensstandards hinnehmen mussten.

Sua Eminenza Bartholomäus Angermeier hatte, sobald FOEDUS aufgeflogen war, am Heiligen Stuhl nachgesucht, angesichts seines Alters und seiner gesundheitlichen Beschwerden einerseits und der Belastungen seines Amtes andererseits von seinen Pflichten als Cardinale archivista e bibliotecario entbunden zu werden. Man hatte seinem Wunsch umgehend entsprochen. Daraufhin zog sich der Kardinal in seine niederbayerische Heimat in das Kloster Vornbach zurück.

Mit dem Ausscheiden von Kardinal Angermeier stand einer Rückkehr Monsignor Montebellos an seinen früheren Arbeitsplatz nichts mehr im Wege. Er hatte drei Wochen nach Bills Tod seine Tätigkeit als Bibliothekar an der Vatikanischen Bibliothek und auch seine Frühgottesdienste in Santi Ambrogio e Carlo al Corso wieder aufgenommen. Als er eines Morgens nach der Messe aus der Sakristei in den Kirchenraum trat, erhob sich im Mittelschiff ein Geistlicher, dessen Haut schwarz wie Ebenholz schimmerte und der Montebello bereits während des Gottesdienstes aufgefallen war.
«Laudetur Jesus Christus!»
«In aeternum! Amen.»
«Monsignor Montebello, erlauben Sie mir bitte, dass ich mich vorstelle...»
«Das ist nicht nötig, Monsignore. Auch wenn ich nicht in der näheren Umgebung Seiner Heiligkeit tätig bin, erkenne ich in Ihnen doch Yoris Lisimba, Landsmann und Privatsekretär unseres Papstes Laurentius.»
Der großgewachsene Afrikaner verbeugte sich ein wenig, und ein Lächeln spielte um seine Augen, die hinter einer goldgefassten Brille strahlten.
«Es hat einiger diplomatischer Bemühungen während der letzten Wochen bedurft, dass Ihr Name, lieber Bruder, heute in der Öffentlichkeit nicht viel bekannter ist als meiner. Im Übrigen schickt mich in der Tat der Heilige Vater. Er hätte Sie lieber zu einer Privataudienz in seinen Gemächern empfangen. Aber wenn man Sie in diesen Tagen bei ihm gesehen hätte, dann hätte die sprichwörtliche Geschwätzigkeit im Vatikan die Gerüchteküche wieder angeheizt, die doch gerade erst ein wenig abgekühlt ist, wo-

rüber wir sehr froh sind. So hat er mir aufgetragen, Ihnen seinen Segen und seine herzlichsten Grüße zu überbringen.»
Montebello verneigte sich tief und bekreuzigte sich.
«Seine Heiligkeit hat mich gebeten, Sie aufzusuchen, um Ihre Sicht der Ereignisse kennenzulernen, die sich seit dem Eintreffen von Professor Oakbridge in Rom bis zu seinem tragischen Tod in Ephesos zugetragen haben.»
«Ich will Ihnen gern erzählen, was ich weiß, aber die Kollegen in der Vaticana ...»
«... wissen, dass Sie heute später zum Dienst erscheinen werden. Wo können wir uns ungestört unterhalten?»
«Der nächste Gottesdienst in Santi Ambrogio e Carlo al Corso findet erst heute Mittag statt. Der Geistliche, der ihn hält, kommt nicht vor halb zwölf. Wir hätten also über drei Stunden, und in die Sakristei kommt niemand ohne Schlüssel hinein.»
«Ein guter Platz.»
«Bitte, Monsignore.»
Montebello ging voran in die Sakristei, deren alte, mit reichen Schnitzereien und Intarsien verzierte Schränke Messgewänder, Altartücher und Paramente bargen. An der Wand hing eine Kreidezeichnung: Die Allegorie des Glaubens zeigte eine Frauengestalt, die ihren Blick fest auf das Kreuz gerichtet hielt – ein Abbild des Freskos von Luigi Garzi, das wie die Darstellungen der anderen Tugenden das Langhaus der Kirche schmückte. Ein barockes Holzkreuz hing neben der Tür, während in der Mitte des Raumes ein langer, schwerer Tisch aus dunklem Holz stand mit je vier Stühlen an den Längsseiten. Yoris Lisimba zog einen Stuhl an die Stirnseite des Tisches, während er auf den Platz zu seiner Rechten deutete.
«Kommen Sie! Ich bin lieber an der Seite von Menschen, als ihnen frontal zu begegnen.»
Und wieder huschte ein Lächeln über das Gesicht des Privatsekretärs, das Montebello diesmal erwiderte. Er setzte sich neben ihn und begann ohne Umschweife seine Geschichte mit jenem nächtlichen Telefonat, das inzwischen mehr als einen Monat zurücklag.

Lisimba hörte ihm fast zwei Stunden aufmerksam zu und unterbrach ihn nur, wenn er etwas nicht genau verstanden hatte. Was Bill Oakbridge Montebello während der Beichte anvertraut hatte, blieb unerwähnt. Als der Bibliothekar geendet hatte, schwiegen beide eine Weile.
«Monsignor Montebello, Sie und Ihre Gefährten haben Schreckliches erlebt und waren immer wieder vom Tode bedroht. Für viele der Gefahren, denen Sie ausgesetzt waren, waren Männer der Kirche verantwortlich, denen Sie mit Recht glaubten, rückhaltlos vertrauen zu dürfen. Als Teil dieser Kirche schäme ich mich zutiefst für das, was Ihnen widerfahren ist!»
Montebello wollte widersprechen, aber Lisimba schüttelte den Kopf.
«Dottoressa O'Connor und Signor Napoletano haben, wenn ich Sie richtig verstanden habe, in der Not zueinandergefunden. Aber Ihren Schmerz, lieber Monsignore, tragen Sie allein, da mit Professor Oakbridge und Eminenza Ambroso an einem Tag zwei Menschen gestorben sind, die Ihnen viel bedeutet haben.»
Montebello ließ den Kopf sinken und nickte. Dann begann er zu sprechen.
«Ja – und um einen von ihnen trauere ich als um einen verlorenen Freund ... meinen einzigen Freund. Und ich mache mir Vorwürfe, dass ich ihm nicht Freund genug war, um ihn vor schweren Verirrungen zu bewahren. Ich hatte mich aus Verdruss über die Verhältnisse in der Bibliothek in gekränkter Eitelkeit in meine Forschungen vertieft, anstatt für meinen Nächsten da zu sein. So habe ich versagt – als Freund und als Priester.»
«Wissen Sie, Monsignor Montebello, manchmal lese ich gern in den Schriften Martin Luthers. Meine Lieblingsstelle stammt aus seiner zweiunddreißigsten Predigt, die er am Sonnabend nach Agate gehalten hat, am 7. September 1538: *Gott hat seinen Sohn nicht gesandt, dass er die Welt richte, du musst mir Christum nicht zum Teufel machen. Denn er ist nicht gesandt, dass er sei mein Richter, Tyrann, Gift, Tod, Zorn und Pestilenz, sondern heisst ein Helfer.* Es steht auch uns Katholiken gut zu Gesicht, Weisheit von Andersdenkenden in un-

sere Überlegungen aufzunehmen. Gehen Sie also nicht zu hart mit sich ins Gericht, und seien Sie vor allem SEINER unerschöpflichen Gnade gewiss!
Ich bewundere Sie aufrichtig, wie Sie heute, nach allem, was Sie erlebt und erlitten haben, ruhig und gefasst über die Lebensgefahr, der Sie ausgesetzt waren, sprechen und über Ihren so traurigen Verlust.»
«Der Verlust ist nur ein Teil – der bitterste Teil – meiner Geschichte... doch es gibt noch etwas anderes. Nur wusste ich bis heute niemanden, dem ich es hätte anvertrauen können. Ihnen aber will ich nun auch das Letzte erzählen, was ich über das Grab der Jungfrau weiß.»
Yoris Lisimba nickte ihm aufmunternd zu.
«Es war tatsächlich ein Grab, das wir in Ephesos fanden – ein eingemauerter Sarkophag, wie er in vielen antiken Nekropolen zu sehen ist. Aber die Stirnwand dieses Grabes trug eine Inschrift, die es von jedem anderen Grab der Welt bis ans Ende aller Tage unterscheiden wird. Als Bill Oakbridge starb, hat er mir als Letztes ihren Inhalt anvertraut. Zwar habe auch ich einzelne griechische Buchstaben auf dem Stein erkennen können, aber er allein hat die ganze Inschrift gelesen, denn er war es, der die Grabplatte von Moos und Flechten befreit hat.»
«Nun, Monsignore? Was stand dort zu lesen?»
«Es war eine griechische Inschrift: *Aufnehmen sollte ich die Mutter des Sohnes, dann aber hat zuvor der Sohn die Mutter zu sich aufgenommen.*»
Lisimba wandte sich ab von Montebello und betrachtete die Kreidezeichnung. Es dauerte lange, ehe er wieder zu sprechen begann – doch ohne seine Augen von dem Bild zu wenden.
«Monsignore... Sie... wissen, was das für uns alle bedeutet. Halten Sie es für denkbar, dass... dass das Bewusstsein von Professor Oakbridge durch die großen Schmerzen bereits getrübt war, als er zu Ihnen sprach?»
«Bill war ein wahrer Meister, wenn es um die Entzifferung und Übersetzung schwierigster antiker Texte ging. Zweifellos hatte er

schreckliche Schmerzen, als er halb verschüttet unter den Steinen lag. Aber er hatte kurz zuvor in völliger geistiger Klarheit die Beichte abgelegt. Ich war bis zu seinem letzten Atemzug bei ihm und bin absolut sicher, dass er genau wusste, was er gelesen hatte und was er mir sagte. Ich bat ihn, nicht zu sprechen, weil ich sah, welche Schmerzen es ihm bereitete, und ich machte mir Vorwürfe, dass ich ihn nicht von der Suche nach dem Grab abgehalten hatte. Aber er sagte: ‹Die Suche war wichtig ... wichtig für *dich!*› Und dann hat er mir gesagt, was er auf der Stirnseite des Sarkophags gelesen hatte.»

Lisimba setzte die Brille ab, rieb sich die Augen und massierte seine Stirn. Nach einer Weile wandte er sich wieder an Montebello. «Danke, Monsignore! Ich danke Ihnen, und ich werde dem Heiligen Vater alles berichten. Ich werde auch Professor Oakbridge für immer dankbar sein und ihn in meine Gebete einschließen. Dieser Satz wird uns auch in unseren dunkelsten Stunden Hoffnung und unvergleichliche Zuversicht auf unserem Weg geben. Und er wird Seiner Heiligkeit Kraft verleihen, dieses Konzil unter dem Schutz der heiligen Gottesmutter zu führen – eine Gnade, die nicht zu ermessen ist. Wie, denken Sie, sollten wir mit diesem Wissen umgehen?»

«Der Papyrus ist verloren, das Grab zerstört. Es wäre sinnlos, mit dem, was ich Ihnen anvertraut habe, an die Öffentlichkeit zu gehen. Wir sollten es tief in unseren Herzen bewahren. Die Menschen werden auch künftig auf das Geheimnis des Glaubens verwiesen bleiben.»

Lisimba nickte.

«Ich glaube, Sie haben recht; das wird das Beste sein, und ich bin sicher, dass Seine Heiligkeit ebenso denken wird. Gibt es ... noch irgendetwas, das ich für Sie tun kann?»

«Nein ... das heißt, doch – aber ... nicht für mich.»

«Bitte, sprechen Sie!»

«Wie Sie ganz richtig gesagt haben, scheint aus Signora O'Connor und Signor Napoletano ein Paar zu werden. Ich weiß, dass die Dottoressa nicht mehr in die Staaten zurückkehren möchte. Aber beide haben keine Arbeit. Signora O'Connor kann exzellent Griechisch und Latein – von modernen Fremdsprachen nicht zu reden. Wenn Ihnen etwas einfiele, wo man sie sinnvoll beschäftigen könnte, würden Sie ein gutes Werk tun. Und Signor Napoletano ist ein erstklassiger Fahrer, aber es wäre schön, wenn er für seine Fähigkeiten eine bessere Verwendung fände als in den letzten Jahren.»

Der Privatsekretär des Papstes wiegte den Kopf.

«Das sollte sich machen lassen. Ich kümmere mich darum.»

Beide erhoben sich und verließen die Kirche. Vor dem Portal gaben sie sich zum Abschied die Hand. Montebello war ein paar Schritte gegangen, als er hinter sich noch einmal die Stimme von Yoris Lisimba hörte.

«Monsignore!»

Montebello wandte sich um.

«Glauben Sie, dass Sua Eminenza Ambroso, nachdem der Papyrus aufgetaucht war, einmal den Gedanken erwogen hat, das Grab könnte leer sein?»

Montebello zögerte, dann schüttelte er den Kopf.

Epilog

*Wer nach Gerechtigkeit und Güte strebt,
findet Leben und Ehre.*

SPRÜCHE 21,21

Ein halbes Jahr war vergangen, seit Montebello Jackey und Savio in der kleinen Kirche von Bosagro getraut hatte. Bariello war einer der Trauzeugen gewesen, doch hatten die Brautleute auch die Inspektoren Bertani und Graziano sowie Sovrintendente Di Lauro zu ihrer rauschenden Dorfhochzeit eingeladen. Das junge Paar war danach wieder nach Rom zurückgekehrt, wo Savio eine Stelle im Fahrdienst des Vatikan gefunden hatte und Jackey an einer kirchlichen Schule alte Sprachen unterrichtete. Savios Großmutter wollte weiter in Bosagro bleiben, wo sie ihr ganzes Leben zugebracht hatte – «Einen alten Baum verpflanzt man nicht», wie sie sagte –, freute sich aber über die häufigen Besuche der beiden. Gelegentlich trafen sich Jackey und Savio auch mit Montebello, aber das Grab der Jungfrau war niemals wieder Gesprächsthema zwischen ihnen geworden. Es war gerade so, als hätten sie eine stillschweigende Übereinkunft getroffen, die Ereignisse des zurückliegenden Frühjahrs nicht mehr zu berühren.
Noch bevor man einen neuen Cardinale archivista e bibliotecario ernannt hatte, war ein päpstlicher Sonderbeauftragter in der Bibliothek erschienen, hatte eine Vollmacht vorgewiesen und sich von Monsignor Angelosanto den kleinen Papyrus 𝔓75/A aushändigen lassen, um ihn bald darauf in einer schlichten Zeremonie in

den Altar einer der ältesten Kirchen Roms, die dem heiligen Johannes geweiht war, einzumauern. Und die Fugen im Stein unter dem Altartuch waren noch nicht getrocknet, da hatte man bereits alle Einträge in den Katalogen der Vaticana gelöscht, die an das Fragment hätten erinnern können.

Das Konzil war wie geplant am Fest der Aufnahme Mariens in den Himmel feierlich eröffnet worden. Doch wehte vom ersten Tag an ein neuer Geist der Bescheidenheit durch die Petersstadt: Wer von den Konzilsteilnehmern körperlich dazu in der Lage war, hatte den von Papst Laurentius bestimmten Weg der Prozession zur Konzilseröffnung von der Engelsburg bis in den Petersdom abgeschritten, um möglichst vielen Gläubigen möglichst lange die Gelegenheit zu geben, mit ihren Konzilsvertretern zusammen zu sein, zu beten und zu singen. An vielen Stellen entlang der Prozessionsstrecke waren Tribünen aufgebaut worden, auf denen diesmal aber nicht die Mächtigen der Welt saßen, sondern einfache Vertreter italienischer Gemeinden, Menschen, die in Heimen lebten, Gefängnisinsassen und Pilgergruppen aus aller Welt. Auch der Papst hatte die Strecke zu Fuß zurückgelegt und auf seinem Weg Vertreter anderer Glaubensrichtungen und Religionen mit einem Bruderkuss begrüßt. Der Verlauf bereits der ersten Sitzungen des Konzils hatte Anlass zu der Hoffnung gegeben, dass die römisch-katholische Kirche den hohen Erwartungen, die man mit dieser Versammlung verband, gerecht werden könnte.

Natürlich verfolgte Montebello die Berichterstattung über die Diskussionen und Fortschritte des Konzils mit großer Spannung. Doch angesichts der nach wie vor ungeklärten Situation in der Leitung der Vaticana war die Verantwortung, die auf den einzelnen Bibliothekaren lastete, noch größer, und ihre Verpflichtungen waren noch vielfältiger als vor dem Beginn des Konzils. Dies hatte aber auch sein Gutes, denn so fand Montebello wenig Zeit, trüben Gedanken an das Vergangene nachzuhängen.

Ein nasskalter römischer Winter hatte Einzug gehalten, als es eines Montagvormittags heftig an der Tür zu seinem Büro klopfte, und noch ehe er «Avanti!» hatte sagen können, stand Padre Luis

auf seiner Schwelle und war ebenso atemlos wie damals, als er mit jener berüchtigten Ausgabe der TUTTA LA VERITÀ durchs Haus gelaufen war.
«Monsignore! Monsignore! Der Heilige Vater!»
Montebello fuhr auf.
«Was ist mit dem Papst?»
«Er ... er kommt! Er ist schon im Haus und ... auf dem Weg hierher! Zu Ihnen! Er wird gleich hier sein!»
«ZU MIR?»
Montebellos Handflächen wurden feucht. Was um Gottes willen hatte das zu bedeuten? Doch ehe er seine Gedanken ordnen konnte, hörte er bereits, wie sich Schritte auf dem Flur näherten. Und im nächsten Moment stand in Begleitung seines Privatsekretärs und eines Schweizers der Heilige Vater in der Tür des Bibliothekars. Montebello erstarrte für eine Sekunde. Dann eilte er mit viel zu großen Schritten um seinen Schreibtisch herum, kniete vor dem Papst, ergriff seine Hand und küsste den Ring des Fischers.
«Laudetur Jesus Christus!»
«In aeternum! Amen.»
«Lieber Monsignor Montebello, bitte entschuldigen Sie, wenn Wir Sie in Ihrer Arbeit stören, die Sie, wie Wir wissen, mit so großem Engagement betreiben, um die Modernisierung Unserer altehrwürdigen Biblioteca Apostolica Vaticana voranzubringen. Dennoch wollten Wir heute den sitzungsfreien Tag des Konzils nutzen, um Ihnen persönlich mitzuteilen, dass Sie bald eine neue Aufgabe übernehmen sollen. Wir haben wegen Ihrer großen menschlichen und theologischen Qualitäten, von denen Wir gehört haben und die Uns allseits bestätigt wurden, und nach eingehender Beratung mit Unseren Mitbrüdern und im Gebet folgenden Entschluss gefasst: Der Erzstuhl des Bistums Neapel wurde, wie Sie sicher wissen, vor einiger Zeit Sua Eminenza Egidio Fabbri übertragen. Aber der gute Egidio stammt aus Faenza im Norden des schönen Italien, und er hat Uns vor einigen Wochen die Bitte vorgetragen, dass zu seiner Unterstützung ein weiterer Weihbischof berufen werden möge, der mit der Region Neapel, der

Diözese, ihren Menschen und ihren vielfältigen Problemen vertrauter ist als gegenwärtig noch er selbst. Wir möchten, dass Sie, lieber Monsignor Montebello, vom kommenden Frühjahr an als Weihbischof von Neapel helfen, die Herde unseres Herrn zu weiden.»
«Eure Heiligkeit …!»
Mit einer kleinen Geste gebot der Papst Montebello zu schweigen. «Wir erinnern Uns in großer Dankbarkeit und in allen Einzelheiten Unseres Gesprächs, das Wir vor einem halben Jahr mit Monsignor Yoris Lisimba geführt haben, nachdem er Sie in Santi Ambrogio e Carlo al Corso besucht hatte. Wir haben neben vielem anderen, was Uns bis heute tief bewegt, auch über die Nähe zu jedem unserer Nächsten gesprochen, für den Wir Verantwortung tragen – eine Verantwortung, derer wir alle uns unablässig bewusst sein müssen. Und so dachten Wir, dass es für Signor Napoletano und seine liebe Frau doch schön wäre, gleichfalls nach Neapel zu übersiedeln, wo er als Ihr Fahrer arbeiten könnte, während die Dottoressa ihre Fähigkeiten im Bistumsarchiv zur Geltung bringen sollte. Auf diese Weise wäre das Paar auch näher bei der Großmutter von Signor Napoletano, von der ich angelegentlich gehört habe und die sich zeitlebens so sehr um ihren Enkel gesorgt hat.»
In grenzenloser Verblüffung schaute Montebello in das Gesicht des Papstes und erkannte, wie um dessen Augen ein Lächeln spielte. Und diesmal, während er stammelnd nach Worten des Dankes suchte, klingelte kein Telefon.

Anhang

Übersetzung italienischer Textstellen

S. 43   Cameriere!
        Kellner!

S. 50   Montebello senza Brunello
        Montebello ohne Brunello

S. 67   Liceo
        Gymnasium

S. 67   Cavallino rampante
        Das springende Pferdchen
        (Markenzeichen der Firma Ferrari)

S. 86   Questo è un amico mio. Chiamerò l'ambulanza
        e la polizia!
        *Das ist ein Freund von mir. Ich werde einen Krankenwagen
        und die Polizei rufen!*

S. 89   Autonoleggio Speciale di Roma
        Name einer Autovermietung in Rom

S. 90   TUTTA LA VERITÀ
        DIE GANZE WAHRHEIT

S. 95   Padre!
        Vater/Pater

S. 121 Confessionale non occupato
        Beichtstuhl nicht besetzt

S. 128 Giudice
        Richter

S. 129 Lei è un uomo d'onore.
        Sie sind ein Ehrenmann.

S. 140   Sto parlando col Commissario Capo Tremante?
         Sì! Chi è?
         Ingegnere Felice Zanolla.
         Spreche ich mit Hauptkommissar Tremante?
         Ja! Wer spricht?
         Ingenieur Felice Zanolla.

S. 142   Clan dei Maranesi
         Clan der Maraneser

S. 143   Pizzo
         Erpresstes Schutzgeld

S. 143   Ristoratore
         Gastwirt

S. 144   Ragazzi
         Kinder

S. 144   Il Maranese
         Der Maraneser

S. 145   ... perché è un ladro.
         ... weil er ein Dieb ist.

S. 151   Hockney è morto.
         Hockney ist tot.

S. 151   Dannazione! Lo dico solo una volta: se tu apri la bocca, morirai come Hockney! Hai capito?
         Verdammt! Ich sag es dir nur noch einmal: Wenn du den Mund aufmachst, wirst du sterben wie Hockney! Verstanden?

S. 151   Posso tirare via la mano senza che tu urli?
         Kann ich die Hand wegnehmen, ohne dass du schreist?

S. 177   Barista
         Barkeeper

S. 207   Maledetto delinquente! Porca puttana!
         Verfluchter Verbrecher! Dreckige Hure!

S. 214   Savio! Savio mio! Il mio caro orsacchiotto! Che bello che sei venuto a trovare la nonna!
         Savio! Mein Savio! Mein liebes Bärchen! Wie schön, dass du gekommen bist, um deine Oma zu besuchen!

S. 214   Cara nonna! Come stai?
Liebe Oma! Wie geht's dir?

S. 214   Sto bene, grazie! Presentami la tua ragazza. Se no, cosa penserà lei di noi? Signorina, benvenuta fra noi!
Gut geht's mir, danke! Stell mir dein Mädchen vor! Was soll sie sonst von uns denken? Mein Fräulein, seien Sie bei uns willkommen!

S. 224   Maledizione – tutti pezzi grossi!
Verdammt – lauter Bonzen!

S. 238   Figlio di puttana! Maledetto bastardo!
Hurensohn! Verfluchter Bastard!

S. 239   Vaffanculo!
Fick dich!

S. 288   La mano d'oro
Die goldene Hand

S. 302   Servizio Segreto
Geheimdienst

S. 322   Avvocato
Rechtsanwalt

S. 369   Chi sei, Bariello? Da quale parte dell'inferno vieni tu? Tu sei il diavolo in persona! Che cosa hai fatto?
Wer bist du, Bariello? Aus welchem Teil der Hölle kommst du? Du bist der Teufel selbst! Was hast du getan?

Übersetzung der englischen Passage auf S. 149–150

Wenn du die Klappe hältst, passiert dir nichts. Wenn du Ärger machst, bist du tot. Hast du mich verstanden?
Der Mann nickte.
Du kannst die Hand wegnehmen. Der wird nicht schreien.
Umberto machte einen Schritt zurück, hielt aber die Pistole weiter auf ihn gerichtet.
Du bist Hockney?
Ja, bin ich ... Was wollen Sie? Wollen Sie Geld? Das ist in meiner Brieftasche – da, auf dem Tisch.
Nein, wir wollen die Handschrift!
Was?
Hör zu, Mann! Sei nicht blöd! Was habe ich gesagt? Wenn du Ärger machst, bist du tot. Wo ist die Handschrift?
Ich weiß nicht, was Sie meinen.
Jetzt zog auch Sampiero seine Waffe aus der Jacke und drückte sie Hockney ins Gesicht.
Wir haben nicht die ganze Nacht Zeit. Ich zähle bis drei. Dann weiß ich entweder, wo das Ding ist, oder dieses Zimmer muss sehr gründlich gereinigt werden. Eins, zwei, ...
Er lud durch.
Nebenan!
Was?
Der Papyrus ist im Zimmer nebenan!
Zimmernummer?

Lektürehinweise

Zu den Papyri
Leserinnen und Lesern, die sich ein wenig in die Hintergründe des Romans vertiefen wollen, sei empfohlen, einmal die Website der Martin Bodmer-Stiftung zu besuchen, aber auch den Begriff *Bodmer-Papyri* in einer Suchmaschine einzugeben. Sie werden dann rasch Informationen über die Person des Mäzenaten und Privatgelehrten, aber auch über die bemerkenswerte Biblioteca Bodmeriana finden.
Das Gleiche gilt für das Stichwort *Bodmer-Papyrus XIV* und *XV*, denn während der «Papyrus $\mathfrak{P}^{75A}$» meine Erfindung – und wirklich nichts als eine Erfindung – ist, die ich mit den Bodmer-Papyri in Verbindung bringe und um die ich meinen Krimi ranken lasse, sind die echten Bodmer-Papyri hochwichtige religionsgeschichtliche Quellen. Sie befinden sich heute in der Vatikanischen Bibliothek, wohin sie im Januar 2007 gelangt sind, und zwar als Schenkung des Amerikaners Frank Hanna III – eines katholischen Geschäftsmanns. Aus diesem Grund werden diese Papyri mitunter auch einfach als «Hanna-Papyri» bezeichnet.
Folglich sollte man aber auf jeden Fall auch einmal der Website der Vatikanischen Bibliothek einen Besuch abstatten – oder, wie sie korrekt heißt, der *Biblioteca Apostolica Vaticana*. Die Website existiert auf Englisch und auf Italienisch, so dass man, wenn man Näheres über die Papyri wissen möchte, entweder ein wenig unter dem Begriff «Manoscritti» oder eben «Manuscripts» schmökern kann.
Um sich einen ersten Eindruck von diesem Schatzhaus des Wissens zu verschaffen, sei auf den – gleichfalls im Internet zugänglichen – instruktiven, reich bebilderten, zweisprachigen Artikel von ANDREINA RITA verwiesen: *La Biblioteca Vaticana nelle sue architetture. Un disegno storico // The Architecture of the Vatican Library. A Historical Outline*, in: Biblioteca Apostolica Vaticana: Libri e luoghi all'inizio del terzo millennio // Vatican Library: Books and Places at the Beginning of the Third Millennium, Città del Vaticano 2011, S. 70-123.

Zum Tod Mariens in Ephesos
Was die Entschlafung Mariens, der Mutter Jesu, betrifft, so sind diese Überlieferung und die des Ortes, wo sie gestorben sein soll - eben in Ephesos -, untrennbar mit der Geschichte der Nonne Anna Katharina Emmerich (1774–1824) verbunden. Wer sie kennenlernen möchte, der findet im Internet mühelos das betreffende Kapitel «Von dem Tode der Heiligen Jungfrau Mariens in Ephesus»; es ist 31 Seiten lang und entstammt dem Buch *Das Leben der heiligen Jungfrau Maria*, das Anna Katharina Emmerich geschrieben hat.
Die Geschichte der Anna Katharina Emmerich - oder in anderer Schreibweise *Emmerick* -, die als Mystikerin mit ihren Visionen Zeitgenossen wie Clemens Brentano, aber auch noch einen Hollywood-Regisseur wie Mel Gibson beeindruckt hat, lohnt gleichfalls, sich darin zu vertiefen. Im Jahr 1891 entdeckte aufgrund ihrer Visionen eine Expertenkommission ein Haus in Ephesos, in dem Maria und Johannes nach ihrer Flucht aus Jerusalem während der Verfolgungen nach Jesu Kreuzigung gelebt haben sollen. Im Jahr 2004 erfolgte die Seligsprechung der Nonne Anna Katharina Emmerich durch Papst Johannes Paul II.
Die archäologische Situation ist aber umstritten. So sei nicht verschwiegen, dass sich, einer anderen Überlieferung zufolge, das Mariengrab im Kidrontal bei Jerusalem befindet. Auch die katholische Kirche legt sich im Hinblick auf den Tod Mariens nicht fest. In dem Dogma zur Aufnahme Mariens in den Himmel heißt es eben lediglich: «... nachdem sie ihre irdische Lebensbahn vollendet hatte ...» So sei an dieser Stelle auch nur festgehalten, dass die Gläubigen in Jerusalem und in Ephesos jenen Ort verehren, wo sich ihrem Glauben nach Maria zuletzt aufgehalten hat.

Hauptakteure und Mitstreiter

Ambroso, Sua Eminenza Reverendissima emeritus Leo – ehemaliger Leiter der Vaticana, ein weltoffener Theologe und international geachteter Wissenschaftler, weiß, wie es um die Welt, die Kirche und den Glauben bestellt ist, und beschreitet einen sehr speziellen Weg zum Heil.
Angelosanto, Monsignor Lorenzo – einer der Bibliothekare an der Vaticana, weiß, welche Wege man auf jeden Fall nicht beschreiten sollte, wenn man keinen Ärger haben will.
Angermeier, Sua Eminenza Reverendissima Bartholomäus – Kardinal und Leiter der Vaticana, hat seinen Weg im Glauben, in der Kirche und in der Welt gefunden und hält ihn für den einzig gangbaren.
Baldassare, Enrico – Wächter der Vatikanischen Bibliothek, hatte Probleme und bekommt Probleme.
Bariello, Ispettore Superiore Vincenzo – hat nie für seinen Chef, Commissario Capo Tremante, geschwärmt, sich aber neben Härte auch Humor und Professionalität bewahrt, die er für diesen Fall braucht.
Behringer, Walter – Oberstleutnant der Schweizergarde im Vatikan, weiß, wo die Macht wohnt und wo nicht.
Bertani, Ispettore Gaspare, und *Graziano, Ispettore Salvatore,* sowie *Di Lauro, Assistente Gennaro* – Mitarbeiter von Ispettore Superiore Bariello, die mit ihm durch dick und dünn gehen, wobei Di Lauro auch einiges von modernen Medien versteht.
Bonaventura, Emilio – Innenstaatssekretär mit tiefem Verständnis für die transzendentalen Grundwerte der Gesellschaft.
Borgogno, Avvocato Arturo – ein Spitzenanwalt, der in besonderen Fällen auch mal ohne Honorar arbeitet.
Devota, Suora – Haushälterin von Kardinal Ambroso, hätte auch als große Schauspielerin Karriere machen können.
FOEDUS – *Fidelium Ordo Ecclesiae Defensorum Unicae Sanctae,* der mächtige Orden der gläubigen Verteidiger der einen heiligen Kirche, in dem sich die Elite der italienischen Gesellschaft versammelt, deren

Repräsentanten aber nicht ausschließlich um ihr Seelenheil besorgt sind.

Hockney, Simon – Techniker am Center for the Tebtunis Papyri, Kollege und Helfer von Jackey O'Connor, folgt dem geflügelten Wort: Rom sehen und sterben.

Inquisitor, der – Gottseibeiuns!

Knightley, Professor Cyrill – Papyrologe und Leiter des Center for the Tebtunis Papyri in Berkeley, erhält nächtens in seinem Büro überraschend einen Besuch, den er nicht überlebt.

Levantino, Don Alessandro – Haupt der Camorra-Familie *Clan dei Maranesi*, führt dank seiner Kontakte zur römischen Polizei eigentlich eine gesicherte Existenz, bis er den Auftrag erhält, ein Papyrusfragment für seinen Auftraggeber zu beschaffen.

Laurentius, Seine Heiligkeit, und *Lisimba, Monsignor Yoris* – der Papst und sein Privatsekretär versuchen, den Platz der Kirche in der Welt neu zu bestimmen.

Luis, Padre – Türhüter bei Sua Eminenza Reverendissima Bartholomäus Angermeier, hat einen lichten Moment.

Montebello, Monsignor Gian Carlo – Kirchenhistoriker, einer der Bibliothekare an der Vaticana und Freund von Bill Oakbridge, weiß auch, welche Wege man nicht beschreiten sollte, wenn man keinen Ärger haben will – wählt sie aber trotzdem.

Mutolo, Luca – Journalist des Revolverblattes TUTTA LA VERITÀ, lernt Risiken und Möglichkeiten des investigativen Journalismus kennen.

Napoletano, Savio – eigentlich Fahrer eines Camorra-Clans, findet sich plötzlich als Fahrer von Jackey O'Connor wieder.

Napoletano, Signora – sorgenvolle Großmutter von Savio Napoletano, ist im Team mit ihrem Esel Gastone nicht zu unterschätzen.

Oakbridge, Professor William – Stellvertretender Direktor des Center for the Tebtunis Papyri – entdeckt ein kirchengeschichtlich höchst brisantes Papyrusfragment und begibt sich damit nach Rom, wo er den zweiten Teil des Papyrus in der Vatikanischen Bibliothek vermutet.

O'Connor, Dr. Jacqueline – Assistentin am Center for the Tebtunis Papyri. Wenn brave Mädchen in den Himmel kommen, dann kommen solche wie Jackey, mit ausgeprägtem Gerechtigkeitsempfinden und einem robusten Selbstbewusstsein, mitunter in Lebensgefahr.

Rossi, Ispettore Achille – schwärmt als einziger Untergebener von seinem Chef Commissario Capo Tremante und ist auch sonst so einfältig, dass selbst der intensive Kontakt mit Büchern seinen Werdegang nicht positiv zu beeinflussen vermag.

Sampiero – Mitarbeiter von Don Levantino, auf einem sehr irdischen Weg zu himmlischen Schätzen.

Toto – glaubt an seinen Don und an die leibliche Aufnahme Mariens in den Himmel, dessen Pforten er auch für sich selbst nicht ganz vernageln lassen will.

Tremante, Commissario Capo Filippo – nicht ganz das, was man sich unter einem vorbildlichen Polizisten vorstellt, hat sich in die Angelegenheiten besonders frommer Katholiken verstrickt.

Umberto – Weggefährte von Sampiero, pflegt rustikale Umgangsformen; er sieht das Engagement von Savio Napoletano für Dr. Jackey O'Connor skeptisch, doch als er daraus Konsequenzen ziehen will, muss er für einen Augenblick seine Männlichkeit überdenken.

Zangenberg, Professor Achim – Leiter des Deutschen Archäologischen Instituts (DAI) in Rom und guter Kollege von William Oakbridge – verfügt über Materialien zur «Unterwelt» von Ephesos, die er von Rechts wegen nicht besitzen dürfte.

Erläuterungen zu historischen Sachverhalten und Akteuren

S. 7   *Drittes Vatikanisches Konzil* – sollte wieder einmal ein Konzil einberufen werden, so wäre dies das Dritte Vatikanische Konzil; Erstes Vatikanisches Konzil 1869–1870; Zweites Vatikanisches Konzil 1962–1965.

S. 8   *Ave praeclara maris stella* – Einleitung der Mariensequenz Hermanns von Reichenau (11. Jh.): *Sei gegrüßt, leuchtender Meerstern!* Wie der Meerstern – die Venus – den Seeleuten Orientierungshilfe ist, so soll die Muttergottes der Christenheit Orientierung bringen.

S. 9   *Center for the Tebtunis Papyri* – wissenschaftliche Einrichtung zur Erforschung der im ägyptischen Tebtunis gefundenen Papyri; dies war eine Stadt, die bereits im 2. Jahrtausend v. Chr. am Unterlauf des Nil gegründet wurde und die Heimat eines bedeutenden Heiligtums des Krokodilgottes Sobek war.

S. 13 *Papyrus* – Beschreibstoff aus Pflanzenfasern der Papyrusstaude, der aus Ägypten seit dem 3. Jahrtausend v. Chr. bekannt ist. Von diesem Wort leitet sich auch unser Begriff «Papier» her.

S. 17 *Diözese* – Verwaltungsbezirk eines Bischofs

S. 17 *Biblioteca Apostolica Vaticana* – die Anfänge dieser Bibliothek, die sich in der Vatikanstadt in Rom befindet, reichen bis ins 5. Jahrhundert n. Chr. zurück. Im Jahr 1587 wurde unter Papst Sixtus V. mit dem Bau eines eigenen Bibliotheksgebäudes für die sogenannte *Vaticana* begonnen.

S. 18 *Konzil von Ephesos* – drittes ökumenisches Konzil, also eine Versammlung der Vertreter der Christenheit der gesamten christlichen Welt, tagte im Jahr 431 und setzte sich vor allem mit den Lehren des Nestorius, des Patriarchen von Konstantinopel, auseinander. Er sah in Maria nicht die Gottesgebärerin, sondern nur die Christusgebärerin, weil er bestritt, dass Jesus gleichzeitig ganz Mensch und ganz wahrer Gott sei. Das Konzil verwarf die Auffassung des Nestorius als häretisch.

S. 20 *Cardinale archivista e bibliotecario di S. R. C. (Sancta Romana Chiesa)* – Kardinal Archivar und Bibliothekar der Heiligen Römischen Kirche; dies ist der offizielle Titel des Leiters der Vatikanischen Bibliothek.

S. 20 *Ephesos* – während der Antike bedeutende Stadt in Westkleinasien, der heutigen Türkei; heute eine viel besuchte Ruinenstadt, die man einst vor allem wegen des Tempels der Artemis – eines der sieben Weltwunder – und heute noch wegen der berühmten Bibliothek des Celsus kennt.

S. 31 *Paläographie* – die Lehre von alten Handschriften und der Kunst, sie zu lesen

S. 31 *Johannes, Zebedäus, Jakobus, Markus* – Gestalten aus dem Umfeld Jesu, die wir aus dem Neuen Testament kennen.

S. 33   *Artemis* – griechische Göttin der Jagd, der Tiere, der Fruchtbarkeit, der Keuschheit, Schwester des Gottes Apollon, in Ephesos als hochbedeutende Lokalgottheit verehrt.

S. 34   *Pius XII.* – Papst von 1939 bis 1958, sein Charakterbild schwankt in der Geschichte; einige hätten sich von ihm ein entschiedeneres öffentliches Auftreten gegen die Gräuel nazistischer Verfolgungs- und Kriegspolitik erhofft.

S. 34   *Dogma* – der Begriff kann eine einzelne oder die gesamte christliche Glaubens- und Sittenlehre bezeichnen. Wenn ein solcher Lehrsatz vom Papst verkündet wird, hat er den katholischen Christen als unfehlbare und unveränderliche Wahrheit zu gelten.

S. 34   *Unfehlbarkeit* – in der katholischen Kirche können die Gesamtheit des Episkopats (aller Bischöfe), ein allgemeines Konzil unter dem Papst und der Papst allein unter Berufung auf seine höchste Lehrautorität für sich Unfehlbarkeit beanspruchen; Letzterer, wenn er eine endgültig verpflichtende Lehrentscheidung trifft – in seinen privaten Ansichten hingegen ist der Papst nicht unfehlbar.

S. 46   *Gelasius I.* – Papst von 492 bis 496, begründete die Lehre von den zwei Gewalten, der priesterlichen und der kaiserlichen; diese Lehre war für das Mittelalter von großer Bedeutung.

S. 46   *Gregoriana* – 1551 von Ignatius von Loyola gegründete päpstliche Universität zur Ausbildung von Priestern.

S. 47   *Miszelle* – eine kleine wissenschaftliche Schrift, die in Fachzeitschriften unter «Vermischtes» erscheint.

S. 52   *C14-Methode* – Altersbestimmung eines organischen Stoffes anhand der Zerfallsrate des radioaktiven Kohlenstoffisotops C14

S. 58   *Koptische Christen* – der Name *Kopten* leitet sich von der antiken Bezeichnung *Aigyptioi* her. Heute versteht man darunter den ägyptischen Zweig der Christen; diese bilden in Ägypten knapp zehn Prozent der Gesamtbevölkerung und sind immer wieder massiver Diskriminierung durch die islamische Mehrheit und nicht selten auch blutiger Verfolgung durch Islamisten ausgesetzt. Der staatliche Schutz dagegen ist unzureichend.

S. 70 *Demetrios* – ein Silberschmied aus Ephesos, der gegen den Apostel Paulus, als er dort predigte, einen Aufstand anzettelte, weil er von dessen neuer Religion Schaden für den Verkauf seiner Artemis-Tempelchen befürchtete, die er als Weihgaben und Souvenirs für die Altgläubigen produzierte (nachzulesen in der *Apostelgeschichte* 19,24 ff.).

S. 70 *Herostrat* – ein Bürger von Ephesos, der im Jahr 356 v. Chr. den alten Artemis-Tempel, eines der sieben Weltwunder, einzig aus dem Grund anzündete, wie er gestand, um berühmt zu werden. Leute, die nichts zuwege bringen, aber trotzdem im Licht einer Öffentlichkeit stehen wollen, gab es mithin damals wie heute – glücklicherweise produzieren sie sich heute meist nur im Internet, so dass viel seltener Tempel abgebrannt werden.

S. 71 *Locus iste a Deo factus est – dieser Ort ist von Gott gemacht*; eine Anspielung auf die Stelle im Alten Testament *Genesis* 28,17. Selbst wem mein Krimi nicht gefällt, hat ihn dennoch mit Gewinn gelesen, wenn er dadurch nur auf die Vertonung dieses Bibelverses von Anton Bruckner aufmerksam wird, die unbedingt hörenswert ist.

S. 73 *Giordano Bruno* – bedeutendster italienischer Naturphilosoph (1548-1600) der Renaissance, wurde als Ketzer in Rom verbrannt.

S. 73 *Galileo Galilei* – bedeutender italienischer Naturforscher (1564-1642), vertrat die Auffassung, dass nicht die Erde, sondern die Sonne im Zentrum unseres Planetensystems steht, und geriet deswegen in Konflikt mit der Kirche, die ihn ebenso wie Giordeno Bruno hätte hinrichten lassen, wenn er nicht seiner Lehre abgeschworen hätte.

S. 77 *Marie Luise Kaschnitz* – deutsche Schriftstellerin und Dichterin (1901-1974); das hier zitierte Gedicht entstammt den «Neuen Gedichten» (1957) und ist eine anmutige Beschreibung einer Ruinenerfahrung.

S. 82   *Edmund Buchner* – bedeutender deutscher Althistoriker (1923–2011) und von 1980 bis 1988 Präsident des Deutschen Archäologischen Instituts; er vertrat die spannende, inzwischen aber umstrittene These, dass ein Obelisk aus dem ägyptischen Heliopolis, den Kaiser Augustus in Rom hat aufstellen lassen, der Zeiger einer riesigen Sonnenuhr gewesen sei.

S. 108   *Nulla salus extra ecclesiam* – Kein Heil außerhalb der Kirche!

S. 108   *Inquisitor* – eine Art Untersuchungsrichter der Kirche, der seit dem Mittelalter mit der Ausforschung ketzerischer Umtriebe betraut war.

S. 120   *Viminalshügel* – einer der sieben Hügel Roms; dort befindet sich unter anderem das italienische Innenministerium.

S. 121   *Memento mori* – Gedenke des Todes!

S. 173   *Mezzogiorno* – Bezeichnung für den armen Süden Italiens

S. 257   *Schweizergarde* – die päpstliche Palastwache, 1506 von Papst Julius II. gegründet

S. 317   *Murphys Gesetz* – wenn etwas schiefgehen soll, verläuft es in der schlimmstmöglichen Verkettung aller Umstände.

S. 329   *Bernini* – Giovanni Lorenzo Bernini (1598–1680), bedeutender Bildhauer und Architekt des italienischen Barock.

S. 376   *Luigi Garzi* – italienischer Barockmaler (1638–1721)

Dank

Vor über 30 Jahren habe ich als Student der Alten Geschichte an der Universität Konstanz einen Vortrag des großen, viel zu früh verstorbenen Papyrologen William Brashear (1947-2000) gehört, der über Vereine im griechisch-römischen Ägypten sprach. Bei dieser Gelegenheit erfuhr ich erstmals von den Krokodilmumien aus Tebtunis. Was er, damals Kurator der Papyrussammlung des Ägyptischen Museums Berlin-West, über die Geschichte der *Tebtunis Papyri* erzählt hat, fasziniert mich bis auf den heutigen Tag. So ist die Erinnerung an diesen lang zurückliegenden Vortrag gewissermaßen die erste Voraussetzung für meinen Roman geworden. Ich wünsche mir, dass der mit Humor gesegnete William Brashear sich darüber amüsiert hätte, was ich aus der Inspiration, die ich ihm verdanke, herausgesponnen habe.

Während ich dieses Buch in den Jahren 2012 bis 2014 geschrieben habe, haben sich viele liebe Menschen Zeit genommen, um mir auf ganz unterschiedlichen Feldern und in ganz unterschiedlicher Weise zu helfen. Es ist mir eine große Freude, ihnen allen für ihre Unterstützung bei meinem Abenteuer, aus der Rolle des Lektors in die des Autors zu schlüpfen, sehr herzlich zu danken: Merten Durth, Uschi und Egidio Fabbri, Hans-Joachim Gehrke, Katja und Rudolph von Goeldel, Graf & Graf Literatur- und Medienagentur, Denis Gün, Martin Hielscher, Andrea Jördens, Ruth und Franz Konstanciak, Andreas Kurzal, Wanda Löwe, Agnes Luk, Andrea Morgan, Thomas Montasser, Peter Palm, Paola Pecchioli, Martina Trampedach, Ingrid Vogel, Tanja Warter, Ulrike und Konstantin Wegner, Renate Wiemer, Hans-Ulrich Wiemer, Brigitte und Harald Zimmer, Christiane Zimmerl, Bernhard Zimmermann.

Nun sind fünf Jahre vergangen, seit «Das Grab der Jungfrau» im VERLAG ANTIKE erschienen ist und danach einige Zeit vergriffen war. Mein neuer Verleger, Jonathan Beck, hat zu meiner Freude gefunden, dass der Roman noch einmal aufgelegt werden sollte. Mein Freund und kunstreicher Lektor Martin Hielscher hat ihn daraufhin redaktionell einmal «durchgepustet», so dass er nun in leicht bearbeiteter Form und in neuem Gewand erscheint. Beiden – und allen, die sich im Verlag C.H.Beck darum bemüht haben, ihn einer größeren Zahl von Leserinnen und Lesern bekannt zu machen – sei dafür herzlich gedankt.

Meiner Frau aber, meiner lieben Angelika, habe ich für mehr zu danken, als ich mit Worten ausdrücken könnte. Ihr ist daher dieses Buch gewidmet.

München, im Februar 2020 *Stefan von der Lahr*